W0327505

Sur l'auteur

Cadre de l'Éducation nationale, Pascal Grand est lyonnais ; il a vécu vingt-cinq ans à Orléans avant de revenir s'installer dans sa ville d'origine. Ayant à cœur de faire découvrir sa région d'adoption, il commence la rédaction des aventures d'Antoine Léonard Toussaint. En 2017, il publie son premier livre, *De sucre et de sang*. *L'Envers de la Charité* est son deuxième roman policier ; il a reçu le prix Canut en 2020.

PASCAL GRAND

L'ENVERS DE LA CHARITÉ

10/18

PAVILLON NOIR

© Pavillon noir, une marque de Corsaire Éditions, 2019.
ISBN 978-2-264-08293-0
Dépôt légal : novembre 2023

L'*hôpital général Notre-Dame de la Charité*, *la Charité*, a été construit au début du XVIe siècle à l'initiative de la municipalité pour faire face à l'afflux de mendiants dans la ville. Au XVIIIe, l'hôpital héberge différentes communautés d'enfants orphelins, de vieillards, d'infirmes. Il est alors administré par dix-huit recteurs choisis parmi les notables de la ville.

La Charité se trouvait à l'emplacement actuel de la Grande Poste de Lyon – l'hospice a été détruit à partir de 1934, car devenu insalubre. Seul le clocher de la chapelle a été sauvé de la destruction. Sa silhouette solitaire et incongrue se dresse toujours aujourd'hui place Antonin-Poncet, à l'entrée de la rue de la Charité. L'apothicairerie, classée monument historique, a été démontée en 1934 et transférée au musée des Hospices civils de Lyon (situé dans l'Hôtel-Dieu).

*

* *

Cette histoire est une fiction reposant sur quelques faits réels. Nombre de protagonistes empruntent leur nom à des personnages historiques (le *prévôt des marchands* – l'équivalent du maire – était bel et bien Louis Tolozan de Montfort, dont le nom est bien connu des Lyonnais, car son hôtel particulier s'élève toujours aujourd'hui *place Tolozan*) mais leur histoire dans ces pages relève exclusivement de l'imagination de l'auteur.

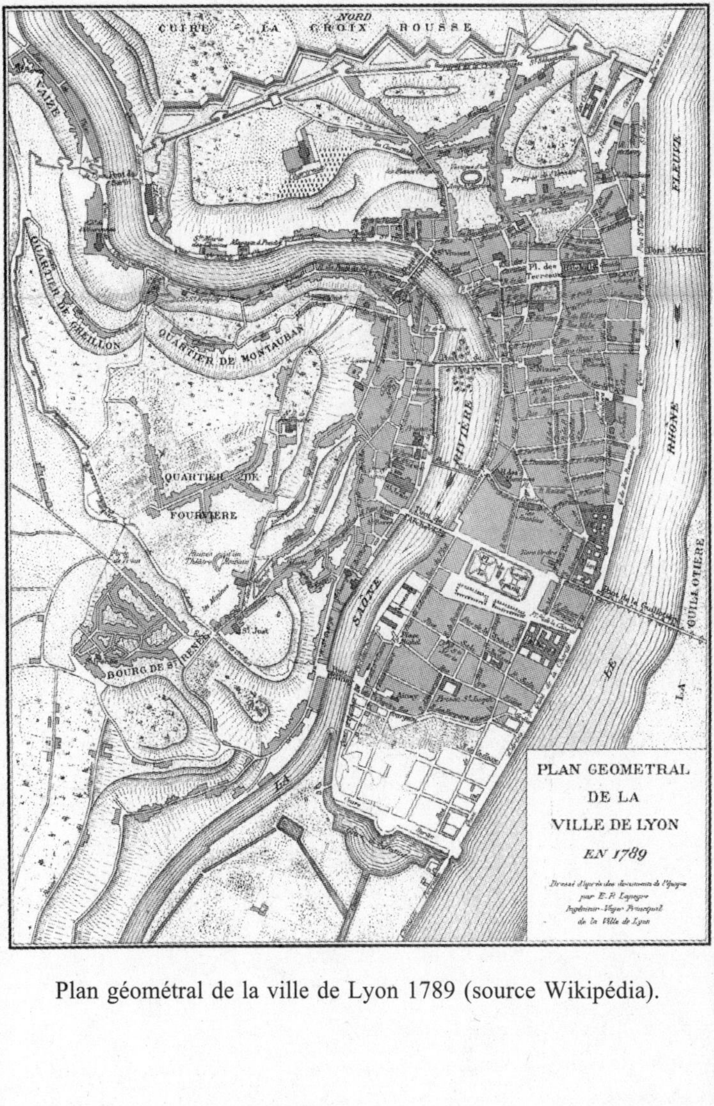

Plan géométral de la ville de Lyon 1789 (source Wikipédia).

Mercredi 7 juin 1786 – Lyon

« *S'en est allée au bal*
La jeune demoiselle
Lui en a pris bien mal
Car n'a pas reparu chez elle !
La fille Mariette Lapalud s'est rendue avant-hier
au bal donné au café de l'Âne Vert
au Pré-Morand... »

Toussaint s'approcha de la croisée, ouverte sur la place noyée de soleil. Il jeta un œil au crieur arrêté au milieu de la placette. Coiffé d'un chapeau orné de plumes, l'homme ponctuait chaque annonce du tintement d'une clochette qu'il agitait à bout de bras. Faisant cercle autour de lui, des femmes en profitaient pour s'octroyer une courte pause, elles avaient posé leurs paniers et fardeaux à leurs pieds. Mains sur les hanches, elles penchaient la tête sur le côté pour mieux entendre les nouvelles. Des porteurs d'eau et des vendeurs ambulants de limonade et de café vinrent élargir le cercle, puis des journaliers et des affaneurs, ces traîne-savates qu'on voyait tout au long de la sainte journée aller de port en port sur les rives de la Saône, à l'affût de quelques sols à gagner.

— La journée promet d'être chaude, dit-il, plus pour lui-même que pour Hortense qui sortait de la chambre, vêtue seulement d'un pantalon court de batiste et d'une chemise.

— Tant mieux, notre promenade sur l'île Barbe n'en sera que plus agréable.

— J'espère que les garçons du collège ne lésinent pas sur les sels d'alun… Sinon, mon cadavre va se répandre par tous ses orifices…

Hortense jeta un œil par la fenêtre.

— Vous êtes horrible… mais ne soyez pas tant inquiet, votre leçon inaugurale sera un franc succès. Que nous dit notre aboyeur ?

La cloche tintait de nouveau.

« *Vous direz des patenôtres*
Pour le sieur Crozet
Qui a quitté nous autres
Chutant du toit qu'il réparait… »

Hortense fit volte-face, se saisit d'une lettre posée sur le maroquin de cuir pour s'éventer. Puis, réalisant ce qu'était le papier qu'elle utilisait comme éventail, elle le déplia et lut les premières lignes silencieusement.

— Je n'en reviens toujours pas…

Elle se mit à déclamer le texte avec emphase, simulant une mauvaise comédienne qu'ils avaient vue dans une pièce de Corneille à Orléans :

Monsieur Toussaint,

Je vous fais parvenir cette lettre pour vous dire le très vif intérêt que messire Andouillé, premier chirurgien de Sa Majesté et président de l'Académie royale de chirurgie de Lyon, a pris à la lecture de votre ouvrage récemment paru, le « Traité de médecine judiciaire à l'usage des chirurgiens jurés ».

Messire Andouillé a formé le souhait que vous soyez invité à donner un cours pratique au collège royal de chirurgie de Lyon. Il s'en est ouvert à Mgr le duc de Villeroy, gouverneur et lieutenant général pour le Roi de la Ville de Lyon, qui a souscrit à cette brillante proposition et a demandé au consulat de rendre ce projet possible. Il me revient l'honneur de vous transmettre cette invitation : si vous acceptez d'enseigner les fondements de la chirurgie judiciaire à une assemblée de médecins et chirurgiens lyonnais, au sein du collège de chirurgie, la Ville vous versera la somme de 3 000 livres et pourvoira à votre logement pour le temps de votre séjour à Lyon.

Je vous prie de me faire savoir si cette proposition vous agrée, et je ne m'avance guère en disant que Mgr le duc de Villeroy intercédera pour que vous obteniez un congé de l'école de chirurgie d'Orléans.

M. Guérin, Chirurgien, Lieutenant de M. le Premier Chirurgien du Roi

— C'est à peine croyable, vous avez reçu cette lettre en février, et nous voici, le 7 juin, installés à Lyon, place Saint-Michel[1] de surcroît, à deux pas d'Ainay. Moi qui rêvais de vivre ici, dans la deuxième ville du royaume !

1. Actuelle place Antoine-Vollon, 2e.

— Vous savez bien que nous n'y sommes que pour deux mois, la durée du cours que je dois donner.

— Je gage qu'ils feront tout pour vous retenir… « *Le traité de votre époux a mis les sociétés savantes en émoi* » – souvenez-vous de ce qu'écrivait mon cousin l'abbé du Bois d'Oingt…

— J'ai hâte de voir de quel bois il est fait, votre cousin. Depuis le temps que vous me parlez de lui…

— Je vous l'ai dit, il n'a rien de ces ecclésiastiques confits en béatitudes et dévotions que vous abhorrez. Le personnage gagne à être connu, et devrait vous plaire. Et croyez-moi, on ne s'ennuie pas en sa compagnie.

Hortense repoussa les volets intérieurs devant la fenêtre, se planta devant Toussaint et fit passer sa chemise par-dessus sa tête.

— Comment trouvez-vous mes seins, en ce moment ?

Toussaint, d'abord interloqué, puis émoustillé, considéra les pommes d'amour qu'Hortense, le torse bombé, exhibait sous son nez.

— C'est-à-dire…

Il approcha ses lèvres du tétin gauche et murmura :

— « *Déjà ses lèvres timides ont touché les seins d'albâtre ; déjà elle semble se réveiller...* »

— Cessez de badiner. Vous ne trouvez pas qu'ils ont grossi ?

— Qu'est-ce à dire ?

— C'est ce que je vous demande, justement. Un chirurgien doit savoir quels sont les signes de…

— De la grossesse ?

— Peut-être bien.

Toussaint regarda sa femme bouche bée, puis réussit à articuler :

— À vue de nez, je ne saurais dire. Mais… la palpation peut nous aider…

Toussaint prit les seins de sa femme dans ses mains, en même temps qu'il tordait le cou pour mieux observer les aréoles.

— L'absence de menstruation… est-ce le cas ?

Hortense fit une moue qui pouvait passer pour un acquiescement.

— … ne permet pas de conclure à une grossesse, vous le savez, mais si les seins deviennent plus lourds et plus mous, en même temps qu'ils sont plus chauds, et surtout si l'aréole change de couleur et tend à devenir brunâtre, alors…

— Alors ?

— Alors, il y a présomption de grossesse.

Hortense rentrait le menton pour apercevoir les aréoles.

— Tel est-il le cas ?

— Je ne saurais dire… peut-être, oui.

— Antoine, ce serait merveilleux, vous ne trouvez pas ?

— Oui, sans doute, mais… songez que nous devons regagner Orléans fin septembre, vous seriez alors au cinquième mois de grossesse, déjà.

— Raison de plus pour rester à Lyon ! dit Hortense en riant.

Un fiacre s'était arrêté dans la rue. La portière claqua, puis quelqu'un toqua vigoureusement à la porte de leur maison.

— Mon Dieu, c'est mon cousin !

— L'abbé ?

— Oui, à coup sûr. Je finis de m'habiller, faites-le patienter.

Hortense disparut dans la chambre. Toussaint descendit. Louis-Joseph, leur domestique, faisait justement entrer le visiteur qui, apercevant Toussaint au bas des marches, se précipita vers lui et l'étreignit. Toussaint fut déconcerté par l'apparence de l'abbé, un homme de petite taille qui portait avantageusement la soixantaine : il avait l'œil vif, une abondante chevelure blanche qu'il contraignait sur les côtés en ailes de pigeon. Il était vêtu tout de noir, mais avec une élégance affirmée : ses bas noirs étaient de la meilleure soie, ses souliers à boucle d'argent parfaitement cirés, son habit ajusté – et son rabat d'ecclésiastique était bordé de fines perles.

— Mon cousin… Permettez que je vous appelle ainsi. La mère d'Hortense est ma cousine germaine, mais vous et moi sommes désormais cousins par alliance. Je suis enchanté de faire votre connaissance.

— Mais cela est réciproque… cousin.

— Hortense a séjourné ici, à Lyon, il y a un peu plus d'un an, comme vous savez – et je ne vous cache pas que plus d'un aîné des meilleures familles lyonnaises lorgnait sur elle et m'a fait appel pour que je m'entremette… Mais Hortense n'en fait qu'à sa tête. Avec raison, si je vous considère. Et d'après ce qui se dit sur vous – les criminalistes ne tarissent pas d'éloges sur votre compte. Mais je parle, je parle – dites-moi seulement si vous êtes heureux avec ma cousine ?

— Oui, plus que…

— Remarquez bien, comme dit le vulgaire : « Qui se marie est content une journée, qui tue un cayon – un cochon – est content toute une année » – je plaisante, bien sûr, c'est un proverbe lyonnais. Expression du bon sens populaire, sans doute. Mais je gage que ma cousine saura pourtant vous rendre heureux. Et vous ferez de même avec elle.

Toussaint ne put réprimer un sourire : Hortense

lui avait certes dit que l'abbé était bavard, mais il ne s'était pas attendu à une faconde aussi étourdissante.

— Hortense s'est follement réjouie de venir à Lyon pour…

— Vous a-t-elle dit que nous lui avons appris à jouer au quadrille ? le coupa l'abbé. Des nuits entières, nous y avons passé.

L'abbé baissa instinctivement la voix :

— D'ailleurs, si vous-même êtes amateur de jeux de cartes, je peux vous emmener chez certains particuliers qui donnent à jouer dans leurs appartements. Mais méfiez-vous des raccrocheurs vous faisant miroiter des mises importantes chez un cabaretier ou le tenancier d'un billard, ces gredins pullulent dans la ville – Lyon est une ville de foires, voyez-vous, et les marchands qui cherchent à se désennuyer sont des proies faciles. Aussi, je vous mets en garde : ne vous laissez pas entraîner dans ces tripots où vous seriez confronté à des fripons qui auraient tôt fait de vous plumer. Faites-moi confiance, je sais où l'on peut jouer à la triomphe ou au pharaon entre gens de bonne compagnie.

— Je croyais que l'Église réprouvait les jeux de hasard ? dit Toussaint en souriant.

L'abbé lui plaisait, même si lui-même était par nature plutôt enclin à ne voir dans les gens d'Église que des conteurs de fariboles qui réussissaient à se duper eux-mêmes.

— Mais bien sûr, et avec raison, se rembrunit l'abbé. Plus d'un pauvre bougre mène son commerce à la ruine et précipite sa famille dans la misère en perdant au jeu, mais les gens de notre condition savent jouer, gagner et perdre avec élégance. Ah, voilà ma cousine qui s'apprête à découvrir la campagne lyonnaise.

Hortense apparut dans une robe à l'anglaise de coton blanc, dont le décolleté et les poignets étaient soulignés de dentelle. Elle avait opté pour une tenue campagnarde, son cousin l'abbé Faivre du Bois d'Oingt ayant suggéré une partie de pique-nique sur l'île Barbe. Il avait à cet effet loué un fiacre qui devait les mener jusqu'à l'embarcadère.

La voiture longea l'Arsenal, puis rejoignit le quai des Célestins. Aux abords du pont du Change[1], le fiacre fut pris dans une inextricable mêlée de mules chargées de paniers, de charrettes à bras et de charrois. Ce pont était la principale voie de communication entre les deux rives de la Saône, de surcroît, il donnait rive gauche sur la place de l'Herberie où avait lieu, deux fois par semaine, un important marché aux hortolages[2]. Le cocher réussit, à force de claquements de fouet et de cris à engager la voiture dans la rue de la Pêcherie. La Saône disparut à leur vue, les maisons situées côté rivière, hautes et serrées les unes contre les autres, plongeaient leurs fondations dans l'eau.

— La rivière est un véritable cloaque aux abords des vieux quartiers, pardon de vous imposer cette puanteur, surtout ici, à proximité de la boucherie des Terreaux, mais je voulais vous faire apprécier la distance parcourue par le *Pyroscaphe* !

L'abbé leur conta l'exploit du marquis de Jouffroy d'Abbans, qui, trois ans auparavant, le 15 juillet 1783,

1. Le *pont du Change*, que les Lyonnais appelaient aussi *pont de Pierre* (car tous les autres ponts étaient en bois), débouchait rive gauche au niveau de l'église Saint-Nizier, rive droite au niveau du Change.

2. Toutes formes de plantes produites dans un jardin potager.

avait fait remonter la Saône à un bateau mû par une pompe à feu.

— De Vaise à l'île Barbe, en un quart d'heure, rendez-vous compte. Des milliers de gens s'étaient massés sur tout le parcours, Jouffroy d'Abbans a été acclamé comme un prophète des temps modernes ! Imaginez : le pyroscaphe fait cent trente pieds de long, quatorze de large, avec un tirant d'eau de trois pieds ! Deux roues à aubes latérales, transmission à crémaillère. L'aube d'une nouvelle ère, assurément !

— Et depuis trois ans ? demanda Toussaint. Car manifestement, on s'échine à haler les bateaux remontants, et d'une façon bien singulière. J'ai observé la scène, hier, depuis le pont du Change.

— Jouffroy d'Abbans a sollicité un privilège d'exploitation pour trente ans, mais le ministre Calonne y met une condition : que le marquis renouvelle l'expérience sur la Seine. Il lui faut donc faire construire un nouveau Pyroscaphe. C'est là que le bât blesse, car il n'est pas fortuné. Je lui ai prêté 30 000 livres, mais nous cherchons d'autres investisseurs, et le temps presse. Si vous-même souhaitiez effectuer un placement prometteur, je puis vous faire rencontrer le marquis. Vous verrez, dans moins de trois ans, il y aura une ligne régulière de bateaux mus par des pompes à feu, entre Lyon et Mâcon, pour commencer, et nous pousserons rapidement jusqu'à Chalon.

Arrivés à l'embarcadère, ils prirent une bèche[1] qui les amena au pied de la chapelle Notre-Dame. L'abbé était intarissable sur l'histoire de l'abbaye, mais il apparut que s'il fréquentait le lieu, c'était plus pour

1. Une barque (mot lyonnais).

participer aux fêtes galantes que la bourgeoisie lyonnaise organisait sur la prairie située à la pointe sud de l'île que pour suivre les processions qui, à chaque fête mariale, drainaient ici une foule considérable. Le valet de l'abbé les avait précédés et avait dressé une table sous un saule au bord de l'eau où la fraîcheur était appréciable. L'abbé leur servit un verre de morgon tandis que le valet tranchait le pâté en croûte.

— Cousin, je vous propose une santé. Un *toast*, comme disent les Anglais.

Il leva son verre, Toussaint et Hortense l'imitèrent.

— À Hortense, qui, je le sais, vous a tanné pour que vous acceptiez cette proposition faite par l'Académie de chirurgie !

— À Hortense, ma charmante et tendre épouse ! fit Toussaint en écho.

— À mon tour de porter une santé, dit Hortense. À mon cousin Pierre-Marie, pour le temps qu'il m'a déjà consacré l'année dernière et qu'il va nous consacrer cet été.

Toussaint leva son verre en direction de l'abbé. Il regardait les reflets moirés du vin auxquels se mêlaient ceux de la rivière, d'un vert tendre pailleté d'or. Il se remémorait leur arrivée à Lyon en début de semaine, la réception donnée en son honneur dans les salons de l'hôtel de ville. Il avait été accueilli avec faste et solennité, un mot de bienvenue adressé par le gouverneur de Lyon avait été lu par le président Andouillé, mais Toussaint avait gardé la tête froide : il savait que la plupart des hôtes présents qui feignaient de lui témoigner respect et admiration n'avaient pas lu son ouvrage, et l'eussent-ils fait, qu'ils eussent été horrifiés par la relation détaillée des autopsies cadavériques : corps exhumés, corps noyés, corps partiellement brûlés ou martyrisés qu'il avait autopsiés. Les autopsies dont il avait fait des comptes rendus détaillés formaient le contenu de son livre, mais nul avant lui n'avait encore formalisé ainsi le travail du chirurgien juré, et il avait montré, exemples à l'appui, que sa méthode permettait de démentir des conclusions parfois hâtives. L'abbé interrompit sa rêverie :

— Alors, cousin, dites-moi, quel est le contenu du cours que vous donnerez au collège royal ? On vous dit fondateur d'une science nouvelle, exposée dans cet ouvrage qui a connu un grand retentissement, comment l'appelez-vous ?

— La *chirurgie judiciaire*. Il s'agit bel et bien d'une science nouvelle, au carrefour de la chirurgie, de la chimie et de ce que certains appellent la criminologie, et qui consiste à mettre la science du chirurgien au service de la vérité, pour rendre justice à la victime. On attend de moi, en fait, que j'instruise les chirurgiens jurés de la sénéchaussée de Lyon, en leur apportant la méthode que j'ai élaborée et mise en œuvre à Orléans.

— Et en quoi consiste-t-elle ?

— Cela commence par la présence impérative du chirurgien juré sur les lieux mêmes du crime – trop souvent encore, le cadavre est immédiatement transporté sur une charrette à bras jusqu'au lieu où le chirurgien procède à l'ouverture du corps, et on connaît plusieurs cas où les cahots du chemin ont aggravé les lésions, et provoqué de nouveaux hématomes, ce qui brouille les pistes. Il importe donc que, préalablement à l'ouverture du corps, ce que nous nommons l'*autopsie* dans notre jargon, le chirurgien puisse se livrer *in situ* à un premier examen externe : il lui faut observer les traits du cadavre, la position qui était la sienne quand il a reçu les coups mortels – ce sont autant d'indices qu'il faut d'abord appréhender. Il n'est pas inintéressant non plus que le chirurgien, s'il est suffisamment habile, fasse des croquis à main levée du corps, des lésions constatées, et parfois même de l'environnement où la victime est trouvée.

Toussaint avait permis la résolution des meurtres commis l'année précédente en la cité d'Orléans : en qualité de chirurgien juré, il lui avait incombé d'autopsier les corps des jeunes femmes égorgées, dont les corps avaient été retrouvés sur les ports d'Orléans[1]. Il avait certes outrepassé ses fonctions en enquêtant aux côtés du commissaire Cerisier, mais il avait permis de confondre les coupables. La renommée de Toussaint avait fait du *Traité de chirurgie judiciaire*, édité avec privilège royal par l'éditeur-libraire orléanais Couret de Villeneuve, un véritable succès de librairie. L'abbé reprit :

— Dois-je comprendre que vous allez donner ce cours, non pas au collège de chirurgie, quai de la Charité, mais pour ainsi dire là même où la police trouvera un cadavre ?

— C'est ainsi prévu, les commissaires de police de la ville ont été informés de l'impérieuse nécessité de me faire prévenir en cas de mort suspecte – et de ne toucher à rien. Les ouvertures des corps ont lieu au collège royal, c'est l'autre aspect de mon travail ici. Je commence demain, avec un cas où il y a suspicion d'empoisonnement sur la personne d'un maître savetier.

L'abbé se saisit de la bouteille et remplit à nouveau les verres.

— À charge pour moi de vous faire rencontrer des Lyonnais vivants, et si possible bons vivants, car votre

1. Voir *De sucre et de sang*, éditions Pavillon noir.

métier tendrait à ne vous faire côtoyer que ceux qui sont passés dans l'autre monde.

— Vous verrez, Antoine, intervint Hortense, Lyon est une ville où on s'amuse follement. Et notre cousin, tout abbé qu'il est, connaît tous les lieux de plaisir qu'il faut avoir fréquentés si on veut prétendre connaître cette ville ! Et même ceux que la morale réprouve.

— Vous exagérez, ma cousine, au risque de me faire passer aux yeux de votre époux pour un libertin.

— Ne me disiez-vous pas, cousin, que le plaisir est le but de la vie humaine ?

— « Le plaisir est une fleur qui naît sur la tige de la vertu », a écrit un poète anglais. Oui, la recherche du plaisir est le but de toute vie – mais il reste à s'entendre sur ce qu'on appelle « plaisir ». La recherche effrénée des satisfactions terrestres ? Non, je laisse le soin de banqueter et gobeloter aux ripailleurs, tout comme je laisse la fréquentation des filles et des garçons aux libertins. Mais je ne dissimule pas le plaisir que je prends à l'étude, à la lecture, ce qui me pousse à rassembler dans ma bibliothèque ce qu'a produit la fine fleur de l'esprit humain en matière de philosophie, littérature, droit, théologie.

— Vous citez la théologie bien après la philosophie, remarqua négligemment Hortense.

— Tel est mon plaisir. Tout comme j'ai grand plaisir à ce moment de convivialité avec vous. Un plaisir bien simple et innocent, donc, mais si précieux, qui nous tient éloignés des passions et de l'agitation de l'esprit. Je vis seul, voyez-vous, ce qui explique que je recherche aussi assidûment la compagnie d'autrui, et que je sois toujours en quête de sociabilité.

— Votre conception du plaisir n'est pas éloignée de ce que certain philosophe appela la *tempérance*, dit Toussaint en souriant, « *l'absence de douleur dans le corps et de trouble dans l'âme* »…

L'abbé eut un bref accès de rire et répliqua :

— Hortense m'avait écrit que vous vous piquiez de philosophie, mais je ne m'attendais pas à vous entendre citer Épicure…

— Antoine *est* un épicurien, dit Hortense, je gage que vous allez bien vous entendre. Mais il fait bien pire que citer Épicure, il peut vous débiter par cœur des pages entières des œuvres de La Mettrie. N'est-ce pas, très cher ?

— D'autant plus volontiers que notre cousin l'abbé a des convictions que je partage, et qui sont celles de ce philosophe que j'estime parmi tous. « *Pourquoi tant vanter les plaisirs de l'étude ? Qui ignore que c'est un bien qui n'apporte point le dégoût ou les inquiétudes des autres biens ? Un trésor inépuisable, le plus sûr contrepoison du cruel ennui ; qui se promène et voyage avec nous, et en un mot nous suit partout ? Heureux qui a brisé la chaîne de tous ses préjugés ! Celui-là seul goûtera ce plaisir dans toute sa pureté ! Celui-là seul jouira de cette douce tranquillité d'esprit, de ce parfait contentement d'une âme forte et sans ambition, qui est le père du bonheur, s'il n'est le bonheur même*[1]. » Je suis un homme simple, un fils d'artisan qui s'est élevé au-dessus de sa condition grâce à l'étude, et je dois à cette inclination mon bonheur. Permettez-moi d'étudier, et je suis le plus heureux des hommes.

L'abbé leva son verre en signe d'approbation.

— Je croyais que c'était moi, la source de votre bonheur, se mêla Hortense. J'espère seulement que cette *tempérance* que vous professez l'un et l'autre ne nous

1. Julien Offray de La Mettrie, *L'Homme-machine*.

empêchera pas de profiter des lieux où l'on s'amuse et où l'on rencontre les personnes les plus intéressantes.

— Soyez rassurée, ma cousine, nous fréquenterons les meilleurs salons, je vous emmènerai au théâtre Saint-Clair – il s'y donne prochainement une pièce de Mme Olympe de Gouges – et je vous ferai découvrir ces guinguettes qui poussent comme des champignons dans les broteaux[1] du Rhône, près du Pré-Morand.

— Vous oubliez les parties de quadrille, ajouta Hortense. Antoine n'entend rien aux cartes, mais j'ai pour ma part un penchant pour le jeu. Une inclination que je vous dois de m'avoir fait découvrir l'année dernière.

*

* *

Eugène Coudurier rongeait son frein ; le conseil durait depuis plus de trois heures déjà, et rien à l'ordre du jour ne le concernait – on n'en finissait pas d'ergoter pour savoir si le costume d'hiver des gardes suisses devait être renouvelé tous les deux ou tous les trois ans, et on devait encore débattre du prix d'achat des cendres pour les lessives. Eugène Coudurier se souciait comme d'une guigne de ces questions ; lui était en charge de l'apothicairerie, depuis six mois seulement, certes, mais ces réunions hebdomadaires du dimanche et du mercredi lui pesaient déjà. Il gérait la pharmacie de l'hôpital avec conscience et rigueur, tout comme il tenait sa boutique de la rue de l'Aumône. Six mois déjà qu'il avait succédé à son confrère Gaspard Lefebvre. Il eut un sourire amer, ce pauvre Lefebvre n'avait pas

1. Îlots délimités par les bras du Rhône (les *lônes*), généralement submergés en période de hautes eaux.

eu de chance, le ver était dans le fruit, et il l'avait réalisé trop tard. Il fallait jouer plus finement, mais lui, Eugène Coudurier, se savait taillé pour une telle affaire. Il coula un regard reconnaissant en direction du recteur ecclésiastique, ce Dupac était décidément un connaisseur d'hommes qui avait fait le bon choix en faisant appel à lui. Mais maintenant, il lui tardait d'aller vérifier si son hypothèse était exacte : il était sur des charbons ardents depuis que Perrichon, le chirurgien, lui avait peut-être, indirectement, donné la clé du mystère. Foutu bonhomme que ce Lefebvre !

Le conseil s'acheva enfin. Eugène Coudurier se leva prestement, quitta la longue table recouverte de velours vert et gagna la sortie à grandes enjambées, ignorant grossièrement son collègue Chapuis, recteur en charge de l'approvisionnement en vins, qui le hélait pourtant depuis le bord opposé de la table. Il gagna l'aile nord-ouest de l'hôpital où se trouvait l'apothicairerie. Il savait n'y rencontrer personne en cette heure de début de soirée.

Il eut un sursaut en constatant que la porte de la pharmacie était entrouverte. Il pesta, il allait devoir faire des remontrances à cette vieille chouette de sœur Clotilde qui était censée l'assister dans sa charge, et qui avait manifestement négligé de fermer la pharmacie. Et il jubila, silencieusement : et si, de surcroît, un vol avait été commis ? Si quelqu'un s'était introduit dans la pharmacie pour y dérober un onguent, une poudre ou des pilules qu'il entendait revendre dans la rue ? Alors, c'en serait fait de sœur Clotilde, il pourrait exiger qu'on la renvoie. Une ombre passa furtivement dans le rai de lumière qui tombait sur le dallage de la galerie par la porte entrouverte. Eugène Coudurier s'arrêta net. Se pouvait-il que sœur Clotilde fût encore dans la place ? Pourtant, personne n'y travaillait le soir, lui seul était autorisé à se rendre à toute heure dans les locaux où l'on élaborait et où l'on entreposait les remèdes pour les malades. Et si ce n'était pas sœur Clotilde ? Un garçon chirurgien ? Il ferait renvoyer le garçon, et sœur Clotilde par la même occasion, bon débarras. Soudain, il fut sûr de lui : c'était à n'en pas douter la petite Thérèse. Elle pouvait avoir dérobé la clé à la vieille chouette, s'être glissée dans l'apothicairerie à l'heure où tout le monde était attablé pour le souper. S'il la surprenait à barboter dans les pots ou chevrettes[1], elle serait terrorisée, le supplierait de n'en rien dire à sœur Clotilde. Il eut une moue gourmande : elle serait à sa merci, un joli petit lot, il est vrai, elle ne pourrait rien lui refuser. D'ailleurs, son collègue Chapuis l'avait prévenu, une coureuse, de la graine d'accrocheuse, cette gamine – Chapuis lui était certainement passé dessus.

Il prit garde à ne pas marteler le sol de ses souliers, et coula un regard par l'entrebâillement de la porte. Il ne vit personne, aussi poussa-t-il le lourd battant de chêne. Il se campa sur le seuil, redoutable dans son habit noir de recteur tendu sur son embonpoint, dans une attitude propre à susciter la crainte et le respect – du moins voulait-il le croire. Où était cette garce de Thérèse ?

Personne dans l'apothicairerie. Eugène Coudurier traversa la salle d'un pas décidé, attaquant cette fois chaque pas, résolument, du talon. Il traversa la resserre

1. Pots de faïence à goulot, utilisés notamment pour conserver les sirops.

qui jouxtait la pharmacie. Le réduit était plongé dans la pénombre. Personne. Il déboucha dans le laboratoire. Toujours personne. Mais la porte vitrée donnant sur la courette était entrouverte, la Thérèse aura fui par là. On pouvait aisément, en grimpant sur le toit de la remise qui abritait les chaudières, passer dans la cour adjacente. Il ferma la porte à clé et revint dans la resserre, s'attarda devant le placard. Il oublia la Thérèse. Il savourait l'instant, il était sûr de ses déductions, c'était forcément là, il allait en avoir le cœur net. Il tira lentement sur la porte qui s'ouvrit en grinçant sinistrement, il avança la main qui tremblait, palpa à l'aveuglette le tissu rêche.

— Rembourrée, la garce ! murmura-t-il pour lui-même en souriant, avant de plonger la main dans les replis soyeux.

Il sursauta quand le couvercle d'un pot de faïence éclata sur le sol dallé de la pharmacie. Il claqua la porte du placard et se retourna.

Il apercevait les tessons de faïence dans la lumière vespérale qui tombait de la baie vitrée. Il s'avança, ne vit personne. C'est alors qu'une poigne solide, jaillissant de l'amas de blouses et de tabliers posés sur un chevalet derrière lui l'attira et le plaqua contre le mur, en même temps qu'il sentait un instrument pointu lui piquer le cou. En se contorsionnant, il aperçut la face grimaçante de son agresseur.

— Toi ? murmura Eugène Coudurier, mais que diable fais-tu là ?

Il sembla retrouver de sa superbe, et tenta de se dégager, mais la pointe du stylet le contraignit à l'immobilité.

— Qu'avais-tu à farfouiller dans le placard ? Qu'y as-tu caché ? Dis-le-moi, ou je te perce !

— Lâche-moi ! Comment oses-tu… ?

Eugène Coudurier réussit à se dégager, au mépris du stylet dont la pointe lui entaillait la gorge. Il réussit à gagner le seuil de séparation entre le réduit et l'apothicairerie, mais son agresseur revint à la charge, lui tortillant le haut de son habit d'une main pour l'étrangler. Le recteur se jeta en arrière, heurtant le meuble et une chevrette tomba, explosant sur le sol. La pression de la pointe se faisait plus insistante, du sang lui coulait dans le cou. Le recteur tenta dans un ultime effort de repousser son vis-à-vis, lui écrasant la face d'une main, et il ressentit soudain une violente douleur au côté. La pointe lui avait transpercé son habit et perforé l'abdomen, elle ressortit, pénétra à nouveau. Son assaillant lui porta plusieurs coups enchaînés tandis qu'il glissait au long du meuble.

— Foutu gueux ! Tu l'as bien cherché !

Jeudi 8 juin 1786

Toussaint se saisit d'une longue pince et écarta les parois de l'estomac. Malgré la forte chaleur, le corps s'était bien conservé grâce aux sels d'alun dont il avait été recouvert.

— Ces taches noires sont des érosions hémorragiques. Par contre – approchez, messieurs –, ces points blancs, ici, là, et là encore, méritent votre attention…

Toussaint préleva avec une pincette un échantillon de la substance blanchâtre qu'il examina avec une loupe.

— Il s'agit d'une substance légèrement granuleuse. Voyez vous-mêmes.

Puis il demanda au garçon qui l'assistait d'allumer un bloc de charbon dans un brasero. Les quatre chirurgiens jurés qui assistaient à l'ouverture du corps se tamponnaient régulièrement le nez de mouchoirs parfumés.

— Messieurs, vous allez devoir renoncer à vos mouchoirs si vous voulez connaître le fin mot de l'histoire. Je vais déposer cette substance, prélevée sur la muqueuse de l'estomac, sur un charbon ardent. Saurez-vous reconnaître l'odeur qui va se dégager ?

Avec réticence, les quatre chirurgiens se penchèrent pour tenter d'identifier la faible senteur qui flottait au-dessus du foyer.

— Peut-être… une senteur de ciboule ? murmura l'un d'eux.

— Vous n'y êtes pas, objecta un de ses confrères. De l'ail. C'est une odeur d'ail.

Ses confrères opinèrent de la tête. Toussaint reprit :

— Il arrive qu'une odeur alliacée se dégage de l'appareil digestif, sans qu'on doive en tirer une conclusion prématurée. Mais ici, plusieurs signes concourent : l'aspect granuleux de la substance, sa couleur blanchâtre, les vapeurs brunâtres à l'odeur d'ail qui se dégagent quand on la dépose sur des charbons ardents – il s'agit d'acide arsénieux. Nous pouvons affirmer que cet homme a ingéré ce que le commun appelle *arsenic*.

— Et qu'il a donc possiblement été empoisonné ? compléta un des auditeurs.

— Exactement.

La porte de la salle de dissection s'ouvrit en grinçant sur ses gonds. Le chef des gardes suisses de l'hôpital, en habit bleu à parements rouges, à la veste et la culotte rouges, chercha à s'approcher du groupe, faisant de petits sauts de côté pour éviter les rigoles d'eau rougeâtre sur le sol. Mais rebuté par l'odeur qui régnait dans la salle et par le spectacle d'un corps éviscéré, il héla le chirurgien :

— Maître Toussaint ?

— Oui ?

Le suisse lui fit signe d'approcher et lui murmura à l'oreille :

— Maître Toussaint… Le recteur comte de Lyon

vous prie de bien vouloir les rejoindre séance tenante en salle du conseil.

Toussaint s'essuyait machinalement les mains sur le tablier qui lui ceignait le torse.

— De quel recteur me parlez-vous ? Et rejoindre *qui* ?

— Messire Dupac de Bellegarde, le recteur ecclésiastique. Les recteurs de l'hôpital se sont réunis en urgence et vous êtes attendu. Le lieutenant général de police est également présent. Vous êtes prié de me suivre, toute affaire cessante.

— Vous piquez ma curiosité… Messieurs, dit Toussaint en se débarrassant de son tablier, je crains que cette leçon ne s'achève plus tôt que prévu. Mais puisque nous avons mis en évidence la présence d'acide arsénieux, il y a lieu de confronter cet élément aux informations relevées au domicile de la victime : un relevé minutieux de toute chose s'y trouvant a été fait. Les documents du commissaire sont à votre disposition, vous devriez faire progresser cette enquête.

Toussaint savait que de la mort-aux-rats avait été trouvée dans le logement du sieur Robert, dans le seau à ordures, sous une couche de pluches de légumes. L'affaire était entendue, mais il restait à déterminer qui préparait les repas du savetier et les assaisonnait de poudre de succession. Il jeta son tablier à son aide, attrapa sa veste et son tricorne, et suivit le suisse. Ils quittèrent le collège royal de chirurgie, situé dans l'aile est de l'hôpital de la Charité. Débouchant sur le quai, ils prirent à main droite et pénétrèrent par la porte du Rhône dans le vaste hôpital qu'ils traversèrent de part en part : la salle du conseil, lui expliqua le suisse, était située à l'opposé, près de la chapelle. Toussaint n'avait pas encore eu l'occasion de découvrir l'ensemble de cours et bâtiments qui constituaient « l'hôpital général de la Charité, Aumône générale et enfants trouvés de Lyon », construit au siècle précédent dans le but d'accueillir mendiants, orphelins, vieillards et femmes en couches. On lui avait vanté les conditions de salubrité de l'hospice dont les claustraux s'agençaient en damier, il constata sans surprise que les différentes communautés vivaient isolées les unes des autres : le suisse, qui portait à la ceinture un anneau regroupant d'innombrables clés, ouvrait et refermait les portes de communication entre les différentes cours. Toutes les personnes qu'ils croisaient, frères et sœurs hospitaliers vêtus de noir, de gris les membres des autres communautés, lui jetaient des coups d'œil furtifs.

En chemin, le suisse lui expliqua en réponse à ses questions que le bureau de l'hôpital était composé de dix-huit recteurs, élus pour deux ans, et choisis parmi les notables de la ville. Mais c'était un comité restreint qui attendait Toussaint dans la salle du conseil : cinq personnages à la mine tendue, assis côte à côte à la longue table recouverte d'un brocart vert, devisaient à mi-voix. Ils se turent brusquement lorsque Toussaint fut introduit. L'un d'eux se leva prestement et vint à sa rencontre : le chevalier Laurent Basset, lieutenant général de police de la ville de Lyon – Toussaint le reconnut, Basset était présent lorsqu'il avait été reçu par le président de l'Académie royale de chirurgie. Basset, un homme dans la force de l'âge, au cheveu rare, mais aux joues mangées de favoris nourris et grisonnants, le prit sans façon par le bras :

— Maître Toussaint, je vous sais infiniment gré de vous être ainsi rendu disponible. Approchez, que je vous présente MM. les recteurs.

Basset le conduisit face au premier personnage, qu'il

lui présenta comme étant le chanoine Dupac de Bellegarde, comte de Lyon et recteur ecclésiastique – premier recteur dans la hiérarchie et, à ce titre, président du bureau d'administration. Toussaint salua avec le minimum de déférence requise cet homme étique, flottant dans son strict costume noir, à l'abondante chevelure blanche, et dont la mine d'austérité et le regard aigu qu'il portait sur ses semblables trahissaient la fièvre religieuse. Toussaint se raidit en sentant le chanoine le fouiller du regard, le jauger, puis l'abandonner pour laisser son regard errer dans la salle ornée de boiseries, comme si son opinion était faite sur son compte.

— Messire Simon Vial, trésorier de France, qui a dans cette maison le titre d'*officier du roi*, second recteur.

Le chevalier, qui portait une perruque à rouleaux démodée, adressa un bref signe de tête à Toussaint, mais ne consentit pas davantage à sourire. Le troisième recteur était un homme lourd et ventru, aux bajoues tombantes, à la mine plus engageante, mais qui s'astreignait à paraître grave :

— Noble Marc-Antoine Bertholon, avocat en parlement, troisième recteur, et Noble Léonard Gay, ancien échevin et quatrième recteur.

Ce dernier personnage semblait souffrant, et Toussaint aurait parié qu'il était perclus de goutte.

Le lieutenant général de police fit asseoir Toussaint face aux quatre hommes en noir, et, allant de long en large devant la table, il exposa au chirurgien la raison de sa présence ici :

— Monsieur le chirurgien, la Providence a voulu que vous soyez dans ces murs pour instruire nos chirurgiens jurés de cette science nouvelle dont vous êtes le propagateur, alors même qu'une affaire des plus graves se produisait dans cet hôpital. Un crime. Sur la personne d'une des plus hautes autorités de…

— Chevalier, l'interrompit le chanoine Dupac d'une voix voilée et fatiguée, venez-en au fait, vous voulez bien ?

Basset eut un regard chargé de colère rentrée à l'égard du recteur, mais ce dernier regardait toujours négligemment les boiseries qui ornaient la salle.

— Oui, donc : le recteur en charge de l'apothicairerie de l'hôpital, le sieur Eugène Coudurier, a été assassiné. Poignardé, sans doute. Son corps a été découvert tôt ce matin par la sœur dans le cabinet de pharmacie de l'hôpital. Messire Dupac m'a immédiatement fait prévenir, j'ai dépêché un commissaire de police qui est sur place…

— Où est le corps de la victime ? demanda Toussaint. Il est dans mes attributions de l'examiner, comme vous le savez.

— Le corps est encore là où il a été découvert, dans l'apothicairerie. Un suisse est présent qui empêche quiconque de pénétrer. L'affaire est délicate, car, voyez-vous, outre qu'il s'agit d'un des recteurs de la Charité, un éminent pharmacien de la ville, eh bien, comment dire…

Le lieutenant général marqua une pause, cherchant ses mots pour poursuivre.

— C'est le deuxième, lâcha l'avocat Bertholon.

— Pardon ? demanda Toussaint en haussant les sourcils. Que voulez-vous dire ?

— Le deuxième recteur chargé de l'inspection de la pharmacie à être assassiné, compléta le chanoine. Son prédécesseur, le recteur Lefebvre, a été assassiné il y a six mois. Le 18 janvier.

— Dans la pharmacie également, compléta Bertholon.

— Bigre ! Voilà qui n'est pas banal.

Le lieutenant général Basset se campa devant Toussaint :

— En effet, le recteur Lefebvre a eu le crâne fracassé par un mortier en granite, et cette première affaire n'a pas trouvé sa résolution. Devant la gravité des faits, et la singularité de ces deux meurtres, perpétrés dans la pharmacie de l'hôpital, messire Dupac m'a fait chercher et a réuni ce comité restreint. Nous sommes convenus de faire appel à vous, sur ma proposition que les recteurs ont acceptée unanimement, et sans restriction. Je sais par mon homologue orléanais, le lieutenant général Miron de Pont le Roy, que vous êtes excellent chirurgien, mais également un enquêteur hors pair, intuitif et tenace. Plusieurs centaines d'individus vivent en communauté dans ce lieu, mais que les deux recteurs chargés de la pharmacie aient été assassinés à six mois d'intervalle, dans le même lieu, incite fortement à penser que les motifs sont à rechercher ici même, peut-être dans l'activité même de la pharmacie. L'affaire est délicate, je le redis, l'hôpital de la Charité ne peut fonctionner sans la générosité de nos concitoyens. Ces meurtres ternissent l'image de l'Aumône générale, et celle de l'action bienfaitrice des notables recteurs. Nous songeons donc à vous confier l'enquête.

— La discrétion est de mise, ajouta le recteur ecclésiastique, car il s'agit de ne pas affoler les pauvres individus qui vivent ici.

— Soyons clairs, monsieur Toussaint, reprit Basset. Vous continuerez à assurer votre cours au collège royal, à raison de trois jours par semaine, mais vous enquêterez le reste du temps jusqu'à démasquer l'assassin du recteur Coudurier.

— Qui est peut-être également celui du recteur Lefebvre, intervint le recteur Gay.

— Nous ne pouvons pas l'exclure en effet, reconnut le lieutenant général, les deux affaires sont peut-être liées. Si vous acceptez, monsieur Toussaint, je demanderai à Mgr le duc de Villeroy que vous soyez investi des pleins pouvoirs de police. Rien ni personne ne doit entraver votre action…

Toussaint capta le regard aigu que le chanoine Dupac lança au lieutenant de police.

— Vous aurez à mener l'enquête parmi de pauvres gens durement éprouvés par l'existence, mais dont la piété n'est pas toujours la qualité première.

— Chevalier, comment osez-vous ? Une brebis galeuse dans le troupeau ne justifie pas qu'on jette l'opprobre sur tout le troupeau

— Ni sur son berger, ajouta le recteur Bertholon qui eut un rire aigrelet faisant trembloter ses bajoues.

Toussaint eut subitement le sentiment d'être pris dans la nasse. Il pensait que lui avait été proposée une véritable sinécure, sous la forme de trois demi-journées de cours et de quelques déplacements sur des lieux de crimes – et voilà qu'on le pressait d'accepter d'enquêter sur des meurtres mystérieux, perpétrés en un lieu où aucun enquêteur n'aurait les coudées franches. La prudence aurait voulu qu'il refusât, et il aurait mis sa main à couper que le recteur Dupac s'attendait à son refus, pourtant, il écarta vite cette idée : sa curiosité était excitée. Par ailleurs, il n'imaginait pas passer son temps libre en pique-niques et bals champêtres, n'en déplaise à Hortense. Il avait mis en chantier le second tome de son *Traité de chirurgie judiciaire*, et enquêter ainsi, avec les pleins pouvoirs, lui donnerait un matériau de première main. Il en ressentait une forme d'exaltation. Aussi prit-il sa décision sur-le-champ :

— Messieurs, j'accepte, aux conditions que le chevalier Basset a énoncées.

La tension retomba parmi les cinq personnages qui lui faisaient face. Le lieutenant de police était visiblement satisfait, et le remercia chaleureusement, seul le recteur ecclésiastique ne se souciait pas de dissimuler son scepticisme : il affichait une moue dubitative tout en dardant un regard sombre sur le chirurgien.

— C'est parfait, monsieur Toussaint, nous allons donc de ce pas à la pharmacie de l'hôpital. Le commissaire Bernardin nous y attend.

— Je vous accompagne, dit le recteur ecclésiastique en repoussant sa chaise et se levant. Mes collègues recteurs vont entre-temps prendre les dispositions nécessaires pour que vous puissiez… *enquêter* dans cette maison, en informant notamment les autres administrateurs, les ecclésiastiques, les frères et sœurs hospitaliers. Vous aurez un laissez-passer vous permettant d'aller et venir à votre guise, selon les besoins de l'enquête.

Précédés du chef des suisses, ils prirent à travers le dédale de cours et de galeries. Le recteur Dupac lui expliqua que les claustraux s'organisaient autour de neuf cours carrées sur lesquelles ils donnaient par des portiques ouverts servant de promenade. Le chanoine indiquait négligemment au passage les lieux qu'ils traversaient – « La cour des orphelins… La cour commune… La cour des moulins… Par ici, la buanderie… » –, tandis que toutes les personnes qu'ils croisaient le saluaient respectueusement, sinon craintivement.

— Messire Dupac, chacun ici semble porter un habit en rapport avec son rang ou sa fonction.

— C'est exact, répondit le recteur sans ralentir son pas. Et il n'est pas inutile que vous sachiez les reconnaître. Voici, en habit noir avec le chapeau à demi rabattu, des frères hospitaliers. Les frères élèves portent l'habit gris de Maure, avec un tour de col noir, et leur chapeau est retroussé. On ne devient frère hospitalier qu'après avoir été élève pendant au moins dix ans, et à trente-six ans révolus. Ceux-là, en habit gris de fer et au chapeau rabattu, sont des gens de service. Vous retrouverez ces mêmes couleurs chez les sœurs hospitalières et leurs élèves. Les infirmes ont aussi des habits gris de fer, avec en outre pour marque distinctive le parement violet. Et nous avons les différentes communautés d'enfants, tous habillés de blanc jusqu'à l'âge de douze ans. À partir de douze ans, ils portent l'habit de leur communauté, selon qu'ils sont *Petits Garçons*, *filles Catherines*, *filles Thérèses*, *Petits Passants* ou *garçons de la Chanal*. Nous avons aussi quelques enfants vicieux qui séjournent ici le temps nécessaire pour retrouver une conduite vertueuse. Ceux-là sont enfermés, quant aux autres, je doute qu'ils puissent être suspectés des meurtres des recteurs.

Sans ralentir le pas, le recteur ajouta :

— Si vous deviez vous rendre, pour les besoins de l'enquête, dans les communautés de femmes, qu'il s'agisse des orphelines, des renfermées, des nourrices, vous vous ferez toujours accompagner d'une sœur hospitalière.

Toussaint s'arrêta.

— Y a-t-il une raison particulière vous faisant penser que je devrais me rendre chez les femmes ?

Le chanoine s'arrêta à son tour et fit face à Toussaint, ses yeux s'étrécirent et Toussaint crut y déceler un éclat nouveau : de l'irritation, ou peut-être le sentiment d'en avoir trop dit ?

— Absolument aucune. Mais nul homme, hormis les ecclésiastiques, ne peut se rendre non accompagné d'une sœur dans les bâtiments des femmes.

Ils reprirent leur cheminement.

— Combien de personnes vivent ici ? demanda Toussaint

— Actuellement, nous hébergeons cinq cent cinquante-trois pensionnaires ou résidents. L'hôpital de la Charité a comme vocation première de recueillir les enfants nouveau-nés ou en bas âge qui ont été exposés dans la ville, ou directement apportés à l'hôpital, mais aussi les enfants délaissés par leurs parents, et bien sûr les orphelins. Nous recevons également les filles enceintes qui viennent y faire leurs couches. La population varie donc d'un jour à l'autre. Par ailleurs, nous avons place pour deux cent huit infirmes incurables provenant des enfants trouvés, délaissés ou orphelins, et qui, du fait de leur infirmité, ne peuvent être placés à l'extérieur. Et nous logeons et nourrissons deux cent quarante-deux vieux et vieilles de la ville de Lyon, qui sont soit septuagénaires, soit indigents. Il faut bien sûr y ajouter les personnes qui font que cette institution accomplit sa mission : les officiers, les frères et les sœurs hospitaliers, les élèves, les aides, les ouvriers et les employés à l'intérieur de l'hôpital, soit deux cent vingt-sept personnes. Vous pourrez consulter les registres de l'économe, si vous le souhaitez.

— Donc près de huit cents personnes se côtoient ici chaque jour…

— Je doute que maître Toussaint recherche l'assassin du recteur Coudurier parmi les enfants ou les filles enceintes, intervint Basset. Sans doute peut-il aussi écarter d'emblée les infirmes, les vieillards indigents – le recteur Coudurier était taillé en force, il a succombé aux coups portés par un agresseur aussi robuste que lui.

— Il nous reste les officiers, frères, sœurs – pour celles qui seraient de taille à occire un recteur –, élèves et domestiques, au bas mot… près de deux cents personnes ?

Le recteur Dupac s'arrêta et fit face à Toussaint :

— Sans doute devrez-vous vous concentrer sur les personnes qui ont un lien direct ou indirect avec l'apothicairerie. Nous y voilà, d'ailleurs.

Ils étaient parvenus devant une lourde porte devant laquelle un suisse était en faction. Ils entrèrent dans la pharmacie. Une baie vitrée, par laquelle se déversait la vive lumière du matin, donnait sur une courette. Des boiseries de noyer habillaient les trois autres côtés de la salle. Toussaint ne put s'empêcher de regarder tout autour de lui, impressionné par la magnificence du lieu. Le meuble central était fait, dans sa partie supérieure, d'arcades reposant sur d'élégantes colonnettes torses, délimitant des niches qui abritaient chevrettes et albarelli[1]. Les éléments latéraux étaient constitués, dans le bas, de tiroirs renfermant les drogues simples et, dans le haut, de vitrines derrière lesquelles on devinait pléthore de flacons, carafes, bouteilles et piluliers.

Un homme vint à leur rencontre, que le lieutenant général Basset présenta comme étant le commissaire Bernardin. L'homme était rond, son embonpoint était pris dans un habit de soie brodé de couleur jaune vif dont jaillissait en cascade moussue un jabot de dentelle. Il tenait son tricorne sous le bras, esquissa un

1. Vases de faïence, de forme cylindrique (d'origine italienne).

salut vaguement révérencieux. Il avait la tête ronde également, des lèvres charnues, de larges plaques de couperose trahissaient son penchant pour les nourritures terrestres.

— Commissaire, vous assisterez maître Toussaint, chirurgien juré, qui est chargé par le gouverneur de la résolution de cette affaire criminelle. Vous serez, durant le temps de l'enquête, dispensé du suivi des marchés, mais vous continuerez d'exercer votre charge principale. Aussi, je compte sur vous pour mettre votre sagacité et votre expérience au service de l'enquête, et donc de maître Toussaint.

Le commissaire opinait en triturant son tricorne, tout en lançant des coups d'œil vers Toussaint qui s'était accroupi auprès du corps : le recteur Coudurier était couché sur le seuil menant de la pharmacie au cabinet adjacent. Une flaque de sang s'était étalée sous le cadavre et teintait les dalles de calcaire d'une vilaine couleur brune. Le chanoine Dupac daigna fournir quelques explications d'une voix fatiguée :

— Le recteur Coudurier était présent hier, comme tous ses collègues, à la réunion du bureau d'administration – les recteurs se réunissent deux fois par semaine, le dimanche matin à huit heures, et le mercredi à trois heures de l'après-midi. Je suppose que, quittant la salle du conseil, il s'est rendu à la pharmacie, et c'est ici qu'il aura rencontré son assassin.

Les quatre hommes faisaient cercle autour du corps. Dupac eut une moue de dépit et ajouta avant de sortir :

— La salle des autopsies cadavériques se trouve au-dessus de la pharmacie, vous pouvez bien évidemment y procéder à l'autopsie du recteur. Je vous envoie des aides qui porteront le corps du recteur Coudurier jusque-là. J'ai fait prévenir les autres recteurs de la

Maison, l'inhumation du corps aura lieu ce soir même dans la paroisse du recteur.

Toussaint se déplaça autour du corps allongé sur les dalles. Un pot de faïence était tombé, sans doute pendant la lutte qui avait opposé Coudurier à son agresseur. Des tessons de faïence se trouvaient sous le corps, et de part et d'autre de celui-ci. Le commissaire Bernardin ramassa sur le sol de petits cailloux blanchâtres qu'il montra à Toussaint :

— Des « yeux d'écrevisse », lui dit Toussaint – des concrétions pierreuses qui se trouvent sous le corselet des écrevisses de rivière, et qu'on utilise notamment dans les remèdes contre la goutte. C'est ce que contenait le pot fracassé. Aidez-moi à retourner le corps.

L'homme avait été blessé à l'abdomen, et le sang s'était lentement écoulé sur le sol après avoir imbibé l'habit noir.

— Regardez ces traces sur la dalle, dit-il à l'adresse du commissaire et du lieutenant général.

— On dirait qu'il a été tiré sur le sol, non ? demanda Basset.

— Ou qu'il a essayé de ramper, sur quelques pouces, avant de s'affaisser complètement et de mourir ici, ajouta Bernardin. Il aura sans doute voulu aller chercher de l'aide.

— Ou bien il aura cherché à retenir son agresseur, lequel aura disparu par la courette, émit Basset.

Bernardin secoua la tête :

— C'est peu vraisemblable, la porte donnant sur la cour était fermée à clé.

Le lieutenant Basset sembla soudain s'impatienter :

— Maître Toussaint, je demande au cabinet du gouverneur de faire établir une lettre de pleins pouvoirs à votre nom, nous nous retrouverons ensuite dans la salle d'autopsie cadavérique.

Demeuré seul avec le commissaire, Toussaint fit du regard le tour de la pharmacie. Il sourit en découvrant les personnages sculptés dans les encoignures des boiseries, il identifia un chirurgien-barbier arrachant une dent à son patient, un apothicaire, mais aussi, curieusement, un sauvage armé d'un arc et portant une corbeille de fruits sur la tête.

Le commissaire Bernardin se releva en soufflant comme un bœuf. Il se rendit dans le laboratoire, séparé de la pharmacie par le réduit obscur sur le seuil duquel le recteur Coudurier s'était affalé. Toussaint le suivit. Le laboratoire était vaste et bien équipé : plusieurs alambics de cuivre, de taille décroissante, étaient alignés sur un comptoir en bois le long du mur sous les fenêtres hautes. Sur les étagères qui couvraient le mur opposé étaient rangés les mortiers, les moulins à épices, les tamis et draps à passer, les bassines et les coquemars. Sur la longue table centrale, les balances et d'autres ustensiles. L'ordre et la propreté du lieu étaient irréprochables. La porte vitrée donnant sur la cour était fermée à clé.

— C'est ici que le recteur Lefebvre a été retrouvé, le crâne fracassé. Sans doute avec ça, dit Bernardin en se saisissant d'un mortier en granite sur la table.

Toussaint souleva les couvercles de quelques pots, renifla du saindoux, ouvrit des flacons d'eau-forte et d'eau thériacale[1], testa du doigt la granulosité de

1. L'*eau thériacale* contenait de la *thériaque*, une préparation à base de plusieurs dizaines d'ingrédients, réputée être à la fois un tonique et un antipoison.

plusieurs emplâtres – emplâtre *ad herniam*[1], emplâtre de maître Jean[2], emplâtre de frai de grenouilles[3] – de confection récente.

— Commissaire, quelles sont vos délégations principales au sein de la police municipale ?

— Les marchés. Et les lanternes.

— Pardon ?

— Je suis chargé du contrôle de l'éclairage public. Je dois vérifier si, à la nuit tombée, toutes les lanternes sont éclairées, et suffisamment pourvues en huile, ou si le poids des chandelles est correct, là où on en utilise encore.

— Cela est bien, mais vous êtes-vous déjà occupé d'affaires criminelles ?

— Non… J'ai commencé par l'enlèvement des bêtes mortes et l'entretien de la voirie. Cet hiver, le consulat m'a confié le contrôle des marchés et des lanternes. En cette saison, où les nuits sont brèves, je ne suis pas trop à la tâche, je pense que c'est pour cette raison que le lieutenant général m'a fait appeler.

Toussaint se massait la mâchoire inférieure, en signe de grande perplexité. Il s'attendait au pire en posant la question suivante :

— Et votre profession première ?

— Perruquier. Ma femme tient toujours boutique, Grande-Rue Mercière.

Toussaint s'éloigna de quelques pas pour dissimuler son dépit. Il savait que les commissaires ne choisissaient pas toujours d'exercer cette charge : ils étaient

1. L'emplâtre *ad herniam* était employé contre les *hernies*.

2. L'emplâtre de maître Jean contenait de l'opium et était utilisé contre le mal de dents.

3. L'emplâtre de frai de grenouilles était utilisé dans le traitement des plaies enflammées, notamment au niveau des yeux.

sollicités par les autorités municipales, généralement sur la base de leur moralité, et pour peu que le curé de leur paroisse consentît à délivrer une attestation d'assistance assidue aux offices. La probité et la piété étaient des qualités prisées, plus que l'intelligence. On ne parlait pas de la connaissance du droit.

— Foutre Dieu !

Bernardin avait allumé un quinquet et farfouillait dans la resserre. Avisant un placard aux portes entrebâillées, il avait introduit l'index entre les deux portes et avait tiré. Ce qu'il avait alors découvert à la lueur de son fanal avait provoqué chez lui un brusque mouvement de recul et il se tenait à distance respectueuse du placard.

Toussaint s'approcha.

— Monsieur Toussaint ! Regardez-moi cette monstruosité… Qu'est-ce que cette chose ?

Toussaint attrapa la chose en question par une « jambe ».

— La machine de Mme du Coudray. La partie inférieure d'un corps de femme – en fait, un mannequin, utilisé pour les cours d'accouchement, et construit à partir d'un véritable bassin de femme, avec un rembourrage de coton sous le tissu. Voilà les cuisses, censées reposer sur ces arceaux – Toussaint replaça le mannequin sur l'étagère, en position gynécologique –, le bas-ventre, et vous avez là le vagin, avec un enfant en passe de naître… C'est lui qui vous a effrayé.

Toussaint amena à lui la poupée de chiffon, reliée à la matrice par une longue tresse de coton, figurant le cordon ombilical. Les cheveux étaient tracés à l'encre, les oreilles et les paupières cousues, la bouche était démesurément ouverte, et le nouveau-né semblait vagir.

— On utilise vraisemblablement cette machine pour les cours d'accouchement.

Deux aides se présentèrent avec une civière, demandant s'ils pouvaient charger le corps. Toussaint leur fit signe que oui, puis se tourna vers le commissaire :

— Est-ce vous qui avez été en charge du meurtre du précédent recteur ?

— Non pas, c'est mon collègue Fleury qui s'en est occupé. Mais sans beaucoup de résultat, même s'il penchait pour un vol de drogues. Il est vrai que le commissaire Fleury n'a pas réussi à débusquer l'assassin du recteur, mais vous allez vite comprendre, maître Toussaint, que la tâche est ardue : cet hôpital est un monde clos, où ne vivent que des reclus qui évoluent comme des ombres, le regard toujours tourné vers le bas, transpirant la piété par tous les pores de la peau, mais… d'après ce qui se raconte, il s'en passe de belles, ici, dès que les aumôniers ont le dos tourné.

— C'est-à-dire ?

— Des rumeurs, sans doute, les personnes pieuses suscitent l'agacement et l'envie des débauchés, mais comme dit le commun, il n'y a pas de fumée sans feu.

Le commissaire Bernardin eut un sourire torve, cligna de l'œil en direction de Toussaint qui comprit que le gros homme entendait se faire prier :

— Racontez-moi quelles sont ces rumeurs, cher collègue.

Le terme de « collègue » eut pour effet de flatter Bernardin qui se rengorgea de son importance :

— Beaucoup de jeunes filles vivent ici, toutes orphelines. Il se dit que certains recteurs se laissent facilement émouvoir par la fraîcheur de ces jeunes filles en quête d'affection, et d'un protecteur.

— Votre collègue Fleury suivait une telle piste ?

— Je ne saurais dire.

— Eh bien, il est sans doute la première personne que nous devons rencontrer…

Bernardin eut un moment de stupeur :

— On ne vous l'a pas dit ? C'est que le commissaire Fleury a rejoint le royaume des taupes, voyez-vous. Il est mort au mois de mars, d'une crise d'apoplexie.

Toussaint éprouva un subit sentiment de découragement. Deux morts mystérieuses, dans le même lieu et à six mois d'intervalle, et le commissaire en charge de la première enquête, décédé. La barque était décidément bien chargée, et il n'était pas loin de penser qu'il avait peut-être imprudemment accepté cette affaire. Après tout, le lieutenant Basset disposait de huit commissaires dans la ville, quel besoin avait-il de recourir aux services d'un chirurgien juré fraîchement arrivé d'Orléans ? Il se ressaisit et se contraignit à l'optimisme :

— Bien, alors, nous nous procurerons le dossier que le commissaire Fleury a constitué, nous y trouverons ses observations ainsi que la relation des interrogatoires qu'il a menés, je suppose. Je propose que vous poursuiviez l'examen des lieux, furetez dans le laboratoire, même si toute chose semble à sa place. Sans doute ferons-nous venir un apothicaire ou un chimiste pour qu'il juge de ce qui se passe ici. Si vous connaissez un bon apothicaire encore de ce monde sur la place de Lyon…

Bernardin s'abîma quelques instants dans une profonde réflexion, son front se plissa sous l'effort. Puis il éructa :

— Ah oui, pour ça, oui. J'en connais un. Pour être bon, il est bon !

Le commissaire se frottait les mains tout en opinant du chef. Toussaint l'encouragea d'un sourire à poursuivre.

— Le fils de l'herboristerie Michelet. Il a fait sa maîtrise il n'y a pas longtemps. Je peux vous assurer qu'il n'a pas les deux pieds dans le même sabot. Déjà tout petit, il savait…

Toussaint l'interrompit d'un geste de la main :

— Bien, bien, vous me mènerez auprès de lui. Puis vous vous rendrez chez le recteur Coudurier. Voyez sa parentèle, dressez un procès-verbal de tous les interrogatoires que vous mènerez, et apportez-les à mon domicile place Saint-Michel, la maison à gauche de l'atelier de taillanderie. Entre-temps, je procède à l'ouverture du corps.

Toussaint suivit les aides portant la civière jusqu'à l'amphithéâtre d'autopsie cadavérique. Ils empruntèrent un escalier qui prenait à gauche de la pharmacie. Une eau rougeâtre ruisselait sur les marches de pierre. Toussaint pénétra à la suite des aides dans la vaste salle où trois rangées de bancs en gradins étaient disposées en demi-lune autour de deux tables de dissection. Un corps était allongé sur l'une d'elles, la cage thoracique et les viscères avaient été enlevés. Trois garçons en habit gris observaient les gestes de l'homme en robe noire qui s'affairait autour de la dépouille. Celui-ci s'interrompit quand les aides déposèrent le corps du sieur Coudurier sur la table voisine. Il fit face à Toussaint, le sécateur dans la main levée, jeta un œil sur le corps et n'eut pas besoin de soulever le drap qui le recouvrait pour l'identifier :

— Le recteur Coudurier, je suppose… Et vous êtes ?

— Antoine Léonard Toussaint, chirurgien juré auprès du bailliage d'Orléans, actuellement chargé de cours de chirurgie judiciaire au collège royal. Et depuis peu en charge de l'enquête autour de la mort du recteur Coudurier, à titre tout à fait exceptionnel.

Toussaint haussa les sourcils pour inciter son interlocuteur à se présenter. Celui-ci maugréa plus qu'il ne s'adressa à Toussaint :

— Henri Perrichon, chirurgien major de cet hôpital. Mes élèves, ajouta-t-il en désignant du sécateur les trois garçons assis sur les gradins.

— Nous sommes donc confrères. Je vais devoir procéder à l'ouverture du corps, acceptez-vous de m'assister ? J'aurai besoin de vos instruments.

Toussaint fit signe aux aides de dévêtir le corps de Coudurier. Un garçon de salle lavait le parquet à grande eau, vidant des seaux qu'il montait de la cour, frottant les lames avec un balai de crin. Toussaint dut faire quelques pas de côté pour éviter que ses bas ne soient maculés, ce dont s'amusa le chirurgien major :

— Je vous accorde qu'avoir aménagé une salle d'autopsie cadavérique au premier étage, sans prévoir d'évacuation, ce n'est pas très malin. Vous pouvez y aller vous autres, la leçon est finie, dit-il à l'adresse des garçons chirurgiens.

— Vous êtes vous-même chargé d'enseignement ?

— Anatomie et chirurgie avec ces trois-là, et accouchement avec les élèves filles.

Toussaint regardait le garçon de salle qui repartait, ses seaux vides à bout de bras.

— Je suppose que vous utilisez pour les leçons d'accouchement la machine de la du Coudray qui est à la pharmacie ?

— Non, c'est le modèle original, que nous gardons précieusement et qui a été acquis, dit-on, pour trois cent vingt livres auprès de Mme du Coudray lorsqu'elle est passée dans la région. Il sert de matrice pour la fabrication d'autres mannequins, qui s'abîment du fait des manipulations. Tous les deux à trois ans, je demande au recteur pharmacien de faire réaliser de nouvelles copies – c'est lui qui est chargé de me fournir les outils propres à mon enseignement.

— Vous avez suivi l'enseignement de la du Coudray ?

— Non, pas moi. Un de mes prédécesseurs s'est rendu auprès d'elle quand elle s'est arrêtée à Bourg-en-Bresse la première fois, en 1762. C'est lui qui a rapporté cette machine.

Sage-femme, Marguerite Eugénie Le Boursier du Coudray avait obtenu un brevet royal l'autorisant à donner un cours public d'accouchement. Pendant vingt-cinq ans, accompagnée seulement de sa nièce et d'un jeune chirurgien, elle avait sillonné le royaume, dispensant aux matrones un enseignement pratique basé sur les manipulations que permettait sa « machine ».

Les aides avaient retiré au mort ses vêtements que Toussaint fouillait avec minutie. Dans les poches de l'habit du recteur, il trouva une bourse, lourde de plusieurs louis d'argent et liards de cuivre, ainsi qu'un trousseau de clés, parmi lesquelles Perrichon lui désigna celle de la pharmacie, une tabatière au couvercle en corne et marqueterie, un canif au manche en ivoire sculpté, représentant un guerrier antique. Une fois le corps lavé, Toussaint et son confrère considérèrent les plaies tout autour de l'abdomen.

— L'agresseur n'y est pas allé de main morte, murmura Perrichon. Bon, je vais vous chercher lancettes et scie à main.

*
* *

Le recteur Dupac de Bellegarde et le lieutenant général de police Basset les rejoignirent ; ils contournèrent à distance la table sur laquelle gisait le corps du recteur Coudurier et allèrent s'installer sur les gradins, se mirent à deviser à mi-voix, lançant de loin en loin des coups d'œil curieux à Toussaint et à Perrichon qui éviscéraient le corps.

Puis Toussaint retira le drap dont il s'était ceint et se tourna vers les deux hommes sur les gradins. Basset l'interrogea du regard.

— L'agresseur a porté douze coups à sa victime, au moyen d'un instrument piquant, mais non coupant, et à lame courte : les plaies sont peu profondes, et la plupart n'étaient pas de nature à provoquer la mort, aucun vaisseau important n'a été atteint. L'un des coups a provoqué un épanchement de chyle, mais la mort est plus sûrement due aux coups portés au niveau des poumons qui ont provoqué une hémorragie importante, sans doute alors même que le recteur était à terre, ou glissait le long du mur, car les coups sont perpendiculaires au thorax. Des égratignures sans conséquence provoquées par le même instrument sous le maxillaire inférieur. Par ailleurs, ces traces jaune-brun sur le cou sont le signe d'un étranglement : l'assassin tenait le recteur de la main gauche au niveau du cou et lui portait nombre de coups de la droite.

— Avez-vous trouvé dans la pharmacie l'arme dont s'est servi l'agresseur ? demanda Basset.

— Non, aucune arme ni aucun instrument piquant ne se trouvaient à proximité du corps. Mais le commissaire

Bernardin procède actuellement à un examen minutieux des lieux.

— Dans les vêtements du mort ?

— Un trousseau de clés, et sa bourse, qui n'a pas été dérobée alors qu'elle est bien fournie, une tabatière, un canif.

— Votre impression ?

— L'assassin n'avait pas forcément prémédité son geste : il a utilisé une arme de fortune, un quelconque instrument pointu, un poinçon peut-être. On peut supposer que le recteur aura surpris un voleur dans la pharmacie, mais la serrure n'a pas été fracturée : soit la porte était restée ouverte, soit l'assassin avait la clé, soit encore l'assassin s'est introduit dans les lieux alors que le recteur s'y trouvait. Le commissaire devra interroger toutes les personnes qui ont pu se trouver dans les parages de la pharmacie hier soir.

— Il n'existe que trois exemplaires de la clé, expliqua le chanoine Dupac de Bellegarde. Le recteur Coudurier en détenait une, tout comme la sœur pharmacienne. La troisième clé est conservée par l'économe.

— Il m'intéresserait de savoir quelles constatations avaient été faites sur le corps du précédent recteur, le sieur Lefebvre, assassiné dans cette même pharmacie…

Toussaint regarda le lieutenant Basset qui fit une moue dubitative et eut un geste vague de la main :

— Il me revient qu'une des deux sœurs de la pharmacie…

— Sœur Séverine, aujourd'hui décédée, compléta le recteur Dupac.

— Oui, que sœur Séverine, donc, a découvert le recteur Lefebvre. Elle a recueilli ses dernières paroles, alors que le recteur agonisait, paroles dont je me souviens qu'elles étaient très confuses, mais vous en trouverez la relation dans le dossier constitué par le commissaire Fleury. Mais vous n'avez pas de chance, Fleury est mort en mars dernier. Le dossier doit se trouver à son domicile où vit encore sa veuve. Le recteur Lefebvre a succombé à un coup violent porté à la tête. L'enquête n'a rien donné. Le commissaire Fleury a pourtant interrogé des dizaines de personnes, toutes membres des différentes communautés de l'hôpital, mais sans résultat probant. Mais si je ne me trompe pas, c'est également en fin d'après-midi, après une réunion du bureau, que le recteur Lefebvre s'est rendu à la pharmacie et y a trouvé la mort.

— À une heure où personne n'a de raison de se rendre à la pharmacie de l'hôpital, intervint Perrichon qui s'employait à nettoyer ses instruments de chirurgie dans un seau.

Toussaint l'interrogea du regard. Le chirurgien major poursuivit :

— C'était l'heure du repas pour la plupart des pensionnaires. Nul ne se rend aussi tard à la pharmacie. La sœur pharmacienne y travaille le matin avec ses aides, à l'élaboration des préparations médicamenteuses, avant et après la visite. Mais jamais le soir.

*

* *

Toussaint quitta l'hôpital alors que trois heures sonnaient à la chapelle. La chaleur du soleil figeait la ville dans une lumière blanche, affadie. Ses pas le portèrent naturellement vers la place Louis-le-Grand[1]. Pas un souffle d'air n'agitait les tilleuls de la promenade. Les

1. Actuelle place Bellecour.

allées des boulingrins situés de part et d'autre de la statue équestre de Louis XIV étaient désertés à cause de la touffeur cuisante qui stagnait sur l'esplanade. Il retira son habit, s'épongea le front et la nuque avec un mouchoir de batiste. Puis il se ravisa, prit à main droite et longea les bâtiments de l'hôpital en direction du Rhône. Cheminant du côté à l'ombre, il longea l'Hôtel-Dieu – l'autre grand hôpital de Lyon –, et remonta le quai jusqu'au port Saint-Clair, situé à l'amont du pont Morand. Le cousin d'Hortense, l'abbé Faivre du Bois d'Oingt, demeurait rue Terraille, petite rue située au-dessus de l'hôtel de ville, au bas des pentes de la Croix-Rousse – à un jet de pierre du séminaire de Saint-Irénée, où il professait. Toussaint se souvenait confusément que le cousin d'Hortense, évoquant sa carrière d'ecclésiastique, avait fait une brève allusion à l'hôpital de la Charité – Toussaint avait cru comprendre qu'il y avait un temps officié.

Il trouva aisément la rue, puis la maison dont l'abbé occupait tout le premier étage, au-dessus d'un atelier de bonneterie. Celui-ci venait d'ailleurs d'apparaître sur le seuil de la maison, il raccompagnait manifestement une visiteuse, une dame d'âge mûr, qui gesticulait avec son ombrelle tout en semblant se confondre en remerciements. La dame monta dans un fiacre. Toussaint se manifesta alors que l'abbé s'apprêtait à rentrer dans son logis. Un large sourire illumina son visage lorsqu'il reconnut Toussaint :

— Mon cousin, quel bon vent vous amène ? Entrez, je vous prie. Si vous aviez été là quelques minutes plus tôt, j'aurais pu vous faire connaître Mme de La Rochette. Une excellente famille. Mais une affaire délicate, la fille, Catherine, est, comment dire, un peu sotte, sans être franchement jolie non plus, et les parents l'ont laissée monter en graine, à force de faire la fine bouche devant les rares prétendants suspectés – avec raison – d'être des chasseurs de dot. Mais que voulez-vous, quand la fille n'est pas une beauté et raisonne de surcroît comme un sabot fêlé… Et voilà qu'on me demande de trouver la perle rare, le gendre idéal !

— Et vous trouverez ?

— Bien évidemment, vous connaissez le proverbe : « Il n'est si vilain pot qui ne trouve son couvercle », il suffit que la dot soit à la hauteur de la nigauderie de la fille. Ce que je me suis employé à expliquer à la mère, laquelle a fort bien compris. Entrez dans mon modeste chez-moi !

Hortense avait expliqué à Toussaint que son cousin l'abbé avait hérité, encore jeune, de la fortune de son père, fabricant drapier. Il avait placé sa fortune dans plusieurs immeubles de rapport situés en ville et vivait de ses rentes.

— Ma bibliothèque ! annonça orgueilleusement l'abbé en désignant d'un ample mouvement des bras les deux pièces donnant sur la rue qui communiquaient par des portes intérieures ouvertes.

Toussaint regarda avec ébahissement les murs couverts de rayonnages qui ployaient sous les volumes.

— On me dit bibliomane, ce qui est vrai, sans nul doute. J'ai réuni ici près de huit mille ouvrages, de tous les genres, en rachetant les bibliothèques des plus fins esprits lyonnais. Je peux vous prêter de quoi lire, selon vos inclinations – j'ai d'ailleurs un certain nombre d'ouvrages de science, mais assez peu de médecine, en fin de compte, excepté quelques manuels de chirurgie, que vous connaissez sans doute.

L'abbé appela son valet et lui demanda d'apporter un peu de café.

Toussaint fit mine de s'intéresser aux livres de science que l'abbé lui désignait, puis fit volte-face et annonça sans ambages :

— Pierre-Marie, je suis venu vous entretenir d'une affaire particulière. Le meurtre du recteur Coudurier… Êtes-vous au courant ?

— Et comment ! La nouvelle s'est répandue comme une traînée de poudre dans toute la ville. Vous pensez : les deux recteurs assassinés à six mois d'intervalle, dans l'apothicairerie dont ils ont la charge ! Voilà qui va défrayer les conversations dans les salons pendant des semaines, mais j'ai bien peur que le lieutenant général Basset ne soit dépassé par une nouvelle affaire tout aussi mystérieuse que la première.

— Le lieutenant Basset m'a chargé de la résolution de l'affaire, et le duc de Villeroy m'a octroyé dans le même temps les pleins pouvoirs de police.

L'abbé eut plusieurs mouvements incontrôlés de la mâchoire inférieure, puis il demeura bouche bée en fixant Toussaint. Très vite, il se ressaisit et retrouva sa faconde habituelle :

— Cousin, vous allez vite en besogne ! Chapeau, vraiment ! Vous n'êtes pas là depuis une semaine et vous voilà, disons-le, premier policier de Lyon, avec sur les bras une affaire qui va connaître un retentissement sans pareil ! Une affaire qui fera peut-être plus de bruit que le mort de la bascule, retrouvé sur un port d'Orléans ! C'est inouï !

— Je crains avoir accepté un peu hâtivement, par pur intérêt professionnel. J'aimerais votre avis sur les motivations du lieutenant de police à me confier cette affaire, alors qu'il y a huit commissaires dans la ville de Lyon.

L'abbé haussa les épaules en un geste de mépris :

— Plus aptes à organiser les enlèvements des filles prostituées et à chasser les pédérastes qu'à résoudre une affaire criminelle. Le meurtre du recteur précédent n'a toujours pas été résolu, d'ailleurs. Mais puisque vous me posez la question, je suis enclin à penser que Basset a joué finement, en vous imposant…

— En m'imposant à qui ?

— Au recteur ecclésiastique, pardi !

— Messire Dupac de Bellegarde… Je l'ai rencontré.

— Évidemment, vous ne pouviez pas ne pas avoir affaire à lui. Dupac de Bellegarde est membre du chapitre de Saint-Jean – de ce fait, il a droit au titre de comte de Lyon. Il est prévôt de Fourvières, vicaire général du diocèse de Carcassonne… Il ne se contente pas de diriger les ecclésiastiques de la maison, il assure la direction morale, spirituelle et religieuse de tous les individus qui la peuplent, et il préside le bureau, en qualité de premier recteur. Vous l'aurez compris : il est l'*autorité* de la Charité. Reconnaissez que Basset a été habile : vous êtes étranger à la ville, vous n'êtes pas pris dans ce filet de relations sociales où priment préséance et bienséance, et votre réputation d'enquêteur, de fin limier – passez-moi l'expression – vous a précédé. Vous imaginez sans peine qu'un vulgaire commissaire, fût-il intègre, n'a aucune chance d'aboutir à quoi que ce soit en enquêtant au sein de l'hôpital de la Charité. Votre nomination, les pleins pouvoirs dont vous êtes investi par le gouverneur de Lyon, sont, selon moi, à interpréter comme un signal fort envoyé au bureau des recteurs : remettez de l'ordre dans cette institution dont vous avez la charge, purgez la communauté des éléments criminels qu'elle recèle et qui ne reculent devant rien pour parvenir à leurs fins…

— Quelles sont ces fins, selon vous ? Pourquoi le meurtre de deux recteurs apothicaires ?

— Je suppose que vous y avez vous-même songé : les recteurs auront surpris un voleur de potions qui fait main basse sur les produits entreposés là et les revend à l'extérieur.

— Cette piste a vraisemblablement été suivie par le commissaire Fleury.

— Avec quel succès ?

— Je le saurai quand je me serai procuré les procès-verbaux qu'il a rédigés. Mais je crois confusément me souvenir que vous-même, Pierre-Marie, avez vécu un temps au sein de cette communauté que forme la Charité ?

L'abbé les resservit en café, se cala dans sa bergère, et raconta avec un air de fausse contrition :

— J'y ai été aumônier. Une brillante idée de mon père, qui cherchait à attirer l'attention sur notre famille. Il est parvenu à ses fins, puisqu'il a été sollicité et élu recteur, responsable de l'inspection des draperies, bas et bonnets, de l'habillement des pauvres de l'hôpital.

— Recteur serait donc une fonction si enviable que cela ?

— Et comment ! La fonction est certes coûteuse, puisque chacun des recteurs contribue financièrement à l'administration de l'institution, par le biais d'un prêt dont il a l'élégance de ne pas réclamer le remboursement, mais, en contrepartie, elle ouvre la voie vers l'échevinage, et donc l'anoblissement. C'est le but que poursuivait mon père. Universelle vanité.

— Je vous sens bien amer…

— J'en ai voulu à mon père de m'avoir proposé comme aumônier de la Charité. J'y suis resté huit ans, c'est vous dire si je connais chaque recoin de la Maison. Ce furent huit ans d'enfermement. J'y ai servi Dieu et les pauvres qui m'étaient confiés, mais je me suis… étiolé, j'avais d'autres aspirations, Dieu m'a donné le goût de l'étude, et pas seulement des études théologiques.

— « *L'étude a ses extases, comme l'amour* », murmura Toussaint.

— D'ailleurs, une fois mon père élu, j'ai rejoint l'ordre des Sulpiciens, ce qui n'a pas été du goût du recteur ecclésiastique d'alors, opposé aux thèses de Jacques-André Émery, et cela a facilité mon congé de la Maison.

— J'ai compris que différentes communautés y vivaient plus ou moins cloîtrées ?

— Plutôt plus que moins, les permissions de sortie ne valent que pour les servants. Mais vous avez raison, plusieurs centaines de pauvres, d'enfants, de vieillards et d'infirmes vivent dans des communautés séparées, sans aucun contact les uns avec les autres, et sans pouvoir sortir. Huit années, vous imaginez ce que j'ai enduré ?

L'abbé secoua la tête en signe de dépit.

— Est-ce que vous prêteriez foi à des rumeurs faisant état de relations douteuses entre certains recteurs et des jeunes filles en quête d'affection ?

— Je connais ces rumeurs. Administrativement, les recteurs tiennent lieu de tuteurs légaux aux enfants orphelins. Mais je n'ai jamais eu vent de tels faits – et Dieu m'est témoin que j'en ai entendu de belles en confession, même dans ce lieu de piété ont cours toutes les turpitudes dont l'espèce humaine est capable.

Reprenez un peu de café, j'ai remarqué que ce breuvage n'avait pas son pareil pour vous tonifier et vous revigorer, vous allez avoir besoin de mobiliser toute votre sagacité pour résoudre ces affaires étranges.

— Je me suis peut-être bien engagé à la légère...

— Pas du tout, vous êtes l'homme de la situation, Basset ne s'y est pas trompé. Ne le sous-estimez pas, sous son air bonasse, il dissimule une intelligence aiguë, et il a su vous jauger plus vite que vous ne pensez.

Toussaint étira les jambes.

— Dupac de Bellegarde semble m'avoir jaugé, également, d'un seul coup d'œil – mais pas à mon avantage.

— Détrompez-vous, je le connais, il cache son jeu, car il redoute que vous n'alliez fureter un peu partout dans *son* hôpital.

— Nous verrons bien.

Toussaint vida sa tasse, puis se leva d'un bond.

— Merci pour vos informations. Je vous quitte, Hortense et moi avions prévu d'aller découvrir les librairies de la Grande-Rue Mercière. Mais je dois avant tout lui faire part de cette mission qui m'échoit.

— Transmettez mes salutations à ma cousine !

*

* *

Toussaint rejoignit la place Saint-Michel sans se hâter, la canicule pesait toujours sur la ville comme une chape de plomb fondu. Les marchands ambulants, crieurs de loterie, décrotteurs, rémouleurs – tous continuaient sans relâche d'interpeller le chaland, mais sans beaucoup de conviction, et la rumeur qui emplissait les rues semblait à Toussaint plus mate que d'habitude. Seul les porteurs d'eau et les limonadiers faisaient de belles affaires et leurs cris « À l'eau ! À l'eau ! » ou « À la limonade ! » créaient de petits mouvements de foule.

Vendredi 9 juin 1786

Toussaint et Hortense déjeunaient d'un café à la crème. Toussaint relisait le procès-verbal que Bernardin lui avait porté la veille au soir. La veuve Coudurier n'avait pu être entendue, elle s'était rendue, il y avait une semaine de cela, à Tarare, chez une de ses filles sur le point d'accoucher. Un cavalier de la maréchaussée avait été dépêché auprès d'elle pour la prévenir. Seul un commis travaillant à l'apothicairerie de la rue de l'Aumône avait pu être interrogé, mais en vain : le procès-verbal était d'une pauvreté déconcertante. Hortense, qui feuilletait distraitement le *Journal de Lyon*, s'arrêta soudain sur un court article :

— Écoutez cela, Antoine. « *Sentence de la sénéchaussée criminelle, qui a déféré à une fille du peuple l'éducation de son enfant naturel, et a condamné le père à lui fournir une pension de 24 livres jusqu'à l'âge de 4 ans, et de 48 livres jusqu'à l'âge de 9 ans.* » Voilà une décision de justice qui devrait freiner les ardeurs de tous ces fornicateurs impénitents qui sont cause que des milliers d'enfants sont exposés chaque année, vous ne pensez pas ?

— Vous avez raison. Mais on ne peut établir la paternité de façon indubitable, et un « fornicateur » – comme vous dites – solvable, risque de payer pour l'éducation de l'enfant d'un autre. Les filles publiques sont capables de toutes les roueries.

Il n'avait pu s'épargner cette pique, il sourit intérieurement, car il savait qu'Hortense allait prendre le mors aux dents, ce qui ne manqua pas :

— Je n'ai pas votre connaissance des filles publiques, sans doute êtes-vous passé sur le corps de plus d'une de ces malheureuses…

— Je ne conteste pas le fait que plus d'une m'a exposé son intimité, mais pas pour la raison que vous imaginez, généralement plutôt pour que je la soulage d'une dartre vénérienne ou d'un chancre mou qui ruinaient son commerce.

Hortense avala une grande goulée d'air, et repartit de plus belle :

— Et donc je ne trouve rien d'immoral à ce qu'un bourgeois libertin soit astreint à payer pour l'éducation de l'enfant d'une de ces femmes. Et ce genre d'accident n'arrive pas qu'aux filles publiques…

Hortense se leva et se dirigea vers la fenêtre qui donnait sur la place.

— À ce propos… Une jeune femme loge dans la maison d'en face, au premier étage. Elle se montre souvent à la fenêtre, en tenue… légère, et j'ai observé un manège étrange : quand un homme s'engouffre dans l'entrée, les volets sont repoussés devant la fenêtre. Une fois l'homme reparti – et généralement, il s'éloigne d'un pas rapide, le chapeau enfoncé sur les yeux –, les volets sont rouverts et la jeune femme s'exhibe à nouveau à la fenêtre. Vous pensez que c'est…

— Une fille de joie ? Très certainement, il est moins risqué de raccrocher à la fenêtre que dans les rues.

Il sembla à Hortense que, dans l'immeuble situé à l'opposé de la place, la jeune femme en question se tenait dans le fond de la pièce et l'observait également. Hortense en fut gênée, esquissa un vague salut auquel elle eut l'impression que son vis-à-vis répondait timidement. C'est alors que quelqu'un actionna vigoureusement le marteau de la porte en bas de leur domicile, Hortense se pencha par la fenêtre :

— Un enfant. Il porte un paquet.

Peu après, Louis-Joseph leur apporta un objet cylindrique enveloppé d'un torchon de drap :

— Un enfant vient de déposer cela, « Pour M. Toussaint », a-t-il dit avant de détaler, sans même attendre une pièce.

Toussaint haussa les sourcils, se saisit du paquet et retira le chiffon.

— De l'électuaire[1] *catholicum*. Un purgatif.

Il posa le pot de terre sur le guéridon entre eux. Hortense s'en empara, l'ouvrit :

— Cela sent vaguement le fenouil, ou l'anis.

— Les deux, sans doute, je crois que le *catholicum* est fait à partir d'une décoction de polypode du chêne – une variété de fougère – et de semences de fenouil, ce à quoi on ajoute de l'anis, de la rhubarbe et bien d'autres choses, sans doute, les apothicaires ne sont pas avares de drogues dans leurs compositions : plus on en met, plus on a de chances d'en avoir une qui soit efficace.

1. Préparation pharmaceutique à base de substances diverses, le plus souvent végétales, incorporées à un sirop ou du miel.

— Pourquoi un pot de *catholicum* ? Une plaisanterie ? De la part de quelqu'un qui se soucie de votre appareil digestif ?

Hortense lut à voix haute ce qui figurait sur l'étiquette :

CATHOLICUM
Électuaire Catholicum Double
Selon la formule de Nicolas Lémery
Préparé par Lefebvre, maître pharmacien,
rue Saint-Jean

Toussaint reposa brutalement sa tasse.

— Qu'avez-vous dit ? Montrez-moi… « Préparé par Lefebvre », en effet.

Il regarda Hortense, une moue dubitative se dessinait sur ses lèvres.

— Lefebvre…

— Lefebvre ? N'est-ce pas le premier recteur assassiné dont vous m'avez parlé hier soir ?

Toussaint opina de la tête tout en fixant l'étiquette.

— Qu'est-ce à dire ?

— Je ne sais pas. Ou plutôt, si, je crains comprendre…

— Mais oui : on vous invite à ne pas ignorer la piste du premier recteur assassiné. C'est clair comme de l'eau de roche.

Hortense avait le feu aux joues. Elle se leva et annonça qu'elle s'apprêtait pour sortir.

— Mais où diable comptez-vous vous rendre si tôt ?

— Chez ce Lefebvre qui, bien que mort, tient toujours boutique rue Saint-Jean. Que n'êtes-vous déjà dans la rue à vous y rendre ?

— Tempérez-vous, ma chère, il y a là quelque

chose qui me déplaît fortement : quelqu'un qui sait, primo, que je suis en charge de l'enquête, secundo, que nous demeurons ici, suppose que je vais me précipiter chez cet apothicaire défunt parce qu'il me fait parvenir ce purgatif. J'aurais l'impression désagréable d'être un pantin dont quelqu'un tire les fils…

— Pantin ou pas, vous vous y seriez rendu tôt ou tard. Alors, ne vous piquez pas d'orgueil !

Toussaint repoussa son siège et se leva en soupirant.

— Ah, enfin…

— Hortense, je suis chargé de cette enquête, je partage l'information avec vous, mais il n'est pas question que vous m'accomp…

Hortense tapa du plat de la main sur le guéridon :

— J'ai accepté que vous meniez cette enquête seulement à la condition que vous m'y associiez, je n'ai pas l'intention de rester cloîtrée ici ni de courir les tables de jeu avec mon cousin l'abbé. Je connais la ville bien mieux que vous, et votre commissaire Bernardin me fait l'effet d'un banqueteur, plus que d'un limier, vous aurez bien besoin de moi !

Toussaint capitula et leva les deux mains en signe d'apaisement. Ils étaient mariés depuis un an, et il avait eu tout le loisir de découvrir le caractère impétueux, la nature fougueuse et passionnée de la jeune femme, traits de caractère qui l'avaient séduit, il en convenait. Si la mère d'Hortense avait dû reprendre les rênes de la raffinerie de sucre Marotte par nécessité, s'étant retrouvée veuve, Hortense entendait bien jouer sa partie par conviction : elle refusait de se conformer au rôle dévolu aux femmes, celui d'un miroir tendu aux hommes dans lequel se reflétaient leur vanité et leur amour-propre. Elle s'intéressait aux affaires, y manifestant un jugement qui forçait le respect de bien des partenaires commerciaux, elle savait se montrer avisée ou roublarde selon son interlocuteur. Surtout, elle détonnait au sein de la société orléanaise, conformiste à l'excès et pétrie de préjugés sur la plupart des sujets dont on discutait dans les salons, tels l'inégalité des sexes, les titres nobiliaires attachés au sang, l'inégalité de répartition des richesses. Elle s'était fait remarquer par ses propos osés, et Toussaint se remémorait toujours avec plaisir l'incident survenu à l'automne précédent dans le salon que tenait Mme Deschamps de La Motte. La conversation roulait sur les écrits de M. Diderot, dont tous louaient la hauteur de vue et les idées pénétrantes. Hortense, qui rongeait son frein depuis de longues minutes, avait littéralement explosé, traitant ce « môssieur » de « phallocrate » qui avait écrit : « *... faute de réflexion et de principes, rien ne pénètre jusqu'à une certaine profondeur de conviction dans l'entendement des femmes ; que les idées de justice, de vertu, de vice, de bonté, de méchanceté, nagent à la superficie de leur âme ; qu'elles ont conservé l'amour-propre et l'intérêt personnel avec toute l'énergie de nature ; et que, plus civilisées que nous en dehors, elles sont restées de vraies sauvages en dedans, toutes machiavélistes, du plus au moins.* » Hortense, fulminante, avait jeté au sol l'*Essai sur les femmes*. Des hommes, qui se disaient humanistes, s'étaient levés, la trogne enluminée par les liqueurs et la colère, vitupérant contre l'ignorance et arguant que Diderot avait œuvré comme nul autre pour une meilleure compréhension de la féminité et la reconnaissance du rôle des femmes, mais qu'il fallait bien reconnaître, et Mme Toussaint en était la vivante illustration, qu'elles étaient parfois sujettes à des sollicitations de cet organe qu'est l'utérus. Et il s'était trouvé un humaniste pour citer à nouveau l'illustre M. Diderot : « *La femme dominée par l'hystérisme éprouve je ne sais quoi d'infernal ou de céleste.* » Parce qu'on ramenait le débat au niveau physiologique, Toussaint, en sa qualité de chirurgien, avait été invité à donner son avis sur l'hystérisme. Toussaint n'avait pas lu Diderot, il savait toutefois que ce dernier avait éreinté La Mettrie, parlant du « dégoût » qu'il éprouvait à considérer la philosophie de l'auteur de *L'Homme-machine*.

— Un médecin anglais du nom de Robert James, auteur d'un fameux dictionnaire médical, préconise de faire respirer à une femme tombée en syncope lors d'une crise hystérique des substances fétides telles ces préparations à base de *castoreum* – il s'agit d'une substance huileuse produite par la glande anale du castor… et accessoirement de lui administrer des lavements… Personnellement, je puis vous assurer qu'avec un tel traitement, si j'étais femme, je m'abstiendrais de toute nouvelle crise hystérique.

Des hommes s'étaient esclaffés avec complaisance, on était reconnaissant à Toussaint de ne pas jeter de l'huile sur le feu après les propos de son épouse, charmante mais déroutante. Le médecin Deschamps de La Motte, hôte de l'assemblée, avait trouvé bon d'ajouter :

— À croire que les médecins anglais ont le cerveau en forme de sphincter !

Derechef, on avait ri avec soulagement, Diderot s'éloignait du sujet de la conversation, quand Toussaint avait ajouté :

— Vous le concevez sans peine, ce dictionnaire renferme bien des sottises en matière médicale, mais sachez qu'il a été traduit en français par Jean-François

Toussaint, un lointain parent à moi, et Denis Diderot… Les porteurs de lumière ne sont pas toujours eux-mêmes bien éclairés. Voilà qui devrait vous inviter à relativiser les propos de ce M. Diderot sur les femmes et leur utérus.

*

* *

Antoine et Hortense s'attardèrent sur le seuil de la maison. Le consulat avait mis à leur disposition ce logement confortable situé place Saint-Michel, à un jet de pierre de la place Louis-le-Grand. La placette, par laquelle s'élargissait la rue de l'Arsenal, était bordée sur trois côtés par de hautes maisons anciennes dont les rez-de-chaussée abritaient des boutiques. Côté ouest s'ouvrait l'entrée imposante de l'Arsenal. La maison des Toussaint se trouvait prise entre l'atelier d'un taillandier et le fournil d'un pâtissier. La place retentissait dès la première heure de la matinée des cris des vendeuses d'herbes et de fruits, des bouquetières et des porteurs d'eau. Puis arrivaient les crieurs de loterie et les colporteurs, les vendeurs ambulants de café, les piégeurs de rats et les cureurs de puits, les vendeurs de gravures et d'articles de cuisine. Tous ces métiers se croisaient, s'interpellaient, s'invectivaient tout au long de la journée. L'heure du souper valait aux habitants du quartier un calme relatif, vite troublé par les ritournelles et les rires des clients des cabarets, cafés et gargotes. Toussaint aimait ce spectacle qui lui rappelait le quartier populaire de Rouen où il avait grandi. À Orléans, le couple s'était installé dans l'hôtel Marotte qui jouxtait la raffinerie, dans la rue de Recouvrance – une rue dont le pavé était ébranlé de l'aube à la tombée du jour par les charrois qui montaient ou descendaient, dans d'incessants va-et-vient entre le Martroi et le port de Recouvrance.

Un décrotteur était installé à l'angle de la rue de l'Arsenal et de la rue Sala. Il apostropha le jeune couple qui passait à sa hauteur :

— Faut-il décrotter vos souliers, ma pratique ?

Toussaint, pris d'une intuition, s'arrêta, lui fit face et posa son pied droit sur la sellette. L'homme considéra le soulier parfaitement ciré de Toussaint, œuvre du valet Louis-Joseph, puis haussa le regard, interrogatif.

— La poussière de la rue.

Le décrotteur haussa les épaules, épousseta la chaussure, mit un peu de cire sur un chiffon et commença d'astiquer.

— Dis-moi, l'ami. Tu es là depuis un moment, n'est-ce pas ? As-tu vu un jeune garçon venir toquer à notre porte, pour livrer un paquet, et détaler sans même attendre qu'on lui donne son pourboire ?

— Peut-être, marmonna l'homme, sans relever la tête.

— Cinq sols en sus si tu as une information à son sujet.

L'homme suspendit son geste un bref instant, puis reprit l'astiquage de plus belle, sans mot dire.

— Dix sols, c'est mon dernier mot.

— J'ai vu le galopin, ça oui, Il était accompagné par une religieuse, qui l'a mené jusqu'ici et lui a indiqué votre porte.

— Une religieuse ?! Comment était-elle ? Je veux dire, était-elle jeune, vieille ?

Le décrotteur interrompit son geste et lança à Toussaint un regard égrillard :

— Plutôt jeune et gaillarde, une vraie pitié.

— Que voulez-vous dire ? demanda Hortense.

— C'est parce que de beaux brins de filles comme elle se vouent à Dieu et au célibat, que les braves gars comme moi trouvent pas à prendre garce.

— Et donc ? reprit Toussaint en sortant sa bourse et faisant mine de compter quelques piécettes.

— Elle a fait la leçon au marmot : « Tu donnes le paquet et tu files, sans rien attendre. » Elle a attendu ici même, à quelques pas de moi. Le gone a livré le paquet, et il a filé, par là – il indiqua la rue Sala d'un coup de menton – et elle l'a suivi.

Toussaint tourna la tête et regarda l'enfilade de la rue Sala, qui, de l'Arsenal adossé à la Saône, filait jusqu'au Rhône, traversant la presqu'île d'ouest en est. Il abandonna ses pièces dans la paume tendue du décrotteur, prit le bras d'Hortense, et tous deux remontèrent la rue du Plat, prenant ensuite à main gauche vers le pont de l'Archevêché.

— Cette religieuse provient sûrement de l'hôpital de la Charité, la rue Sala mène directement au quai de la Charité, émit Hortense.

— C'est fort possible.

— Pouvez-vous imaginer emmener ce décrotteur à l'hôpital pour qu'il identifie la religieuse ? Il ne doit pas y avoir légion de sœurs hospitalières « jeunes et gaillardes » au goût de ce rustaud.

— Il y a trente ou quarante sœurs à la Charité, sans compter les élèves filles, au costume très proche de celui des sœurs hospitalières. Les sœurs ont trente ans révolus, ce pouvait donc être aussi une élève. Pourquoi souriez-vous ainsi ?

— « Jeune et gaillarde »... Vous allez devoir regarder les religieuses d'un autre œil...

Toussaint n'avait pas encore eu l'occasion de mettre

les pieds dans les vieux quartiers qui s'étiraient le long de la rive droite de la Saône, à l'étroit entre la rivière et la colline de Fourvière. Hortense lui montra la cathédrale Saint-Jean où, lui conta-t-elle, avait eu lieu le 17 décembre 1600 la messe solennelle de mariage du roi Henri IV et de la jeune Marie de Médicis. Le jeune couple fit une incursion dans l'édifice, et Toussaint se promit de revenir pour observer les mouvements de l'horloge astronomique, tour carrée surmontée d'une tourelle peuplée d'automates qui s'animaient tous les jours à partir de douze heures.

Ils prirent la rue Saint-Jean, principal axe de circulation dans la paroisse du même nom, rue large filant entre des constructions disparates : les immeubles de pierre à la façon italienne des familles aristocratiques le disputaient aux masures à pans de bois. C'est dans une vieille maison dc ce type que se trouvait la pharmacie qui portait encore l'enseigne « Lefebvre, maître apothicaire ». Derrière le comptoir qui barrait la pièce s'affairait un homme très jeune. Tout en sortant un pot d'onguent de sous le comptoir, il s'adressait à une jeune femme :

— Montrez-moi votre main… Oui, la brûlure est vilaine, mais vous verrez, cet onguent, le *blanc-rhasis*, que le vulgaire appelle aussi le *blanc raisin*, fait merveille. C'est une préparation à base de céruse additionnée de cire blanche fondue dans de l'huile rosat, d'huile d'olive et de camphre…

Il continuait de babiller tout en caressant machinalement l'avant-bras de la cliente. Il eut un rire aigrelet qui se mua en un feulement suivi d'un raclement de gorge lorsqu'une dame d'âge mûr, courtaude, portant un large tablier sur sa robe de cotonnade bleue, émergea de l'arrière-boutique. Elle portait une caisse de flacons qu'elle posa brutalement sur le comptoir, lança un regard noir au jeune homme, puis à la cliente. La dame baissa le regard, s'empressa de donner dix sols, prit le pot d'emplâtre et disparut par la porte. Pour se donner une contenance, le jeune apothicaire se tourna alors d'un air interrogateur vers Toussaint et Hortense.

— Sauriez-vous nous dire à qui vous avez vendu ce pot de *catholicum*, peut-être récemment ?

— J'en doute, le *catholicum* est une préparation très courante, il s'en vend tous les jours plusieurs pots. Mais montrez-moi… Oui, celui-là, je m'en souviens, la personne a insisté pour que je colle une ancienne étiquette, avec la mention « *Préparé par Lefebvre* ».

— Expliquez-vous.

— Après le… décès de maître Lefebvre, Madame – il inclina le buste en direction de la femme ronde qui se tenait à deux pas de lui, de façon à écouter la conversation – a accepté de me louer la boutique, avec les meubles et les ustensiles. Et étant moi-même maître pharmacien, c'est mon nom qui figure désormais sur les étiquettes. Comme sur ces flacons d'eau thériaque.

Toussaint prit le flacon que lui tendait l'apothicaire et lut : « *Préparée par Reboul, maître pharmacien, rue Saint-Jean.* »

— Et qui était cette personne ?

— Une religieuse.

— Jeune et gaillarde ?

Reboul rougit légèrement et lança un regard en coin à la veuve Lefebvre, avant de répondre :

— Peut-être, oui…

— De quelle communauté ?

— Je ne saurais vous le dire. Mais son comportement m'a paru, comment dire, étrange. Je lui demandai si elle comptait l'utiliser comme lavement, auquel cas il lui faudrait prendre la préparation *pro clysteribus*, qui est sans rhubarbe, mais elle ne s'intéressait qu'à l'étiquette : « *Ce pot fera l'affaire, mais mettez l'étiquette de Lefebvre, la personne qui se soigne est habituée à se fournir chez maître Lefebvre.* » J'ai obtempéré, j'ai été l'élève de maître Lefebvre, j'ai appris de lui comment préparer le *catholicum*, donc, mon nom ou le sien…

*
* *

Dans la rue, Hortense donna un léger coup de coude à Toussaint :

— Votre avis, sur le pharmacien Reboul ?

— Il m'a l'air bien jeune et bien inoffensif.

— Je mettrais ma main à couper qu'il est l'amant de la dame Lefebvre.

Toussaint s'arrêta, interdit, et regarda son épouse.

— Antoine, ne me dites pas que vous ne l'avez pas remarqué. Cela se voit comme le nez au milieu de la figure. Et s'il a été de surcroît l'élève de Lefebvre, vous pouvez être sûr que ce n'est pas d'aujourd'hui que ce Reboul joue du pilon à deux jambes avec la dame du pharmacien !

Un sourire amusé flottait sur les lèvres d'Hortense qui ajouta :

— Vous manquez de perspicacité, mon cher. Vous formez un drôle de duo avec ce lourdaud de commissaire Bernardin qui a l'esprit pointu comme le cul d'une bareille[1], comme on dit ici à Lyon. Vous aurez bien besoin des conseils avisés et de l'intuition d'une femme.

1. Une barrique.

Toussaint pressa le pas.

— Bernardin m'attend justement à neuf heures à l'hôpital de la Charité, nous voulons entendre la sœur responsable de la pharmacie.

*

* *

Toussaint attendait debout devant la baie vitrée. Il observait l'arrière-cour, au milieu de laquelle était le puits, et où le bois était stocké. Il savait que les chaudières et fourneaux de l'apothicairerie se trouvaient dans l'appentis dont il devinait la structure. Le commissaire Bernardin, assis sur un escabeau, s'était rencogné dans l'angle, près de la porte entrouverte. Il considérait le mascaron sculpté en ronde-bosse, face grimaçante située au-dessus de la statue de Galien.

— L'esprit du lieu qui nous nargue et nous met au défi de découvrir ce qui se trame ici, dit Toussaint, plus pour lui-même qu'à l'intention de Bernadin. Et dire qu'il a vu le ou les assassins des recteurs…

Ils entendirent des pas légers approcher, puis sœur Clotilde franchit le seuil dans un bruissement d'étoffe. Elle portait une ample robe noire, et une cornette empesée dont le large bandeau lui dissimulait le haut du crâne. Toussaint esquissa une légère révérence à laquelle la religieuse répondit par un imperceptible hochement de tête, et il l'invita à prendre place sur un des tabourets qu'il avait disposés devant la baie.

La sœur était vive, alerte, son port de tête hautain. Toussaint avait appris de l'économe qu'elle travaillait à la pharmacie de l'hôpital depuis plus de vingt ans, que son comportement était irréprochable, même si on la créditait d'un caractère revêche. Toussaint ne put s'empêcher de regarder ses yeux, d'un bleu très clair, qui illuminaient son visage. Il se remémora en souriant les propos du décrotteur, encore une belle fille qui avait faussé compagnie à la gent masculine.

— Mon apparence prête-t-elle à rire, monsieur Toussaint ? demanda-t-elle en s'asseyant précautionneusement sur le tabouret.

Son regard était devenu dur, comme lorsqu'elle devait débusquer chez un plaignant une fausse maladie.

— Non pas, ma sœur, un souvenir… Ce n'est rien… Je suis chargé par le lieutenant…

Elle l'interrompit :

— Je sais qui vous êtes, pourquoi vous êtes là et pourquoi vous m'avez fait demander. Le commissaire Bernardin – elle se tourna avec un curieux air de commisération vers lui, comme si elle le tenait pour un crétin patenté – m'a conté la chose. J'aimerais pouvoir rapidement reprendre la visite des malades, mais je vais répondre à vos questions, comme le recteur comte de Lyon me l'a demandé.

Elle se tenait le buste droit, et défiait Toussaint du regard, lui faisant comprendre à qui elle rendait compte.

— Posez-moi vos questions.

Toussaint s'assit, croisa les jambes, puis se pencha subitement en avant, humant délicatement l'air.

— Qu'y a-t-il ? Vous semblez incommodé par une odeur.

— Ce n'est rien, j'ai cru percevoir une odeur de sauge fraîche.

— Il n'y aurait rien d'étonnant à cela, répondit-elle sans se départir de son assurance, j'ai appliqué tantôt un cataplasme de feuilles de sauge à un vieillard atteint de gangrène sèche.

Toussaint opina de la tête, demanda :

— Et avez-vous essayé les cataplasmes de quinquina pulvérisé sur feuilles d'absinthe ? On leur prête un fort pouvoir curatif.

— La sauge est tout aussi curative, et moins onéreuse que le quinquina, répondit la sœur avec hauteur.

Toussaint n'ajouta pas que l'issue de la gangrène sèche était toujours fatale, de toute façon, la sauge était donc un investissement suffisant. Il reprit :

— J'en déduis que c'est vous qui gérez ce cabinet de pharmacie, veillant à l'état des substances pour les préparations, et des médicaments ?

— C'est exact, mais toujours sous le contrôle du recteur responsable. Et du médecin, qui fait la visite de l'apothicairerie tous les trois mois.

— Racontez-moi comment se déroule une journée ordinaire, quand on est, comme vous, chargée de la pharmacie de l'hôpital.

Sœur Clotilde fit la moue, elle comprenait que Toussaint, qui allongeait démonstrativement les jambes en s'accotant au mur, ne la lâcherait pas de sitôt, et qu'il se souciait comme d'une guigne de la visite qu'elle n'avait pourtant jamais manquée en vingt ans de service dans la Maison.

— La visite a lieu tous les matins, sous la conduite du médecin qui y participe deux fois par semaine, et sinon le chirurgien major tient sa place.

— Qui fait la visite avec le médecin ?

— Le chirurgien major, les élèves en chirurgie, la sœur infirmière, moi-même, un des aumôniers.

— À ce propos, avez-vous connu l'abbé du Bois d'Oingt quand il était aumônier ici même ?

Une esquisse de sourire, vite réprimée, se dessina

sur les lèvres de la sœur qui s'obligea à afficher une mine plus austère encore.

— Bien sûr que je le connais, il est resté ici plusieurs années et…

— Vous savez qu'il a rejoint l'ordre des Sulpiciens, ce qui a provoqué son départ…

— L'abbé du Bois d'Oingt a certes quitté ses fonctions d'aumônier de la Charité, mais il revient chaque lundi…

Toussaint fut décontenancé, mais n'en laissa rien paraître.

— Oui, mais pour quelle raison ?

— Eh bien, en qualité de professeur au séminaire, il est chargé de l'éducation religieuse de nos élèves les plus âgés et les plus prometteurs, qui deviendront frères hospitaliers, ou sœurs hospitalières.

L'abbé n'avait fait aucune mention de cette activité d'enseignement au sein de la Maison. Toussaint reprit :

— Qui est chargé des préparations et compositions ?

— Moi-même. Je suis actuellement aidée par deux élèves filles, et une aide. En temps ordinaire, une deuxième sœur s'occupe de la pharmacie, mais sœur Séverine est décédée de la phtisie l'hiver dernier, la plus âgée des deux élèves est appelée à lui succéder.

— Je souhaite rencontrer ces élèves et l'aide, vous ferez en sorte qu'elles se présentent à moi ce matin, je vous prie.

La sœur acquiesça en prenant un air pincé. Toussaint reprit :

— Quelles étaient les attributions du recteur Coudurier ?

— Le recteur de la pharmacie doit pourvoir aux approvisionnements, selon le mémoire que je lui en donne chaque mois. Il veille à la qualité des compositions que je réalise, il s'assure que l'enseignement que je dispense est conforme aux…

— Le recteur Coudurier tournait-il autour des jeunes élèves ?

La religieuse s'empourpra et foudroya Toussaint du regard.

— Répondez, ma sœur, je sais que messire Dupac vous y a engagée.

— Pas du tout, vous n'y êtes pas du tout.

— Vous voulez dire que le recteur Coudurier n'était pas porté sur la bagatelle ?

— Je ne le formulerais pas ainsi, mais…

— Mais l'idée y est.

— Non, vous vous trompez.

— Et qu'en est-il de ces rumeurs persistantes sur un trafic de drogues et de médicaments, alimenté par la pharmacie de l'hôpital ?

— Calomnies ! Pures calomnies !

La sœur s'était raidie, son ton s'était enflammé :

— Ces rumeurs sont alimentées par des ennemis de la Maison. Si des drogues étaient détournées, les administrateurs s'en apercevraient très vite, les visites sont nombreuses, et je peux vous assurer qu'aucun ne traite son office par-dessus la jambe.

Toussaint décroisa, recroisa les jambes.

— Il y a bien une raison à l'assassinat de deux recteurs dans cette apothicairerie.

Il laissa errer son regard sur les boiseries sculptées, sur les chevrettes et les pots de faïence dont les couleurs vives s'embrasaient dans le soleil tombant à travers la baie vitrée. Ramenant les jambes sous le tabouret, il se pencha et fixa la religieuse :

— Qu'en pensez-vous, ma sœur ? Même si tous

les gens qui vivent dans cette maison sont d'un naturel taiseux, ce n'est qu'apparence, j'en suis sûr. Vous ne me ferez pas croire que chacun ne commente pas l'affaire à sa façon ?

Sœur Clotilde soutint son regard.

— On ne peut empêcher les gens de dégoiser des sornettes, mais il n'y a rien de vrai dans tout ce qui peut se dire.

— Mais vous-même, quelle est votre opinion ?

— Je n'ai pas d'opinion, le Seigneur avait Ses raisons de rappeler ces deux pécheurs à Lui.

— Oui, bon, mais je suis chargé de découvrir par où ils ont péché… et vous ne m'aidez pas, ajouta Toussaint en soupirant. Je vous libère, vous pouvez rejoindre la visite – mais pas avant d'avoir prévenu vos élèves que nous voulons les voir, elles doivent, toute affaire cessante, nous rejoindre ici pour être entendues. Même chose pour l'aide.

Sœur Clotilde eut une imperceptible inclinaison du buste, et sortit sans un mot, en jetant toutefois un regard méprisant au commissaire Bernardin.

— Coriace, peut-être avenante, mais peu aimable, estima ce dernier. Et selon moi, elle n'en dit guère plus que ce que le recteur Dupac l'a autorisée à dire…

— Vous avez sans doute raison, commissaire. Suivez-la, et empêchez-la de faire la leçon aux élèves de la pharmacie. Interposez-vous, s'il le faut, et amenez-moi ces jeunes femmes.

*

* *

Se présentèrent peu après deux jeunes femmes ayant approximativement entre vingt-cinq ans et trente ans, toutes deux dans la même robe grise, plissée à la taille, coiffée de la même grande coiffe, mais sans le bandeau. Toussaint se dit que l'une des deux pouvait passer pour « gaillarde » – mais pas l'autre, décidément trop sèche pour exciter la convoitise d'un vieux garçon. Le commissaire Bernardin poussait devant lui une jeune fille vêtue d'une jupe et d'un cordage gris cendré, l'aide – cette dernière avait un visage rechigné, à la fois sournois et renfrogné, elle regimbait, obligeant le commissaire à la houspiller sans cesse.

— Avance, reste pas là plantée comme une quille !

— Arrêtez de me ravauder comme ça !

Toussaint invita le commissaire à interroger l'aide dans le laboratoire, lui-même demanda aux deux élèves de prendre place dans l'apothicairerie.

Toussaint interrogea les deux élèves ensemble ; leurs réponses à ses questions étaient précises, mais laconiques. Quand l'une parlait, l'autre gardait les yeux baissés, en signe d'humilité feinte, ce qui eut le don d'exaspérer le chirurgien. Il surprit toutefois quelques coups d'œil qu'elles lui lancèrent à la dérobée, il crut même voir s'allumer une étincelle dans le regard de la plus jeune, mais elle baissa très vite les yeux sur ses sandales, et une légère roseur lui colora brièvement les joues.

Leur parcours était celui des mieux lotis des enfants de la Charité : repérées pour leurs talents et leur intelligence, louées pour leur piété et leur conduite irréprochable, le bureau des recteurs les avait élevées au rang d'*élèves* dès leurs vingt ans et affectées à la pharmacie. Toussaint put constater qu'elles avaient une connaissance poussée des drogues simples et composées, de leurs usages thérapeutiques, des recettes pour les obtenir. Mais elles ne purent ou ne voulurent rien lui révéler de la personnalité du recteur Coudurier, si ce n'est louer son abnégation, son intégrité, sa compétence. Toussaint les congédia d'autant plus vite que des éclats de voix lui parvenaient du laboratoire.

Le commissaire Bernardin rudoyait la jeune aide, une adolescente de quinze ou seize ans. Celle-ci, assise sur un tabouret, gardait le menton plaqué contre la poitrine, avait les sourcils froncés et seul son regard suivait le commissaire Bernardin qui, le visage cramoisi, lui tournait autour en la menaçant :

— Continue de faire ta rébecca ! Je vais te faire donner une bonne ratisse si tu ne réponds pas mieux à mes questions !

Toussaint fit discrètement signe à Bernardin de s'éloigner, puis attira un tabouret et s'assit auprès d'elle.

— Ton prénom ?

— Thérèse… Vous êtes commissaire, vous aussi ?

— Non, chirurgien. Plus précisément chirurgien juré, chargé de l'enquête autour de l'assassinat du recteur Coudurier. Le commissaire Bernardin m'assiste dans cette fonction.

— Eh ben, vous voilà bien monté, il est si bête qu'il en pue, votre commissaire !

Toussaint entendit Bernardin donner du pied dans une porte de placard.

— Les *élèves* ont autorité sur toi, je suppose ?

La jeune Thérèse prit un air buté et opina de la tête.

— Qu'est-ce qu'elles te font faire ?

Haussement d'épaules. Toussaint patienta quelques secondes, puis :

— Mais encore ?

— Elles me traitent comme leur domestique… Je fends le bois, j'allume les fourneaux, je lave les draps à passer, je récure les écuelles, les pots, j'astique les alambics… Ici ou à la cuisine, c'est pareil. Avant, j'étais employée à la cuisine.

— Et le recteur Coudurier ? Tu le voyais souvent ?

— Non. Quand il venait, c'était pour traiter avec la sœur.

— Sois franche avec moi… Il tournait autour des élèves ?

— De quoi ? !

— Il en pinçait pour la plus jeune, Jacqueline ? Ou pour la plus âgée, Suzanne, je crois. Non, cela m'étonnerait, la plus âgée n'est pas vraiment un tendron, elle est sèche comme une racine de gentiane.

La jeune Thérèse pouffa.

— Ou alors pour toi ? Tu es jeune et jolie. Le recteur Coudurier n'a jamais essayé de t'embrasser, il n'a jamais eu la main baladeuse ?

Elle s'empourpra, et sous le regard insistant de Toussaint, finit par lâcher :

— Lui, non… Il n'était pas comme ça.

— Mais d'autres ?… Parle, tu n'as rien à redouter, personne n'en saura rien.

— Y en a un qui m'a déjà pelotée, qui a essayé de me bécoter, un jour qu'il avait bu de trop. Le recteur Chapuis, qu'on appelle La Rissole, et qui est responsable de la cave.

— Et ?

Elle leva la tête et regarda Toussaint avec un air de défi :

— Il n'a pas pu reparaître de plusieurs jours, tellement je l'avais griffé. Sœur Clotilde a même dû lui donner un onguent !

— Bien, bien, dit Toussaint en souriant. Et cette histoire de drogues ou pilules qui auraient été dérobées ici, revendues à l'extérieur ? C'est possible ?

Thérèse avança les lèvres en une moue dubitative, et finit par lâcher :

— Ça risque pas, on peut pas sortir d'ici un grain de poivre sans que la sœur, les élèves et le recteur s'en aperçoivent.

— Bon, en somme, tu ne peux rien m'apprendre ?

Il était sur le point de la renvoyer à son tour, quand il s'aperçut qu'elle se triturait la lèvre intérieure, en signe de grande perplexité. Il résolut d'attendre, laissant son regard errer sur les étagères du laboratoire.

— Y a bien quelque chose…

Toussaint l'encouragea en lui souriant.

— Quelque chose qui m'a surprise. C'était il y a quelques semaines… en avril peut-être. J'étais dans la cour, à sortir la cendre des fourneaux. Je m'étais assise sous la remise pour souffler un peu. Les élèves sont sorties, et le recteur a sans doute pensé qu'il était seul dans l'apothicairerie, je le voyais à travers la baie vitrée, lui me voyait pas, vous comprenez ?

Toussaint hocha la tête.

— Il a fermé la porte à clé, et il est allé chercher le marchepied dans la resserre, puis l'a approché du meuble aux chevrettes. Il est grimpé, pour aller observer de près les sculptures qui sont aux angles du meuble.

— Quelle a été ton impression ? Il dissimulait quelque chose ?

Elle secoua la tête en signe de dénégation et ajouta :

— Il avait plutôt l'air de chercher quelque chose, il promenait la main partout, derrière les pots, sur le haut du meuble. Il se contorsionnait sur le marchepied, j'ai même bien cru qu'il allait se casser la figure. Et puis, quelqu'un a essayé d'ouvrir la porte, il est vite descendu et a emporté le marchepied.

— Et ?

— Sœur Clotilde est entrée, elle avait sa propre clé. Elle regardait le recteur sans comprendre pourquoi il s'enfermait dans l'apothicairerie.

Thérèse baissa les yeux, son visage s'était de nouveau empourpré. Toussaint lui prit le menton entre le pouce et l'index et la força à le regarder.

— Ensuite ? Que s'est-il passé ?

— Sœur Clotilde m'a aperçue à travers la vitre… Elle a dû s'imaginer des choses… Une fois le recteur sorti, cette punaise s'est précipitée vers moi, m'a tirée par les cheveux, m'a giflée, et m'a dit que si je voulais continuer à travailler ici, je devais faire en sorte de jamais me trouver seule avec le recteur.

Toussaint remercia et congédia la jeune Thérèse. Elle croisa le commissaire Bernardin sur le seuil de la resserre, elle lui décocha un regard noir tout en marmonnant quelques propos indistincts, s'attira en retour un sonore :

— Agneau de garce !

Puis elle revint dans le laboratoire :

— Je me souviens que la sculpture qui l'intéressait surtout était celle dans l'angle à droite de la porte.

— Le sauvage ?

— Oui.

— Merci, Thérèse.

Une fois la jeune fille sortie, Bernardin vint se planter devant Toussaint :

— Vous ne prêtez tout de même pas foi à ce que raconte cette pisseuse ? C'est clair comme de l'eau de roche, elle a tenté d'aguicher le recteur ! Allez savoir si c'est pas elle, l'assassin. Elle est bien de taille à vous perforer la panse avec un poinçon !

Toussaint considéra le commissaire avec pitié. Il ne faisait aucun doute qu'Hortense, tout comme la jeune Thérèse, avait eu tôt fait de jauger l'homme qui se tenait présentement devant lui – un brave homme au visage congestionné, la taille comprimée dans son habit de velours brodé de paillettes, hors de saison. Un artisan qui rêvait d'ascension sociale et avait accepté la charge de commissaire de police, pour des émoluments qui ne dépassaient pas trois cents livres par an – raison pour laquelle il devait garder sa boutique. Il lui fallait faire avec cet homme, l'agent du lieutenant général Basset – Toussaint savait que les commissaires se rendaient tous les matins au rapport, à l'hôtel de ville, il ne faisait aucun doute que Bernardin, tout empoté qu'il était, avait pour mission première d'informer le lieutenant des progrès de l'enquête. Tournant les talons, il lança à Bernardin :

— Apportez le marchepied !

— Nous n'allons quand même pas…

— Vous, non, vous risqueriez de vous rompre le cou. Mais moi, oui. Faites, vous dis-je.

Toussaint se campa au milieu de la pharmacie et regarda les quatre sculptures de bois ornant les angles du meuble. Un apothicaire, préparant la thériaque : revêtu d'une blouse lui tombant jusqu'aux pieds, il tenait à bout de bras une vipère vivante qu'il s'apprêtait à jeter dans le chaudron pour la cuire. Dans l'angle opposé se tenait le chirurgien barbier sur le point d'arracher une dent à une jeune femme qui avait la tête rejetée en arrière et la bouche ouverte.

Deux autres personnages se faisaient face, un collecteur d'herbes médicinales – debout au milieu d'un nid de vipères, portant sur la tête une corbeille débordante de plantes – et un sauvage, torse nu, brandissant un arc, portant lui aussi une corbeille pleine de fruits de toutes sortes. Toussaint installa le marchepied sous l'homme du Nouveau Monde, se hissa jusqu'à ce que ses yeux affleurent le haut du meuble. Il vit des traînées de doigts dans la poussière, on avait palpé le sommet du meuble, il vit d'autres empreintes de doigts sur la corbeille, sur le carquois que portait le sauvage. Coudurier aurait ainsi cherché quelque chose, possiblement dissimulé ici. L'avait-il trouvé ?

*

* *

C'est bien plus tard que l'on comprit que les événements qui se produisirent cet après-midi-là dans le quartier situé entre l'Hôtel-Dieu et le monastère des Cordeliers avaient été concertés, afin de permettre l'agression dont la veuve Fleury allait être la victime. Ce fut d'abord un fiacre qui, traversant à vive allure la place des Cordeliers, s'engouffra dans la rue Grolée. Cette rue étroite, parallèle au quai de Bon-Rencontre, vient buter sur l'Hôtel-Dieu avant de bifurquer vers le Rhône. Le fiacre prit un virage trop serré, heurta le chasse-roue situé à l'angle de la première maison et se renversa, fracassant un étal de fruits et légumes. La rue s'en trouva obstruée pour un long moment. Dans le même temps, un autre incident se produisait à quelques pas de là, à l'angle de la rue Grolée et de la rue du Port-Charlet, qui prolonge la rue Ferrandière en direction du Rhône : une charrette à bras, chargée d'herbe mal séchée qu'on destinait peut-être à des lapins, prit feu sans qu'on sache bien pourquoi. Une fumée âcre se dégagea, les premiers cris « Au feu ! » retentirent et jetèrent les habitants, pris de panique, dans la rue. Bien vite, on organisa une chaîne depuis l'arrière-cour la plus proche où se trouvait un puits, pour éteindre le feu et éviter qu'il ne se propageât aux maisons. Durant ces quelques minutes, la partie supérieure de la rue Grolée se trouva vidée de ses habitants, occupés à vouloir libérer la pauvre bête du fiacre renversé, ou à combattre l'incendie.

Lorsque se firent entendre les premiers appels au feu, la veuve Fleury voulut se précipiter dans la rue, mue plus par la curiosité que par la peur. Ouvrant la porte de sa maison, elle se heurta à un homme à la forte carrure accoté au chambranle. Elle lui demanda avec brusquerie de se pousser, ajoutant qu'il avait sans doute mieux à faire que de rester là à bayer aux corneilles. L'individu se retourna, repoussa sans ménagement la femme Fleury dans son logement, et lui assena un coup de poing à la tempe qui l'étourdit. S'agenouillant sur elle, il entreprit de la bâillonner et de lui lier les mains dans le dos. Deux autres individus portant leur tricorne enfoncé sur les yeux s'introduisirent dans la maison. Ils procédèrent avec méthode, fermant à clé les portes donnant sur la rue et sur l'arrière-cour, fouillant chaque pièce, tirant les rideaux devant les croisées des fenêtres.

— Personne, nous sommes seuls.

— Bien. Amenez la femme dans le cabinet, elle va devoir nous aider, sans quoi nous allons y passer la soirée. Agenouillez-la sur cette bergère, dévêtue.

Disant cela, l'individu retira d'un sac de cuir une sorte de grande pince aux branches arrondies. Ses acolytes dénudèrent la veuve Fleury en lui arrachant ses vêtements et la contraignirent à se mettre à genoux sur la bergère. Celui qui semblait être le chef prit le menton de la femme Fleury dans une poigne de fer, la força à le regarder dans les yeux et lui dit :

— Écoute-moi bien, car nous avons peu de temps, et je ne te le demanderai pas deux fois. Ou tu nous trouves le dossier *Lefebvre*, celui du pharmacien assassiné, sur lequel travaillait ton mari, ou tu fais ta connasse, refuses de nous aider, et je t'arrache les seins. Avec ça, ajouta-t-il en brandissant sa pince.

Il écarta les deux ciseaux, les referma sur le sein droit et serra brutalement. La femme Fleury se cabra, des larmes lui jaillirent des yeux, une longue plainte filtra à travers le bâillon.

— Tu me crois ? Alors ?

La femme Fleury secoua la tête en signe d'assentiment. Ils la relevèrent, la tenant fermement par les bras, et la laissèrent les guider jusqu'à un homme debout en merisier situé à gauche de la fenêtre. Du menton, elle désigna le tiroir du bureau, dans lequel ils trouvèrent une petite clé qui ouvrit effectivement le vantail supérieur de l'armoire secrétaire. Sur la pile de dossiers, celui qu'ils cherchaient, marqué *Lefebvre*, d'une belle calligraphie.

Le chef de la bande se saisit du dossier, l'enfouit dans son sac et gagna la sortie, tout en disant sans se retourner :

— Elle est à vous, mais ne traînez pas, nous nous retrouvons demain vous savez où.

Débouchant dans le couloir, il crut percevoir un mouvement en haut de l'escalier ; il s'arrêta, tendit l'oreille, mais seuls lui parvenaient les cris de la rue, et les gémissements étouffés de la veuve Fleury. Il ajusta son tricorne, l'abaissant sur ses yeux et se glissa à l'extérieur. Il descendit la rue, indifférent aux gens qui se félicitaient d'être venus à bout de l'incendie.

*
* *

Toussaint et le commissaire Bernardin se firent expliquer la raison de l'attroupement à l'angle de la rue du Port-Charlet : un chargement de foin avait été incendié. Puis ils aperçurent le fiacre renversé et la bête aux pattes brisées couchée à l'autre extrémité de la rue Grolée. Un sombre pressentiment gagna Toussaint qui pressa le pas. Bernardin lui indiqua la demeure de son collègue Fleury. La porte était tirée, mais pas fermée. Bernardin la poussa, s'engagea dans le couloir, appela :

— Madame Fleury ? C'est moi, le commissaire Bernardin !

Toussaint le tira par son habit, lui montra la pièce qui s'ouvrait à gauche. Ils aperçurent un corps dénudé en travers d'un fauteuil renversé. Toussaint se précipita. Il s'agissait d'une femme, il interrogea Bernardin du regard.

— Mme Fleury, confirma le commissaire.

Elle avait été égorgée, le sang gouttait encore de la plaie béante qui s'ouvrait d'une oreille à l'autre. Toussaint porta la main sur le corps, il était chaud. Ils sursautèrent en entendant grincer une marche d'escalier.

— L'assassin est encore dans les lieux, murmura Bernardin.

Il sortit un pistolet de son habit, qu'il arma posément, puis entreprit de gravir l'escalier, Toussaint sur ses salons. Plus aucun bruit ne leur parvenait. Il n'y avait qu'une chambre à l'étage, qu'ils fouillèrent.

Bernardin ouvrait l'armoire lingère quand une cavalcade retentit dans l'escalier. Toussaint se précipita à la suite du fuyard qui avait jailli d'un réduit aménagé dans le mur sur le palier. Au risque de passer à travers l'escalier de bois, Toussaint dégringola les marches deux à deux, et réussit à attraper le fugitif par son vêtement sur le seuil de la maison. C'était une enfant qui se débattait et criait, il dut la ceinturer, la porta à l'intérieur. Des passants témoins de la scène le suivirent et lui demandèrent qui il était, ce qu'il pouvait bien faire là, et pourquoi il s'en prenait à *la Bestiole*. Bernardin survint au moment opportun.

— Reculez, vous me reconnaissez, je suis le commissaire Bernardin, de la Grande-Rue Mercière. M. Toussaint est chirurgien, chargé d'une mission de police par le gouverneur de Lyon. Un crime a été commis dans cette maison. Toi, dit-il en désignant un homme dans la foule qui grossissait de tous ceux qui avaient participé à l'extinction du feu, tu sais où demeure le lieutenant du guet, M. Ménard de Changlonne ?

L'homme opina du chef, puis désigna du pouce la rue derrière lui :

— À deux pas, place des Cordeliers…

— Tout juste. Va le prévenir, dis-lui que le commissaire Bernardin l'attend chez Fleury. Cette enfant reste avec nous, elle a peut-être été témoin du crime.

*

* *

Le commissaire ne put rien tirer de la fillette, qui resta prostrée et pleura silencieusement en gardant le regard rivé au sol. Toussaint décida alors qu'on la confierait à Hortense, son épouse, avant de savoir ce qu'il devait advenir de l'orpheline. Une réunion d'urgence se tint le soir même à l'hôtel de ville, place des Terreaux. Y participaient, outre Toussaint et le commissaire Bernardin, le lieutenant général de police Basset, le procureur du roi à la police de La Rochette, le prévôt des marchands Tolozan de Montfort, le capitaine du guet Foüet de Conflans et son lieutenant Ménard de Changlonne. Le prévôt des marchands informa l'assemblée réunie dans son cabinet du rôle dévolu à Toussaint, par volonté du gouverneur du roi. Puis il pria le lieutenant Basset de relater les faits survenus rue Grolée :

— Un fiacre a accroché un chasse-roue à l'entrée de la rue, on a vu le cocher sauter avant que le fiacre ne verse, et l'homme a disparu. Dans le même temps, quelqu'un mettait le feu à une charrette garée au carrefour de la rue Grolée et de la rue du Port-Charlet. Toute cette mise en scène pour vider la rue de ses habitants et permettre à plusieurs individus de s'introduire au domicile de la veuve Fleury, qui a été assassinée. Monsieur Toussaint, dites-nous ce que vous avez constaté.

— Le commissaire Bernardin et moi sommes arrivés au domicile du commissaire Fleury quelques minutes après le meurtre, le corps de la victime était encore tiède, le sang qui sourdait de la plaie à la gorge non encore coagulé. La victime a été violée, par au moins deux hommes, les nombreuses traces sur ses bras attestent du fait qu'elle était tenue par un individu placé derrière elle tandis qu'un autre la violentait. Elle a ensuite été égorgée, au moyen d'un objet particulièrement affûté, un couteau à lame courte ou un tranchet…

Toussaint marqua un temps d'arrêt. Le mot lui

évoquait d'autres victimes qu'il avait dû autopsier, des femmes, jeunes, retrouvées égorgées sur les ports d'Orléans l'année précédente. Il reprit :

— L'hémorragie lui a bien sûr été fatale. J'ai constaté une trace étrange, circulaire, autour du sein droit. Qui n'a pu être faite avec le même objet coupant ayant servi à l'égorger, tant la circularité de la plaie est parfaite. La peau est légèrement incisée.

— Quelle interprétation en faites-vous ? demanda le lieutenant Basset.

— On l'a peut-être torturée, pour obtenir plus rapidement ce qu'on était venu chercher : le secrétaire dans lequel Fleury conservait ses dossiers était ouvert, mais n'a pas été fracturé. Les assassins n'ont pas eu à fouiller. Nous avons nous-mêmes inventorié les dossiers présents, celui constitué par Fleury sur l'assassinat du recteur Lefebvre est manquant.

— Si j'ai bien compris, intervint le prévôt des marchands, vous-même veniez chez Fleury pour récupérer ce dossier ? Mais pourquoi vous intéresser à l'assassinat du recteur Lefebvre, quand vous êtes chargé de l'enquête sur la mort du recteur Coudurier ?

— Les deux meurtres peuvent être liés, étant survenus dans l'apothicairerie de la Charité. Le fait qu'une bande d'assassins, organisée, se soit emparée aujourd'hui du dossier Lefebvre semble accréditer cette idée.

— Écoutez, monsieur le chirurgien, reprit Tolozan de Montfort, j'ai moi-même été recteur de la Charité, il y a certes vingt ans de cela, mais je sais que la Maison est aujourd'hui aussi bien gérée par nos successeurs que nous l'avons gérée en notre temps. Je n'ai jamais cru à cette thèse fantaisiste d'un trafic de drogues que le recteur Lefebvre aurait mis au jour, les conclusions provisoires du commissaire Fleury allaient dans ce sens, il en avait fait état ici même, auprès du lieutenant général de police et de moi-même.

— Nous ne savons pas ce que recèle le dossier constitué par le commissaire Fleury, repartit Toussaint. Je ne sais pas ce que vaut cette thèse, je n'ai encore rien trouvé qui la corrobore – mais il peut aussi s'agir, comment dire… d'un écran de fumée, les événements d'aujourd'hui m'invitent d'ailleurs à le penser : on s'est donné beaucoup de mal pour me précéder dans la récupération du dossier.

— Expliquez-vous, le pria Basset, qu'entendez-vous par « écran de fumée » ?

— Le commissaire Fleury a pu trouver commode de laisser enfler cette rumeur sur la mise au jour d'un trafic de drogues, s'il avait découvert quelque chose de plus grave. Il pouvait ainsi enquêter à loisir…

— Mais sur quoi, sur qui ? demanda le procureur de La Rochette.

— Je ne sais. L'enquête est à reprendre, mais je suis enclin à penser que les deux meurtres sont liés.

— Et l'enfant qu'on a trouvée sur place ? A-t-elle pu révéler quelque chose sur l'identité des assassins ? poursuivit La Rochette.

Bernardin répondit :

— Non. Il s'agit d'une nièce, orpheline, que le couple Fleury a recueillie l'hiver dernier. Elle n'a pu dire ce qu'elle a vu – si tant est qu'elle ait vu quelque chose, car je suppose que les assassins de la veuve Fleury ne l'auraient pas laissée derrière eux s'ils l'avaient découverte. Elle s'est cachée dans un cagibi sur le palier quand elle a compris ce qui se passait.

— Monsieur Toussaint, reprit Tolozan de Montfort, vous avez carte blanche. Les services de police sont là pour vous seconder. Ainsi que le guet, la milice bourgeoise et la maréchaussée si nécessaire. Nous n'entendons pas vous presser, mais vous comprenez aussi que nous souhaitons une résolution rapide de ces affaires. D'où les pleins pouvoirs qui vous sont accordés par Mgr le duc de Villeroy. Avez-vous besoin de plus d'hommes avec vous pour enquêter au sein de la Charité ?

— Dans l'immédiat, non. Je doute que mener des interrogatoires en masse ou fureter dans tous les recoins m'aide en quoi que ce soit. Je vais recruter un apothicaire qui sera chargé de comparer les réserves de la pharmacie aux livres de comptes.

— Vous pourriez avoir besoin d'une arme, dit Basset. Il s'en est fallu de peu que le commissaire Bernardin et vous-même vous trouviez nez à nez avec les assassins de la veuve Fleury, et la confrontation n'aurait pas tourné à votre avantage.

Le lieutenant de police interrogea le capitaine du guet du regard. Ce dernier répondit :

— Le lieutenant Ménard de Changlonne vous portera demain une paire de pistolets.

Le prévôt des marchands prit familièrement Toussaint par le bras et l'amena à l'écart, près d'une des fenêtres donnant sur la place des Terreaux :

— Monsieur Toussaint, me ferez-vous l'honneur d'être mon hôte, en mon hôtel du quai Saint-Clair ? On dit votre épouse délicieuse, je ne voudrais pas que vous nous la dissimuliez plus longtemps.

— Ce sera avec le plus grand plaisir.

— Je vous ferai parvenir une invitation très vite.

Toussaint se fendit d'un large sourire qui disait qu'il n'était pas dupe : le prévôt des marchands n'entendait pas n'obtenir que des informations de seconde main.

Alors que le prévôt signifiait à l'assemblée que la séance était levée, Toussaint fit signe à Basset qu'il voulait lui parler. Les deux hommes se retrouvèrent dans le cabinet du lieutenant général, au rez-de-chaussée de l'hôtel de ville.

— Chevalier, les procès-verbaux dressés par le commissaire Fleury ont disparu, et il me sera impossible d'en reconstituer le contenu. Vous avez pourtant fait allusion, hier, aux propos confus tenus par le recteur Lefebvre au moment de sa mort, propos recueillis par sœur Séverine. Vous souvenez-vous de la teneur de ces propos ?

Basset se massa le menton, cherchant à se remémorer ce qu'il avait lu ou ce que Fleury lui avait rapporté.

— Fleury était assis là même où vous vous trouvez… Je me souviens qu'il était lui-même passablement décontenancé, car les paroles de Lefebvre n'avaient aucun sens. Il était question, si je me souviens bien, de *sauvages en armes*, ou d'*armes de sauvages*, je ne sais plus, et de *gâteau,* si je ne me trompe pas, oui, c'est cela, c'était incohérent…

— De gâteau ? !

— Oui… Cela n'avait ni queue ni tête. Le recteur ecclésiastique était présent lorsque Fleury a entendu sœur Séverine, lui se souvient peut-être davantage de ce que la sœur a pu rapporter. Voyez avec lui.

Sortant de l'hôtel de ville, Toussaint méditait les propos rapportés par Fleury. Un sauvage en armes… Le recteur Coudurier avait été vu par la jeune Thérèse cherchant quelque chose aux pieds du sauvage porteur d'un arc, cette sculpture de bois figurant à l'un des angles du meuble de la pharmacie. Coudurier pouvait bien sûr avoir été mis au courant, par sœur Séverine, ou par le recteur ecclésiastique, voire par Fleury.

*
* *

Bernardin guida Toussaint jusqu'à l'herboristerie Michelet, Grande-Rue Mercière. Cette rue étroite qui s'étire côté Saône de la place Confort[1] au sud, à l'église Saint-Nizier au nord, est l'antique *via mercatoria* des Romains. Elle est depuis toujours la rue la plus commerçante de la ville : les échoppes de bonneterie, de mercerie et de quincaillerie alignent leurs auvents les uns à côté des autres, c'était là également que les imprimeurs et libraires lyonnais étaient regroupés. L'herboristerie Michelet était située à quelques pas de la perruquerie que tenait Mme Bernardin. C'était une échoppe branlante coincée entre deux solides et hautes maisons à pans de bois. Ils pénétrèrent dans la boutique chichement éclairée dont l'air était saturé par les fragrances d'herbes, de fleurs et d'aromates. Des étagères couraient sur les murs, supportant un amoncellement de boîtes cylindriques en bois de châtaignier qui contenaient les simples, mais Toussaint aperçut aussi toutes sortes de fioles et de flacons pour les poudres et les trochisques, ainsi que des pots canons en faïence, signe que l'herboriste du lieu se livrait aussi à quelques préparations de baumes, de cérats, d'emplâtres ou d'électuaires. Une femme d'un certain âge, courtaude et ressemblant à une barrique montée sur deux jambes, se tenait derrière le comptoir, à côté du trébuchet qui lui servait

1. Actuelle place des Jacobins.

à peser les marchandises. Elle connaissait Bernardin, qui fit les présentations et s'enquit de la présence de M. Michelet fils, qu'il dit vouloir présenter à maître Toussaint. Des râles leur parvenaient de l'arrière-boutique. Toussaint et le commissaire se regardèrent, indécis, et interrogèrent la femme du regard lorsque les râles se muèrent en une longue plainte de douleur. Elle leur sourit et les invita d'un geste à la suivre. Dans la pièce attenante, qui servait de remise, une femme était assise sur une chaise basse, elle se cramponnait des deux mains aux bords du siège. Placé derrière elle, lui maintenant la tête renversée au moyen du bras gauche, un jeune homme officiait : il tenait de la droite un *pélican*, une longue pince en acier aux extrémités recourbées à laquelle il imprimait de larges mouvements de rotation dans le but manifeste d'arracher une dent. La patiente roulait des yeux apeurés, noyés de larmes, et Toussaint estima qu'elle était sur le point de tourner de l'œil.

Sans arrêter ses moulinets du poignet, le jeune homme salua les visiteurs d'un large sourire et d'un hochement de tête et les invita à patienter. Leur tour viendrait. Il était grand, maigre, avait la tête surmontée d'une tignasse rousse hirsute, quelques poils de barbe lui tire-bouchonnaient sur le menton. Il poussa soudain un cri de victoire et exhiba, au bout de sa pince, le chicot noirci d'une molaire. La femme gémissait, un filet de sang lui coulait sur la joue et jusque dans le cou.

— Ne vous inquiétez pas, dit-il, autant à l'intention de sa patiente que de ses deux visiteurs, l'hémorragie est inévitable, mais je vais mettre dans la cavité des tampons de charpie imbibés de liqueur, et un plumasseau par-dessus… Voilà. Vous garderez la bouche bien fermée, pour que la mâchoire supérieure fasse pression sur le plumasseau. Vous vous abstiendrez de vous émouvoir ou de vous échauffer, pour ne pas relancer l'écoulement de sang. Et, bien sûr, vous ne mastiquerez pas de ce côté de la bouche.

Lorsque la patiente, chancelante, fut sortie au bras de la mère Michelet, Toussaint se présenta comme médecin, dit au jeune homme qu'il pensait lui confier une mission, mais, feignant la curiosité, l'interrogea tout d'abord sur le styptique utilisé.

— J'utilise, de préférence à l'eau alumineuse et à celle de Rabel, une liqueur à base de vitriol romain, très vert, que je déflegme moi-même. J'ai fait maintes fois l'expérience que c'était le meilleur styptique. Lorsque l'hémorragie est importante, on peut aussi rouler les bourdonnets, imbibés de liqueur, dans de la poudre d'éponge brûlée. C'est très efficace.

Le jeune homme, en réponse aux questions de Toussaint, se raconta. Il venait de passer sa maîtrise, après trois années d'apprentissage à Lyon et à Villefranche. Il ne pouvait racheter un fonds de boutique, mais souhaitait transformer l'herboristerie de sa mère, veuve, en apothicairerie.

— Mais le nombre de places est réglementé, le consulat s'oppose pour l'heure à ce projet. Alors je soigne les dents, je me rends chez des malades pour leur administrer des clystères…

— Des saignées également ? demanda Toussaint d'un air entendu.

Le jeune homme piqua un fard, et c'est d'un ton courroucé, en gesticulant outrageusement, qu'il répondit :

— Permettez-moi d'émettre sur ce sujet un jugement absolu. Je sais bien, comme l'a écrit Celse : « *Sanguinem, incisa vena, mitti novum non est : sed nullum paene morbum esse, in quo non mittatur, novum est*[1]. » Mais, au risque de paraître présomptueux, je dirais que la saignée n'est d'aucun secours dans la plupart des maladies ! Parfaitement ! J'ai lu l'*Exercitatio anatomica de motu cordis et sanguinis in animalibus* de l'Anglais Harvey…

— Qui a découvert le système de circulation sanguine…

— Exactement ! Et – il baissa instinctivement la voix, comme s'il allait trahir un secret – j'incline à penser que le sang n'est le véhicule d'aucune humeur étrangère qui serait cause des maladies. Pour moi, la saignée ne sert à rien…

Il se redressa, affichant un air revêche, il était prêt à en découdre sur le sujet de la saignée. Toussaint sourit et hocha la tête en signe d'apaisement. Le jeune homme lui plaisait.

— Je partage vos vues sur la saignée, je pense même que l'on cause la mort de bien des malades ainsi, et notamment parce qu'on utilise des pansements et compresses infectés, avec des instruments non cautérisés, telles ces lancettes avec lesquelles certains médecins vont inciser quinze ou trente malades chaque jour. Avez-vous lu les écrits de Claude Pouteau, anciennement chirurgien major de l'Hôtel-Dieu de Lyon ? Selon lui, la « pourriture d'hôpital[2] » se transmet plus sûrement par les linges souillés, les mains du chirurgien et ses instruments, que par l'air. Audacieux, n'est-ce pas ? Ses écrits ont été rassemblés dans les *Œuvres*

1. « L'usage de la saignée par l'ouverture de la veine n'est pas une nouveauté : mais c'en est une, d'employer ce remède dans presque toutes les maladies. »

2. La gangrène.

posthumes, vous gagnerez à en faire la lecture. J'en viens à ce qui nous amène, le commissaire Bernardin et moi-même : nous avons besoin de vos services. Pour découvrir ce qui se trame dans l'apothicairerie de la Charité. Vous êtes au courant des meurtres ? Vous savez que je suis chargé de l'enquête ?

Le jeune homme opina du chef.

— Je veux que vous étudiiez les livres de comptes, que vous évaluiez les commandes et les préparations par rapport aux besoins réels de l'hôpital. Peut-être découvrirez-vous quelque chose de suspect. Rejoignez-moi demain matin à sept heures à mon domicile de la place Saint-Michel, nous irons ensemble et je vous présenterai au prêtre économe de la Charité qui vous délivrera un laissez-passer permanent.

Alors qu'ils s'apprêtaient à sortir, Toussaint fit signe à Bernardin de l'attendre sur le seuil et revint dans l'arrière-boutique.

— Aidez-moi à y voir clair dans cette histoire, et je me fais fort d'intervenir auprès du prévôt des marchands pour que vous puissiez transformer cette herboristerie en apothicairerie.

Un large sourire se dessina sur la figure du jeune Michelet.

*

* *

Toussaint prit la place Louis-le-Grand à l'oblique et rejoignit la place Saint-Michel par la rue de l'Arsenal. Le jour déclinait, la forte chaleur de la journée avait lâché prise et la température, très douce, incitait nombre d'habitants à baguenauder sur la place. Les rues étaient encore très animées, les vendeurs de limonade couraient d'un groupe à l'autre, des bouquetières assaillaient les hommes qui se rendaient possiblement à un rendez-vous galant, et Toussaint ne put se défaire de celle qui se pendait à son bras qu'en lui achetant pour quelques sols une brassée de pivoines. Hortense l'attendait dans le salon d'accueil du rez-de-chaussée.

— Que fait la petite ?

— Elle dort. Trop d'émotions, pour cette pauvre enfant. Elle m'a raconté des choses intéressantes…

— Vraiment ? Elle vous a parlé ?

— Tout d'abord, elle est restée butée comme une mule, refusant de décrocher un mot, alors j'ai pris le parti de lui parler, de moi, de vous, de nous. Quand je lui ai annoncé que j'étais enceinte, elle a…

— Nous ne sommes pas sûrs que…

— Moi, j'en suis sûre, les femmes sentent ce genre de chose, Antoine. Et cet air sarcastique ne vous sied pas. Peu importe, c'est là qu'elle a ouvert la bouche pour la première fois. Elle m'a dit : « Je peux mettre ma joue contre ton ventre pour sentir le bébé ? » Je crois que j'ai gagné sa confiance, car peu à peu, elle s'est racontée, par bribes. Je vous la fais brève, mais il a fallu deux bonnes heures pour en arriver là : elle s'appelle Marie, mais depuis qu'elle est toute petite, tout le monde l'appelle *la Bestiole*. Elle dit avoir dix ans, mais sa tante prétendait qu'elle n'a que neuf ans, elle est orpheline et a été recueillie il y a un an par sa tante et son oncle Fleury…

— Et son oncle est mort il y a quelques semaines…

— Ce qui l'a profondément affectée, elle a craint de perdre sa nouvelle famille. Mais sa tante lui a juré qu'elle ne l'abandonnerait pas.

— Elle a parlé de l'agression d'aujourd'hui ?

— Oui. Elle a vite compris ce qui se passait.

Elle était en haut des marches quand elle a vu l'un des agresseurs envoyer sa tante dinguer au pied de l'escalier, d'un coup de poing à la tête. Elle s'est cachée, en se recroquevillant dans un placard. Mais tenez-vous bien : selon elle, l'un des agresseurs était une femme.

— Non ?!

— Elle est formelle…

À ce moment, Louis-Joseph arrivait de l'office, apportant un cabaret chargé de tasses et d'une chocolatière. Il s'arrêta sur le seuil, se racla discrètement la gorge et indiqua d'un mouvement des yeux le haut de l'escalier. Toussaint se leva, s'avança et vit *la Bestiole* assise sur la plus haute marche, le visage dans les poings. Il lui tendit la main pour l'inciter à descendre. Elle le fixait par-dessous sa frange qui lui tombait sur les yeux. Elle finit par se lever, dévala l'escalier et vint se blottir contre Hortense.

— Louis-Joseph, apportez une troisième tasse…

Toussaint se massait le bout des doigts, ne sachant comment s'y prendre avec cette enfant qu'Hortense avait su manifestement conquérir, mais qui lui lançait, à lui, des coups d'œil méfiants.

— Marie… Hortense me dit que tu as vu les hommes qui sont entrés chez ta tante…

— C'étaient les assassins !

— Comment sais-tu que c'étaient des assassins ?

— Je t'ai entendu, avec le commissaire, vous parliez toujours des assassins…

— C'étaient deux, trois hommes ?

— Deux hommes… et une femme.

Toussaint haussa les sourcils de surprise.

— Tu as dû te tromper, il ressemblait peut-être à une femme, mais…

— Tu crois que j'ai eu la berlue ? Je sais encore reconnaître un giton ! Je te dis que c'était une femme !

Hortense sursauta et prit le visage de Marie dans les mains :

— Marie, mais comment parles-tu ! Un *giton* ?!

— Et c'est pas la peine de faire la sucrée. C'était pas un giton, je te dis !

— Sais-tu seulement ce qu'est un giton ?

— Évidemment. C'est un qui a le feu à la rondelle, comme disait mon oncle. Mon oncle, il leur faisait la chasse aux gitons ! Il faisait des fiches sur eux, et sur les bougres aussi, il en avait une pleine boîte de ses fiches.

— Et… cette femme, elle était comment ? Jeune, vieille ?

— Plutôt vieille, comme Hortense. D'abord, sa voix était celle d'une femme. Et quand elle a remis son chapeau pour sortir, j'ai bien vu que c'était une femme, même qu'elle était belle. Mais pas autant qu'Hortense.

— Tu n'étais plus dans le cagibi ?

— J'étais en haut de l'escalier, je voulais comprendre ce qu'ils faisaient dans le cabinet de mon oncle. Le commissaire n'a pas voulu que je voie ma tante, qu'est-ce qu'ils lui ont fait ?

— Ils ont été très méchants avec elle.

— Alors, ils l'ont tuée ?

Toussaint hocha silencieusement la tête.

— Et je vais rester avec vous ?

— Oui, s'empressa de répondre Hortense. Tu restes avec nous, il n'est pas question que nous t'abandonnions.

*

* *

Sébastien Reboul ne trouvait pas le sommeil. Par la fenêtre entrouverte de la chambre qui donnait sur la rue Saint-Jean, il entendit une bande de noctambules avinés détaler devant le guet. Les soldats passèrent, traînant leur ennui, trop fatigués pour échanger encore le moindre propos, la moindre plaisanterie. Il se tourna sur le côté. Il sentit que la Catherine Lefebvre, dont il partageait la couche, se réveillait. Une main se glissa sous sa chemise de nuit, à la rencontre de sa verge flasque et rabougrie. Il s'agaça et la repoussa, murmura :

— Pas maintenant, j'ai besoin de dormir.

Il savait qu'il ne se rendormirait pas. La faute en était à ce chirurgien, passé ce matin avec sa donzelle. Belle fille au demeurant, aux formes pleines – mais dont il était sûr qu'elle l'avait percé à jour, son regard amusé qui allait de la Catherine au jeune apothicaire lui avait trahi qu'elle ne se méprenait pas sur la nature de leur relation. Mais peu lui importait qu'elle ait deviné qu'il était l'amant de la veuve Lefebvre, une bigresse à la quarantaine épanouie, « avec par-devant deux sacs à poudre et par-derrière une canonnière propre à affoler un régiment de dragons », comme feu son époux se plaisait à la décrire. Ce pauvre Lefebvre mettait trop rarement le feu aux poudres au goût de la dame, et il n'avait pas fallu longtemps pour que celle-ci jette son dévolu sur le jeune apprenti de seize ans.

Il lui fallait endurer l'appétit insatiable de la dame, mais le pou affamé qu'il était encore il y a peu avait fait son chemin. Il avait accédé à la maîtrise peu avant la mort de Lefebvre, et la Catherine avait été prompte à lui proposer un accord : il prenait la place de feu Lefebvre, ils faisaient courir le bruit qu'il louait le local, quand elle lui permettait juste d'exercer son art avec un faible intéressement aux bénéfices, et encore à la condition qu'il honore l'autre partie du contrat qui les liait tacitement, c'est-à-dire la dame elle-même. Elle lui avait toutefois conté, un soir qu'elle avait eu son content de râles et de vagissements, après de nombreux soubresauts et de non moins nombreuses secousses, que son défunt mari, qu'elle appelait le père Lefebvre, une fois élu recteur de la Charité, prétendait avait mis la main sur un véritable pactole, il n'avait pas pu s'empêcher de s'en vanter auprès de sa moitié qui possédait l'apothicairerie, héritée de son père. Elle avait tenté de sonder le père Lefebvre, mais il s'était fermé comme une huître, et elle n'avait pu en apprendre davantage. Elle avait toutefois acquis la conviction que cela était lié à son activité de recteur de l'hôpital, et elle avait incité le jeune Reboul à approcher le successeur de Lefebvre, l'apothicaire Coudurier. Celui-ci avait éconduit le jeune homme avec une véhémence suspecte, le traitant d'affabulateur. Et puis la Catherine avait appris par le notaire, Me Dalier, que le père Lefebvre s'était rendu acquéreur de terrains situés dans les broteaux du Rhône, plusieurs bicherées[1] de terre en friche, impossibles à cultiver, car traversées de lônes et de bras morts de la rivière, partiellement noyées lors des crues hivernales. Au mieux pouvait-on y mener paître des moutons à la belle saison. La Catherine était sidérée et mettait cet achat sur le compte d'un coup de folie de son époux. « Il se sera fait embobeliner par un plus malin que lui, qui lui a vendu des friches pour des pâtures. »

1. Ancienne unité de mesure agraire dans le Lyonnais (surface qu'il était possible d'ensemencer avec un *bichet* de grains, = 1 293 m^2).

Reboul était retourné voir Coudurier qui avait prétendu ignorer pourquoi son prédécesseur aurait acheté plusieurs bicherées de terre, mais Reboul avait vu la lueur d'intérêt soudain qui s'allumait dans les yeux du nouveau recteur : il y avait manifestement anguille sous roche, et il avait eu l'impression que Coudurier était au courant de ces transactions foncières, qu'il feignait l'étonnement et l'ignorance.

Et puis Reboul avait trouvé cette lettre soigneusement pliée et dissimulée dans un carnet où son ancien patron consignait ses recettes personnelles. Reboul voulait ce jour-là vérifier la composition d'un emplâtre, et il était tombé sur une missive, adressée au « *Sieur Lefebvre, recteur de l'hôpital Notre-Dame de la Charité responsable de l'apothicairerie* ». L'expéditeur en était un certain Malaval, « *intendant suppléant du Jardin des Plantes de Montpellier* ». Reboul avait lu et relu la missive, au point d'en connaître certains passages par cœur : « … *Les caisses seront acheminées fin mai à Beaucaire, où elles seront confiées à un voiturier par eau chargé de les transporter jusqu'à Lyon : il s'agit de Sulpice Buridon en qui j'ai toute confiance. Il sait quels soins prodiguer à la marchandise qui devrait vous parvenir dans le début de juin. Conformément à vos désirs, le plus grand secret sera respecté : il ne sera nullement fait mention de la nature de la marchandise dans le livre de voiture…* » Le nom du chaland était mentionné, le *Marie-Angèle*, et la marchandise devait être débarquée au port de la Baleine, sur la rive ouest de la Saône, avant d'être acheminée à l'hôpital de la Charité. Il ne s'en était pas ouvert à la Catherine, car il entendait bien se réserver l'avantage de cette découverte. C'est pourquoi la venue de ce jeune couple, le questionnant sur cette histoire d'étiquette, lui avait mis la puce à l'oreille. Cédant à une impulsion subite, il s'était saisi d'une brassée de feuilles de consoude, réceptionnées le matin même, l'avait enveloppée d'un linge et avait discrètement suivi le couple. L'homme et la femme s'étaient séparés, il avait suivi l'homme – traversant la presqu'île, celui-ci avait enfilé la rue Sala, où il était difficile de ne pas le perdre de vue, mais il l'avait vu pénétrer dans l'hospice de la Charité. Reboul lui avait laissé une avance de quelques minutes, puis était entré à son tour dans la loge. Prétextant devoir livrer les feuilles de consoude, il avait réussi à guigner le registre des entrants et à déchiffrer la dernière ligne : « A. L. Toussaint, chir. juré ». Il n'avait pas osé questionner la sœur portière sur l'identité de ce Toussaint, mais, mise au courant, la Catherine avait estimé qu'il devait s'agir de quelqu'un à la solde du lieutenant de police, « mais en moins sot qu'un commissaire ».

Samedi 10 juin 1786

Cette nuit-là, Marie dormit entre eux deux. Elle en avait émis le désir, et Hortense avait accepté sans barguigner. Toussaint avait acquiescé silencieusement, tout en pressentant qu'il ne serait pas aisé de se défaire de *la Bestiole*.

Le lendemain matin, l'abbé du Bois d'Oingt s'invita au déjeuner. Toussaint était encore là, en train de relire les procès-verbaux rédigés par Bernardin.

— Cousin, vous ne m'en voudrez pas, mais mon entregent ne vaut que par la fraîcheur des informations que je peux colporter. L'affaire des recteurs assassinés est dans toutes les bouches, et je sais que vous avez rencontré le prévôt des marchands hier soir… Je dois en savoir au moins autant que lui, alors je vous en prie, ne vous faites pas prier. À quels résultats êtes-vous parvenu ?

Toussaint sourit. Il savait que l'abbé était admis et apprécié dans tous les salons et tous les cénacles, parce qu'il était un volubile commentateur des faits divers se produisant dans la société lyonnaise. C'est cette réputation, alliée à sa connaissance des grandes familles, qui lui permettait de jouer les marieurs, et d'être le directeur de conscience de plusieurs dames de la bourgeoisie.

— À une condition, cousin…

— Je vous écoute.

— Que vous acceptiez d'éclairer ma lanterne sur ce monde clos qu'est la Charité, sur ses protagonistes, son fonctionnement. Je sais que vous avez quitté la Charité il y a plus de trente ans, sans plus y remettre les pieds… Ou me trompé-je ? Sœur Clotilde me dit vous croiser régulièrement dans ces murs.

— C'est exact, j'y retourne une fois par semaine. En qualité de professeur au séminaire, je suis chargé de la formation religieuse des élèves sur lesquels nous fondons le plus d'espoir. Et il n'en manque pas, songez que la Charité recueille chaque année plus d'un millier d'enfants exposés.

Toussaint lui relata les derniers événements : l'assassinat de la veuve Fleury, la disparition des procès-verbaux dressés par le commissaire Fleury dans le cadre de l'enquête sur le meurtre du recteur Lefebvre – et la présence de la jeune Marie, dite *la Bestiole*, chez eux. Hortense, qui les avait rejoints, interrogea l'abbé à ce sujet :

— Quel peut être son destin ?

— Elle sera d'abord confiée à l'hôpital de la Charité, mais elle n'y restera que le temps qu'on trouve une famille de paysans chez lesquels la placer, puisqu'elle n'a plus aucune attache familiale en ville.

— Quelles garanties avons-nous qu'elle y sera bien traitée ?

— Vous n'en avez aucune. Mais la Charité exige un certificat de bonnes mœurs établi par le curé de la paroisse, et un frère de la Maison passe une fois par an pour s'assurer que l'enfant est convenablement nourri et élevé dans la foi chrétienne. Mais sachez que ce sont peu ou prou mille cinq cents enfants qui sont exposés chaque année, et recueillis par la Charité – ce nombre excède de beaucoup le nombre de foyers répertoriés dans le *registre de placement.* Certains sont moins bien lotis que d'autres.

— Et elle restera toute sa vie chez ces paysans ?

— Non. À douze ans, elle sera ramenée à la Charité pour être instruite sur la religion et être préparée à sa première communion, on lui apprendra également à lire et à écrire, tout en l'occupant à des travaux ménagers. Et au plus tard à quatorze ans, elle sera placée en apprentissage et deviendra vraisemblablement ouvrière en soie, comme l'immense majorité des enfants de la Charité.

Hortense se leva vivement et se mit à arpenter la pièce de long en large. Elle avait cet air à la fois buté et farouche que Toussaint connaissait bien désormais : il savait que son épouse méditait une décision qui serait irrévocable. Puis Hortense fit face aux deux hommes :

— Marie ne sera pas confiée à la Charité, elle reste avec nous, ici !

— Mais, cousine, il vous sera d'autant plus difficile de vous défaire d'elle dans quelques semaines, vous risquez de vous attacher à elle.

— L'abbé a raison, vous…

Hortense tapa du pied.

— Il suffit, je m'oppose à ce que Marie quitte ce foyer. Elle reste avec Antoine et moi.

La porte de la chambre s'ouvrit à la volée, *la Bestiole* déboula dans la pièce et se jeta dans les bras d'Hortense :

— J'irai pas à la Charité, je veux pas qu'on me fasse du mal !

— Mais, Marie, les enfants de la Charité sont bien traités !

— C'est pas vrai, mon oncle, il disait que les enfants de la Charité, ils étaient envoyés au cul des vaches, avant d'être entrouducutés par un ouvrier de la Fabrique[1] !

— Elle est épaisse comme une allumette, mais elle n'a pas la langue dans sa poche ! émit l'abbé.

— Va chez le voisin !

— Mais quel trousse-pet !

L'abbé ne savait quel parti prendre : morigéner la gamine, ou rire de ses reparties. Toussaint se montra conciliant :

— Je propose que Marie reste avec nous le temps de notre séjour à Lyon, nous verrons quelle solution adopter pour la suite.

L'abbé eut une moue dubitative, mais leva les mains en signe d'apaisement.

— Elle est vive comme une potée de souris !... Demain soir, je vous propose de vous emmener chez un particulier qui organise une soirée de quadrille, en toute discrétion. Je passerai vous prendre vers six heures. Nous serons entre gens de bonne compagnie.

Et baissant la voix, il ajouta à l'adresse d'Hortense :

— La mise est à vingt sols, vous allez pouvoir vous gagner un joli pécule, ma cousine !

Hortense emmena Marie hors de la pièce pour

1. La *Fabrique* (ou *Grande Fabrique*) correspondait à une organisation commerciale et industrielle de type *manufacture dispersée* : les *soyeux* (marchands-fabricants, jusqu'à 400 dans la ville) passaient commande aux maîtres tisseurs, auxquels ils fournissaient matière première (soie) et dessin. Les maîtres tisseurs étaient propriétaires de leur métier à tisser (on dénombrait 14 000 métiers dans Lyon en 1786, faisant vivre 30 000 personnes).

l'aider à se préparer. L'abbé prit Toussaint par le bras, l'amena à l'écart près de la fenêtre et lui confia :

— Je ne voulais pas alarmer davantage Hortense, mais je ne vous mentirai pas, Cousin, le sort fait aux enfants de la Charité n'est pas enviable, notamment pour les enfants *illégitimes*, abandonnés et recueillis par la Maison. Nous les appelons les *Petits Garçons* et les *Thérèses.* Les garçons sont très vite placés en apprentissage chez un tisserand, et ils sont à la *tire* pendant leurs jeunes années : ils se tiennent debout à côté du métier, les bras levés pour saisir les cordons rattachés aux leviers qui commandent les lisses, et ils les abaissent, toute la sainte journée, à raison de quinze heures durant en hiver, seize en été, se tenant les pieds écartés et les genoux serrés, raison pour laquelle les ouvriers en soie ont les genoux cagneux et cette démarche si particulière qui fait qu'on les reconnaît en ville[1]. Les filles sont pour la plupart *dévideuses*, dans des ateliers de dévidage qui appartiennent d'ailleurs pour partie à l'Aumône générale elle-même… Elles ont les mains plongées dans l'eau bouillante où on fait fondre les cocons, elles en ont les doigts tordus, et elles respirent les exhalaisons putrides qui émanent des chrysalides bouillies – beaucoup attrapent ce qu'on appelle ici le *mal de ver,* en fait la phtisie. Ajoutez-y la malnutrition, parfois des mauvais traitements, et certains enfants s'enfuient de chez leur patron et reviennent à la Charité…

1. Sous l'Empire, des « mécaniciens », dont Joseph Marie Jacquard, mettront au point un métier à tisser (auquel Jacquard donnera son nom) dans lequel les fils de chaîne sont sélectionnés à l'aide d'un programme inscrit sur des cartons perforés. La fonction de *tireur* disparaîtra alors, un seul ouvrier pouvant manœuvrer le métier.

— Et qu'advient-il d'eux, alors ?

— Dame, on leur trouve aussi vite un autre patron. Aux yeux des administrateurs de la Charité, le travail a une fonction rédemptrice. Ces enfants illégitimes sont le fruit du péché, ne l'oubliez pas.

— Je vois, ils sont supposés expier le crime de leurs géniteurs, mais ils sont surtout une main-d'œuvre bon marché et docile pour les manufactures. Belle hypocrisie que celle de nos recteurs.

L'abbé eut un sourire triste. Il hocha la tête :

— Oui, et c'est après la mort prématurée de plusieurs enfants de la Charité, placés en apprentissage, que j'ai décidé de quitter mes fonctions d'aumônier dans cette maison. C'était plus que je n'en pouvais supporter. Ces jeunes êtres que je côtoyais ici étaient pleins de vie, ils avaient les joues colorées, étaient bien nourris – et j'ai vu revenir des créatures décharnées, des figures hâves, aux yeux caves, au teint d'endive, desquels toute vie avait fui… La nièce des Fleury est orpheline, elle devrait intégrer la communauté des Catherines, et connaîtra un sort meilleur : elle deviendra ouvrière en soie, ou chapelière, ou gantière encore. Bon, je vous laisse, vous avez à faire avec cet énergumène qu'Hortense a pris sous son aile. À demain soir !

*

* *

La Bestiole était ce matin-là plus encline aux confidences, Toussaint et Hortense purent se faire une idée de ses premières années : elle avait grandi dans un village pauvre dans les monts du Lyonnais où ses parents étaient cultivateurs, et où les enfants partageaient le sort des bêtes sans qu'on leur témoignât toujours autant d'attention qu'à la truie ou qu'à la vache. Son éducation avait connu deux volets une fois qu'elle avait été recueillie par son oncle et sa tante Fleury : sa tante lui avait appris à lire, à écrire, tandis que son oncle lui enseignait la vilenie et les turpitudes des hommes en faisant état des affaires qu'il avait à instruire. Lorsque sa tante lui en laissait le loisir, Marie parcourait les rues de la presqu'île avec les autres galapiats de la rue Grolée. C'est ainsi qu'elle donna un tour plus pratique à son éducation. Elle qui ne parlait en arrivant à Lyon que le patois de son village sut en quelques semaines s'approprier le parler lyonnais au point de donner la repartie aux harengères, vendeuses de fruits, de limonade, d'eau-de-vie, aux crieurs de loterie. Elle apprit à se garer des fiacres et des carrosses qui, chaque jour, estropiaient de nombreuses personnes. Elle apprit également à se défier des ivrognes sortant en titubant des cabarets tout comme des laquais des grandes maisons qui portaient sous leurs livrées chamarrées un bâton ou un martinet leur servant à mettre en fuite les gamins qui prétendaient jouer les mouches du coche.

*

*   *

Un homme de la milice bourgeoise vint informer Toussaint qu'un noyé avait été ramené dans un carrelet en aval du pont du Change. Toussaint avait déjà aperçu ces pêcheries sur la rive gauche de la Saône : le carrelet, un filet carré porté par deux arceaux se croisant en leur milieu, était suspendu à une longue perche qu'on abaissait dans l'eau pour attraper le fretin qu'on faisait frire dans les auberges alentour. Toussaint se rendit sur place pour procéder à la levée de corps. Le noyé était un homme âgé de cinquante à soixante ans, vêtu comme un compagnon de rivière. Il avait les « doigts à crochets », signe qu'il avait labouré la terre sablonneuse de la rive pour tenter d'échapper à la noyade. Les contusions et les plaies ouvertes sur le crâne semblaient prouver que le corps avait été roulé par les eaux sur des fonds rocheux, tel celui de la Mort-qui-Trompe à quelques toises de là. Après une première inspection, Toussaint ordonna que le corps fût porté au collège de chirurgie, et il fit chercher ses « élèves », les chirurgiens jurés de la sénéchaussée de Lyon qu'il était chargé d'instruire.

En fin d'après-midi, il fut procédé à l'ouverture du corps qui était allongé sur la table d'autopsie en pierre. Un aide dépouillait le mort de ses vêtements, tandis que Toussaint donnait sa leçon :

— Le corps n'a manifestement pas séjourné longtemps dans l'eau, car il n'est pas corrompu. Quand un corps séjourne plusieurs semaines dans l'eau, il n'est pas rare que les extrémités des membres, mains et pieds, disparaissent, car les attaches sont fragiles. Les charognards tels les anguilles et certains poissons s'attaquent aux parties molles qui leur sont accessibles, notamment au visage…

— Maître Toussaint, regardez.

— Oui… Que voyez-vous ?

— Des plaies sur le flanc gauche, sur les épaules. Les vêtements sont percés aux mêmes endroits.

— Il pourrait s'agir de lésions causées par des branches à la dérive, émit un des chirurgiens.

Toussaint observa attentivement les plaies, glissa

une plume d'oie à l'intérieur pour en apprécier la profondeur. Puis il donna son avis :

— Non, il s'agit d'autre chose. Regardez les plaies : certaines blessures, plus profondes, montrent une nette échancrure, cette plaie dans le flanc présente des lèvres ouvertes, tirées en arrière, ceci est dû à la propriété rétractile des tissus. Cette propriété disparaît après la mort, et nous pouvons l'illustrer si nous incisons la peau avec un scalpel… Vous voyez, la peau ne se rétracte pas.

— Ce qui veut dire qu'il était vivant quand il a été blessé au flanc et dans le dos ?

— Exactement. Il a certainement péri par noyade, comme va le montrer l'examen des poumons, mais on l'y a aidé.

— Que voulez-vous dire ?

— De par leur aspect, leur profondeur, ces blessures me semblent correspondre à celles qu'on peut infliger avec une gaffe munie d'une pointe métallique. On l'a poussé à l'eau, on l'a empêché de s'agripper au bateau, ou alors on l'a maintenu éloigné de la rive. On l'a harcelé avec la gaffe, le blessant, jusqu'à ce qu'il se noie.

Toussaint guida les chirurgiens dans la rédaction d'une description précise du mort qui serait portée aux postes de maréchaussée en amont de Lyon. Le corps, dans un état de putréfaction avancée, serait inhumé le soir même.

Dimanche 11 juin 1786

Pierre Michelet, le jeune apothicaire, se présenta alors que Toussaint et Hortense étaient toujours attablés pour le déjeuner. Toussaint lui proposa de l'accompagner à la chapelle du Bon-Trépas, qui était celle de l'hôpital de la Charité. Chaque matin, la messe de six heures était destinée aux Vieux et Petits-Passants – les orphelins –, à sept heures débutait celle dite pour les Vieilles et Petites-Passantes.

— Inutile de hâter le pas, maître Michelet, je n'ai pas tant le projet d'endurer l'intégralité de l'office que d'observer la gent féminine de l'hôpital. Soyez attentif, ne vous gênez pas pour reluquer les sœurs, nous cherchons un spécimen « jeune et gaillard », dit-il en souriant.

— Vous pensez réellement découvrir sur ces critères physiques celle qui vous a fait parvenir le pot de *catholicum* ?

— Non, je plaisantais. Ces sœurs sont habiles à dissimuler les appas dont leur créateur les a pourvues. Je pense que dans le cas de notre décrotteur, l'imagination a largement suppléé à l'insuffisance de la vision.

L'aumônier eut un regard désapprobateur en direction des deux intrus qui s'étaient postés chacun près d'un des piliers de part et d'autre de la nef, observant les sœurs et les élèves qui accompagnaient les Petites-Passantes, provoquant un mouvement de cornettes. Il fallut que sœur Clotilde et une autre sœur âgée passent dans les rangs, promenant un regard sévère sur l'assemblée, pour calmer les palpitations des ailes des coiffes.

Toussaint et Michelet quittèrent la chapelle, et gagnèrent l'apothicairerie, Toussaint avait envoyé un suisse quérir l'économe qui vint en maugréant leur ouvrir. Le jeune apothicaire s'émerveilla de la beauté du lieu, il effleurait les chevrettes du bout des doigts, tout en murmurant respectueusement les noms élégamment tracés sur les pots de faïence :

— *Antihectica poterii*... *Trochisci agarici*... Maître Toussaint, je vous serai éternellement reconnaissant de m'avoir permis de visiter ce lieu. Je n'ai vu nulle part une apothicairerie si bellement agencée.

— Vous aurez tout loisir de fureter ici, ne laissez rien au hasard : soulevez tous les couvercles, vérifiez la nature de toutes les préparations, des emplâtres aux pilules. Vérifiez les livres, les demandes de préparation, les commandes, les livraisons. Prenez le temps également de méditer sur la présence de ces personnages sculptés qui ornent le dessus du meuble, la jeune aide qui travaille ici m'a révélé avoir vu le recteur Coudurier fureter au niveau de celle-ci, le sauvage.

Pierre Michelet tomba en arrêt devant la sculpture de l'apothicaire. Toussaint s'amusa de le voir ainsi le nez en l'air, bouche bée. Il lui demanda :

— Avez-vous déjà préparé la thériaque, maître Michelet ?

— Non, pas personnellement bien sûr, mais j'ai assisté à sa préparation publique à Villefranche, il y a de cela deux ans.

Si, pendant des siècles, la thériaque avait été préparée dans le plus grand secret, l'électuaire le plus fameux de la pharmacopée donnait lieu, depuis le XVe siècle, à des préparations publiques, tous les cinq ans. Un maître apothicaire devait, devant l'université, les édiles et tout ce que la cité comptait de personnages éminents, faire un exposé oral sur sa composition, puis pulvériser, délayer, tamiser, réduire les nombreux ingrédients. L'apothicaire représenté ici s'apprêtait à lâcher la vipère dans son chaudron, au vu de tous.

— La thériaque nous vient de l'Antiquité, selon Galien, elle a été inventée par Andromachus, un médecin originaire de Crète, venu à Rome où il s'est rendu célèbre au point de devenir le médecin de l'empereur Néron. Traditionnellement, soixante-quinze drogues simples entrent dans sa composition, je puis vous les citer toutes. Et la chair de vipère cuite en fait partie, d'où cette scène. Mais on peut noter que Louis Vitet propose, dans sa *Pharmacopée de Lyon*, la composition d'une *thériaque réformée*, sur la base d'une vingtaine d'ingrédients, et sans chair de vipère.

— Et votre avis sur les vertus que l'on prête ordinairement à la thériaque ?

Michelet se tourna vers Toussaint, ne doutant pas que le chirurgien cherchait à tester ses connaissances scientifiques.

— La thériaque est supposée agir contre la morsure des bêtes venimeuses, contre les poisons tels que la ciguë et l'aconit napel, mais aussi contre les maladies contagieuses que sont la peste, les fièvres malignes, la petite vérole. Elle est indiquée contre la colique ventreuse, contre les vers, l'asthme, la paralysie, l'apoplexie, l'épilepsie, la léthargie, les maladies hystériques. Mais tout en en donnant la composition, Vitet écrit « *qu'on éprouve rarement les bons effets qu'on lui attribue dans la plupart des maladies où elle est recommandée ; alors c'est le hasard seul qui a favorisé la prescription* ». Et il conclut ainsi : « *Vous aurez la Thériaque, que les Modernes ont réformée, et que nos descendants réformeront, sans pouvoir en faire un remède utile.* » Je pense pour ma part que grâce à l'opium qui entre dans sa composition, elle reste un antispasmodique efficace. Je suis plus dubitatif quant à sa vertu supposée d'alexipharmaque[1].

Toussaint hocha la tête, impressionné par les connaissances du jeune pharmacien. Bernardin avait eu le nez creux en lui conseillant ce jeune homme, fort laid, mais d'une vivacité peu commune, et d'une culture scientifique qui forçait le respect.

— Et que vous inspire le sauvage ?

Michelet considéra l'homme du Nouveau Monde, armé d'un arc, portant des fruits sur la tête.

— Nous savons quelles drogues nous devons au Nouveau Monde : le quinquina, le bois de gaïac, le tabac, l'ipécacuanha et bien d'autres. Le Nouveau Monde mérite l'hommage qui lui est ici rendu.

— Le recteur Coudurier semblait chercher quelque chose aux pieds du sauvage, selon la jeune aide qui travaille ici. Et de fait, j'y ai observé des traces de doigt tout autour et sur la statue elle-même. Mais je ne sais que faire de cet élément. Vous avez toute latitude pour farfouiller ici, profitez de ce que sœur Clotilde et ses

1. Antidote.

élèves sont à la messe, vous n'aurez pas les coudées aussi franches ensuite. Pour ma part, je dois parler au recteur ecclésiastique.

*
* *

Toussaint trouva le recteur Dupac de Bellegarde dans son cabinet en grande conversation avec le *premier aumônier*. Tous deux, penchés sur un registre, affichaient un air soucieux et grave. L'étonnement dut se lire sur les traits de Toussaint, car le recteur jugea opportun d'expliquer la raison de leur commun abattement :

— Cinq nourrissons ont été apportés à la Charité ce matin, ils avaient été, pour les uns, exposés sur le parvis d'une église, pour les autres abandonnés dans une chambre ou une remise par une parturiente qui a pris la fuite. Trois d'entre eux étaient décédés avant d'entrer ici, dénutris ou étouffés dans leur panier.

Toussaint hocha la tête.

— J'ai entendu parler d'hôpitaux en Italie où l'on a installé une sorte de tour dans le mur de clôture ; il s'agit d'un cylindre en bois tournant sur son axe, et dans lequel on a pratiqué une ouverture. La personne qui vient anonymement abandonner un enfant le met dans le tourniquet, le fait passer à l'intérieur de l'enceinte, et actionne une clochette pour prévenir. Cela évite que bien des enfants soient abandonnés – sur les parvis des églises dans les meilleurs cas, mais malheureusement aussi aux carrefours, quand ils ne sont pas tout bonnement jetés dans les fosses d'aisances.

Le recteur leva la main pour arrêter Toussaint.

— Nous avons connaissance de ce dispositif, mais le Bureau des recteurs s'est opposé à ce qu'il soit adopté. Nous pensons que cela serait de nature à encourager les expositions d'enfants si tout un chacun avait l'assurance de pouvoir abandonner un enfant sans crainte de poursuites.

— Il ne s'agit pas de « tout un chacun », mais de pauvres femmes qui espèrent que leur progéniture aura une meilleure existence, ou tout simplement la vie sauve, si elles le confient à l'hôpital des enfants trouvés.

À nouveau, le recteur leva la main, d'un air fatigué pour arrêter Toussaint dans sa diatribe :

— Maître Toussaint, il n'est pas dans vos prérogatives de contester les décisions du Bureau[1]. Dites-moi ce qui vous amène ce matin.

Toussaint dut ravaler sa colère face à la morgue du recteur Dupac.

— Sœur Séverine avait recueilli les dernières paroles du recteur Lefebvre. Le commissaire Fleury l'avait entendue et avait consigné ses propos dans un rapport qui a aujourd'hui disparu, ayant été dérobé à son domicile. Le lieutenant Basset m'a toutefois confié que vous aviez assisté à l'entretien que Fleury a eu avec la sœur… J'aimerais savoir quelles furent les dernières paroles du recteur Lefebvre.

Dupac de Bellegarde leva la tête vers le plafond, signe qu'il faisait un effort louable pour se souvenir de la scène.

— Oui, j'y étais. Mais pour autant que je m'en souvienne, les paroles du recteur Lefebvre, telles que les a rapportées sœur Séverine, étaient tout sauf cohérentes.

1. La décision d'installer un *tour* dans le mur d'enceinte de l'hôpital bordant la rue de la Charité sera prise en 1804.

— C'est-à-dire ?

— Voyons… Il était question de sauvages du Nouveau Monde…

— De sauvages ou *du* sauvage, celui qui orne le meuble de l'apothicairerie ?

— Je ne saurais dire. Mais peut-être bien le recteur Lefebvre, dans son délire, faisait-il allusion à la sculpture de bois, oui, c'est possible.

— Dans quels termes ?

— Je suis désolé, je ne sais plus. Il faut imaginer que sœur Séverine a trouvé le recteur Lefebvre baignant dans son sang, le crâne fracassé. Il lui a murmuré des paroles qui n'avaient probablement ni queue ni tête.

— A-t-il fait allusion aux armes du sauvage ?

— Oui, peut-être, il me semble qu'il a été question de l'*arc* du sauvage.

— A-t-il évoqué une pâtisserie, un gâteau ?

— Un *gâteau* ? Non, pas que je me souvienne.

L'exaspération dut se lire sur les traits de Toussaint, car le recteur se crut obligé d'ajouter :

— Je vous le dis, le recteur était mourant, confus, et je doute qu'il faille accorder trop de crédit à ses propos décousus.

Toussaint remercia mollement. Avant de quitter le cabinet, il se campa devant une gravure accrochée au lambris, elle reproduisait une vue en perspective de l'hôpital de la Charité, depuis l'ouest. Le recteur Dupac s'approcha. Toussaint tapota du doigt sur la chapelle :

— Le clocher ne figure pas sur le plan…

— Non, le plan est antérieur à la construction du clocher qui n'a été ajouté qu'en 1666.

— L'apothicairerie se trouve ici, n'est-ce pas ?

— Oui, elle donne sur la *cour des hommes et des garçons*.

— Chaque communauté vit dans un espace clos, dans lequel on trouve un dortoir, la cour qui sert de lieu de promenade, et les ateliers où l'on travaille. Pourtant, certains peuvent passer d'un espace à l'autre ?

— Bien évidemment, c'est pourquoi tous les officiers, frères et sœurs hospitaliers, gens de service, ont ce trousseau de clés à leur côté, pour se rendre là où leur office leur commande d'aller. Vous supposez que l'assassin des recteurs est à chercher parmi eux ?

Toussaint ne répondit pas, mais c'était l'évidence même. Il salua de la tête et sortit. Il décida de laisser le jeune Michelet à sa mission d'exploration de la pharmacie et rentra place Saint-Michel pour le dîner.

Louis-Joseph lui apprit que Mme Hortense et Mlle Marie s'étaient rendues à l'office donné à la cathédrale Saint-Jean. Toussaint se proposa d'aller à leur rencontre. Peut-être pourraient-ils, après l'office, aller observer de plus près l'horloge astronomique. La messe n'étant pas terminée, il s'engagea dans la rue Saint-Jean, passa devant l'apothicairerie Lefebvre dont la devanture était occultée par des volets. Il poussa jusqu'à la loge du Change, prit à main droite vers le pont du Change, et décida de revenir par le quai de la Baleine. Débouchant sur la place de Roanne sur laquelle donnait la prison, il aperçut à la limite de son champ visuel une silhouette qui lui parut vaguement familière, sans qu'il sût pour autant l'identifier. Le temps de se retourner, de la chercher des yeux, il la repéra qui descendait précipitamment les degrés menant au cabaret à l'enseigne de *La Chèvre-qui-*

danse. Toussaint s'arrêta, et, cédant à une impulsion subite, il décida d'entrer dans l'auberge dont la porte restait ouverte.

Au bas des marches, il déboucha dans une salle basse de plafond, où deux longues tables flanquées de bancs occupaient tout l'espace. Les rares personnes présentes firent silence quand Toussaint parvint au pied de l'escalier. Une femme échevelée, édentée, vêtue de guenilles le reluqua d'un œil torve, essayant d'estimer ses chances de monnayer ses charmes fanés auprès de ce bourgeois qui se risquait dans le bouge. Deux ouvriers s'interrompirent dans leur partie de dés et tournèrent vers lui des yeux noyés dans l'alcool. Assis au fond du cabaret, un homme seul faisait tourner entre ses mains un gobelet de terre. Il leva les yeux vers Toussaint et s'en détourna aussitôt, indifférent à sa présence. L'odeur de vin aigre qui flottait dans les lieux incita Toussaint à revenir sur la place. Il se dit qu'il s'était manifestement trompé, il n'y avait ici personne qu'il eût connu.

*
* *

Toussaint retrouva Hortense et Marie sur le parvis de la cathédrale où se pressait une foule nombreuse, des groupes se formaient selon les corporations auxquelles chacun appartenait : boutiquiers, marchands, tisserands ou mariniers. Toussaint aperçut la veuve Lefebvre en conversation avec d'autres commères, elle feignit de ne pas le reconnaître. Ils pénétrèrent dans l'édifice par une porte latérale, et Toussaint montra l'horloge astronomique à Marie : la partie inférieure de l'horloge était faite d'une tour carrée présentant un calendrier perpétuel et un astrolabe. Sa partie supérieure, coiffée d'un dôme, abritait un ensemble d'automates. Toussaint expliqua ce que permettait de lire le calendrier astronomique : le jour, le mois, la maison astrologique, la phase de la Lune, puis ils attendirent midi pour voir s'animer les automates : un ange retourna son sablier, et le coq perché en haut de l'édifice chanta trois fois en battant des ailes. Un autre ange se mit à battre la mesure, tandis que ceux situés autour du « Père céleste » actionnaient les marteaux du carillon, et l'hymne de saint Jean-Baptiste retentit. Hortense expliqua à Marie que se jouait la scène de l'Annonciation, puis Dieu le Père bénit son peuple. Le suisse termina sa ronde pendant que la grosse cloche sous le coq sonnait l'heure nouvelle. Marie ne put s'empêcher d'applaudir quand eut retenti le douzième coup de midi.

— L'esprit humain est capable de prouesses étonnantes, émit Hortense. Quand vous songez que cette machine est capable de vous donner les positions des planètes par rapport au soleil…

— Je veux qu'on se rentourne, maintenant, dit Marie, j'ai faim…

— Le corps humain est lui aussi une machine qui monte elle-même ses ressorts… mais à condition de l'alimenter. Allons dîner, donc.

Ils passèrent l'après-midi à visiter l'amphithéâtre et les aqueducs des Romains, la montée des Minimes et ils obtinrent de se faire montrer la réserve d'eau des Ursulines que les Lyonnais appelaient la *grotte Bérelle*[1], une antique citerne qu'alimentaient les aque-

1. Située sous l'esplanade de l'actuel lycée de Saint-Just.

ducs. Toussaint ne pouvait s'empêcher de songer au jeune Michelet qui devait toujours être dans l'apothicairerie, il avait fait le choix de lui laisser le champ libre et ne le retrouverait que le lendemain. Le jeune apothicaire aurait-il découvert quelque chose ? Quand ils furent rentrés pour le souper, Toussaint fut presque déçu de ne pas trouver le jeune homme l'attendant à son domicile, impatient de lui révéler quel détournement de drogues il avait mis au jour. Mais sans doute lui faudrait-il davantage de temps pour inventorier les stocks de l'apothicairerie, comparer la production aux prescriptions du médecin.

*

* *

Le commissaire Bernardin se leva pesamment de la bergère qu'il avait tirée jusque sur le pas-de-porte. Il avait accoutumé de passer ainsi les chaudes soirées d'été, sur le seuil de sa maison, les jambes allongées, tétant sa pipe de terre, répondant mollement au salut des passants qui se faisaient plus rares depuis que la nuit était tombée. Quelques « mouches » étaient venues au rapport, mais rien d'intéressant ne l'avait incité à délaisser la quiétude de son domicile. Les porte-falots étaient passés depuis plus d'une heure maintenant, afin d'allumer les cinq cent vingt-cinq lampes à réverbère de la ville, l'un d'entre eux lui avait toutefois signalé, alors qu'il manœuvrait sa perche, que certaines rues traversières peu fréquentées la nuit restaient plongées dans l'obscurité totale dans les heures qui précédaient l'aube. L'éclairage y consistait encore en lanternes pourvues de chandelles, alors que les rues principales étaient équipées de lanternes à huile. Il y avait fort à parier que l'adjudicataire de la fourniture de chandelles se dispensait de les renouveler toutes en cette saison où les nuits étaient courtes. Bernardin avait résolu d'effectuer une ronde dans les ruelles situées autour de l'église Saint-Nizier, on y utilisait des lanternes pourvues de bougies – plus pour montrer aux citadins qu'il s'acquittait de sa tâche avec rigueur que dans le souci d'établir l'escroquerie. Il remonta la Grande-Rue Mercière en direction de la place de l'Herberie, prit à droite par la rue du Bois. Il s'avisa que la rue de l'Aumône, une ruelle jalonnée de hautes maisons à pans de bois dont les derniers étages se rapprochaient à se toucher, ne laissant voir du ciel qu'une mince bande bleu nuit, était plongée dans l'obscurité la plus totale. Bernardin jura, l'allumeur de réverbères ne serait donc pas passé ? Lorsque ses yeux se furent accoutumés à l'obscurité, il progressa lentement, se tenant éloigné du milieu de la rue où les immondices s'accumulaient, portées par une eau rare et visqueuse. Là où il savait qu'était la lanterne, il marcha sur des tessons de verre. À tâtons, il trouva la corde, la manœuvra, fit descendre la lanterne. Les vitres avaient explosé sous l'effet d'un choc. L'affaire était sérieuse, dégrader une lanterne était puni des galères. Il soupira : il lui fallait frapper à toutes les portes pour glaner des renseignements, sale besogne en perspective que de devoir tirer les vers du nez à des taiseux se méfiant de la police, de faire le tri dans les propos de délateurs désireux de régler leur compte avec le voisinage – mais cela était son lot. C'est alors qu'il aperçut la lueur, derrière les volets qui masquaient la vitrine de la boutique devant laquelle il était. Il n'y avait pas à en douter, il se trouvait face à l'apothicairerie Coudurier. La veuve Coudurier était toujours chez sa fille à Tarare, et le commis avait eu pour consigne de fermer la boutique en attendant son retour. Il colla un œil aux volets qui n'étaient pas jointifs. À travers la vitre, il apercevait une partie de la boutique éclairée par une lanterne sourde posée sur un coin du comptoir. Des silhouettes s'affairaient derrière le meuble, ouvrant les tiroirs, en versant le contenu sur le sol et l'éparpillant du pied. Il ouvrit la bouche d'étonnement quand une silhouette traversa son champ visuel réduit, il tenta de suivre la personne des yeux, mais le volet l'empêchait d'en voir davantage. C'est alors qu'il sentit une présence derrière lui, il n'eut pas le temps de se retourner, mais eut le réflexe de se baisser : le coup l'atteignit à la nuque, il chancela, perdit l'équilibre et heurta du menton la margelle de pierre qui soulignait la vitrine. Il s'affala sur le sol, sentit que son agresseur l'enjambait et se tenait au-dessus de lui, jambes écartées, s'apprêtant à lui porter le coup de grâce. Il se dit qu'il ne pourrait jamais faire état de la fugitive apparition auprès du chirurgien juré Toussaint, il sentait pourtant confusément que l'information valait son pesant d'or. Dans un sursaut de révolte, il bascula la tête de côté quand il sentit le coup venir. Le gourdin lui meurtrit le côté droit du crâne en glissant, lui éclata la clavicule. Un hurlement retentit, suivi des cris : « À l'assassin ! À l'aide ! » L'agresseur l'enjamba, frappa du plat de la main les volets de l'apothicairerie et disparut sur le seuil. Bernardin s'autorisa à perdre connaissance, un léger sourire flottait sur ses lèvres, il se disait que maître Toussaint aller devoir réviser son jugement sur son subordonné car il ne lui avait pas échappé à lui, Bernardin, que maître Toussaint était déçu de n'avoir qu'un perruquier pour le seconder.

*

* *

— Mais enfin, Antoine, je vous l'ai déjà dit, l'*espadille*, c'est l'as de pique, qui est la première triomphe du jeu, quelle que soit la couleur.

— Et l'as de trèfle est…

— Le *baste*, c'est-à-dire la troisième triomphe.

— Oui, le *baste*, cela me revient. Et il y aurait donc une triomphe entre les deux ?

— Ne faites pas le sot. La *manille* : le deux de pique ou de trèfle en noir, le sept de cœur ou de carreau pour les rouges.

— Mais vous m'avez parlé du *ponte*, également.

— Oui, répondit Hortense sans dissimuler son exaspération, c'est l'as de cœur ou de carreau, quatrième triomphe du jeu quand la triomphe est de leur couleur.

— Et sinon ?

— Eh bien sinon, ce sont l'as de cœur et l'as de carreau, tout simplement.

— Oui, tout simplement. Écoutez, je vais observer dans un premier temps. Quand j'aurai assimilé déjà tout ceci, je prendrai part au jeu – sinon, je risque de perdre jusqu'à ma chemise.

Toussaint quitta la table de jeu et céda son fauteuil à Hortense qui haussa les épaules et prit place parmi les joueurs amusés par l'algarade. Il gagna l'encoignure d'une des fenêtres devant lesquelles de lourds rideaux de velours rouges étaient tirés, pour plus de discrétion, si bien que l'air stagnait dans la pièce. Ils se trouvaient au premier étage d'une maison particulière, chez la veuve Rougerie, à deux pas des Terreaux. En chemin, l'abbé lui avait expliqué que le père Rougerie, un vendeur de liqueurs, avait, de son vivant, tenu officiellement billard, tout en transformant le fond de sa boutique en salle de jeu clandestine : des ouvriers en soie, des cochers, des domestiques, et même des cavaliers de la maréchaussée venaient y jouer à l'hombre et au quadrille, au pharaon, au vingt et un[1]. La veuve Rougerie avait trouvé repreneur pour le cabaret, au-dessus duquel elle louait des chambres garnies. Avisée, elle avait su réserver à une clientèle fortunée une grande salle située sur l'arrière de la maison pour des parties de jeu. On y accédait par cooptation, et seuls des maîtres artisans, boutiquiers enrichis et gens de petite noblesse la fréquentaient.

Un homme s'approcha nonchalamment de Toussaint qui reconnut Ménard de Changlonne, lieutenant de la compagnie du guet, il était présent à la réunion organisée par le prévôt des marchands.

— Maître Toussaint, je vois que vous ne répugnez pas à vous encanailler…

Le lieutenant souriait, adressait de brefs saluts et des signes de connivence à de nouveaux arrivants, évoluant avec aisance au sein de ce milieu interlope.

— Vous-même, lieutenant, me semblez fort à l'aise en ce lieu de perdition.

— On y gagne en sociabilité le peu qu'on perd en argent. La nécessité de se cacher de la police ne fait qu'accroître le plaisir.

— Le guet n'est-il pas censé prêter main-forte à la police des jeux, lors des descentes ?

— Bien sûr. Aussi ma présence occasionnelle rassure-t-elle ces joueurs impénitents.

— Vous ne trouvez pas que nous vivons une époque étrange ? Le Parlement tente de réprimer le jeu, pour

1. Jeux de cartes en vogue sous l'Ancien Régime.

des raisons de moralité aujourd'hui désuètes, quand toute la nation est prise de la frénésie du jeu.

— Que conviendrait-il de faire, selon vous ?

— Le Parlement ferait mieux de le taxer. Si l'État vendait une licence aux cabaretiers qui donnent à jouer, prélevait un pourcentage sur les gains, il remplirait ses caisses, d'une façon pas moins immorale qu'en organisant une loterie.

— Vous n'avez pas tort. À Lyon, le consulat édicte régulièrement des ordonnances plus répressives les unes que les autres, mais les fait appliquer avec une mollesse rare, comme s'il ne fallait pas tuer la poule aux œufs d'or. L'amende est salée : mille livres d'amende par joueur, trois mille livres pour le tenancier de la salle de jeu. Un tiers de l'amende va au dénonciateur – ce qui suscite inévitablement des vocations –, les deux tiers restants sont pour le roi et pour les pauvres. Un administrateur avisé de la Charité vous dirait qu'il faut trouver un équilibre entre répression et tolérance, car le jeu illicite est une source de profit qu'il ne faut pas tarir. Mais il n'y a pas lieu de s'inquiéter, pour une salle fermée par décision de police, ce sont deux autres qui ouvrent. Il paraît qu'elles pullulent dans les cabarets qui ont poussé comme des champignons dans les broteaux.

— Mais vous-même ne jouez pas ?

— J'accompagne une jeune personne. La jeune femme à la table que vous venez de quitter.

Toussaint regarda avec curiosité la jeune femme brune assise à la droite d'Hortense que lui désignait le lieutenant : elle avait bien vingt ans de moins que lui et prenait un plaisir non dissimulé au jeu, poussant un petit cri de ravissement à chaque levée qu'elle faisait. Un minois de grisette, mais elle avait indéniablement du chien et de l'énergie à revendre. Jeune épouse ? Maîtresse ? Ménard lui livra la réponse à son interrogation muette :

— Ma nièce Eugénie. Je suis chargé de son éducation, ce qui semble inclure des soirées entières passées à jouer au quadrille. Les femmes de cette génération ont une façon de s'émanciper qui vous laisse pantois : elles voient leur directeur de conscience une fois par semaine, mais s'adonnent le reste du temps à des fadaises ou à des plaisirs illicites. Si je vous disais que ma nièce Eugénie s'est mis en tête d'apprendre à tirer au pistolet – d'ailleurs, je vous porterai demain la paire de pistolets d'arçon que je vous ai promis. Nous irons nous entraîner au tir dans les broteaux du Rhône.

Amusé, Toussaint observait l'abbé du Bois d'Oingt à sa table de jeu. Celui-ci avait un teint rubicond, il n'avait de cesse qu'il ne passe un doigt dans le col de son habit d'ecclésiastique, et lançait des coups d'œil alarmés à ses partenaires de jeu. Ménard de Changlonne suivit son regard :

— Votre cousin l'abbé semble à court de triomphes, il va se faire plumer…

Toussaint se tourna vers le lieutenant :

— N'est-ce pas étonnant que des aristocrates se mêlent à la roture, dans ce cercle de jeu ?

— Pourquoi y aurait-il lieu de s'étonner ? Nous sommes ici dans un cercle qui ne réunit que de beaux esprits, certes animés par la passion du jeu et la recherche d'une convivialité sans apprêt, mais nous sommes à la marge de la société, là où les distinctions de classe s'abolissent. Par ailleurs, souvenez-vous de ce qu'écrivait Jean de La Bruyère : « Combien de nobles dont le père et les aînés sont roturiers »…

Toussaint opina. Le lieutenant lui plaisait. Tout aristocrate qu'il était, il n'affichait pas cette morgue et cette suffisance qui étaient l'apanage de ceux qui avaient reçu un titre nobiliaire à la naissance.

Soudain, une clochette retentit. Les rares conversations s'éteignirent, plusieurs joueurs, sur le point d'abattre une carte, avaient figé leur geste, comme des automates dont la mécanique se serait grippée – tous regardaient l'angle de la pièce où la clochette s'agita à nouveau. La veuve Rougerie surgit en haut de l'escalier, agita les deux mains devant elle, faisant comprendre à la société rassemblée qu'il fallait déguerpir. Les joueurs ramassèrent précipitamment leur argent, les cartes, puis, de façon insolite, ôtèrent leurs souliers. Hortense, ses souliers vernis à la main, rejoignit Toussaint :

— Antoine, il s'agit d'une descente de police, dit-elle, tout émoustillée. Enlevez vos souliers pour éviter de nous faire repérer, ils doivent être en train de fouiller le rez-de-chaussée, ils ne vont pas tarder à monter.

La société refluait en bon ordre vers un cabinet adjacent, l'abbé les attendait sur le seuil.

— Nous passons dans l'immeuble voisin, d'où nous rejoignons une traboule qui débouche directement sur le quai du Rhône.

— Allez, dit Ménard de Changlonne à Toussaint, il s'agit vraisemblablement d'un commissaire accompagné du guet. Ils ne seront pas dupes sur les raisons de ma présence ici, mais il n'est pas utile qu'ils consignent les noms des personnes présentes dans leur rapport. Je les empêcherai de vous suivre.

Hortense et Eugénie, la nièce du lieutenant, se donnaient le bras dans l'escalier étroit qui plongeait dans les ténèbres. Elles pouffaient de rire sans retenue. Des rires étouffés montaient de la cour, les premiers parvenus en bas filaient le long de la traboule. L'abbé et Toussaint fermaient la marche.

— Il s'agit d'un dispositif ingénieux, expliqua l'abbé tout en poussant Toussaint dans le dos pour le faire descendre plus vite. Un domestique actionne discrètement la clochette depuis le bas si la police se pointe. Et la disposition des lieux nous permet de nous éclipser sans risque.

— La police ne sera pas dupe, la veuve n'aura pas pu faire disparaître les tables de jeu…

— Certes non, il y aura suspicion de salle de jeu, mais ne pouvant constater la présence d'argent, la police ne pourra pas établir qu'il y a des paris clandestins, et la veuve Rougerie échappera à l'amende.

— Maître Toussaint ! Revenez !

C'était la voix puissante de Ménard de Changlonne, penché par-dessus la galerie, il fouillait des yeux l'obscurité de la courette.

— Revenez !

Puis plus bas :

— Ce n'est pas une descente…

Toussaint confia à l'abbé le soin de raccompagner Hortense et Eugénie, puis remonta dans la salle de jeu. Le lieutenant du guet l'y attendait avec la tenancière qui souriait, manifestement soulagée.

— Il s'agit bien d'un sergent du guet, dit Ménard en entraînant Toussaint, venu me chercher – mon valet me savait ici. La patrouille du guet a ramassé le commissaire Bernardin dans une ruelle borgne, sans connaissance. Il a été agressé.

*

* *

Bernardin avait été porté au domicile du lieutenant du guet. Il gisait, inconscient, sur un sofa dans le vestibule. Toussaint le fit déshabiller, l'ausculta et le palpa. Quand il lui prit le menton pour lui tourner la tête, afin d'examiner les contusions sur le côté du crâne, Bernardin se raidit et poussa un cri rauque. Une palpation prudente renseigna Toussaint :

— Fracture de la mâchoire inférieure… et de la clavicule, si j'interprète bien ce renflement sur l'épaule. Et une possible fracture du crâne. Il a été proprement rossé, dirait-on.

Toussaint se saisit d'une bande de plusieurs toises de long et réalisa un bandage pour contenir la fracture du maxillaire inférieur. Il glissa au préalable des morceaux de liège entre les molaires du commissaire :

— Le bandage va complètement immobiliser la mâchoire inférieure. Ces tampons de liège ménagent un espace qui permettra de le nourrir d'aliments liquides en insérant une paille entre les dents.

Il passa la bande sous le menton, la ramena sur le haut du crâne, puis la descendit sur les angles des mâchoires, la ramena, l'entrecroisa sur la nuque.

— Votre dextérité est telle qu'on pourrait croire que vous avez appris le métier aux côtés d'Ambroise Paré sur un champ de bataille, s'amusa Ménard de Changlonne.

— Ce fut à l'Hôtel-Dieu de Rouen, parmi les blessés de l'existence. Ces gens qui s'échinent au quotidien pour gagner leur pain tombent des toits ou des échafaudages, ont les pieds ou les jambes écrasés par un charroi… Mais j'ai aussi eu à soigner quelques gentilshommes oisifs, ceux qui n'ont pas la meilleure assiette et tombent de cheval… et se brisent la clavicule ou la mâchoire…

Ménard de Changlonne se renfrogna et revint au sujet qui les préoccupait :

— Le guet a aperçu un homme disparaître dans une des maisons, peut-être l'apothicairerie Coudurier.

— Cet individu aurait éclaté le crâne de Bernardin si le coup n'avait pas dévié sur la clavicule, qui est en miettes. Je doute que Bernardin récupère la mobilité complète de l'épaule, et qu'il s'en tire sans difformité. Mais l'os de la clavicule est particulièrement spongieux, il se consolide rapidement en formant des cals.

Ils avaient dû asseoir le commissaire, inconscient. Tandis qu'un domestique le soutenait dans cette position, Toussaint lui avait glissé un coussin sous l'aisselle, avait sanglé le coussin de façon à amener l'épaule droite, fracassée, à la même hauteur que la gauche, puis il avait réduit la fracture. Un autre bandage avait permis d'immobiliser le bras droit, à angle droit, contre la poitrine.

— Il ressemble progressivement à une momie égyptienne, émit Ménard de Changlonne. Espérons que le coup sur la tête n'aura pas déréglé ce pauvre homme. Qu'en pensez-vous ?

— Le coup de gourdin sur la tête a vraisemblablement fortement ébranlé la matière du cerveau, et il se peut que Bernardin ne revienne pas à la vie. La commotion peut avoir provoqué un affaissement de la masse cérébrale, la rupture de vaisseaux sanguins. Elle peut occasionner une inflammation des membranes du cerveau et donc une suppuration, et les conséquences sont alors lourdes : on connaît des sujets qui ont perdu la mémoire, sont devenus idiots ou aveugles ou ont adopté les travers les plus surprenants. Voyez-vous, c'est dans le cerveau qu'est le ressort principal de notre mécanisme. Il suffit d'un choc sur la tête et toute notre horlogerie, si fragile et compliquée, se dérègle.

— Vous parlez de l'Homme comme d'un automate…

— À ceci près que « *le corps humain est une machine qui monte elle-même ses ressorts…* », comme l'a joliment écrit Julien Offray de La Mettrie, médecin et philosophe. Écoutez la suite de la citation, c'est une de mes préférées : « *… vivante image du mouvement perpétuel. Les aliments entretiennent ce que la fièvre excite. Sans eux l'âme languit, entre en fureur et meurt abattue. C'est une bougie dont la lumière se ranime, au moment de s'éteindre. Mais nourrissez le corps, versez dans ses tuyaux des sucs vigoureux, des liqueurs fortes ; alors l'âme, généreuse comme elles, s'arme d'un fier courage, et le soldat que l'eau eût fait fuir, devenu féroce, court gaiement à la mort au bruit des tambours. C'est ainsi que l'eau chaude agite un sang que l'eau froide eût calmé.* »

— Cette vision des choses, très… mécaniste, contredit ce que nous enseigne la religion, à savoir que l'âme, ce souffle de Dieu, est source de tout mouvement chez l'homme.

— Ce que j'appelle parler en fanatique, et non en homme de science ou philosophe.

— Votre médecin philosophe sent le bûcher, selon moi…

Toussaint achevait de fixer le bandage sur la poitrine de Bernardin.

— Il est heureusement mort d'une indigestion, lui qui écrivit que « l'âme habite dans l'estomac ». Mais le Parlement a fait brûler ses livres en place publique, en effet.

— Pour en revenir à Bernardin, notre commissaire est solide comme un roc, il s'en remettra.

— Il s'en remettra… s'il ne trépasse pas. Faites-le reconduire chez lui, sur une civière. Sa femme saura s'occuper de lui.

Lundi 12 juin 1786

Le lendemain matin, Toussaint se rendit dès la première heure au domicile de Bernardin, Grande-Rue Mercière. Le commissaire n'avait pas repris connaissance, mais son état ne paraissait pas empirer. Son épouse l'avait veillé toute la nuit, redoutant qu'il ne succombât à la fièvre. Il n'y avait rien à faire, si ce n'était alimenter le blessé en lui donnant du bouillon gras. Toussaint poussa jusqu'au lieu de l'agression, dans la rue de l'Aumône, dans la paroisse de Saint-Nizier. C'était là que se trouvait l'apothicairerie Coudurier. Les volets de bois étaient posés sur la devanture. Toussaint dut se plaquer contre le mur de la maison pour laisser passer un gagne-denier tirant une charrette chargée de luzerne. Il entendit un bruit sourd dans son dos, dans la boutique, comme si un objet était tombé au sol. Le même bruit se reproduisit quelques secondes plus tard, puis une troisième fois encore. Toussaint se décolla de la muraille, fit deux pas vers la porte de la boutique. Il souleva la clenche et poussa doucement – la porte s'ouvrit en grinçant légèrement, le verrou n'était pas poussé.

— Quelqu'un ? lança Toussaint en entrant résolument.

Dans le rectangle de lumière crue tombant sur le dallage, il aperçut tout un fatras de papiers et de livres jetés sur le sol. Une forte odeur d'herbes et d'épices flottait dans l'air. Il sursauta quand un livre atterrit devant ses pieds, lancé depuis l'arrière du comptoir. C'était ce même bruit qu'il avait entendu, la chute d'un livre. Quand ses yeux se furent accoutumés à la pénombre, il devina une silhouette immobile tournée vers lui.

— Qui êtes-vous ? Que faites-vous là ?

Il n'obtint aucune réponse, son vis-à-vis le dévisageait silencieusement, parfaitement immobile. Il portait un tricorne enfoncé jusqu'aux yeux, un justaucorps de couleur sombre, grenat peut-être. Toussaint considéra la frêle silhouette, acquit la conviction qu'il avait affaire à un adolescent. Il se convainquit que ce jeune homme n'avait rien de menaçant, et d'autant moins qu'il semblait pétrifié. Toussaint s'approcha.

— Je suis le chirurgien juré Antoine Léonard Toussaint, chargé de l'enquête autour de la mort du recteur Coudurier. Qui êtes-vous ?

Seule la largeur du comptoir le séparait encore de l'intrus. Toussaint éleva lentement le bras, manifestant le désir de relever le chapeau de son vis-à-vis. Il était sur le point d'en saisir le bord quand l'adolescent lança le bras. Il tenait un objet lourd dans la main droite, qui heurta Toussaint à la tête. Le chirurgien chancela, se raccrocha des deux mains au comptoir, un second moulinet lui abattit le récipient sur le dessus du crâne. Il glissa lentement le long du meuble.

*

* *

Toussaint ne perdit que brièvement connaissance. Un bourdonnement lui emplissait le crâne, mais semblait décroître au fil des minutes. Un filet de sang lui coulait sur la joue. Il se palpa le cuir chevelu, la blessure était superficielle. Une fois debout, il ouvrit les vantaux de la devanture, fit tomber les volets dans la rue, ouvrit grande la porte qui avait été tirée. Le plus grand désordre régnait, la boutique avait minutieusement été mise sens dessus dessous. Posé en évidence sur le comptoir, le coquemar en cuivre avec lequel on l'avait assommé, mais tous les autres ustensiles et récipients jonchaient le sol. Les chevrettes et les pots qui s'alignaient sur les étagères derrière le comptoir avaient tous été vidés de leur contenu, avant d'être remis en place – d'où l'odeur d'herbes séchées, entêtante.

Le visiteur que Toussaint avait dérangé était manifestement en train de fouiller les papiers de la boutique, une écritoire était posée sur le comptoir, mais tous les livres de comptes qui étaient précédemment rangés dessous étaient éparpillés sur le sol.

Toussaint alla ramasser le livre qu'on lui avait jeté aux pieds. Un opuscule intitulé *Mémoire sur la meilleure manière de construire les alambics et fourneaux propres à la distillation des vins pour en tirer les eaux-de-vie*, d'Antoine Baumé. Il l'empocha, se disant qu'il pourrait en faire cadeau à l'abbé du Bois d'Oingt. Des curieux, intrigués par les volets qui gisaient au sol dans la ruelle, se massaient derrière les vitres et sur le seuil de l'apothicairerie. Toussaint sortit dans la rue, demanda à un galopin, à qui il promit un sol, d'aller chercher le lieutenant du guet Ménard de Changlonne.

*

* *

— Tout est cul sur cul ! Une chienne n'y trouverait pas ses chiots… Rien n'a été laissé au hasard, pas une chevrette qui n'ait été vidée de ses drogues…

Ménard de Changlonne piétinait les herbes et poudres répandues au sol, poussait du pied les récipients divers qui avaient contenu des pilules, des onguents, des emplâtres.

— Même les alambics ont été démontés, comme s'ils avaient pu constituer une cachette. Les voleurs n'ont pas mis la même obstination à fouiller les autres pièces de la maison. Ce qu'ils cherchaient se trouvait là, dans le magasin ou le laboratoire.

— Et s'y trouve sans doute toujours, sinon vous ne seriez pas tombé sur cet énergumène qui vous a si proprement cabossé le crâne. Il n'y est pas allé de main morte, si j'en juge par les déformations qu'a subies le coquemar. Eût-il eu un mortier en pierre à portée de main, vous ne seriez plus de ce monde, souvenez-vous du recteur Lefebvre. D'ailleurs, je vous ai apporté ceci.

Le lieutenant se saisit d'une sacoche en cuir dont il retira deux pistolets de gousset qu'il posa sur le comptoir.

— Ils viennent de la Manufacture royale de Maubeuge. Je vous montrerai comment les armer et les utiliser. La prochaine fois que vous croisez le freluquet au tricorne, tirez d'abord, et faites la conversation ensuite.

Toussaint prit une des armes en main, caressa du doigt la poignée en bois de noyer. La réflexion du lieutenant avait fait mouche : il en avait réchappé parce que le coquemar avec lequel on l'avait frappé était en cuivre, un métal relativement malléable.

— Par ailleurs, reprit le lieutenant, votre agresseur

avait la possibilité de vous achever, une fois que vous étiez à demi inconscient, mais il a préféré prendre la fuite.

*
* *

Pierre Michelet se trouvait dans la *cour des nourrices* bordée du côté ouest par le *jardin des plantes* de l'hôpital, qui fournissait l'apothicairerie en feuilles fraîches, notamment. Il en admirait le strict agencement, chaque parcelle regroupait des simples correspondant à un type d'affection, conformément à la pharmacopée médiévale : plantes de femmes, plantes vulnéraires, plantes antivenimeuses, plantes fébrifuges, plantes contre les maux de ventre et plantes purgatives.

Il s'assit à l'ombre du mur, méditant sur ses observations de la matinée ; la pharmacie était indubitablement bien achalandée : Il y avait dénombré deux cent vingt-cinq drogues simples, végétales, minérales ou animales, originaires du royaume de France, du bassin méditerranéen, ou d'Orient, mais il y avait également une dizaine de drogues provenant du Nouveau Monde : quinquina, bois néphrétique, baume du Pérou, gaïac, salsepareille et d'autres encore. Sœur Clotilde avait accepté, tout en le toisant d'un air méprisant, de lui montrer les réserves de drogues minérales, lapis-lazuli, topazes, émeraudes *préparés* – c'est-à-dire réduits en poudre. La pharmacie en détenait une faible quantité, mais Michelet avait pu s'assurer qu'il ne s'agissait pas d'un vulgaire quartz pulvérisé.

Les approvisionnements étaient faits sur la base d'un mémoire que la sœur remettait chaque mois au recteur responsable de la pharmacie. Michelet n'y avait rien décelé d'aberrant. Certaines drogues étaient certes commandées en grosses quantités, mais c'était en accord avec les besoins de la maison. Ainsi en allait-il de l'antimoine utilisé comme vomitif et purgatif, ou de la turbantine utilisée dans de nombreux onguents.

Michelet en était là de ses réflexions quand il aperçut l'une des élèves de la pharmacie traversant la cour à grands pas, il s'agissait de la plus gironde, à la silhouette joliment chantournée. Elle tenait la main en visière au-dessus des yeux pour se protéger de la vive lumière et ne vit pas le jeune homme assis à l'ombre du mur. Elle gagna le mur du fond qui séparait la *cour des nourrices* de la *cour des infirmes*, jeta un coup d'œil par-dessus son épaule comme pour s'assurer qu'elle n'était pas suivie, tira une clé de son tablier et ouvrit la porte de communication qui perçait le mur, et disparut – Michelet entendit la clé tourner à nouveau. Il résolut d'attendre. La jeune femme reparut bientôt avec une brassée de plantes qu'elle serrait dans un linge. Elle referma à clé la porte et repartit. Elle allait toujours aussi vivement, jetait des coups d'œil prudents à la ronde, et Michelet perçut son trouble quand elle le vit. Elle accéléra le pas et disparut par une porte. Le jeune homme fut sur le point de la suivre, mais il se ravisa : il ne pouvait ignorer ce qui se trouvait dans la cour adjacente. À force de tambouriner contre la porte, il attira un surveillant qui accepta de lui ouvrir. Il vit immédiatement la plate-bande qui n'était plus entretenue : parmi les herbes folles il reconnut *rubia tinctorum* – la garance –, *rhammnus frangula* – la bourdaine –, *asperula* – l'aspérule –, *anthemisia tinctoria* – l'anthémis des teinturiers – et d'autres encore, regroupées selon les couleurs : un parterre de plantes tinctoriales, à l'abandon. Il chercha une plante sur laquelle on aurait prélevé des rameaux. Il finit par découvrir, derrière un plant de genêts et un rideau d'antimoine, un arbrisseau de deux pieds de haut, ses fleurs jaunes se terminaient en gros corymbes. Il froissa quelques feuilles, une odeur fétide s'en dégagea, ne lui laissant aucun doute :

— *Ruta graveolens*... murmura-t-il.

*

* *

Ménard de Changlonne se présenta à quinze heures au domicile de Toussaint. Il avait loué un fiacre pour l'après-midi et se proposait d'initier Toussaint au maniement du pistolet. Toussaint fut surpris de le voir arriver avec sa nièce Eugénie. Manifestement, Eugénie et Hortense s'étaient liées d'amitié lors de la soirée de quadrille et avaient comploté pour être de la partie de tir. Ébahi, Toussaint interrogea le lieutenant du regard, qui rendit les armes dans un soupir – il ne savait manifestement rien refuser à sa nièce. Ménard de Changlonne lui dit :

— J'ai appris à tirer avec mon père dans les îles Mogniat, à deux pas d'ici, avant que le consulat n'entreprenne de faire combler les bras du Rhône, niveler le sol, et n'y installe des moulins à bateaux. Ma première cible mouvante a été un cochon auquel j'ai logé une balle dans la cuisse, il paraît qu'un boucher l'a récupérée deux ans plus tard quand la bête a été sacrifiée. Mais aujourd'hui, il nous faut sortir de la ville, trop de miséreux se sont installés dans les îles Mogniat.

Ils gagnèrent la rive gauche du Rhône en empruntant le pont Morand, pont en bois construit dix ans auparavant en remplacement des bacs à traille, puis s'engagèrent dans la Grande Allée, toute bordée de peupliers.

— Admirez cette allée. Elle devient l'axe du projet de l'urbaniste Morand, le grand rival de Perrache. Perrache est mort il y a une dizaine d'années, il défendait l'idée d'une extension au sud d'Ainay, par le comblement des lônes. Ce qui était absurde, les travaux que cela suppose sont proprement titanesques, irréalisables. Jamais la ville ne pourra s'étendre au sud, elle va par contre se déporter vers l'est, qui est la seule direction possible de son agrandissement. Les terrains seront prochainement lotis, et je gage que la bourgeoisie viendra faire construire ici ces belles demeures pour lesquelles la place fait défaut dans la presqu'île. La transformation de la ville est un mouvement d'ouest en est : au milieu du siècle, nobles et bourgeois ont quitté les vieux quartiers des bords de Saône pour s'installer dans la presqu'île, ils viendront au siècle prochain se fixer ici. L'air y est plus pur, l'espace plus vaste. C'est aujourd'hui le lieu de promenade préféré des Lyonnais, il est vrai que l'endroit est plaisant en cette saison. Nous allons au-delà de cette prairie qu'on appelle le Pré-Morand[1].

Ils laissèrent le fiacre à l'extrémité d'une allée perpendiculaire, cheminèrent sur une faible distance à travers les vorgines[2], jusqu'à ce que Ménard arrêtât son choix sur une lône, un bras du Rhône, asséché

1. Vaste prairie d'environ sept hectares, le Pré-Morand se situait dans le quartier des Brotteaux autour de l'actuelle place Kléber.

2. Vorgine (en région lyonnaise) : lieu humide en bord de rivière où poussent osiers et saules. Désigne par extension ces mêmes plantes.

en cette saison. Ils étaient dans un creux sablonneux, entre deux éminences de terrain qui, lorsque la zone était inondée, formaient des îles.

— J'ai apporté cette vieille redingote, ce sera la cible. Nous la mettrons à vingt pas, contre le tronc de ce vieux saule. Mais d'abord, vous devez apprendre à armer ces pistolets.

Ménard leur montra comment introduire la poudre dans le canon, puis le calepin et la balle, avant de tasser avec la baguette.

— Il faut tasser énergiquement, pour ne pas laisser d'air entre la poudre et la balle, sinon…

— Sinon ?

— Sinon, vous risquez d'y laisser la main.

Puis il versa le pulvérin dans le bassinet, abaissa le couvre-bassinet et tendit l'arme à Toussaint :

— De la main gauche, poussez la batterie sur le bassinet. Bien, le pistolet est armé. Lorsque vous appuierez sur la détente, le chien basculera sur la batterie, le silex projettera des étincelles qui enflammeront la poudre.

Toussaint visa la redingote accrochée au vieux saule. Il pressa la détente, et eut le sentiment que rien ne se passait, hésita à abaisser le bras. Puis une détonation sourde retentit, un nuage de poudre flotta à l'extrémité de son bras tendu, lui dissimulant la cible. Le lieutenant marcha à grandes enjambées vers le saule.

— Joli, s'exclama Ménard, mais la cible était plus à gauche… ou plus à droite !

Toussaint arma le pistolet, fit signe à Ménard de s'écarter et fit à nouveau feu. Des feuilles de saule tombèrent mollement au-dessus de la cible.

— La direction était bonne, mais trop haute.

Les deux jeunes femmes pouffèrent. Hortense se moqua :

— Antoine, si vous devez croiser à nouveau l'agresseur au coquemar, avancez à le toucher avant de faire feu ! Sinon, vous risquez de vous faire cabosser la tête.

Hortense et Eugénie insistèrent pour essayer à leur tour. Le lieutenant arma les pistolets, tendit l'un à Hortense, l'autre à Eugénie. Il leur montra comment se placer, le pied droit en avant, le gauche en arrière, à la perpendiculaire, de façon à offrir à un adversaire possiblement armé lui aussi le moins de surface possible du corps. Ménard de Changlonne guidait Eugénie en la prenant par la taille, et il sembla à Toussaint qu'il lui effleurait la poitrine plus qu'il n'était nécessaire. Lorsqu'elle eut tiré, après Hortense, Eugénie prit la main de son oncle et l'entraîna en riant vers la cible. Toussaint les regardait, perplexe.

— Je trouve que notre lieutenant a une attitude un brin licencieuse avec sa nièce, dit-il finalement à l'adresse d'Hortense.

Hortense le regarda avec stupéfaction :

— Mais enfin, Antoine, êtes-vous balourd à ce point ? Eugénie n'est pas plus sa nièce que je ne suis sa tante.

— Qui est-elle, alors ?

— Sa maîtresse, bien sûr. Eugénie est comédienne, elle joue actuellement dans *Le Mariage inattendu de Chérubin.*

— Qu'est-ce là ?

— Une pièce de Mme Olympe de Gouges. La pièce est donnée depuis quelques jours au théâtre Saint-Clair, Pierre-Marie se propose d'ailleurs de nous y emmener. Mais, vraiment, vous aviez pris Eugénie pour sa nièce ?

Vous êtes d'une naïveté sans pareille, mon cher. Et ne restez pas planté là comme une borne !

Eugénie accourait en louvoyant entre les touffes d'herbes folles. Elle s'étranglait tant elle riait :

— Il y a un trou dans la redingote. Et un seul. Louis-Simon dit que c'est peut-être bien moi. J'aurais ainsi gagné le concours de tir ! Ne vous en déplaise, ajouta-t-elle en esquissant une révérence moqueuse.

Hortense applaudit en riant, Toussaint avançait les lèvres en une moue qu'Eugénie prit pour du dépit :

— Soyez beau joueur, monsieur le chirurgien, si vous savez manier la lancette, acceptez que je sache faire usage d'un pistolet.

— Bien volontiers, mais il faut hélas plus de temps pour apprendre à utiliser la lancette à des fins thérapeutiques que le pistolet qui ne sert qu'à estropier, sinon à faire passer son prochain de vie à trépas.

— Ne méprisez pas cet instrument qui pourrait bien vous sauver la vie si vous croisez de nouveau votre agresseur armé d'une casserole ou de je ne sais quel autre ustensile, se mêla Ménard. Et autre chose encore : déchargez les *deux* pistolets sur lui, car une fois sur cinq, l'arme ne fonctionne pas… Tenez-vous-le pour dit.

*

* *

De retour dans la presqu'île, Toussaint visita à nouveau le commissaire Bernardin. Ce dernier avait repris connaissance, ce qui mit le chirurgien en joie : ce brave homme de perruquier, devenu policier un peu malgré lui, avait bien failli perdre la vie pour un office peu gratifiant.

Apercevant le chirurgien, Bernardin s'agita, fit comprendre à sa femme qu'il fallait le redresser sur sa couche. Il avait le regard fiévreux, mais de la main gauche, il écarta vivement le bras de Toussaint qui voulait vérifier le serrage des bandages ; Bernardin grognait, mais les mots qu'il tentait de faire entendre étaient incompréhensibles, il continuait d'agiter sa main gauche. Toussaint crut comprendre :

— Vous voulez écrire ? Madame Bernardin, apportez une écritoire et une plume.

La femme s'éclipsa, revint avec le nécessaire à écrire.

Bernardin était fébrile, de la main gauche, il se saisit de la plume, la plongea dans l'encrier, l'égoutta en projetant des gouttes d'encre sur son bandage de la clavicule, et traça quelques lignes maladroites sur le papier. Toussaint se plaça à son côté pour tenter de déchiffrer ce qu'il avait griffonné.

— *Fumée* ?

Le commissaire grogna avec véhémence, agita sa plume, projetant de l'encre sur l'habit de Toussaint.

— Ferme ?... Femme ? Une femme ?

Cette fois, le commissaire branla du chef en signe d'assentiment, il fit à nouveau courir la plume sur la feuille.

— *Votre* femme ?... Non, d'accord, *une* femme... Vous avez été agressé par une femme ? Non... *vu... femme*... Vous avez vu une femme ?

Bernardin était dans un état d'exaltation qui l'empêchait de tracer des mots.

Il fallut de longues minutes à Toussaint pour reconstituer ce que le commissaire tentait maladroitement de lui communiquer de la main gauche : Bernardin avait vu à travers les volets qui occultaient la devanture de l'apothicairerie Coudurier une jeune femme, il n'en démordait pas. Médusé, il n'avait pas entendu approcher son agresseur qui avait tenté de l'assassiner à coups de gourdin.

Toussaint avait félicité Bernardin qui avait fermé les paupières en signe de remerciement. Puis il s'était assoupi. En cheminant vers la place Saint-Michel, dans l'agitation de la fin d'après-midi, Toussaint se remémorait les paroles de *la Bestiole* qui avait aperçu les assassins de sa tante : « … *quand elle a rajusté son tricorne pour sortir, j'ai bien vu que c'était une femme, même qu'elle était belle.* » Il tressaillit, s'arrêta au milieu de la rue, s'attirant les quolibets des passants qui le croyaient pris de boisson. C'était une certitude : son agresseur, qui l'avait assommé avec le coquemar, et qu'il avait pris pour un adolescent, était sans nul doute cette femme que Bernardin disait avoir aperçue fugacement, durant une fraction de seconde seulement entre deux volets, la veille. Bernardin ne voulait pas en démordre – c'était une femme. Elle était nu-tête, avait les cheveux ramassés sur la tête « à la Fontange », sans doute pour les dissimuler plus aisément sous un tricorne.

*

*   *

— Je me suis fait une amie, déclara Hortense à Marie.

— Elle s'appelle comment ?

— Eugénie.

— Elle est aussi belle que toi ?

— Oh oui. Elle est surtout… libre, ce qui la rend encore plus belle.

Hortense était songeuse, elle pensait à ce qu'Eugénie lui avait raconté de sa vie. Fille d'un cabaretier du Forez, elle avait été séduite par le meneur d'une troupe de comédiens qui passait d'Auvergne dans le Dauphiné. La troupe s'était arrêtée trois jours à l'auberge, bloquée par des chutes de neige tardives en avril. Le père d'Eugénie avait accepté de mettre une remise à disposition pour qu'ils répètent le spectacle qu'ils donneraient cette année-là, *Le Bourru bienfaisant* de Goldoni. Âgée alors de seize ans, Eugénie avait compris qu'elle pouvait avoir un autre destin que celui de servir des rouliers avinés aux gestes paillards. « L'affaire s'est conclue dans le fenil », avait confié Eugénie à Hortense, mot pour mot, « ma virginité en échange d'un rôle dans la pièce. J'ai filé avec la troupe au petit matin, chargeant ma jeune sœur de faire savoir à mes parents que je serais comédienne. Lorsque nous sommes arrivés à Saint-Étienne, c'était moi qui avais le rôle d'Angélique, le rôle principal dans la pièce de Goldoni ». Hortense admirait cet air d'indépendance et cette insouciance – Eugénie était depuis peu la maîtresse du lieutenant Ménard de Changlonne, qui l'avait installée dans son hôtel de la place des Cordeliers, alors même qu'elle jouait au théâtre Saint-Clair. Elle ne faisait pas mystère du fait qu'un jour elle repartirait, suivant la troupe, « jusqu'au jour où le metteur en scène trouvera que je suis trop défraîchie pour jouer encore les jeunes femmes énamourées. Cela peut arriver plus tôt qu'on ne pense, il suffit qu'une jeune ambitieuse à la voix bien timbrée écarte les cuisses, je parle en connaissance de cause. Alors, il vous faut accepter de ne plus jouer que les rôles de soubrettes, en espérant qu'un bourgeois, de préférence veuf et riche, s'entiche de vous. Tous les bourgeois rêvent de mettre une comédienne dans leur lit. Cette liberté, cette animalité que nous incarnons les fascinent et les effrayent à la fois, le coït leur permet de croire qu'ils se les approprient et les dominent ». Hortense avait été subjuguée par cette jeune femme qui, moins de dix ans auparavant, avait fui l'auberge crasseuse où sa vie semblait devoir se jouer, elle avait fait un formidable pied de nez au destin, mais savait que rien n'était acquis.

*

* *

Lorsque Toussaint arriva place Saint-Michel, Louis-Joseph lui fit savoir que le jeune Michelet était passé et qu'il l'attendait au *Cabaret de la Voûte*, à deux pas de là.

— Ah, enfin ! murmura Toussaint.

Il gagna le parvis d'Ainay, puis, tournant le dos à l'église abbatiale, il aperçut la voûte qui donnait sur le port. Un immeuble de quatre étages avait été construit sur la voûte elle-même. Des remugles d'urine et de vinasse flottaient dans l'air aux abords du cabaret. Par la porte ouverte s'échappait un air de vielle. Dans la vaste salle, une assemblée nombreuse et bruyante d'artisans, ouvriers et grisettes, rouliers, marchands ambulants faisait cercle autour d'un couple de vieux qui esquissaient des pas de menuet au son de la ritournelle jouée par un jeune vielleux ; les spectateurs s'esclaffaient, applaudissaient, encourageaient les danseurs de la voix. Toussaint repéra le jeune Michelet au fond de la salle, attablé en plaisante compagnie : il devisait avec une jeune femme vêtue comme une marchande des quatre-saisons. Toussaint dut jouer des coudes pour gagner le comptoir où il prit une pinte de vin blanc, vendue au prix de quatre sols et demi, et il rejoignit le jeune pharmacien. Sa voisine était une bouquetière qui avait posé sa corbeille de fleurs sur le banc à côté d'elle. Elle regardait Toussaint avec un sourire mutin, sans doute le jeune homme lui avait-il dit quel personnage d'importance il attendait.

— Ainsi, vous êtes le Toussaint de la chanson ?

Toussaint la regarda sans comprendre, Michelet avait un air gêné qui amusa la jeune femme. Elle se mit à fredonner :

« *C'est à l'hôpital de la Charité*
Que les recteurs se font assassiner
Mais voilà que grâce à M. Toussaint
Bientôt on arrêtera l'assassin. »

Toussaint ne put réprimer un sourire. Il savait que les graveurs sur bois ne ménageaient pas leur peine depuis le deuxième meurtre, partout dans la région les colporteurs diffusaient les affiches relatant avec force détails macabres l'assassinat du recteur Coudurier. Aux regards gênés qu'échangeaient les deux hommes, la bouquetière comprit qu'elle était de trop. Elle se poussa à regret sur le banc, se rapprochant d'une compagnie d'ouvriers en soie, mais tout en continuant de sourire au jeune Michelet. Les ouvriers ne se formalisèrent pas de voir la jeune fleuriste rejoindre leur groupe, ils l'invitèrent à trinquer avec eux :

— À la santé des tisserands, ma belle, d'ici peu tu pourras nous fournir des bouquets que nous piquerons à nos chapeaux, en signe de victoire !

— Nous les aurons, les deux sous l'aune !

Michelet se pencha vers Toussaint et lui expliqua que les ouvriers en soie venaient d'obtenir la promesse d'une augmentation du tarif de l'aune de soie unie. Un homme au dos cassé assis tout au bout du banc s'essuya la moustache imbibée de vin blanc et émit d'un air sinistre :

— Que Dieu vous entende. Promettre ne coûte rien, quand il s'agit de calmer les tisserands et de les renvoyer aux métiers où ils s'échinent seize heures par jour, mais quand il faudra délier les cordons de la bourse, les soyeux auront les doigts gourds…

— Dieu est du côté des patrons et du consulat, murmura un gaillard aux yeux injectés de sang, à l'élocution rendue laborieuse par le condrieu. Si Lui ne veut pas nous entendre, nous saurons bien nous faire entendre des bourgeois, des fois qu'ils tiennent pas leurs promesses. J'étais dimanche dernier dans un cabaret aux Charpennes, je peux vous dire que les gars sont décidés à ne pas se laisser duper par ces jean-foutre du consulat. Certains sont résolus à prendre les armes, c'est fini, les patrons qui nous tiennent la dragée haute et demandent toujours plus, nous faisant trimer, nous, nos femmes et nos gosses. Ils vont changer de gamme ! S'il faut lâcher la navette pour prendre le fusil, y manquera pas de volontaires !

— Et où tu trouveras des fusils, gros malin ?

— À l'Arsenal, pardi !

Ces propos séditieux jetèrent un froid sur la tablée. On se faisait une fête de la promesse arrachée aux patrons de la Fabrique et voilà que se dessinaient les contours d'une insurrection. Michelet se tourna vers Toussaint tout en exhibant un rameau qu'il dit avoir prélevé dans le parterre de la *cour des infirmes* :

— *Ruta graveolens.* De la *rue officinale*, appelée aussi *rue fétide.* Assurément, cette plante n'a pas à figurer dans un parterre de plantes tinctoriales. Elle est cultivée à l'écart, dans cette courette peu fréquentée, dont seuls les infirmes ont la jouissance, mais la plupart d'entre eux sont tellement diminués qu'ils sont bien incapables de se traîner jusqu'au parterre. En dépit de la couleur jaune de ses fleurs, elle n'est d'aucune utilité pour la teinture. Elle est par contre du plus haut intérêt pour un apothicaire : ses feuilles ont un puissant pouvoir emménagogue. Mais elle est aussi utilisée comme plante abortive : on la prend en décoction, et elle provoque de violentes contractions de l'utérus, des saignements – et généralement l'expulsion du fœtus. Je comprends qu'on la tienne à l'écart dans cette maison qui accueille des filles enceintes.

Les autorités, tant civiles qu'ecclésiastiques, tentaient de s'opposer par tous les moyens à l'avortement qui privait le royaume de main-d'œuvre pour les fabriques qui se développaient à tout-va et Toussaint ne doutait pas qu'on en viendrait à interdire un jour les préparations abortives, à base de rue, de persil ou même de sauge, pourtant si recherchées.

— Avez-vous trouvé, dans l'apothicairerie, des préparations à base de rue ?

Le jeune Michelet souriait d'un air entendu en dodelinant de la tête.

— Vous avez découvert quelque chose ?

— Mieux, j'ai surpris la coupable.

Ses yeux pétillaient, ses lèvres tremblaient, il brûlait de révéler ce qu'il savait, mais il ménageait son effet.

— Ne vous faites pas prier, monsieur Michelet, dites-moi ce que vous savez.

— Je me suis dit que la sœur voulait soit mettre les feuilles à sécher – elle ne perdent rien de leur pouvoir une fois sèches –, soit les préparer fraîches. J'ai fait va-tout, je me suis embusqué dans l'apothicairerie.

J'ai attendu deux heures, en profitant pour poursuivre l'inventaire des drogues. Peu après que la cloche eut appelé au souper, j'ai entendu la clé tourner dans la serrure. Je me suis caché dans la resserre, et j'ai vu passer la jeune élève avec ses tiges de rue fétide dissimulées dans un linge. Je me suis montré, elle a cru à l'assassin et a poussé un cri… Elle a tenté de fuir, mais je l'ai attrapée à bras-le-corps.

Toussaint vit que le jeune homme était tout émoustillé au souvenir d'avoir tenu cette belle tige dans ses bras.

— Je lui ai promis de ne rien dire à qui que ce soit d'autre que vous, car je me doutais bien que personne n'est au courant de ce qu'elle trame.

— Et ?

— Elle prétend que sœur Clotilde est l'instigatrice de ce… « trafic ». Sœur Clotilde lui aurait demandé ce matin de préparer une pâte à base de feuilles de rue, que les femmes qui veulent avorter s'introduisent dans le vagin.

— Des femmes pensionnaires de l'hôpital de la Charité ? J'ai du mal à le croire, le chirurgien major s'en apercevrait si certaines se faisaient avorter.

— Non, pas ici. La jeune élève pense que cette préparation est destinée à des femmes de la *Maison des pénitentes repenties*, ou de la *Maison des recluses*, toutes deux situées rue Saint-Joseph[1].

Michelet lui expliqua que la première de ces deux maisons accueillait les filles de bonne famille dévergondées, placées là le temps qu'elles réforment leur conduite. L'autre maison, attenante à la première, n'était rien de moins qu'une maison de force où les

1. Actuelle rue Auguste-Comte.

filles et femmes de mauvaise vie, coureuses, raccrocheuses, prostituées publiques, étaient détenues.

— La jeune élève sait-elle à qui, précisément, sœur Clotilde destine cette préparation ?

— Non, mais, selon elle, très certainement à une jeune femme de bonne famille qui a fauté et se trouve enfermée là-bas pour expier sa faute. De votre côté, vous avez appris quelque chose d'intéressant ?

— Le profil de l'assassin commence à se dessiner, sur le plan physique. Il s'agit vraisemblablement d'une femme.

Louis Michelet, qui portait son gobelet à ses lèvres, figea son geste. Il regardait Toussaint avec des yeux ronds comme des boutons. Toussaint baissa la voix, mais aucune des personnes de la tablée ne leur prêtait attention.

— La jeune Marie, nièce des Fleury, est sûre que le chef de la bande qui s'en est pris à sa tante, dans l'intention de dérober le dossier sur le premier assassinat, était une femme. Nous n'y avons d'abord pas prêté foi, mais un autre élément est venu corroborer cette affirmation de la jeune fille. Bernardin est formel : il a aperçu, hier soir, à travers les volets disjoints, une jeune femme qui fouillait l'apothicairerie Coudurier. M'y rendant ce matin, j'y ai été agressé par une jeune personne que j'ai d'abord prise pour un adolescent. Mais je suis maintenant convaincu qu'il s'agissait d'une femme… travestie en homme. Il n'y a plus aucun doute : nous avons une jeune femme, habillée comme un jeune homme, qui recherche je ne sais quels objets ou document. Je pencherais pour un document, car chez Coudurier les livres de comptes ont été feuilletés, tout comme les ouvrages de pharmacie ou de chimie, compulsés un à un avant d'être jetés au sol.

— Et vous m'avez conté que Coudurier avait été aperçu farfouillant aux pieds du *sauvage*, cette statue qui orne le meuble de l'apothicairerie... Il cherchait sans doute quelque chose que son prédécesseur avait dissimulé.

— Exactement.

— Et les assassins cherchent toujours ce fameux document ?

— Oui.

— Mais pourquoi avoir dérobé le dossier Lefebvre chez le commissaire Fleury ? Car en agissant ainsi, ils ne pouvaient que vous amener à la conclusion que les deux meurtres sont bel et bien liés, non ?

Toussaint ne put s'empêcher de penser que Michelet posait les bonnes questions.

— Vous avez raison. Ils pensaient sans doute que je ferais très vite le lien entre les deux affaires – pensez, les deux recteurs assassinés à quelques mois d'intervalle dans l'apothicairerie de la Charité... Nul besoin d'être grand clerc pour faire le rapprochement. Et j'incline à penser que Fleury avait mis au jour certains éléments qu'il n'avait pas encore dévoilés au lieutenant de police. Ou dont il n'avait pas mesuré l'importance. Ou alors, les assassins, dans l'ignorance de ce qu'il avait pu découvrir, ont préféré ne pas prendre de risque et faire disparaître les traces de son enquête.

Michelet hochait la tête. Guignant de l'œil, il observa la bouquetière à l'extrémité du banc. L'ouvrier l'avait enlacée et tous deux se bécotaient ouvertement. Il se tourna à nouveau vers Toussaint :

— Si vous débrouillez ce sac de nœuds, et arrêtez l'assassin, vous serez sans doute anobli.

— Comment en venez-vous à penser cela ?

— C'est ce qui se dit.

— Où cela ?

— Partout ! Dans les cabarets, sur les marchés. Et ce serait mérité, non ?

— Il s'agit bien de cela ! Ma motivation est ailleurs, monsieur Michelet. Je suis – comme vous – un homme de science, issu de la roture. Mon père était artisan, maître tapissier. Et je me suis élevé à la force du poignet, une fois que la Providence a eu mis sur mon chemin celui qui a été mon mentor et mon bienfaiteur. Il faut parfois un coup du sort pour pencher d'un côté plutôt que de l'autre. Mais roturier je suis né, roturier je resterai.

Michelet vida son gobelet d'un geste, se resservit. Il lorgna du coin de l'œil à gauche, l'ouvrier pelotait la jeune marchande sans vergogne alors qu'ils avaient tous deux les lèvres soudées, dans un baiser qui s'éternisait.

— Vous concernant, si vous arrêtez l'assassin des recteurs, ce serait une marque d'honneur méritée, mais reconnaissez que nombre d'aristocrates, nobles par *naissance*, sont de sots animaux !

Sa voix s'empâtait, son regard acquérait une fixité qui disait le trop d'alcool ingurgité. Il reprit avec véhémence :

— Car si la noblesse consacre une *vertu*, et vous êtes d'accord avec moi, n'est-ce pas, alors comment justifier la noblesse *hé-ré-di-taire* ?

Il avait crié ces derniers mots. Les ouvriers, qui n'avaient pas moins gobeloté, se tournèrent vers lui et firent écho à ses propos :

— Tu as raison, compagnon. Les aristocrates sont des parasites !

— Exactement ! reprit Michelet. La roture est le seul corps nécessaire et utile ! La seule noblesse ici-bas est dans la roture, qui nourrit par son travail tous ces parasites qu'on devrait…

Toussaint se leva. Il ne doutait pas que les mouches du lieutenant général Basset avaient déjà repéré le groupe de soiffards séditieux, mais il voulait éviter à Michelet d'être estampillé comme rebelle au roi, car alors il y aurait peu de chances que le consulat l'autorise à ouvrir son apothicairerie. Saisissant son jeune adjoint sous les bras, il le hissa sur ses pieds et l'entraîna au-dehors.

— Venez, Louis-Joseph va vous aider à retrouver votre logis, je ne voudrais pas que vous passiez sous les roues d'un fiacre !

Mardi 13 juin 1786

Toussaint traversait la *cour commune* de la Charité quand il fut hélé par Perrichon, le chirurgien major. Toussaint le rejoignit sous les arcades qui offraient une ombre fraîche.

— Bien le bonjour, monsieur le chirurgien. Il ne me déplairait pas de vous prêter à nouveau mon concours et mes instruments pour une autopsie, mais cela voudrait dire que l'assassin a encore frappé. Après Lefebvre et Coudurier, j'espère qu'il n'y aura pas d'autres victimes. Vous avancez dans votre enquête ? demanda le chirurgien major en regardant Toussaint en coin.

— Non. Deux recteurs assassinés dans la pharmacie, la femme du commissaire Fleury violée et égorgée, les procès-verbaux dérobés, l'apothicairerie de Coudurier mise à sac, une femme, qui m'agresse à coups de coquemar, mais me laisse délibérément en vie quand Bernardin, le second commissaire, a été laissé pour mort dans la rue. Et je ne parle pas du pot de *catholicum* qu'une religieuse me fait porter…

— Du *catholicum* ? Comment cela ?

— Non, rien. Oubliez.

Perrichon se gratta la tête et regarda Toussaint avec empathie :

— Vous voilà embrené dans une drôle d'affaire, parlant par respect.

— Vous avez raison. Comment se dépêtrer de ce sac de nœuds ?

Toussaint regardait sans le voir un domestique qui traversait l'esplanade. Il comprit soudain que l'homme portait à bout de bras des paniers à bouteilles.

— Où est la cave à vin ?

— Par là, *cour de la cuisine*, dit-il en invitant Toussaint à tourner l'angle de la promenade.

Il lui ouvrit l'accès à la cour située de l'autre côté :

— Derrière cette porte à double battant que vous voyez entrouverte, il y a la rampe par laquelle on descend les barriques. Le recteur Chapuis doit s'y trouver.

— La Rissole…

— Ah ? Vous connaissez son surnom dans la Maison ?

— Oui, mais pourquoi ce surnom ?

— Descendez, vous verrez. Je vous laisse, mes trois élèves m'attendent pour la leçon.

Toussaint s'engagea sur la rampe qui plongeait obliquement dans une fraîche obscurité. Des marches étroites étaient ménagées au milieu de la rampe sur laquelle on roulait les fûts. Il se retrouva dans une cave voûtée qui formait un L sous l'angle nord-est des bâtiments. Dans la faible lueur tombant de l'ouverture et de quelques soupiraux qui ponctuaient le haut de la muraille, il distinguait des barriques en nombre, alignées le long des murs. À quelques pas de lui, une lanterne dansait, soulignant fugacement les cintres des tonneaux.

— Qui va là ?

L'homme éleva sa lanterne, éclairant sa silhouette rebondie. Une barrique sur deux jambes, se dit Toussaint.

— Antoine Léonard Toussaint, chirurgien juré…

— Ah, vous voilà enfin. Je désespérais de vous croiser. Faut dire que j'ai tant à faire ici. Bien vous en a pris de descendre dans mon antre, mais j'étais de toute façon résolu à aller vous trouver au collège de chirurgie.

Il était tout près de Toussaint, maintenant. L'homme était trapu, son crâne glabre accrochait des reflets de lumière. Il posa son fanal en équilibre sur le haut d'un tonneau, et avança un tâte-vin sous le robinet.

— Vous allez me tâter celui-ci… Un blanc. Il provient de Vinzelles. Un vin à fendre les pierres !

Il tendit l'ustensile à Toussaint qui goûta, et trouva effectivement le vin fort bon, et frais.

— Alors ? On croirait avaler le petit Jésus en culotte de velours, pas vrai ? Je vais le faire tirer en bouteilles et le réserver pour nous autres, qui avons bien besoin de nous rafraîchir après nos conseils d'administration.

— Votre rôle est donc essentiel, dans cette maison ?

— Et comment, répondit l'homme en prenant le tâte-vin des mains de Toussaint, pour se servir à son tour une lampée de vin. L'approvisionnement en vins, je ne dirais pas que c'est ici le plus important, mais tombez à court de piot, sursoyez à seulement deux distributions, et c'est l'émeute assurée, plus sûrement que si le blé ou les draps venaient à manquer. Pensez, on distribue le vin deux fois par jour aux différentes communautés.

— N'est-ce pas beaucoup ?

— C'est qu'on a le souci de leur santé. Et comme il est dit avec justesse dans le règlement, il ne faut pas « rompre dans la caducité une habitude contractée depuis l'enfance ». Tous nos vieux et toutes nos vieilles, même les infirmes, lèvent le coude prestement, geste qu'ils ont appris en même temps qu'ils apprenaient à se torcher. Tenez, venez par là, vous n'êtes pas de la région, je crois ? Vous allez goûter un vin du Bugey. Un vignoble splendide, j'y ai fait quelques belles découvertes pour le compte de la Maison.

— Parce que vous vous déplacez ?

— Et comment ! Bourgogne, Mâconnais, Clunisois, Bugey, Languedoc – les meilleurs vins, au meilleur prix. Et quand je ne me déplace pas, je fais la revue des vins, dans cette cave, comme aujourd'hui ! Raison pour laquelle on me surnomme la Rissole, je ne m'en formalise pas, il faut bien que quelqu'un goûte. Et dès qu'un vin menace de tourner vinaigre, je le fais distribuer. Et vous-même, vous avancez dans cette enquête ?

La Rissole attira deux tabourets qu'il disposa dans l'allée entre les futailles, manifestant ainsi son désir de voir la conversation se poursuivre ici. Assis, il devait écarter les jambes pour faire place à son embonpoint. Toussaint ne pouvait s'empêcher de trouver l'homme débonnaire.

— Vous êtes le deuxième à me poser la question en l'espace de quelques minutes. Et donc, non. Mais j'ai entendu les gens travaillant à la pharmacie.

— Cette pie-grièche de sœur Clotilde, avec ses deux élèves, dont l'une n'est pas moins pimbêche que l'autre est bégueule. Heureusement, il y a la petite Thérèse, qui a son franc-parler, et s'y entend pour faire tourner chèvres les trois autres, mais je l'ai mise en garde, « ne pousse pas le bouchon trop loin, sinon la sœur te fera virer de là et tu risques de te retrouver à la Fabrique ».

— Elle m'a raconté que vous aviez tenté d'abuser d'elle, risqua Toussaint.

— C'est beaucoup dire. J'ai été tendre, mais pas au point de vouloir me divertir avec elle.

— Pourtant, elle vous a lacéré le visage ?

— Ah ça, elle m'a bien rayé le cuir, mais pas besoin d'essayer de lui mettre la main dans la culotte pour qu'elle prenne la mouche. Mais je m'entends bien avec elle. Elle m'a raconté des choses étranges sur le recteur Coudurier, c'est pour cela que je souhaitais vous parler.

— À savoir ?

— Un jour où il se croyait seul dans l'apothicairerie, elle a vu Coudurier grimper sur un marchepied, il semblait chercher quelque chose au niveau des sculptures, vous avez vu, le barbier, l'apothicaire…

— Et le sauvage.

— Oui, selon elle, Coudurier en avait surtout après le sauvage.

— Elle m'a en effet raconté cette histoire.

— Alors, c'est que vous avez su la mettre en confiance, car elle ne se confie pas à tout le monde, chapeau !

— Et qu'en pensez-vous ?

— Pour ne rien vous cacher, je vais vous conter une chose étrange, concernant le recteur Coudurier. Vous savez peut-être qu'un recteur est élu pour deux ans. Quand il est sortant, il inscrit sur un papier les noms de trois citoyens qui lui paraissent à même de lui succéder, parce qu'il pense qu'ils pourront être utiles aux pauvres. Lefebvre ayant été assassiné, c'est le recteur ecclésiastique qui a constitué la liste pour le suffrage. Avec Coudurier, et deux autres apothicaires, dont l'un est un libertin notoire, et l'autre avare comme un pou, donc pas vraiment des candidatures sérieuses.

— Vous voulez dire que le recteur Dupac aurait ainsi favorisé l'élection de Coudurier ?

— Nous sommes plusieurs à le penser.

— Mais pourquoi ? Parce que Coudurier rêvait d'anoblissement ? On m'a expliqué le parcours : recteur, puis échevin, puis enfin noble.

— Ce qu'on appelle la savonnette du vilain… Non, je pense qu'il y a d'autres enjeux, plus immédiats. J'ai été étonné par le comportement de Coudurier, qui, à peine élu, faisait des messes basses avec le recteur Dupac et le recteur avocat, Bertholon.

— Vous pensez qu'ils s'entretenaient du meurtre de Lefebvre ?

— Je n'en suis pas sûr. Le recteur avocat s'occupe des affaires pécuniaires de la Charité. Autre chose encore : lors du dernier conseil à l'issue duquel il a trouvé la mort, Coudurier était troublé, manifestant une visible impatience, il est apparu qu'il était pressé de se rendre à l'apothicairerie, et cette impatience n'a pas échappé à Dupac de Bellegarde qui a haussé les sourcils en voyant le recteur Coudurier se lever et disparaître dès la fin de la réunion. J'ai interpellé Coudurier à l'issue du conseil, je voulais lui parler d'achat d'eau-de-vie pour la pharmacie, mais il m'a ignoré et a filé… à la rencontre de son assassin. Alors qu'ordinairement, il ne dédaigne pas de vider quelques verres de ces nectars que je garde ici. Assez prêché sur la vendange ! Tenez, celui-ci provient de Saint-Désirat. J'en achète peu et le réserve aux recteurs.

Toussaint et Chapuis peinèrent à sortir de la cave. Le soleil était ardent, la chaleur s'était accumulée dans la cour comme dans un four. Toussaint sentit ses jambes flageoler. Machinalement, il se raccrocha à Chapuis qui titubait à son côté. Il se dit qu'ils devaient tous deux présenter un tableau pathétique, il ne put s'empêcher de sourire. Son sourire s'effaça quand il reconnut la silhouette efflanquée sous les arcades : Dupac de Bellegarde. Le recteur ecclésiastique les observait, dardant sur eux un regard noir, puis tourna subitement les talons.

*

* *

Les trois personnages se tenaient dans l'ombre de l'édicule érigé au milieu du pont du Change. Cet édicule avait un temps abrité une statue de la Vierge, c'était aujourd'hui la loge qu'utilisaient les artificiers pour le feu de joie qu'on tirait chaque année la veille de la Saint-Jean-Baptiste. Le plus grand des trois hommes, malcommode, repoussait sans ménagement les marchands ambulants qui les assaillaient et prétendaient leur vendre poudre de perlimpinpin, onguent napolitain ou livrets licencieux imprimés à bas coût. Un banquiste obstiné qui voulait à toute force leur organiser une partie de bonneteau faillit être projeté dans la rivière. Le malcommode lui envoya pour finir ses gobelets à la tête, et ils eurent dès lors une paix relative. Les deux autres personnes, un jeune homme bien mis à l'allure de gentilhomme, coiffé d'un large tricorne, et un marinier, reconnaissable à sa courte veste et à son large chapeau, scrutaient les bateaux halés par les *modères*. Il n'y avait, sur aucune des deux rives de la Saône, de chemin de halage, les berges étaient construites de maisons serrées les unes contre les autres, souvent en saillie sur le fleuve, et seules quelques trouées dans le bâti laissaient place aux ports encombrés de bèches et de plates. Pour remonter cette partie de la Saône, les patrons des chalands en provenance d'Avignon devaient recourir aux services des modères : le principe consistait à faire glisser le bateau le long d'une corde, la *maille*, fixée par une extrémité à l'arrière du bateau, par l'autre extrémité à un anneau situé quelque cinquante toises en amont dans la maçonnerie d'une maison ou d'un des cinq ponts qui enjambaient la Saône. La traction le long de la maille était assurée par les modères : attachant leur harnais – la *bricole* – à la corde, ils remontaient les uns derrière les autres de la poupe vers la proue, arc-boutés, en prenant appui des pieds sur les barreaux des échelles fixées sur un plat-bord. Les trois spectateurs s'intéressaient au lent ballet des hommes, qui arrivés à la proue du chaland, désengageaient leur bricole et se hâtaient de revenir à la poupe, par l'autre bord, pour reprendre place dans la file. En cette saison de basses eaux où le courant était faible, une vingtaine d'hommes suffisaient à faire franchir les quatre toises entre le pont d'Ainay, au sud, et le pont Saint-Vincent au nord, à un chaland, tel celui chargé de barriques, de caisses et de ballots qui approchait en glissant imperceptiblement vers l'amont. Sitôt le bateau en vue, le marinier les avait quittés pour rejoindre le port de la Baleine, situé rive droite de la rivière, au niveau de Saint-Jean.

— Celui qui est en tête de la file, qui vient de se libérer… C'est notre homme.

— L'homme aux favoris et à la moustache ?

— Oui, monseigneur.

Le gentilhomme et l'escogriffe qui l'accompagnait dardèrent leur regard sur le matelot qui, après avoir fait sauter l'attache de son harnais d'un geste maîtrisé, redescendait d'un pas nonchalant vers la poupe. Se sentant observé par les passants sur le tablier du pont, il lança un geste de salut orgueilleux tout en criant des imprécations inaudibles qui firent sourire ses camarades ployant sous l'effort.

— Où m'as-tu dit qu'il loge ?

— Montée du Gourguillon, dans la paroisse Saint-Georges…

— Il est fiable ?… Pourquoi cette moue ? Parle !

— Selon moi, il se croit plus malin que nous autres, je ne serais pas autrement surpris qu'il cherche à nous embobeliner.

— Alors, serre-le de près, ne lui laisse pas la bride sur le cou.

— Entendu, monseigneur… La barque quitte la rive !

Tous deux regardèrent leur comparse qui venait de lancer dans le courant une bèche chargée de fagots de bois. Le nez de la barque pointait vers le chaland remontant.

*

* *

Après avoir dîné avec l'abbé *Aux Trois Paniers*, rue Thomassin, Toussaint et Hortense rejoignirent leur domicile. Ils trouvèrent Louis-Joseph, leur domestique, sur le seuil de la maison, tenant un paquet à la main.

— Eh bien, Louis-Joseph, vous avez un visage de bois flotté aujourd'hui, l'apostropha Hortense.

— C'est que… le galopin de l'autre jour… qui a apporté le pot de *catholicum*…

— … est revenu ? compléta Toussaint.

Sans attendre la réponse, il se saisit du paquet que lui tendait le valet, arracha le papier qui le recouvrait. Un livre apparut.

— Une bible… Vous n'avez pas tenté d'attraper le garçon ?

— Si, j'ai voulu le retenir par le bras, mais il s'est débattu, m'a frappé au ventre et a réussi à filer. Je suis désolé…

— C'est bon, Louis-Joseph. Ne vous en faites pas.

Toussaint retournait la bible dans tous les sens, puis l'ouvrit, la feuilleta, aperçut quelque chose de vert très pâle – c'était une feuille d'arbre, un bel ovale au bout d'un long pétiole, se terminant en pointe. Elle provenait sans doute d'un herbier : elle était desséchée et aplatie.

— Elle vous évoque quelque chose ? demanda Hortense. Une plante en particulier ?

— Non. Mais il faudrait l'identifier.

Toussaint tournait et retournait la feuille, il posa négligemment la bible sur un guéridon.

— Mon cousin l'abbé possède certainement des herbiers dans sa bibliothèque, ce serait… Vous avez refermé la bible ?!

— Vous voulez dire…

Toussaint avait compris immédiatement : les pages entre lesquelles la feuille était insérée constituaient peut-être un indice. Il feuilleta à nouveau la bible, précautionneusement. Et trouva entre deux pages des particules vertes qui s'étaient détachées de la feuille.

— Elle était là…

Il survola le texte.

— Ézéchiel 47,12.

Il inclina le livre pour le soumettre à une lumière rasante devant la fenêtre.

— Vous aviez raison, c'est là… Dans la marge, une rayure, verticale, faite à l'ongle sans doute.

Il lut le passage marqué :

« … *toutes sortes d'arbres fruitiers.*
Leur feuillage ne se flétrira pas,
leur fruit ne s'épuisera pas ;
ils donneront des primeurs tous les mois,
parce que ses eaux sortiront du sanctuaire.
Leur fruit servira de nourriture
et leur feuillage de remède. »

— « … de remède », répéta Hortense, à nouveau la piste des apothicaires. Après l'électuaire, cette feuille d'arbre.

Elle réfléchit brièvement tout en regardant Toussaint, puis prit sa décision :

— Je file chez l'abbé, je suis curieuse d'identifier la feuille.

Hortense glissa la feuille dans le livre qu'elle lisait alors et disparut.

Toussaint ressentait une irritation croissante. Quelqu'un jouait avec lui, quelqu'un qui en savait long sur les affaires et tirait les fils. On l'avait envoyé chez feu Lefebvre, mais il ne voyait pas quel rôle la veuve et son amant pouvaient jouer. Et que lui suggérait-on, maintenant ? Une préparation ? Un apothicaire de la Charité avait-il élaboré une nouvelle recette, source de profit qui suscitait la convoitise de certains ?

— Tu penses que je suis plus dégourdie que Louis-Joseph ?

C'était la petite Marie qui le regardait par-dessous. Elle venait d'apparaître sur le seuil de la maison.

Même vêtue comme une demoiselle, grâce à Hortense, elle gardait le maintien d'une polissonne, arborant un air farouche et déterminé.

— Hortense dit que tu es une boîte à malice, Marie, ça ne m'étonnerait donc pas.

— Eh bien, moi, je peux te dire d'où il vient le gamin qui a apporté le paquet. Ce nigaud de Louis-Joseph a voulu le retenir, mais l'autre lui a donné un coup de poing dans les roupettes, et Louis-Joseph était rouge comme une betterave.

— Tu étais où, à ce moment-là ?

— Dehors, j'étais allée voir les petits chats chez la voisine, Hortense, elle a dit que je pourrais en garder un, si tu es d'accord.

— Et donc ?

— Donc, tu es d'accord ?

— Oui, mais raconte, d'où venait ce gamin ?

— Alors puisque tu es d'accord, je peux te le dire : je l'ai suivi, je cours aussi vite que lui, c'était pas difficile de le suivre, mais il est pas allé bien loin. Il est entré dans une maison à l'angle de la rue Sala, il a tiré la cloche pour entrer, on lui a ouvert aussitôt. Je peux te montrer la maison, si tu veux.

Toussaint prit Marie par la main et l'entraîna dans l'escalier.

*

* *

Elle le guida rue Sala, puis ils tournèrent à gauche dans la rue Saint-Jacques. *La Bestiole* lui montra la maison sur le seuil de laquelle le galopin porteur de la bible avait disparu. De hauts murs ceignaient la propriété. Toussaint actionna la cloche jouxtant la porte cochère. Une minute s'écoula avant qu'un guichet grillagé ne s'ouvrît, Toussaint ne put voir la personne qui lui demanda sans aménité ce qu'il voulait.

— Un jeune garçon m'a apporté un paquet, je demeure à deux pas d'ici, place Saint-Michel, je voudrais remercier l'expéditeur et lui transmettre…

— Vous faites erreur, il n'y a pas de jeune garçon ici.

Le guichet se referma en claquant. Toussaint actionna plusieurs fois rageusement la cloche, attirant la curiosité des passants. Une ravaudeuse installée dans le baquet qui lui tenait lieu de boutique à l'angle de la rue Sala apostropha Toussaint :

— Y a peu de chances qu'on vous laisse entrer en ces lieux, mon bon monsieur.

— Et pourquoi donc ?

— Vous ne connaissez pas ? Il s'agit de la *Maison des recluses*... Et dans le même lieu, vous trouvez la *Maison des pénitentes repenties*.

— Une prison pour femmes, alors ?

— C'est tout à fait ça, c'est comme qui dirait pour celles qui se sont mises à table avant l'heure, mais c'est aussi les coureuses et prostituées qu'on enferme là. Mais, sauf votre respect, votre petit abricot fendu est bien trop jeune, elles vous le prendront pas, ajouta-t-elle en riant, découvrant des chicots jaunâtres.

Elle essaya de pincer le bras de Marie qui se réfugia derrière Toussaint.

— Se peut-il qu'un jeune garçon vive ici ?

— Non, du tout, y a que des femmes, ici, ces pauvres filles sont confiées à la garde des sœurs de Sainte-Marie.

Toussaint remercia d'un hochement de tête et entreprit de faire le tour du pâté de maisons. Prenant toujours à main droite, il aboutit rue de la Sphère, puis rue de la Charité, à quelques pas de l'entrée de l'Aumône générale.

— Décidément, tout se joue dans un mouchoir de poche.

— Si tu veux, je fais le guet, lui dit Marie, et si le foutu *polisson* se pointe, je te l'amène par la peau des fesses !

Toussaint était pensif.

— Tu es sûre de l'avoir vu disparaître dans cette maison ? Alors, c'est qu'il habite le quartier, et fait les commissions pour les sœurs.

*
* *

Les modères avaient embauché dès l'aube, halant les chalands et le coche d'eau arrivés la veille et bloqués en aval de Saint-Georges, sur la rive droite de la Saône. Nicolas Champin faisait partie du dernier groupe qui avait halé le *Marie-Angèle* jusqu'au pont Saint-Vincent, en amont duquel le halage depuis la rive était à nouveau possible. À l'approche du pont du Change, une barque avait heurté la proue du bateau, coulant immédiatement. Par chance, elle était chargée de fagots et son occupant, un marinier peu avisé, avait pu s'accrocher à un lot de branchages et regagner la rive. Les collisions n'étaient pas rares, surtout à l'approche de la Mort-qui-Trompe, un haut-fond rocheux qui entravait le passage sous les arches du milieu et affleurait quand les eaux étaient basses, provoquant du même coup un fort courant sous les arches marinières.

Midi venait de sonner à Saint-Paul, les modères redescendirent à pied, à travers la vieille ville, regagnant le quartier de la porte Saint-Georges où la plupart avaient leur logis, ils ne remonteraient plus de bateaux aujourd'hui.

Champin se rendit avec quelques collègues à *La Pie qui chante*, un des nombreux cabarets fréquentés tant par les mariniers que par les ouvriers en soie, également nombreux à habiter dans la paroisse Saint-Georges. Ils s'attablèrent dans la rue, à l'ombre de la façade. Une servante leur apporta du vin dans des pots de grès, des miches de pain, puis les assiettes de ragoût suivirent. Ils mangèrent d'abord en silence, puis, le vin aidant, ils retrouvèrent le bagout gai et volontiers poissard qui faisait leur réputation. Quelques oisifs approchèrent leurs tabourets pour s'épanouir la rate aux propos de ceux qui, dans le quartier, jouissaient d'un indéniable prestige : les deux sociétés de modères qui avaient le monopole du halage sur la Saône refusaient de travailler passé midi, les tarifs pratiqués garantissaient toutefois à chacun des membres une existence honorable, et étaient cause de leur légendaire prodigalité chez les cabaretiers quand il fallait payer un poinçon d'eau-de-vie.

— Sur le coche d'eau, y avait une gourgandine qui aurait bien tâté d'un autre barreau que ceux des échelles ! Comme elle me reluquait !

— Écoutez-moi ce fier-à-bras ! C'est tout bancroche et chétif, et ça se prend pour une échelle pour le septième ciel !

Des rires gras firent écho aux propos des ribotteurs, Nicolas Champin se força à rire. Mais il était préoccupé. Il avait dans son champ visuel cet homme, un échalas, un compagnon de rivière au vu de son habit qu'il tenait jeté sur l'épaule et de son large chapeau informe, nonchalamment adossé à l'angle de la rue, qui faisait mine de tailler un bout de bois avec son couteau. Il lançait de loin en loin un coup d'œil vers le groupe de modères. Champin l'avait déjà aperçu, il se tenait en retrait quand, la veille, le marinier lui avait proposé le marché. Quel besoin avait-il de l'épier ainsi, alors que Champin était attablé avec ses compagnons, il n'allait pas s'envoler avec la marchandise ! De surcroît, il était entendu que la camelote, dont ils semblaient faire grand cas, serait remise à la nuit tombée. Le marinier ne lui avait pas paru bien malin et Champin était résolu à le doubler, mais l'échalas lui faisait tout l'effet d'un chien dont il fallait se méfier.

Il s'essuya la moustache du revers de la main, régla son écot et quitta la tablée, prétextant son poulailler à visiter. L'échalas avait disparu. La rue Saint-Georges était orientée au midi, les passants s'y faisaient rares, car le soleil l'avait transformée en four. Il s'assura qu'il n'était pas suivi. Pour en avoir le cœur net, il prit par la rue de l'Hort qui était en fait la boucherie ouverte de Saint-Georges. On n'y trouvait d'autres boutiques que des étals de bouchers, protégés du soleil par des auvents tendus en travers de la rue, des essaims de mouches bourdonnaient sous les toiles. Le sol de terre battue était gorgé du sang des animaux que, depuis plusieurs siècles, on trucidait ici, chaque matin. En ce début d'après-midi, toutes les bêtes avaient été égorgées, aux beuglements et aux grognements du bétail apeuré avait enfin succédé ce silence si caractéristique qui toujours suit les massacres et n'était ponctué que par les coups de feuilles des bouchers. Une odeur de tripes et de charogne vous soulevait le cœur. Champin sauta pour éviter quelques rigoles de sang, et entra subitement dans une boutique. Indifférent aux regards interrogateurs des garçons bouchers, il traversa l'arrière-cour encombrée de carcasses suspendues à des crocs, noires de mouches, et déboucha à nouveau rue Saint-Georges, à deux pas de la place de la Trinité. Il s'embusqua à l'angle de la maison du Soleil, jeta un œil dans la rue. Quelques vendeurs ambulants cherchaient l'ombre sous les maisons en saillie, mais il se convainquit qu'il avait semé l'olibrius. À longues enjambées, il attaqua la montée du Gourguillon, artère vitale du quartier, qui reliait la vieille ville à Saint-Just, à Saint-Irénée, et au-delà aux monts du Lyonnais. Les paysans l'empruntaient pour apporter les produits de leurs hortolages, les éleveurs y guidaient les bêtes qu'on menait à la boucherie. Champin et sa femme louaient deux pièces dans un ensemble de maisons adossées à la pente. Plusieurs tisserands s'étaient fixés là récemment, amenant avec eux femme, enfants, compagnons ouvriers, et les claquements des métiers retentissaient de l'aube à la nuit. Avant de franchir le seuil, il jeta un regard derrière lui. Il eut l'impression que dans le virage que faisait la rue, une silhouette se jetait sous un porche. Il attendit. La rue était déserte.

Il s'épongea le front avec un mouchoir, traversa la maison sur la rue, puis l'arrière-cour, et, par un porche étroit, gagna les potagers qui s'étageaient en terrasses entre le Gourguillon et le Chemin-Neuf. La femme de Champin élevait quelques poules qui étaient confinées dans un maigre espace délimité par des planches fichées en terre. En contrebas était le potager. Il vit que sa femme ou son fils avait arrosé les choux. Il lui sembla que quelqu'un passait sous le porche et montait vers les jardins, il crut reconnaître un voisin. Il fit mine d'arracher quelques liserons qui enlaçaient les pieds de chou-rave.

Les poules se mirent soudain toutes à caqueter et à battre des ailes, fouettant les planches, cherchant à fuir – comme si quelqu'un s'était introduit dans le poulailler. Et ce n'était pas sa femme, qui nourrissait les volatiles chaque matin, et déclenchait plutôt un mouvement d'allégresse dans la basse-cour. Il se haussa sur la pointe des pieds, tentant de regarder par-dessus les planches, mais il n'était pas assez grand. Il essaya de voir entre les planches, mais il ne vit rien qu'une masse sombre – et il comprit alors : quelqu'un était dissimulé derrière les planches, à un demi-pouce de lui.

— Qui est là ? demanda-t-il d'une voix forte dans laquelle perçait une pointe d'appréhension.

Une silhouette prit forme sous son nez, les yeux du grand efflanqué qui l'avait tantôt observé affleurèrent la barrière de bois.

— Qu'est-ce que vous fichez là ? On est convenu de se retrouver ce soir.

— Les caisses sont là ?

— Oui… là derrière ! répondit-il en montrant du menton les groseilliers chargés de fruits.

Champin ne savait comment interpréter le sourire niais qui barrait le visage de son vis-à-vis, puis il sentit une présence derrière lui, on l'enserra dans des bras puissants. L'échalas l'attrapa par la tignasse, une lame jaillit par-dessus la palissade.

*

*   *

Hortense avait les joues rouges d'avoir marché d'un bon pas – elle avait renoncé à prendre un fiacre, tant les ruelles de la presqu'île étaient encombrées, on n'y avançait pas plus vite en voiture qu'à pied, et on étouffait dans les voitures en cette saison. Il lui fallut reprendre son souffle, et elle agitait la main pour signifier que sa recherche n'avait pas abouti :

— Rien… L'abbé n'était pas là, mais son valet m'a ouvert et j'ai pu consulter ses ouvrages, *La Flore française* de Lamarck, *La Botanique mise à la portée de tous*, *L'Hortus romanus*, etc., je n'ai rien laissé au hasard, pas même *La Description des plantes de l'Amérique*, mais rien de probant. Plusieurs espèces présentent des feuilles qui ressemblent à celle-ci, de par leur forme – Hortense venait de sortir la feuille de son livre – à commencer par celle du *ligustrum lucidum*, ou *troesne*, mais le système de nervures est ici plus ramifié, et par ailleurs la feuille du *troesne* est dite coriace, luisante, ce qui n'est pas le cas de celle-ci, beaucoup plus fine et fragile. J'ai ensuite cru identifier une feuille de caféier, mais cette dernière a un pétiole court, et il est là plutôt long. Cela pourrait être une feuille de camphrier, *laurus camphora*, mais celle-ci ne sent absolument pas le camphre. Donc, chou blanc. Comme si cette feuille appartenait à une plante jamais décrite !

Toussaint hochait la tête, dubitatif. Puis il conta à Hortense la ruse de Marie qui avait suivi le galopin faisant manifestement les commissions des sœurs de Sainte-Marie, tenancières de la *Maison des pénitentes repenties* et de la *Maison des recluses*.

— Cette enfant n'a pas seulement le bec bien affilé, elle a également plus d'un tour dans son sac. Heureusement que la gent féminine est là pour vous seconder !

— D'autant que le commissaire n'est plus bon à rien, depuis qu'il a pris un coup sur le baptême, ajouta Marie. Que ferait Antoine sans nous ? !

— Oui, tu as raison, Marie.

— Je vais dire à la voisine que c'est entendu pour le petit chat, Antoine a donné son accord !

Elle fila au-dehors. Hortense s'approcha de la fenêtre pour la suivre des yeux.

— Qu'allons-nous faire de cette enfant, Antoine ?

— Je pense que nous le savons, l'un et l'autre.

Hortense se retourna. Elle avait le visage grave, et regardait son époux d'un air interrogateur. Toussaint reprit :

— Vous vous êtes attachée à elle, et moi aussi sans doute, elle ne laisse d'ailleurs personne indifférent. Vous connaissez mon histoire personnelle : orphelin de mère dès la naissance, j'ai perdu mon père à l'âge de dix-sept ans. Si les David ne m'avaient pas accueilli, ou recueilli, je ne serais jamais devenu ce que je suis. C'est lui qui m'a tout appris, qui m'a pris comme élève chirurgien à l'Hôtel-Dieu de Rouen où il officiait, et il m'a accompagné jusqu'à la maîtrise…

— Et donc ?

— Marie a perdu ses parents, puis son oncle, et sa tante pour finir, dans les conditions atroces que vous savez. Mais le sort nous a placés sur sa route, et nous ne pouvons pas lui tourner le dos. Si les David m'avaient rejeté, je serais devenu peut-être colporteur, pour voir du pays, ou j'aurais fini comme piégeur de rats…

Hortense se rapprocha de Toussaint qui la prit dans ses bras.

— Vous seriez resté tapissier, vous auriez fait prospérer votre affaire. Mais vous avez raison. Appelez cela le sort ou la Providence, cette enfant nous tombe dessus. Vous réalisez, Antoine, que nous quitterions Lyon avec un enfant… avant d'en accueillir un autre après la Noël ?

— Je croyais que vous ne vouliez pas quitter Lyon…

Hortense sourit, puis enlaça Toussaint et le serra fort.

— Vous êtes le premier policier de cette ville, faisons avancer cette enquête, nous le devons à la tante de Marie.

— Vous avez raison.

— Si vous récapituliez ce que nous savons déjà, cela pourrait nous aider à y voir plus clair ?

Tous deux prirent place dans les bergères situées de part et d'autre de la fenêtre ouverte sur l'agitation de la place.

— Une jeune femme qui s'habille en homme est au cœur de ces affaires de meurtre, elle était présente chez Fleury, où Marie l'a aperçue, et où elle a dérobé les procès-verbaux concernant l'assassinat du premier recteur, Lefebvre. Mais elle n'a pas trouvé ce qu'elle cherchait, puisqu'elle et ses complices ont ensuite mis à sac l'apothicairerie Coudurier. Bernardin les a surpris un soir, il a été roué de coups. Le lendemain matin, cette même femme, toujours travestie en homme, n'a pas hésité à revenir dans l'apothicairerie Coudurier pour éplucher livres de comptes et correspondance commerciale…

— Et vous avez pris un coup sur la tête…

— Mais comment la relier aux meurtres des deux apothicaires, dans la pharmacie de la Charité ?

— Un autre complice au moins sévit dans l'hôpital…

— Cela me paraît en effet une évidence. Sauf à supposer que l'un de la bande a ses entrées dans la Charité…

— Cette femme est peut-être sœur hospitalière le jour et devient le soir venu un redoutable assassin !

Hortense se leva et se mit à marcher de long en large, elle avait le feu aux joues. Ces états d'exaltation étaient désormais familiers à Toussaint, c'était même un des traits de caractère qu'il appréciait le plus chez sa jeune épouse : qu'il s'agît de houspiller les *garçons* de la raffinerie de sucre, de négocier le prix du transport de la moscouade depuis Nantes, ou tout simplement de défendre son point de vue sur une pièce de théâtre, Hortense se mettait en fougue et discutait avec pétulance, ses contradicteurs ne réussissant au mieux qu'à attiser sa véhémence.

— Qu'en pensez-vous, Antoine ? Une sœur qui cacherait son jeu au point d'avoir une double identité, sœur hospitalière et chef d'une bande d'assassins ? Un peu trop romanesque, tout de même.

— Ménard de Changlonne a raison sur un point, elle entend bien profiter des avancées de mon enquête.

— Et que penser de cette feuille mystérieuse glissée dans la bible apportée par un galapiat venant directement de la *Maison des recluses* ?

— Un indice, à n'en pas douter. On cherche à m'aiguiller vers quelque chose qui m'échappe.

— Mais qui ?

— Je l'ignore. Il s'agit de quelqu'un qui en sait actuellement plus long que moi sur l'affaire, et cherche à m'orienter…

— Ou à vous égarer en vous attirant sur des chemins de traverse.

— C'est possible aussi. En tout cas, il se joue quelque chose du côté de la rue Sala.

*

* *

— Antoine Tolozan, le père de Louis, a fait fortune dans la fabrication et le commerce des soies. Le dit familial veut qu'il soit arrivé à Lyon en sabots et sarrau et se soit hissé à la force du poignet jusque sur la plus haute marche : les Tolozan représentent la plus importante fortune de Lyon. Et vers le milieu du siècle, il a fait construire cet hôtel particulier. Vous constatez qu'il est conçu pour être admiré depuis la rive orientale du Rhône, là où la ville est appelée à s'étendre, sous l'impulsion de la bourgeoisie d'affaires.

Toussaint, Hortense et l'abbé se trouvaient place du port Saint-Clair[1], dos au Rhône, et considéraient l'imposante bâtisse qui s'élevait au pied de la colline de la Croix-Rousse, à un jet de pierre de l'hôtel de ville. C'était un long quadrilatère à la façade entrecoupée de pilastres, et surmontée en son centre d'un fronton décoré de rocailles.

— Au rez-de-chaussée se trouvent les bureaux de l'entreprise familiale, la famille occupe les étages supérieurs. Cela a fait jaser à l'époque, je me souviens de ces nobliaux moquant un roturier dormant au-dessus de ses entrepôts. Mais le fils a été anobli, et est devenu il y a dix-huit mois de cela prévôt des marchands, ce qui équivaut au titre de maire, comme vous savez. J'ai connu Louis Tolozan quand il était recteur de la Charité, à l'époque où moi-même y étais aumônier. Et j'ai contribué au mariage de l'une de leurs filles, un beau parti, vous vous en doutez.

Des fiacres processionnaient devant l'hôtel des Tolozan, déposant des couples en grande tenue qui faisaient quelques pas pour se faire admirer des badauds attroupés avant de pénétrer dans le vestibule. L'abbé leur citait les noms des gens qui se pavanaient sur le pavé :

— M. et Mme de Montluel, lui a été conseiller en la Cour des Monnaies... M. Palerne de Savy, ancien

1. Actuelle place Tolozan.

avocat général aux Cours de Lyon… Le médecin Willermoz, avec son épouse… M. de La Rochette, procureur du roi à la police… La fine fleur de la société lyonnaise, je suis heureux que vous ayez été invités. Ah ! J'aperçois le prieur de Saint-Irénée, excusez-moi quelques instants.

Hortense s'amusait de voir son cousin l'abbé se délecter à l'énumération des personnes qui fréquentaient ce soir le salon des Tolozan de Montfort.

— Ces gens alimentent son fonds de commerce. En informations, ragots, rumeurs de toutes sortes, ce qui lui vaut d'être de tous les salons. Il est par ailleurs le marieur le plus en vue de Lyon, pas une famille ne prendrait le risque de marier sa fille à un galantin sans en référer à l'abbé qui, en un tournemain, vous apporte tout ce qu'il faut savoir de la famille du prétendant, de sa généalogie à sa fortune actuelle.

L'abbé leur faisait signe de les rejoindre. Toussaint prit son épouse par le bras et tous deux gagnèrent l'entrée de l'hôtel. Ils admirèrent le vestibule qui donnait accès à un jardin intérieur. Ils furent accueillis en haut de l'escalier par Louis Tolozan et son épouse.

— Madame Toussaint, quel plaisir de faire votre connaissance. L'abbé du Bois d'Oingt ne tarit pas d'éloges sur sa cousine.

— Et donc sur son créateur, ajouta l'abbé, car « *lorsque nous oublions l'artiste en regardant son tableau, n'est-ce pas le plus grand éloge que nous puissions faire de l'artiste*[1] ? ».

Le grand salon bruissait des discussions d'une quarantaine de personnes, les unes avaient déjà pris place

1. Friedrich von Schiller, *Intrigue et Amour*.

sur les sofas et les causeuses disposés en demi-cercle, les autres étaient debout le long des croisées surplombant le jardin. Hortense et Toussaint furent présentés par Mme Tolozan à diverses personnalités, tandis que l'abbé voletait d'un groupe à l'autre, glissant une flatterie ou un bon mot, assurant un quémandeur de son entremise, un solliciteur de son intérêt pour une affaire de mariage. Quelques personnages lançaient des regards curieux à Toussaint, ce dernier savait que son office fascinait et horrifiait tout à la fois.

— Monsieur Toussaint, voici M. Étevenard, maître de mathématiques, auteur l'année dernière d'un ouvrage remarqué sur les *calculs appliqués aux ballons aérostatiques*, et qui vient de présenter à l'Académie des sciences de Lyon sa dernière invention : une machine permettant de se baigner sans danger dans les rivières.

Étevenard était un homme grand et sec, il se dégingandait sur place en expliquant :

— En effet, j'applique à cette machine les mêmes principes que ceux en usage dans les vessies et les scaphandres, mais avec plus de sûreté que dans les vessies, et de façon moins dispendieuse que dans les scaphandres…

— Et que permet cette machine ?

— Eh bien, on peut, au moyen de cette machine à laquelle j'ai donné le nom d'*anneau hydrostatique*, jouir de toute liberté sur l'eau, en se tenant debout, et en ayant les pieds et les mains libres. On peut parcourir plusieurs lieues en profitant du courant de l'eau, on peut vouloir traverser la rivière, ou simplement se porter à quelque distance du rivage et là, ma foi, tirer au fusil si vous avez le goût de la chasse au canard, ou simplement profiter d'une eau fraîche et délivrée des impuretés du bord.

— Et à quoi ressemble donc cet anneau…

— *Hydrostatique. Anneau hy-dro-sta-tique.* Il s'agit d'un anneau évidé en fer-blanc de dix-neuf pouces de diamètre, de six pouces et demi de haut – Étevenard faisait de grands gestes des bras pour évoquer l'anneau – le canal circulaire est empli de *vessies* dans lesquelles on insuffle de l'air.

— Voilà qui est remarquable !

— N'est-ce pas ? Il suffit de passer les pieds dedans, puis de remonter l'anneau sous les bras, de le fixer deux pouces au-dessous des bras au moyen de tresses. Il convient de respecter cette distance de deux pouces, pour que le centre de gravité du corps soit toujours au-dessous de la machine.

Le maître de mathématiques joignait le geste à la parole, faisait mine de se glisser dans la machine, de la remonter jusque sous les aisselles, puis de sauter dans l'eau. Il s'attirait un cercle de curieux toujours plus nombreux demandant à l'entour qui était cet original qui semblait se mouvoir sur le parquet comme s'il avait été sur un étang gelé : avec des gestes ralentis, le buste droit, les bras relevés.

— Un *maître de mathématiques*, sorte de mammifère aquatique…

— César franchissant le Rubicon !

— Un bidet envasé dans les lônes du Rhône !

Tout à son affaire, Étevenard n'entendait pas les moqueries et poursuivait sa démonstration de traversée de la Saône en piquant à travers le salon des Tolozan.

— La machine est en vente à mon domicile pour vingt-quatre livres. Une belle affaire, elle vous durera plusieurs années.

Plusieurs personnes faisaient mine de patauger dans la vase en gesticulant. Mme de Tolozan mit fin à l'hilarité qui gagnait la société en réclamant le silence. Elle tenait par le bras un jeune homme qui levait le menton, auquel ses joues fardées et sa perruque extravagante donnaient un air de pâtisserie apprêtée : les cheveux du toupet étaient gonflés et formaient une coque rabattue sur l'arrière du crâne. Son hôtesse le présenta comme un poète à la gloire naissante, dont le *Journal de Lyon* avait déjà publié un des poèmes, intitulé *Conseil à Ismène*.

Hortense se tourna vers Antoine qui considérait le poète, un sourire amusé sur les lèvres. Elle murmura à son adresse :

— Ismène est la sœur d'Antigone, et la fille incestueuse d'Œdipe et de Jocaste…

— Monde dépravé…

— J'étais sûre que cela vous plairait.

Bombant le torse, lançant le bras, la pâtisserie se mit à déclamer d'une voix forte :

« *Croyez-moi, belle Ismène,*
Vous avez des appas ;
D'une parure vaine,
Épargnez-vous la peine :
L'art ne les donne pas.
Quand on est assez belle,
Il ne faut pas toujours
D'une mode nouvelle
Emprunter les secours ;
Sous le faix des atours
Les ris et les amours
Ne battent que d'une aile... »

— Maître Toussaint, murmura Louis Tolozan à l'oreille d'Antoine, j'ai déjà entendu ce *Conseil à Ismène* par notre rimailleur, je puis vous assurer que c'est long, vraiment *très* long. Je vous propose que nous nous éclipsions quelques instants. Suivez-moi.

Toussaint posa sa main sur le bras d'Hortense qui écoutait le récitant en souriant, il lui désigna d'un regard l'hôte des lieux qui se dirigeait sur la pointe des pieds vers une porte entrouverte, elle acquiesça et reporta son regard sur le poète inspiré.

Toussaint ne fut pas surpris de trouver dans la pièce trois personnes qui devisaient à mi-voix près de la fenêtre donnant sur la place. Toutes trois se turent et lui firent face, on l'avait manifestement attendu. Le prévôt des marchands referma précautionneusement la porte et lui présenta les trois hommes : Vauberet-Jacquier, premier échevin, Rocoffort, second échevin, Dalier, notaire.

— Maître Toussaint, trois d'entre nous sont d'anciens recteurs de la Charité, c'est vous dire notre attachement à cette maison, et notre désir de voir cette enquête aboutir au plus vite. Pour autant, nous n'entendons pas vous presser, nous imaginons fort bien que la chose n'est pas aisée. Par ailleurs, vous tenez votre mission du gouverneur le duc de Villeroy, et vous n'avez de comptes à rendre qu'à lui-même. Vous pouvez pourtant vous autoriser à nous dire si vous progressez ? Nous aurons pour notre part un élément à vous soumettre, dont nous ne savons pas s'il est pertinent par rapport à ces affaires de meurtres, vous en jugerez.

Toussaint avait pressenti qu'en l'invitant à participer au salon que tenait son épouse chaque mardi Louis Tolozan n'avait d'autre arrière-pensée que d'obtenir des éléments sur l'enquête. Il savait que l'abbé du Bois d'Oingt qui était plein d'entregent ne se privait pas de colporter auprès de la bonne société lyonnaise les informations qu'il lui avait soutirées, aussi Tolozan devait-il en connaître les principaux développements. Toussaint tenta d'être concis et précis dans son exposé :

— Les meurtres des deux apothicaires sont vraisemblablement liés. Nous avons un individu qui opère au sein même de l'hôpital de la Charité, en lien avec, à l'extérieur, une bande d'au moins trois assassins, auteurs du meurtre de la femme du commissaire Fleury, puis de l'agression sur le commissaire Bernardin…

— Et sur vous-même, m'a-t-on rapporté ?

— C'est exact, l'un des agresseurs est revenu le lendemain de l'agression dont le commissaire a été victime, pour mettre à sac l'apothicairerie Coudurier. Il cherchait manifestement quelque chose, quelque chose qui aurait pu être dissimulé dans les livres de comptes ou dans la correspondance commerciale du pharmacien. Je sais par ailleurs que le recteur Coudurier a été aperçu cherchant quelque chose qu'on aurait dissimulé aux pieds de la statue du sauvage qui orne le meuble aux chevrettes de l'apothicairerie. On cherche manifestement un document qui représente sans doute une grande valeur, car on n'hésite pas à tuer pour cela.

— Et cette personne serait une femme ? Nous l'avons appris par le lieutenant de police Laurent Basset.

— Il y a fort à parier, en effet, qu'il s'agit d'une femme qui s'habille comme un homme.

— Ou s'agirait-il d'un bougre, d'un pédéraste ?

Toussaint se remémora en souriant les propos de Marie :

— La jeune enfant, la nièce que les Fleury avaient recueillie, est catégorique, il s'agit d'une femme. J'ai moi-même tout d'abord cru avoir affaire à un adolescent, dans l'apothicairerie Coudurier, mais plus j'y pense, et plus je suis persuadé qu'il s'agissait d'une jeune femme. Quelque chose dans son maintien, dans son allure générale, me semble très féminin.

— Voilà qui est singulier, tout de même ! émit l'un des échevins.

Le prévôt des marchands se tourna alors vers celui qu'il avait désigné comme étant notaire, un personnage petit et rondouillard, coiffé d'une perruque à rouleaux comme en portait le roi.

— Maître Dalier, faites part à M. Toussaint des informations que vous m'avez confiées.

Le notaire s'approcha de Toussaint jusqu'à lui souffler son haleine dans le cou :

— Je suis notaire, comme notre hôte vous l'a dit, et je ne suis pas censé divulguer ces informations, de nature privée, mais l'affaire m'a intrigué au point que je m'en suis ouvert à notre prévôt. Qui a estimé que vous deviez en être informé. Voilà… La bourgeoisie lyonnaise se livre à une véritable spéculation foncière depuis que le projet Morand a vu le jour. Les terrains des broteaux du Rhône gagnent en valeur, depuis que Morand a imposé son projet d'urbanisation de la rive orientale de la rivière. L'Hôtel-Dieu possède déjà la quasi-totalité des terrains qui bordent la Grande Allée, résultat de donations successives. Les recteurs de l'Hôtel-Dieu, qui ont le souci de gérer le patrimoine de l'institution, ont récemment vendu des terrains épars pour agrandir leurs possessions, pour constituer de plus grands domaines qui seront possiblement lotis à terme. C'est là que le recteur Lefebvre intervient. Il a acheté par mon entremise plusieurs bicherées, éloignées du cœur du projet d'urbanisation Morand. Il s'agit de pâturages, mais Lefebvre a été pris d'une subite frénésie et a cherché à acheter au total cinq bicherées de pâtures dans les broteaux, traversées par les lônes du Rhône, pour une somme de 18 000 livres. Je m'en suis étonné, lui ai dit avec force qu'il était exclu, selon moi, que la ville s'étende un jour au-delà du domaine de la Part-Dieu, un vaste domaine agricole appartenant depuis plus de cinquante ans à l'Hôtel-Dieu et situé en zone inondable, mais Lefebvre ne voulait pas en démordre, il voulait à tout prix faire l'acquisition de ces terrains, des terres jamais cultivées, traversées par les lônes du Rhône. Et voilà que le mois dernier, le recteur Coudurier vient me trouver et me charge de lui trouver des friches dans ce même secteur des broteaux. Lui aussi voulait des terrains éloignés du Pré-Morand, qui ne seront donc jamais lotis. Cela m'a semblé si singulier, cette même demande, de la part de deux recteurs assassinés, que j'ai résolu d'en parler au prévôt des marchands.

— Me Dalier a bien fait, il est venu me trouver hier, je savais vous voir ce soir, je l'ai donc invité à nous rejoindre. Qu'en pensez-vous ?

Toussaint se mit à arpenter le cabinet, réfléchissant à voix haute :

— C'est très singulier, mais établit bel et bien un lien supplémentaire entre les deux meurtres. À qui appartiennent les terrains qui ont fait l'objet de ces transactions ?

— À l'Hôtel-Dieu. Les recteurs de l'Hôtel-Dieu ont accepté de céder ces terrains éloignés pour conforter les possessions de l'institution au plus près du Pré-Morand, là où la ville va s'étendre. Le recteur Lefebvre a fait valoir qu'il avait besoin de terres pour faire cultiver des simples. Cela semblait plausible, mais quand le recteur Coudurier s'est manifesté à son tour pour acquérir des terrains dans cette même zone, cela m'a intrigué.

— Je comprends. Il me faut voir la veuve Lefebvre, elle sait peut-être de quoi il retourne.

— Cela fait-il avancer votre enquête ? demanda Tolozan.

— Sans nul doute, même si je ne sais pas de quelle façon. Demain, à la première heure, je questionnerai la veuve Lefebvre. Elle ne peut pas ignorer ce que tramait son mari avec ces achats de terrain. Puis je ferai de même avec la veuve Coudurier quand elle sera revenue de chez sa fille.

Toussaint rejoignit le grand salon. Il se glissa derrière Hortense qu'on avait assise au premier rang.

« *Un espace infini nous séparait des cieux*
Mais grâce à Montgolfier que le génie inspire
L'aigle de Jupiter a perdu son empire
Et le faible mortel peut aborder les dieux. »

Le poète à tête de pâtisserie avait cédé la place à un autre esprit éthéré qui déclamait sa poésie avec conviction. Plusieurs auditeurs du premier rang hochaient la tête pour signifier leur contentement, signalant par là même qu'ils savaient apprécier la *vraie* poésie. Toussaint estima quant à lui qu'il faisait trop chaud dans le salon des Tolozan pour subir une longue tirade en l'honneur des aérostiers. Il se glissa sur la pointe des pieds dans la pièce adjacente où des valets avaient dressé un buffet. L'abbé du Bois d'Oingt l'aperçut et le rejoignit dans un bruissement de soie.

— Mon cousin, vous ne goûtez pas les dithyrambes, je vous comprends, mais vous avez entendu parler de l'expérience de Joseph de Montgolfier et de François Pilâtre de Rozier, ici à Lyon ? En janvier 1784, ils ont fait voler au-dessus des broteaux un énorme ballon de trois cent vingt-six pieds de circonférence, emmenant six personnes dans les airs. Des prophètes des temps modernes !

— Décidément, cousin, Lyon est une terre biblique, riche en prophètes ! Vous parliez en ces mêmes termes de Jouffroy d'Abbans. Et maintenant ce M. Étevenard qui voudrait vendre à chacun son anneau hydrostatique.

— Un illuminé ! Vous nous imaginez avec cet appareillage de vessies de porc autour du torse, barbotant dans la Saône ? Et dans quelle tenue ?

— Une soutane ferait de vous un nénuphar de la plus belle espèce, se mêla justement le professeur de mathématiques, qui guettait l'ouverture du buffet.

L'abbé haussa les épaules et fit mine de repérer une connaissance dans un autre cercle pour fausser compagnie à Toussaint et à l'inventeur du fameux anneau.

— Je gage que d'ici peu, ma machine sera utilisée pour prendre les eaux, sans danger de se noyer.

Toussaint décida de se montrer conciliant :

— Je pense même qu'elle devrait équiper toutes les embarcations naviguant sur les rivières comme en haute mer, car elle permettrait de sauver des vies en cas de naufrage. Lancez un tel *anneau* à un homme tombé à l'eau, et il échappera à la noyade. Vous êtes le bienfaiteur du genre humain, monsieur Étevenard.

Étevenard ouvrit la bouche de surprise. Puis il se passa les mains sur le visage, chassant une vision qu'il venait d'avoir : un privilège royal lui permettant de fabriquer des anneaux pour équiper tous les navires de haute mer, tous les chalands de rivière du royaume. Il quitta Toussaint sans façon, hanté par une vision où les honneurs et la gloire le disputaient à la richesse. Il revint brièvement sur ses pas :

— Monsieur, je vous porterai moi-même un anneau hydrostatique si vous me dites où vous demeurez, vous en ferez l'expérience et serez conquis, je n'en doute pas.

Mercredi 14 juin 1786

Toussaint avait tenu à se rendre sur place, emmenant les quatre chirurgiens jurés qu'il était chargé d'initier à la *chirurgie judiciaire*. Le corps gisait dans l'herbe, qui avait été piétinée tout autour.

— C'est le bourdonnement des mouches qui a attiré l'attention de l'épouse venue nourrir les poules. Elle a jeté un œil par-dessus la palissade et a aperçu les pieds de son mari. Elle a d'abord cru qu'il cuvait son vin, qu'il était venu ici se divertir avec une ouvrière – apparemment, il lui arrivait de jouer les putassiers –, et elle a commencé par lui crier dessus. Et puis elle a compris qu'il lui était arrivé quelque chose de fâcheux.

Toussaint opinait en écoutant le commissaire Duclos à qui l'affaire avait été confiée. L'homme était énergique, il avait déjà dressé plusieurs procès-verbaux en interrogeant l'épouse et le voisinage. Il avait scrupuleusement respecté la nouvelle procédure, avait fait prévenir Toussaint en veillant à ce que le corps ne soit pas déplacé. Celui-ci s'était affaissé derrière les planches du poulailler contre lesquelles il avait glissé et qui le dissimulaient à la vue : des fenêtres situées à l'arrière des maisons, on ne pouvait l'apercevoir. Une longue traînée noirâtre, des éclaboussures maculaient le bois. Toussaint les montra du doigt au commissaire et aux chirurgiens jurés :

— Il a été égorgé alors qu'il était debout, face à la palissade.

Toussaint s'accroupit, chassa les mouches bleues qui s'agglutinaient sur la plaie qui s'ouvrait sous le menton. Duclos lui avait dit que l'homme se nommait Nicolas Champin, et était membre de la société des modères de Saint-Georges.

— Un instrument tranchant, dans une main experte. C'est étrange, d'après la plaie, l'agresseur était de l'autre côté de la palissade, dans le poulailler, et a agi par surprise. Pas vraiment le geste qu'on attend d'une ouvrière qu'on aurait entraînée jusqu'ici pour batifoler.

Toussaint interrogea le commissaire du regard.

— Non, en effet. Champin a disparu hier après le dîner. Il a mangé un morceau avec ses compagnons au cabaret de *La Pie qui chante*, en bas dans Saint-Georges. Puis il a dit avoir à faire ici, au poulailler, et nul ne l'a revu. Son épouse l'a attendu toute la soirée, a envoyé leur fils s'enquérir de lui auprès du patron de la société des modères – des fois qu'il se serait blessé. Ce n'était pas le cas. Alors, elle a pensé qu'il avait suivi une fille et réapparaîtrait au matin. Il sera tombé sur un voleur de poules.

— Parce que vous tenez pour acquis que son agresseur était à l'intérieur du poulailler, se mêla un des chirurgiens jurés. Mais ne peut-on imaginer qu'il a été attaqué par-derrière ? Son agresseur l'attrape par les cheveux, lui renverse la tête et lui ouvre la gorge.

— C'est un déroulement possible, toutefois, la plaie à la gorge semble suggérer qu'on lui a planté un couteau ou tout objet tranchant en l'agressant de face. S'il avait été agressé par-derrière, la plaie s'ouvrirait d'une oreille à l'autre. C'est le genre de choses qu'on peut vérifier à l'autopsie. Par ailleurs, les lividités sur les biceps semblent indiquer qu'il était tenu par quelqu'un se trouvant derrière lui.

Toussaint observa le sol, l'herbe avait été piétinée, et il était impossible de déterminer qui l'avait foulée ainsi, de Champin et son agresseur, ou des enquêteurs présents ce matin. Il se dit que sa méthode devait encore être affinée, un périmètre aurait dû être délimité et passé au peigne fin avant que tout un chacun puisse ainsi le piétiner, au besoin en plantant des piquets et en tendant entre eux une corde.

Il fouilla les poches de la victime. Un canif et quelques piécettes dans les poches de la culotte. Il écarta le gilet court, de la poche intérieure dépassait un rameau portant quelques feuilles encore vertes qui dessinaient un bel ovale se terminant en pointe. Toussaint s'immobilisa. Il ne pouvait détacher les yeux des feuilles, qui étaient en tout point semblables à celle que recelait la bible que le galopin lui avait portée.

Il ne comprenait pas ce que ce rameau pouvait faire dans la poche intérieure du vêtement d'un modère. Il se releva lentement, puis passa de longues minutes à observer les arbustes à petits fruits – cassissiers, groseilliers – poussant sur la pente et les arbres en surplomb : un prunier, quelques pommiers et néfliers. Aucun ne présentait ce type de feuille. Il s'assit sur l'herbe, faisant tourner la brindille entre ses doigts. Comment diable était-elle arrivée ici ?

Lorsque Toussaint et le commissaire Duclos émergèrent de l'immeuble et entreprirent de suivre le corps qu'on emmenait au collège royal de chirurgie, ils durent se frayer un passage à travers l'attroupement qui s'était formé au débouché du passage sous la maison ; des curieux se haussaient sur la pointe des pieds pour mieux voir qui était sur la charrette à bras qu'un sergent de ville manœuvrait difficilement sur le pavage en tête de chat.

Un homme s'arracha de la muraille voisine d'un coup d'épaule et se porta à la hauteur de Toussaint. D'âge mûr, court sur jambes mais râblé, à la trogne rougie ornée de moustaches qui lui dissimulaient la lèvre supérieure, il était vêtu comme un marinier et triturait sa casquette, signe que la démarche qu'il avait à entreprendre lui en coûtait.

— Monsieur le chirurgien, permettez que je vous aborde ainsi… Je suis François Chalandon, syndic de la société des modères de Saint-Georges qui employait Nicolas Champin. J'ai à vous parler. Mais pas ici, ajouta-t-il à voix basse.

— Où, alors ?

— Venez au siège de la société. C'est rue Mouton, un peu plus bas.

Toussaint confia à Duclos le soin d'escorter le corps de Champin jusqu'au quai de la Charité. Le syndic et lui-même prirent au plus court par la montée des Épies, rejoignant la rue Saint-Georges au-dessus de l'église paroissiale, puis il suivit Chalandon dans une ruelle au sol de terre sablonneuse où une rigole d'eau sale se creusait paresseusement un passage vers le bas, là où la rue s'évasait en pente douce vers la Saône. Toussaint vit des bèches amarrées entre des maisons branlantes sur pilotis. Ils passèrent sous un porche. Dans un hangar jouxtant la cour qu'ils traversèrent, Toussaint aperçut, empilées les unes sur les autres, les barges qui étaient utilisées pour les joutes nautiques sur la rivière. Chalandon s'arrêta devant les embarcations :

— Champin était un de nos meilleurs jouteurs, il avait pas son pareil pour se tortiller sur la siaupe[1] et dévier la lance adverse.

Il cracha par terre et secoua la tête en signe de désaccord, pour signifier qu'il réprouvait ce coup du sort qui venait de frapper Champin.

Ils entrèrent dans le local où un homme les avait attendus. Lui aussi était trapu, avec un cou taurin qui disait la force dont il était capable quand il fallait remonter le long de la maille. Il se leva à leur entrée, et le syndic le présenta comme étant Louis Determe, titulaire de la société. Une statue de saint Nicolas, patron des mariniers, dominait le mur du fond. Les lances des jouteurs étaient dressées tout à côté de la statue, comme pour quêter sa protection.

— Permettez que je vous offre un pot, dit Chalandon en se dirigeant vers l'angle où un tonneau avait été mis en perce. Cette salle nous sert de lieu de réunion, même si nous nous réunissons fort peu au demeurant. Nous travaillons de l'aube à midi, et plus rarement après dîner. Il faut vous dire que le travail des modères est un des plus durs qui soient.

Il posa un pot de terre sur la table, Louis était allé chercher trois gobelets d'étain.

— J'ai observé votre façon de haler le long d'une corde, en remontant le long des échelles posées sur les plats-bords des chalands. Il est vrai que cela suppose une force peu commune. Mais qu'avez-vous pensé de la démonstration de Jouffroy d'Abbans ? se risqua

1. Plateau surélevé situé à la poupe de la barque, sur lequel se tient le jouteur.

à demander Toussaint. Un bateau mû par une pompe à feu pourrait aisément remonter un train de chalands, vous ne pensez pas ?

— Foutaises, sauf votre respect. Voilà plus de mille ans qu'existent les modères, il se dit que du temps des Romains, on traversait Lyon déjà ainsi à la remonte, ce n'est pas cet aristocrate avec sa pompe embarquée qui remontera des chalands chargés à ras la gueule de blé ou de vin. Que le coche d'eau soit pas équipé un jour d'une telle pompe, ça, je dis pas, mais faudra pas compter sur moi pour monter à bord, une telle marmite, ça demande qu'à vous péter à la gueule ! Mais pour les trains de chalands, il faudra compter sur les modères, et dans mille ans nous serons toujours là.

Son compagnon opinait en silence. La véhémence des propos montrait à quel point le syndic des modères cherchait à se convaincre lui-même, il était évident qu'il percevait le danger qui les guettait, contre lequel des traditions millénaires ne pouvaient rien, et qui avait nom le progrès technique. Toussaint était pour sa part convaincu que Jouffroy d'Abbans était dans le vrai, et qu'il allait dans le sens de l'histoire : d'ici à dix ans ou même moins, les rivières seraient encombrées de bateaux équipés de pompes à feu et de roues à aubes, et les modères disparaîtraient. Leurs fils trouveraient à s'embaucher sur les bateaux à feu, mais c'en serait fini de leur juteux monopole. Il en allait ainsi dans tous les domaines, et le siècle ne s'achèverait pas sans des évolutions notables affectant toutes les sciences. Toussaint s'abstint de tout autre commentaire et ramena Chalandon vers le sujet qui l'intéressait :

— Champin était un des membres de la société, donc…

— Oui – Chalandon s'essuya les moustaches du

bout des doigts –, la société compte cinquante titulaires et vingt-cinq surnuméraires. Un surnuméraire prendra la place que Champin laisse vacante. Je proposerai que nous prenions son fils comme surnuméraire, sa veuve n'aura sinon plus aucun revenu.

Il faisait tourner son gobelet, le porta à ses lèvres tout en regardant Toussaint d'un air inquiet. Le chirurgien eut le sentiment que le syndic ne savait comment aborder le sujet dont il voulait l'entretenir.

— Que souhaitiez-vous me dire concernant Champin ?

Chalandon se donna encore quelques secondes de réflexion avant de répondre.

— Il s'est passé quelque chose d'étrange hier. En fin de matinée, vingt-cinq modères devaient haler un chaland en provenance de Beaucaire. Il était chargé de tout un tas de choses, des balles de tissu, des barriques d'huile, des caisses de vaisselle de faïence et que sais-je encore. Une partie de la cargaison était sur une allège que le bateau mère avait en remorque, le patron y avait fait porter ce qui devait être débarqué au port de la Baleine, le chaland devait ensuite être halé jusqu'à Mâcon. Raconte la suite, Louis.

— Je faisais partie de l'équipe qui tractait le chaland le long de la maille fixée au pont du Change. À l'approche du port, une bèche s'est détachée de la rive et est venue heurter la proue du bateau, elle a fait eau et a coulé en très peu de temps. L'émoi a été grand, pensez, plusieurs modères et les compagnons mariniers constituant l'équipage se sont précipités pour porter secours, même le patron avait lâché la piautre pour se porter à la proue. Nous étions plusieurs modères à maintenir la prise sur la maille pour éviter que le chaland reparte dans le courant. Il y avait qu'un homme dans la barque qui avait coulé, il barbotait, agrippé à des fagots, criant comme un putois, mais on a pu le tirer de l'eau. À un moment donné, je me suis retourné, machinalement, et j'ai vu que le Nicolas Champin était affairé à haler l'allège. Quand elle a été au cul du chaland, il a enjambé le plat-bord – et il a vu que je l'observais. Il a eu un geste de la main, comme pour dire « T'occupe pas de ça ! Fais comme si tu avais rien vu ». Il a largué le cordage et a laissé l'allège filer dans le courant et je l'ai vu accoster ici, au bas de la rue Mouton.

Il hésita, glissa un regard en coin vers le syndic qui l'encouragea d'un mouvement de la tête. Il reprit :

— Quand le patron du chaland est venu récupérer l'allège, il a constaté qu'il manquait deux caisses.

— Vous pensez que Champin a agi ainsi pour faire disparaître de la marchandise ? demanda Toussaint.

— Il n'y a pas de ça chez les modères, s'empressa de répondre le syndic Chalandon. Cela ne pourrait que nuire à la réputation de la société, mais Louis m'a fait part de ses doutes, j'en ai immédiatement discuté avec Champin, alors que nous remontions tous vers Saint-Georges pour dîner. Il a prétendu avoir voulu sauver la cargaison de l'allège en la mettant à l'abri, de crainte qu'elle ne soit heurtée par une bèche traversant la rivière, mais ça ne tient pas, l'allège ne courait pas vraiment de risque. Je l'ai mis en garde : « Pas d'embrouille, en cas de plainte, l'assemblée générale statuera sur ton appartenance à la société. » Il l'a pris de haut, me reprochant de le traiter de voleur, quand il avait seulement voulu préserver la cargaison. Pour lui, si les caisses ont disparu, c'était parce que quelqu'un était passé par là avant que le patron ne se soucie de les récupérer.

— À quoi ressemblaient ces caisses, Louis ?

— Allongées, avec un toit comme ça, fait de lattes de bois.

Il joignit les mains devant son visage en un triangle.

— Un toit triangulaire, ajouré, pour laisser passer de l'air, donc. Ces caisses pouvaient contenir quoi, selon vous ? Des animaux ?

— Plutôt des plantes. Il arrive qu'on voie de telles caisses de jardinier sur les bateaux.

Toussaint opina silencieusement. Cela faisait sens : il avait trouvé une brindille de la plante mystérieuse sur le corps de Champin.

— Et le nom de ce chaland ?

— Le *Marie-Angèle*, je m'en souviens, vu que ma femme s'appelle ainsi, répondit Louis Determe.

— Et vous m'avez dit qu'il avait accosté au port de la Baleine ? Personne n'a réclamé les caisses ? Vous m'avez dit qu'elles faisaient partie des marchandises à débarquer ici.

— Faudra voir avec le commissionnaire qui était au port. Parce que le voiturier, lui, il a poursuivi la remonte.

*

* *

Avant de traverser le pont du Change, Toussaint passa par la rue Saint-Jean, toujours aussi encombrée d'une foule besogneuse et affairée. Il dut se ranger pour laisser le passage à une troupe de gens d'Église précédés d'un suisse et qui se donnaient des airs d'importance en se rendant au cloître Saint-Jean. Il lui tardait d'entendre la veuve Lefebvre sur cette histoire de terrains que son époux avait achetés dans les broteaux du Rhône. Il aperçut le jeune Reboul affairé dans l'arrière-boutique, en train de broyer des substances dans un mortier de pierre. La boutique étant vide, il fit signe à la veuve de sortir de derrière son comptoir et de venir s'asseoir à son côté sur le banc situé à droite de l'entrée, là même où la clientèle était ordinairement invitée à patienter. Elle obtempéra avec mauvaise grâce, jetant un regard vers son jeune amant qui avait aperçu Toussaint et le salua d'un timide « Bien le bonjour, monsieur ! » tout en hésitant sur la conduite à tenir : s'interrompre dans sa tâche pour venir à la rencontre du chirurgien, ou laisser la Catherine gérer la présence de l'importun. D'autorité, et sans s'intéresser davantage au jeune apothicaire, Toussaint tira le rideau qui séparait l'arrière-boutique de l'échoppe et vint s'asseoir auprès de la femme. Il s'adressa à elle à voix basse :

— Madame Lefebvre, je suis chargé de l'enquête autour de l'assassinat du recteur Courdurier, assassinat que je relie à celui de votre époux.

Elle hocha la tête, et Toussaint se demanda si elle manifestait ainsi qu'elle était déjà au courant du rôle qu'il jouait, ou bien qu'elle partageait ses vues sur le lien entre les deux meurtres.

— Il m'est parvenu aux oreilles que votre époux avait, peu avant son décès tragique, fait l'acquisition de terrains, pour une surface importante…

Catherine Lefebvre opina à nouveau sobrement du chef et attendit la suite.

— Il a ainsi acheté cinq bicherées de terre non labourables. Que comptait-il faire de ces terrains ?

— Cultiver des simples, répondit la femme de mauvaise grâce.

— Sur des sols qui sont régulièrement inondés par les crues du Rhône ?

Elle haussa les épaules et marmonna :

— Paraît qu'ils sont d'autant plus fertiles... Pour des annuelles, c'est pas un problème. On sème après les crues, et on récolte en fin d'été ou à l'automne.

— Sur cinq bicherées de terre ?

Elle haussa les épaules et eut une moue dubitative.

— Faut croire que le père Lefebvre avait un coup de giblet sur la fin...

— C'est-à-dire ?

— Il n'avait plus toute sa tête. Cette histoire de devenir échevin lui était montée à la tête, il se donnait de l'importance, se rêvait propriétaire terrien. Quand j'ai compris qu'il projetait d'acheter des terres, qu'il avait donc de l'argent, je lui ai dit qu'on ferait mieux de construire une belle demeure en pierre, comme ont fait les marchands italiens dans la rue. Mais il m'a envoyée paître, me disant que je n'entendais rien aux affaires, que ces terres valaient de l'or, et que bientôt on lui donnerait du *Noble Gaspard Lefebvre*...

Elle secoua la tête pour souligner sa désapprobation. Toussaint se fit la réflexion que le veuvage ne semblait guère lui peser, elle trouvait manifestement un réconfort puissant en la présence du jeune apothicaire Reboul.

— Reconnaissez-vous cette plante ? demanda Toussaint tout à trac en lui montrant le rameau séché trouvé près du corps de Champin.

Elle observa les quelques feuilles avec indifférence, puis haussa les épaules tout en esquissant une moue d'ignorance. Toussaint avait compris, à un léger frémissement du rideau, que le jeune Reboul avait abandonné sa préparation depuis belle lurette et qu'il écoutait la conversation qui se tenait à voix basse dans la boutique.

— Approchez, monsieur Reboul, dit Toussaint d'une voix forte. Nous avons besoin de vos lumières, peut-être saurez-vous, vous qui êtes apothicaire, nous dire quelle est cette plante ?

Le rideau finit par s'écarter et l'apothicaire s'approcha d'un air contrit. Il jeta toutefois un regard aiguisé sur le rameau de feuilles sèches, s'en saisit après avoir, d'un coup d'œil, sollicité l'autorisation de Toussaint. Il retournait la branche, palpait les feuilles vert sombre entre deux doigts, appuya de l'extrémité du pouce sur une épine.

— Permettez ?

Il cassa une des extrémités du rameau, le montra à Toussaint :

— Vous voyez, la plante laisse s'échapper un suc laiteux, comme le figuier, ce que les botanistes nomment *latex*.

Toussaint dressa l'oreille.

— Quelle utilisation est faite de ce type de sucs dans la pharmacopée ?

— Le plus connu des sucs est celui de l'euphorbe, cette gomme résineuse jaune, friable. On raconte qu'il faut se couvrir le visage du mieux qu'on peut quand on incise la plante pour recueillir son suc, ou alors on le fait de loin, avec une lance, car ce suc a des exhalaisons âcres extrêmement incommodantes. On dispose des peaux de mouton retournées au pied de la plante, le suc s'écoule et forme en durcissant cette gomme friable…

Tout en parlant, il était allé prendre un pot canon, et il fit tomber dans la paume de sa main quelques morceaux de résine jaune.

— On l'utilise avec succès dans divers emplâtres et onguents, car selon Lémery, elle purge les sérosités et la pituite grossière, elle provoque l'éternuement et excite le mois aux femmes. Mais pour ce qui est de cette plante, que vous me montrez, elle ne me dit rien, je ne pense pas l'avoir jamais vue.

Il marqua un temps d'hésitation, puis se résolut à poser la question qui lui brûlait les lèvres :

— Pourquoi ces questions ? Quel rôle cette plante pourrait-elle jouer ?

— Qui vous dit que cette plante joue un rôle ? Et êtes-vous certain de ne l'avoir jamais vue ?

Reboul sursauta, tenta de regarder Toussaint, mais il ne pouvait détacher les yeux du rameau que le chirurgien lui agitait sous le nez.

— Jamais… jamais vue, balbutia-t-il. D'où la tenez-vous ?

— Cela ne vous regarde en rien, monsieur Reboul. Mais vous ne semblez pas dans votre assiette, comme si cette brindille vous impressionnait.

— Non, pas du tout, pourquoi voudriez-vous que…

Toussaint hochait la tête d'un air entendu, et sourit. Le jeune apothicaire était perturbé, et sa patronne lui jetait des coups d'œil intrigués. Nul doute qu'il se ferait proprement étriller par son amante une fois qu'ils seraient seuls.

*

* *

— *Tout le monde repose dans ce Château. Que le sommeil est loin de ma paupière. Tout paraît calme ici, mon cœur seul est troublé par une terreur inexprimable. Ah ! Chérubin, Chérubin ! Son image me poursuit partout. Hélas, je ne suis point née pour lui. Le sort me destine à être la compagne d'un paysan et non pas d'un homme de qualité...*

Eugénie, dans le rôle de Fanchette, était seule sur la scène, échevelée, dépoitraillée, offrant à la vue du public les contours arrondis de son opulente poitrine. Le metteur en scène avait sans nul doute trouvé là une astuce pour capter l'attention alors que débutait l'acte II. Le parterre était d'ailleurs sous le charme : il était composé exclusivement d'hommes qui se tordaient le cou et guignaient la comédienne avec convoitise, formant une masse mouvante, telle une vague venant se briser sur le mur de scène.

— Suffit qu'y ait du monde aux avant-scènes et tous ces messieurs se mettent à aimer le théâtre. À ce compte-là, moi aussi je peux faire la comédienne ! cria une femme.

Toussaint se pencha par-dessus la loge et lorgna vers l'amphithéâtre qui surplombait le parterre. Une femme s'était levée du banc qu'elle occupait et faisait mine de soupeser ses seins qu'elle avait lourds comme des cougourdes. On s'esclaffait tout autour d'elle.

— Faut de vraies pommes d'amour, pour parler d'amour sur scène, pas du mou de veau ! rétorqua une voix masculine.

Le parterre reflua, secoué de rires, on montrait du doigt la commère mamelue qui jouissait de l'attention que lui valait sa saillie. Les interjections fusaient, on avait provisoirement perdu tout intérêt pour la pièce *Le Mariage inattendu de Chérubin*. Sur la scène, Eugénie forçait la voix, vainement, son monologue était couvert par les rires et les cris. Elle s'interrompit, les poings sur les hanches, et toisa le public avec un mépris non dissimulé. Hortense se pencha vers Toussaint :

— Vous l'avez reconnu ?

— De qui parlez-vous ?

Hortense agita son éventail, secoua la tête en signe d'exaspération. Puis, à nouveau penchée vers Toussaint :

— Mais enfin, l'apothicaire… L'homme cause de cet esclandre… Celui qui a fait je ne sais quelle remarque au sujet de *pommes d'amour*, c'est Reboul, le jeune apothicaire de la rue Saint-Jean.

Toussaint scruta le parterre. Il ne pouvait localiser l'homme. Hortense le lui indiqua d'un mouvement de l'éventail : il était adossé au mur face à eux et devisait en riant avec deux jeunes godelureaux.

— Vous avez ma foi raison.

Laissant son regard errer sur l'assemblée bruyante, Toussaint fut surpris d'apercevoir l'abbé du Bois d'Oingt du côté de l'amphithéâtre : l'ecclésiastique fendait la foule, se haussant parfois sur la pointe des pieds, agitant la main, appelant quelqu'un. Toussaint suivit son regard. Il lui fallut une poignée de secondes pour repérer et reconnaître celui que l'abbé hélait sans façon.

— Le notaire Dalier…

L'abbé rejoignit l'homme de loi et le prit avec familiarité par le bras, l'entraînant vers la buvette située sous l'amphithéâtre. Toussaint se pencha dangereusement au-dessus de la rambarde, et Ménard de Changlonne le retint par le bras :

— Prenez garde de vous casser la margoulette, mon cher !

— Qui avez-vous vu ? lui demanda Hortense.

— L'abbé du Bois d'Oingt…

— Vous avez eu la berlue. Il s'est décommandé

pour je ne sais quelle affaire de mariage où il doit s'entremettre !

— Pourtant, je suis sûr de l'avoir reconnu.

Hortense haussa les épaules et reporta son attention sur Eugénie-Fanchette qui avait repris son monologue. Toussaint se leva, marmonnant qu'il en aurait le cœur net. Il sortit de la loge. Il se hâta le long du couloir qui desservait les loges, dévala l'escalier, repoussa un huissier qui prétendait voir son billet alors qu'il forçait l'entrée du parterre. Il trouva l'entrée de la buvette. Quelques couples étaient massés près du comptoir, plaisantant et devisant. Toussaint voulut questionner le limonadier, mais il fut bousculé par un homme court sur jambes, au torse large comme celui d'un bœuf, à la nuque épaisse :

— Tout doux, monsieur, même en prenant cet air pressé, vous ne serez pas servi avant nous autres !

— Il s'agit bien de cela ! Avez-vous vu M. l'abbé du Bois d'Oingt ? apostropha-t-il le tenancier.

Le groupe partit à rire.

— Vous êtes tout en dare parce que ce vilain d'abbé vous a faussé compagnie ?

— Faut croire qu'il est allé faire ses dévotions à Saint-Trottin !

Les dames riaient complaisamment à gorge déployée. Le cafetier fit un signe de tête à l'intention de Toussaint, lui désignant l'autre sortie. Antoine ignora les amuseurs, fendit le groupe en murmurant des propos indistincts, se hâtant vers l'entrée du théâtre – quand il sentit qu'on le retenait par son habit. L'homme à la face rougeaude se congestionnait, il lui souffla son haleine avinée à la face :

— De quoi ? Monsieur nous traite de *ruffians* ? J'ai

pas vu votre abbé du Bois d'Oingt, mais je vais vous montrer de quel bois je me chauffe !

La pointe d'une dague vint lui chatouiller le cou qu'il avait court et gras. Il lâcha Toussaint et roula des yeux apeurés.

— On se donne des airs bravaches devant les dames, mais sait-on aussi se battre ? Cafetier, donne-lui un couteau ! Ou une louche, une cuillère, ce qui te tombe sous la main ! ordonna Ménard de Changlonne. Tu vas devoir te défendre si tu ne veux pas que je te découpe comme un pourceau.

— Non… non…

— Tu fanfaronnes devant ces dames, qui rient complaisamment de tes craques, mais pour ma part, je trouve que tu as l'esprit là où les poules ont l'œuf… Quant à avoir du courage… Il suffit de voir comment tu vires tout jaune dès que tu aperçois une arme de soldat. Disparaissez, toi et ta bande de gobeloteurs !

Deux femmes partirent à rire, et entraînèrent le gros homme en le prenant chacune par un bras.

Toussaint lissait son habit et souriait à l'adresse du lieutenant :

— Vous m'avez sans doute tiré d'un mauvais pas – et vous allez me dire que je ne devrais pas me rendre au théâtre sans rapière…

— Vous n'auriez pas tort, plus d'un domestique cache un gourdin sous sa livrée, et le théâtre est régulièrement la cible de bandes de tire-laine qui vous soulagent de votre bourse en un tournemain.

Ils regagnèrent la loge que Ménard de Changlonne avait louée pour la soirée et où Hortense était demeurée seule. Elle répondait d'un sourire distrait aux œillades et courbettes que lui adressaient deux hommes du parterre. Toussaint se laissa tomber avec fatalisme dans son fauteuil, indifférent à la pièce. Il se demandait pour quelle raison l'abbé avait ainsi hélé le notaire, pour disparaître ensuite avec lui, car manifestement, ils n'étaient pas dans le parterre, il avait détaillé tous les hommes présents. Son regard s'arrêta sur un groupe de deux personnes situées à l'opposé, adossées au mur. Il se redressa dans son fauteuil, puis se rendit à l'évidence : on le regardait avec insistance, une moue amusée flottait même sur le visage du plus jeune, un adolescent qui, d'un doigt, remonta son tricorne, dégageant son front. Toussaint reconnut le « jeune homme » qui l'avait agressé dans l'apothicairerie Coudurier, ce jeune homme qui était certainement une femme. Il blêmit et lâcha un juron quand il identifia l'autre individu, dégingandé, un visage osseux encadré de cheveux filasseux :

— Foutre Dieu ! Le Grand Lubin…

Celui-ci eut un sourire animal lui découvrant ses chicots quand il fut certain que Toussaint l'avait reconnu. Son compagnon lui donna un léger coup de coude, toucha son chapeau en guise de salut et ils se dirigèrent vers la sortie située sous l'amphithéâtre.

— Lieutenant, avec moi ! J'ai vu mon agresseur au coquemar !

Toussaint se jeta hors de la loge, renversant son fauteuil, entraînant Ménard de Changlonne sur ses pas. Le vacarme suscita l'apparition d'un huissier qui tenta de s'interposer, Toussaint le bouscula, et Changlonne le releva par son habit :

— Prêtez-nous main-forte, il s'agit d'arrêter un criminel. Quelles sont les issues ? Vite ! dit-il en poussant l'homme dans l'escalier.

L'entrée principale faisait face à l'hôtel de ville, sur les jardins duquel le théâtre avait été construit. Ménard de Changlonne déboucha sur le pavé, des fiacres étaient garés à quelques pas de là, les cochers attroupés discutaient bruyamment, des vendeuses de pâtisseries et de limonade attendaient la sortie des spectateurs. Aucune trace de la jeune femme et de son acolyte.

Toussaint revint sur ses pas et l'huissier lui montra une porte de service entrouverte qui donnait à l'extérieur, sur l'intersection de la rue du Garet et de la rue des Écloisons. Toussaint se rua dehors. La rue des Écloisons reliait la place des Terreaux au quai Saint-Clair sur le Rhône, elle était déserte. Toussaint se lança alors dans la rue du Garet, étroite et sinueuse, il devinait au loin des silhouettes, mal éclairées par les lanternes fuligineuses. Il se mit à courir, espérant que le lieutenant était sur ses talons. Alors qu'il passait devant la chapelle de la mission de Saint-Joseph, une ombre s'arracha au portail, elle sembla planer avant de s'abattre sur lui. Toussaint fut plaqué au sol, son agresseur lui enfonça les genoux dans l'estomac et deux mains puissantes lui enserrèrent le cou. Toussaint essaya vainement de desserrer l'étreinte des griffes qui lui écrasaient la trachée, mais il était impuissant, sa vue se brouillait, ses poumons étaient sur le point d'éclater.

— Pousse-toi, et fais le guet.

Le Grand Lubin se releva à regret, cracha au visage de Toussaint et alla se poster à l'angle de la rue. Toussaint avala une grande goulée d'air, il faisait un bruit de soufflet de forge.

La jeune femme se laissa tomber à califourchon sur lui et se mit à onduler doucement du bassin, tout en lui appuyant l'extrémité d'une dague sur la joue.

— Tu n'es pas en état de jouir de moi, n'est-ce pas ? Il faut dire que Lubin t'a joliment sonné – j'imagine que tu es content de l'avoir retrouvé. Lui, en tout cas, s'en faisait une fête.

Un rire cristallin cascada tout près de son oreille. Elle continuait à se frotter contre lui.

— Tu ne réagis pas… C'est dommage, car tu as découvert que je suis une femme. Cela méritait récompense. Et je pressens que tu sais contenter l'appétit d'une femme quand je considère les rondeurs épanouies de ta jeune épouse…

Elle se pencha sur lui qui tentait de retrouver une respiration normale, il sentait son souffle chaud sur ses joues. Elle lui murmura à l'oreille, accentuant la pression de la lame sous son œil :

— Trêve de plaisanterie. Où en es-tu de tes recherches ? Lubin m'assure que tu donnes de cul et de tête dans cette enquête, ce que je crois volontiers, mais j'ai aussi l'impression que tu y perds ton latin. Je vais t'aider : on a dû se débarrasser du modère, il a voulu nous doubler… Il m'a prise pour une conne et l'a payé de sa vie. Mais tu as une chance de trouver les caisses avant moi…

Lubin approcha et toucha l'épaule de la jeune femme, murmurant :

— Quelqu'un. Filons !

Elle fit mine d'envoyer un baiser à Toussaint, et abattit le manche de son poignard sur le front de celui-ci tout en se levant prestement. Lubin et elle disparurent dans la rue.

*

* *

— La garce vous a entaillé le cuir chevelu. À nouveau, serais-je tenté de dire.

Changlonne aidait Toussaint à se relever, tous deux s'assirent sur les marches menant à la chapelle.

— Elle semble prendre un malin plaisir à vous assommer, mais tient manifestement à vous garder en vie, elle et son complice avaient largement le temps de vous expédier *ad patres*.

— Et pour quelle raison me ménage-t-elle, selon vous ?

— Parce qu'elle est intéressée au résultat de l'enquête, cela coule de source. Elle vous laisse le soin de chercher, et de trouver ce qu'elle-même désire. Mais gare à vous quand vous trouverez. Quoi que ce soit, elle cherchera à l'obtenir, par tous les moyens.

— Elle m'a parlé des *caisses*, il s'agit de toute évidence des caisses de jardinier que le dénommé Champin a fait disparaître de la cargaison du *Marie-Angèle*.

— Et ce Lubin, que vous seriez content d'avoir retrouvé ?

— Un assassin de la pire espèce, l'homme de main de l'instigateur des crimes commis à Orléans au printemps dernier. Condamné à mort par contumace.

— Cette garce est entourée de gens de sac et de corde… Elle les aura recrutés dans les bouges des faubourgs. Venez, ne restons pas là, Hortense doit se demander ce que nous trafiquons.

Ils se levèrent.

— Je vous ai privé du plaisir de voir la pièce, dit Toussaint. Eugénie y est… merveilleuse.

— Ne vous tracassez pas, je viens à chaque représentation – j'ai même loué la loge pour la saison entière.

— J'ai en effet eu l'impression que vous connaissiez par cœur le texte du monologue de Fanchette, vous sembliez l'accompagner des lèvres.

— Je n'aime rien tant que lui faire répéter son rôle quand elle est dans sa baignoire… Vous avez bien sûr compris qu'Eugénie n'est pas ma… nièce.

— Bien sûr. Cela crève les yeux.

— Évidemment. Bon, rejoignons Hortense. Je doute que nous croisions maintenant la jeune garce au coquemar flanquée de ce condamné à mort, ou même l'abbé et le notaire. Étrange constellation, tout de même.

Toussaint opina en silence. La pièce se déroulait, mais il n'y prêtait plus aucune attention. Il s'effarait de savoir le Grand Lubin à Lyon, aux côtés de cette femme qui dirigeait une bande d'assassins. Qui pouvait-elle être ? Quelles étaient ses motivations ? Elle aimait à se jouer de lui, lui laissant entendre que ses sbires suivaient les progrès de son enquête. Elle venait de revendiquer le meurtre de Champin, le modère, qui avait tenté de la doubler et l'avait payé de sa vie. Il comprenait que Champin était impliqué dans la disparition de caisses de végétaux, il avait d'ailleurs sur lui un rameau de la plante mystérieuse – il supposait que la caisse contenait des plants de cette espèce qu'il n'avait pas réussi à identifier et il avait peut-être une chance de les trouver avant elle, et de donner ainsi une avancée décisive à l'enquête. Un détail le chiffonnait : qu'est-ce que l'abbé avait à dire au notaire de si important que les deux hommes aient ensuite disparu ? Il n'aimait pas cette idée que l'abbé s'informait des progrès de l'enquête en approchant ainsi tous les protagonistes.

Jeudi 15 juin 1786

Le lendemain matin, dès son lever, Toussaint s'embusqua à la fenêtre, tout en restant dissimulé derrière les volets entrouverts. Il examina chaque coin et recoin de la place Saint-Michel. L'espace était déjà empli du petit peuple des rues, marchandes des quatre-saisons, bouquetières, colporteurs et crieurs de loterie, boulangers ambulants et marchands de bois. C'était une masse bigarrée, criailleuse, qui offrait à n'en pas douter un abri facile à un guetteur. Mais nulle part il ne repéra la silhouette dégingandée du Grand Lubin. Il savait que c'était cette silhouette que son cerveau avait repérée place de Roanne, le dimanche. Mais il n'avait pu se résoudre à l'identifier comme étant celle du Grand Lubin, tellement sa présence ici était improbable. Il frémit à l'idée qu'il avait peut-être déjà cet assassin sur ses talons. Son regard s'attarda toutefois sur le rémouleur qui avait installé sa meule montée sur un chevalet à l'angle du porche d'une maison située de l'autre côté de la place, et il finit par comprendre ce qui clochait : un homme était assis sur un tabouret derrière le rémouleur, dans l'ombre du porche. Il ne voyait que le bas du corps, les jambes nonchalamment étirées, mais il fut certain que l'homme ne quittait pas des yeux l'entrée de sa maison. C'était le guetteur que la *garce au coquemar* avait placé là, Lubin lui-même ou un autre, il était certain qu'il avait en permanence ses sbires sur les talons : la garce comptait sur sa perspicacité pour récupérer les caisses. Il rédigea un billet qu'il chargea Louis-Joseph de porter au sergent du guet demeurant au plus près de son domicile, et il attendit.

C'est le rémouleur qui aperçut le premier les hommes du guet, il était vraisemblablement de mèche avec le guetteur, car celui-ci disparut instantanément sous le porche : sans doute l'arrière-cour permettait-elle de rejoindre une rue adjacente. Toussaint en profita pour s'esquiver. Il traversa le pont d'Ainay et se rendit dans la paroisse Saint-Georges, au domicile des Champin. Duclos lui avait dit que le couple demeurait au troisième étage de la maison occupée par des tisserands : il gravit l'escalier, glissant, aux marches usées, creusées en leur milieu. Il entendait les claquements des navettes des métiers à tisser en bout de course, et imaginait, auprès de chaque métier, un enfant tirant les fils de chaîne. Lorsque la femme Champin entrebâilla la porte de son logement, une odeur de soupe rance s'en échappa. Il dut pousser sur le vantail pour être admis dans le logement, elle ne s'y opposa pas et se laissa choir sur une chaise. Son chignon était défait, sa blouse de serge grise fripée – elle n'avait manifestement pas fermé l'œil de la nuit et Toussaint considérait le pauvre logement des Champin : un vaisselier aux portes de guingois supportant un amoncellement de vaisselle dépareillée, une table cernée de quatre chaises. Un grabat étroit dans un angle, il devait servir au fils, puisque le lit matrimonial était dans une alcôve. Un baquet de bois avec des pluches de légumes à côté du fourneau à bois, sans doute pour les poules. Toussaint s'enquit de la présence du fils, mais la veuve Champin lui dit qu'il n'avait pas reparu depuis qu'il avait vu le corps du père dans les herbes. Toussaint ne savait que lui dire. Il lui demanda si Chalandon était passé la voir. Elle opina de la tête, lâcha quelques mots :

— Il prend le fils comme surnuméraire… Mais ça ne suffira pas à nous faire vivre. Déjà qu'on avait bien de la peine à joindre les deux bouts ensemble. Qui c'est qu'a pu faire une chose pareille ?

— Vous supposiez que votre époux détournait de la marchandise des bateaux ?

Elle le regarda par en dessous, secoua la tête puis finit par lâcher :

— Il était putassier, ça oui, il aimait le linge fin, il était toujours à lorgner les grisettes dans la rue, mais il était pas voleur… La société des modères n'aurait pas toléré ça. Faut croire qu'il s'est laissé embobeliner par plus malin que lui. Il était pas méchant, un peu fier-à-bras, mais tous les modères sont un peu comme ça…

— Savez-vous s'il a rencontré des gens qui lui auraient proposé un marché ?

Elle leva les yeux vers lui, deux billes noires qui lui reprochaient le sous-entendu de sa question.

— Quel genre de marché ?

— Comme soustraire de la marchandise en échange de quelque argent.

— J'vous dis qu'c'était pas son genre…

Toussaint ne fit pas d'autre commentaire, salua d'un signe de tête et sortit.

*

* *

Lorsque Toussaint pénétra peu après dans le collège de chirurgie, un garde suisse l'attendait, celui-là même qui, quelques jours auparavant, était venu le chercher après la découverte du corps du recteur Coudurier.

— Votre présence n'augure rien de bon, lui lança Toussaint sans s'arrêter. C'est à nouveau le recteur comte de Lyon qui vous envoie ?

L'homme se leva du tabouret sur lequel il était assis et suivit Toussaint jusque dans la salle d'autopsie.

— Tout à fait, monsieur. Vous êtes à nouveau prié de me suivre.

Toussaint se figea et fit face au garde :

— Un nouveau meurtre ?

— Oui, dans…

— Pas encore un recteur, quand même ?

— Non, une jeune fille. Qui travaillait à la pharmacie.

— Thérèse ?! L'aide ?

— Il semble bien, oui.

Toussaint en fut ébranlé. La jeune Thérèse avait une fraîcheur, une spontanéité et un franc-parler qui l'avaient séduit. Il était triste d'apprendre qu'elle avait été victime d'un meurtre, triste et furieux. Cette bande que menait la jeune garce semblait pouvoir mener ses exactions tant à l'intérieur qu'à l'extérieur de l'hôpital, car il ne doutait pas un seul instant que la jeune aide ait été victime de Lubin ou de leur acolyte présent dans la Maison. Il poussa le suisse à l'extérieur, et, hâtant le pas, le précéda en direction du portail de l'hôpital.

Le suisse le mena dans la *cour de la cuisine*, puis ils gravirent le double perron à la balustrade de fer forgé qui donnait accès aux greniers à blé. Ces greniers qui donnaient à l'est sur le quai de la Charité et le Rhône, faisaient la fierté de l'institution : longs de plus de cent trente pieds sur vingt de large, ils permettaient de stocker, sur deux niveaux, près de quatre mille pieds cubes de blé. Une quantité considérable, mais nécessaire, car il incombait à la Maison, outre de nourrir ses pensionnaires, de procéder chaque semaine à cinq distributions de pain aux citoyens pauvres de la ville, et de pourvoir en pain les prisons.

Arrivés à l'étage, ils aperçurent à l'extrémité nord de l'immense entrepôt, près du ventilateur, un groupe de personnes alignées le long du mur. Le grenier était vide aux trois quarts, on était à quelques semaines de la prochaine récolte et de la conclusion des marchés qui permettraient le stockage de grandes quantités de blé nouveau. Toussaint traversa à grands pas l'espace vide qui le séparait du groupe. De part et d'autre, les murs étaient percés de fenêtres munies de claies d'osier pour empêcher les moineaux de pénétrer, les larges baies tamisaient des milliers de losanges de lumière qui incendiaient le plancher recouvert de plâtre durci au sang de bœuf. De loin en loin, des trémies ouvraient leurs gueules de fer-blanc affamées : elles servaient à envoyer le blé à l'espace inférieur où on le mettait en sac pour le porter aux moulins amarrés sur le Rhône au niveau du quai de la Charité, face à l'hôpital. En approchant du groupe, dans lequel il reconnut la silhouette efflanquée du recteur Dupac de

Bellegarde, et celle, robuste, du chirurgien major Perrichon, Toussaint devina un corps en partie enfoui dans le blé. Il fit retirer les claies de plusieurs fenêtres, et la chaude lumière lui révéla l'horreur de la scène. La jeune fille avait la jupe retroussée jusque sur les fesses, des grains de blé étaient pris dans la gangue de sang coagulé qui avait coulé sur ses cuisses. Elle avait le visage enfoui dans la céréale, ses bras étaient rejetés au-dessus de la tête.

— Vous n'avez touché à rien ? demanda Toussaint tout en s'agenouillant près du corps.

Le recteur Dupac interrogea du regard les hommes présents qui secouèrent la tête en signe de dénégation. Il s'adressa à l'un d'eux, en costume de recteur :

— Monsieur Mouillard, vous qui avez la direction des blés, dites à M. Toussaint dans quelles circonstances le corps de cette jeune fille a été découvert.

Le recteur Mouillard, dont la silhouette s'arrondissait en forme de poire au niveau de l'abdomen, se racla la gorge tout en passant la main sur les rares cheveux bouclés dont s'adornait son crâne luisant.

— Comme je l'avais ordonné, trois ouvriers – il les désigna du menton – sont montés ce matin dès après la messe pour remuer et cribler le blé. Ils le font tous les quinze jours, pour prévenir tout début de fermentation. Ils doivent ensuite se relayer aux ventilateurs qui sont aux extrémités de la pièce pour rafraîchir les blés. Ils ont tout de suite vu le… corps. Ils sont allés prévenir le surveillant, qui savait me trouver à la boulangerie. J'ai pour ma part fait chercher le recteur comte de Lyon.

Les mains dans le dos, le recteur Dupac arpentait le trottoir ménagé entre le mur et la couche de céréale. Il lançait des coups d'œil acérés à Toussaint, qui, agenouillé près du corps, écartait des deux mains les grains autour du visage. Toussaint eut honte d'être presque soulagé en ne reconnaissant pas Thérèse. Mais la victime était l'une des deux élèves de sœur Clotilde, la plus gironde. Dupac s'adressa au surveillant :

— Faites chercher une civière.

Puis à Toussaint :

— Cette jeune fille était une élève de la pharmacie.

— Oui. Je l'avais interrogée en même temps que sœur Clotilde et l'autre élève.

Toussaint se releva et fit face à Dupac :

— L'autopsie du cadavre le confirmera, mais il y a peu de doutes à avoir : cette fille a été manifestement violée, et est morte étranglée, ou étouffée, la tête dans les blés. Le fait qu'elle travaillait à la pharmacie nous interpelle, évidemment. Même s'il peut s'agir d'une agression qui a mal tourné.

Dupac de Bellegarde opina de la tête. Le recteur responsable des greniers intervint :

— Jamais cette jeune fille n'aurait dû pouvoir pénétrer ici, hier soir ou cette nuit. Les greniers sont fermés à clé…

— Et il n'existe que trois clés ?

— En effet, j'en détiens une, tout comme le surveillant, et la troisième est chez l'économe.

Toussaint héla le suisse, demeuré près de l'entrée.

— Rassemblez sœur Clotilde, l'élève et la jeune aide, Thérèse, dans la pharmacie. Elles doivent y rester tant que je ne serai pas venu les interroger.

Le suisse interrogea le recteur Dupac du regard, et celui-ci opina légèrement du chef. Des aides apparurent avec une civière, Toussaint rabattit la jupe grise sur les jambes de la morte. Lorsque le corps fut enlevé, il s'adressa au surveillant et aux ouvriers qui attendaient à distance respectueuse :

— Vous allez cribler le blé, sur toute cette surface.

Ce disant, il traça du pied une ligne grossière dans la céréale, délimitant un vaste cercle englobant la zone où le corps avait été découvert.

— Vous voulez que nous le passions au tarare ?

— Exactement, approchez la machine jusqu'ici.

— Qu'espérez-vous trouver ? demanda Dupac, subitement intéressé.

— Je n'en ai aucune idée. Peut-être rien. Nous allons en tout cas être rapidement fixés.

Les ouvriers avaient tiré le tarare jusque vers la zone en question. Le surveillant actionna la manivelle qui mit en branle les ailettes à l'intérieur de la caisse, produisant un fort courant d'air. Les ouvriers jetèrent alors, selon un rythme bien maîtrisé, des pelletées de grains dans la trémie qui surmontait la machine. Des pailles et des enveloppes de grain voletaient, projetées au loin, tandis que le grain crépitait sur la trémie et s'amoncelait en tas sous la machine. Un objet plus lourd tomba à quelques pouces du tas de grains.

Toussaint fit signe au surveillant d'arrêter, il récupéra l'objet, le considéra et le montra, posé à plat sur la paume de la main, au recteur ecclésiastique.

— Un bouton d'étain…

— Cela ressemble fort à un bouton de culotte d'homme. Continuez, vous autres.

Le criblage du blé reprit. Dans la poussière qu'expulsait la machine avec un souffle rauque se profila soudain une forme rectangulaire qui voleta brièvement avant de retomber à quelques pieds de Toussaint.

— Un morceau de tissu. Une étiquette, avec une inscription : *placenta*.

Toussaint échangea un rapide coup d'œil avec le chirurgien major qui s'était approché pour mieux voir l'étiquette et opinait silencieusement du chef. Dupac de Bellegarde prit l'étiquette, la regarda brièvement et haussa les épaules. Toussaint empocha l'objet, puis, quand tout le blé eut été passé au crible :

— Messire Dupac, je vais de ce pas procéder à l'ouverture du corps de la jeune fille.

— Vous ne voulez pas entendre sœur Clotilde et l'autre élève ?

— Il ne me déplaît pas de les faire lanterner un peu.

— Comme vous voudrez. Mais j'aimerais être présent quand vous les interrogerez.

— Très volontiers. Je passerai vous chercher d'ici une heure ou deux. Il me faudra aussi voir l'économe, pour cette histoire de clés. Monsieur le major, m'assisterez-vous à nouveau ?

Le chirurgien major Perrichon acquiesça en grognant et emboîta le pas à Toussaint en direction de la salle d'autopsie.

— Vous avez deviné d'où provient l'étiquette ? demanda Perrichon alors qu'ils regagnaient la cour de la cuisine.

— De la machine de la du Coudray ?

— Tout juste. D'ailleurs, il m'est revenu une conversation étrange que j'ai eue avec le recteur Coudurier, le jour où il a croisé son assassin. C'était avant le conseil des recteurs. Coudurier avait l'air soucieux, il est venu me trouver, me demandant si je voyais, dans l'apothicairerie, quelque chose qui pouvait justifier l'expression « trouver la fève au gâteau ». Comme je ne comprenais pas où il voulait en venir, il m'a confié avec réticence que le recteur Lefebvre avait fait cette confidence à sœur Séverine, peu avant de mourir : il lui faudrait « trouver la fève au gâteau », ou peut-être « la fève est dans le gâteau », je ne sais plus exactement. Je ne voyais pas, mais tout à trac je lui ai conté cette anecdote que je sers à mes élèves filles, lors des cours d'accouchement : ce que le commun appelle l'arrière-faix, c'est pour nous le *placenta*, le *gâteau* en latin, car cela a justement la forme d'une galette. Il a eu l'air intrigué, puis a opiné du chef en murmurant « Je vois, je vois ». Et là, vous trouvez l'étiquette *placenta*…

*

* *

Deux heures plus tard, Toussaint et Dupac de Bellegarde se rendirent à l'apothicairerie dont la porte était toujours gardée par le suisse. Celui-ci les informa que sœur Clotilde et son élève étaient bien présentes, mais qu'on n'avait pas encore réussi à mettre la main sur la jeune Thérèse.

— Voilà qui est inquiétant, émit le recteur.

— Faites-la chercher, fouillez partout ! ordonna Toussaint. Il peut lui être arrivé quelque chose de funeste.

Lorsque Toussaint entra, sœur Clotilde se propulsa vers lui, la mine furibonde. Elle s'apprêtait à l'agonir de reproches quand elle aperçut dans son sillage le recteur ecclésiastique. Son courroux disparut dans l'instant. Toussaint fit asseoir sœur Clotilde et l'élève sur des tabourets devant la baie vitrée. Le recteur Dupac demeura debout, les mains croisées dans le dos.

— Comment s'appelait votre élève ?

— Jacqueline, répondit sœur Clotilde.

— Vous avez sans doute appris que Jacqueline a été assassinée. Dans des conditions atroces. Le chirurgien major Perrichon et moi-même venons de procéder à l'autopsie du cadavre. Jacqueline a été violée : la membrane virginale est en lambeaux, les débris sont rouges et enflammés, ils sont donc récents : il y a tout lieu de croire qu'elle a été déflorée lors de ce viol.

La consœur de Jacqueline, l'élève que Toussaint avait trouvée sèche comme une racine de gentiane, était livide, elle devait se cramponner aux bords du tabouret pour ne pas verser.

— Nous avons par ailleurs noté un enfoncement en forme de cornet vers l'anus, et le sphincter montre des déchirures de plus de deux lignes de long, signe que l'agresseur avait un organe sexuel très développé : les efforts d'introduction dans le rectum ont été particulièrement violents.

L'élève bascula et sœur Clotilde dut la retenir pour que sa tête ne heurte pas le sol.

— Trouvez-lui des sels de pâmoison, je veux qu'elle entende la suite.

La sœur lança un regard noir en direction de Toussaint, elle obtempéra toutefois sans barguigner : elle alla prendre dans un tiroir un flacon de sels d'ammonium. Toussaint n'entendait pas leur faire grâce du moindre détail du calvaire que la jeune Jacqueline avait enduré.

— Les contusions et meurtrissures sur les cuisses, les reins, les bras sont innombrables et attestent de la force physique et de la bestialité de l'agresseur qui a maintenu la tête de sa victime dans le blé tandis qu'il la violait : nous avons trouvé des grains de blé jusque dans les poumons. La trachée-artère en était pleine. Jacqueline est morte étouffée.

La jeune Suzanne poussa un cri, se prit le visage dans les mains. Elle se leva et fit mine de vouloir détaler. Toussaint la saisit aux épaules sans ménagement et la força à se rasseoir sur le tabouret.

— Vous allez tout entendre, car croyez-moi, ce n'est rien à côté de ce que Jacqueline a enduré. Après, vous me direz ce que vous savez.

Suzanne éclata en sanglots et se recroquevilla sur son siège. Toussaint poursuivit :

— Le corps a fait d'abondantes évacuations de matières sanguines et fécales, et nous avons retrouvé dans le sang, au niveau des fesses, plusieurs poils noirs, qui ne sont pas de la victime. Il s'agit très vraisemblablement de poils pubiens de l'agresseur. Dont nous savons, donc, qu'il a une force physique peu commune, un membre viril puissant, et le poil noir. C'est peu de chose, et c'est là que vous pouvez nous aider. Nous vous écoutons, Suzanne.

Les sanglots de Suzanne se muèrent en un long gémissement, elle se balançait d'avant en arrière sur son siège, yeux clos, se mordant les poings. Toussaint se plaça derrière elle, l'immobilisa en la prenant aux épaules.

— Pourquoi saurait-elle quelque chose ? se risqua à dire sœur Clotilde.

— Parce qu'il n'est pas pensable que Suzanne ou vous-même n'ayez rien observé. Vous êtes là tous les jours, là où deux recteurs ont été assassinés, là où travaillait également Jacqueline. Qu'y a-t-il donc dans cette apothicairerie qui puisse provoquer une telle sauvagerie ?

— Sœur Clotilde, dit le recteur ecclésiastique d'une voix sombre, si vous savez quelque chose, je vous adjure de parler. Se peut-il que votre élève, malgré votre surveillance, ait noué des relations avec un homme ?

La religieuse se contenta de secouer la tête, sa cornette flottait autour d'elle, agitant les grains de poussière qui voletaient dans les rais de lumière.

— Et pourquoi Thérèse ne réapparait-elle pas ? Elle n'est nulle part.

Sœur Clotilde fit une moue d'ignorance. Elle gardait le regard dirigé vers le sol.

Quittant la pharmacie, le recteur s'adressa à Toussaint :

— Pensez-vous pouvoir résoudre cette affaire, monsieur le chirurgien ? Trois meurtres commis dans ces murs, un mystère plus épais chaque jour. Vous n'êtes encore parvenu à aucun résultat tangible, si je ne m'abuse ? Et on me dit que vous étiez hier soir au théâtre Saint-Clair, alors que cette pauvre fille…

Dupac de Bellegarde s'interrompit.

— Terminez, messire.

Le recteur garda le silence.

— J'étais au théâtre, alors que cette pauvre fille se faisait violer, sodomiser, dans les conditions que nous savons ? Bien des protagonistes de cette sinistre histoire étaient hier soir au théâtre. À commencer par la jeune femme qui mène cette bande d'assassins. Et le pharmacien Reboul, successeur de Lefebvre, qui n'a pas la conscience bien nette selon moi. Et l'abbé du Bois d'Oingt, le notaire Dalier. Et je n'aurais pas été surpris de vous y trouver.

Le recteur sursauta et se tourna vers Toussaint :

— Que voulez-vous insinuer ?

Le chirurgien soutint son regard chargé d'animosité, puis lâcha :

— Les victimes – deux recteurs, et maintenant une élève – n'ont pas été tuées pour elles-mêmes, mais pour ce qu'elles savaient, pour ce qu'elles avaient découvert, pour un rôle qu'elles jouaient dans une infâme machination, et toutes ne jouaient sans doute pas le même rôle. Et vous pourriez sans doute m'aider à percer à jour cette machination, car je pense – autorisez-moi à être franc – que vous savez pourquoi les recteurs achetaient des terrains aux broteaux.

— Je n'ai pas de comptes à vous rendre, monsieur Toussaint.

— Détrompez-vous, messire, le gouverneur m'a octroyé les pleins pouvoirs de police. Si la jeune Thérèse ne réapparaît pas, je ferai investir la Charité par le guet et les arquebusiers, je ferai fouiller cet hôpital de fond en comble, et je ferai par la même occasion main basse sur vos archives, sur celles de l'économe, car vous ne m'ôterez pas de l'idée que ces achats de terrains sont liés aux meurtres.

— Je ne permettrai pas que la police ou la soldatesque investissent cette maison et en ruinent la réputation.

— Vous ne pourrez pas vous y opposer.

— Que vous croyez !

Toussaint opina du chef, silencieusement. Il était clair que Dupac ne parlait pas à la légère, qu'il ne fanfaronnait pas : nulle bravade, mais un ton inspiré par la conscience qu'il avait de son pouvoir. Le gouverneur s'opposerait-il à ce que Toussaint fasse intervenir le guet dans l'hôpital ? Toussaint ne s'avouerait pas vaincu pour autant ; la présence du Grand Lubin à Lyon, son implication dans ces affaires de meurtre lui faisaient obligation de poursuivre. Il ne s'agissait pas de prendre une revanche, mais de mener à bien la tâche entreprise à Orléans, quand il s'était juré de rendre justice à ces jeunes femmes égorgées. Lubin avait échappé à la justice, mais la justice le rattraperait cette fois.

Le recteur tourna subitement les talons et s'éloigna à grandes enjambées. Alors que Toussaint débouchait dans la *cour des hommes,* quelqu'un le héla, qui se dissimulait dans l'ombre des arcades. S'approchant, il reconnut la silhouette en forme de barrique du recteur Chapuis, en charge de la cave. Le recteur lui souffla son haleine chargée de vin au visage :

— Suivez-moi, quelqu'un veut vous voir.

— Qui ?

— Chttt ! Venez !

Le recteur le prit par le bras, plus pour s'éviter de trébucher sur les dalles disjointes que pour le guider. S'assurant que personne ne les regardait – nombre de serviteurs allaient et venaient, mais tous faisaient mine de ne pas observer le recteur appuyé au bras du chirurgien, alors que – Toussaint en était convaincu – rien de leurs menées ne leur échappait, Chapuis lui murmura à l'oreille :

— Suivez-moi à la cave, j'y ai fait une trouvaille intéressante…

— Monsieur Chapuis, j'ai d'autres chats à fouetter, je vous assure.

— Venez, vous dis-je, cela devrait faire avancer votre enquête.

Toussaint coula un regard de côté, mais Chapuis n'avait pas l'air particulièrement pris de boisson. Arrivé au milieu de la rampe qui desservait la cave, Chapuis s'arrêta et lança :

— C'est moi, avec M. Toussaint.

Une lueur flottait au bas des marches : un fanal allumé était posé sur une barrique. Alors qu'il posait le pied sur le sol de terre battue, Toussaint vit une forme émerger dans la lumière de la lanterne. Il reconnut la jeune Thérèse, dans sa jupe et son corsage gris cendré. Elle avait les yeux tirés, sa coiffe était de guingois, mais elle semblait indemne. Il en éprouva une sorte de soulagement. Thérèse jetait des regards vers le haut de l'escalier, comme si elle avait craint de voir surgir d'autres personnes à la suite de Chapuis et de Toussaint. Le recteur leur approcha des tabourets et les invita à s'asseoir. Il expliqua à l'intention de Toussaint :

— Thérèse s'est terrée ici cette nuit, elle a attendu que je vienne vérifier l'état des vins. Quand elle a surgi de derrière les fûts comme un spectre, j'ai cru que j'allais faire une attaque. Tudieu !

Pour chasser cette image qui le hantait encore, il attrapa un tâte-vin et se servit une goulée au tonneau le plus près. S'essuyant les lèvres du revers de la main, il ajouta :

— Elle a insisté pour que je vous amène ici. Raconte, maintenant, Thérèse, tu n'as rien à craindre, personne ne sait que tu es là. Je lui ai dit, pour Jacqueline, ajouta-t-il à l'adresse de Toussaint.

La jeune fille se tenait le buste penché, les avant-bras posés sur les cuisses, le regard fixement dirigé vers le sol ; ses traits s'étaient durcis, avaient perdu leur juvénilité au profit d'une sévérité révélant la jeune femme en devenir. Une femme marquée par une enfance grise, d'abord enfant domestique chez des paysans, actuellement jeune servante en permanence houspillée par la sœur pharmacienne, bientôt ouvrière en soie. Toussaint lui prit la main, qu'elle avait glaciale, et la tint serrée dans les siennes. Elle renifla bruyamment et leva les yeux vers lui :

— Jacqueline a été… violée ? Avant de…

— Oui. Elle est morte étouffée. Dans les blés. Que sais-tu ? Que s'est-il passé hier à l'apothicairerie ?

Elle le regarda brièvement, fixa à nouveau le sol, puis commença :

— J'y étais hier après-midi, avec Jacqueline qui préparait du baume de soufre. Dans la resserre, le placard était ouvert, celui où il y le mannequin qu'on utilise pour les cours d'accouchement.

— La machine de la du Coudray.

— Si vous voulez. Je le manipulais, pour voir, et quand Jacqueline s'en est aperçue, elle a voulu me montrer comment se passait un accouchement. Elle a sorti le mannequin, l'a porté au laboratoire, sur une table en pleine lumière, et m'a fait voir, en tirant sur les cordons, comment… le vagin se dilate…

Elle rougit subitement et dirigea son regard vers le côté

— Et le périnée, tout ça. Jusqu'à ce que l'enfant vienne.

— Jusqu'à l'expulsion.

— Oui, c'est le mot qu'elle a employé. Elle le faisait en riant, disant qu'il ne fallait pas en avoir peur, que Dieu nous avait faites comme ça…

— Vous vous entendez bien, en somme ?

— Quand nous sommes que toutes les deux, oui. Quand les deux pies sont là, elle est différente, elle me ravaude comme les deux autres, pour donner le change, des fois que sœur Clotilde s'imagine qu'elle m'a à la bonne… Et puis, elle a aussi voulu me montrer le placenta. Il était dans la matrice, c'est une sorte de sac aplati. En le manipulant, on a entendu comme un crissement, comme si on froissait des papiers. On a cru que le sac était rembourré de papier, mais en tirant sur une couture, on a vu que c'était des lettres. Et c'est là qu'on a été surprises par l'autre pie qui s'est mise à nous houspiller, à nous crier dessus…

— Sœur Clotilde ?

— Non, Suzanne. Elle était rouge de colère, a menacé de nous faire renvoyer de l'apothicairerie si nous restions là à traînasser… Elle se prend déjà pour la sœur pharmacienne. Jacqueline a rangé le mannequin, nous sommes retournées à notre préparation. Mais j'ai bien vu que Jacqueline se débrouillait pour arracher le placenta et le dissimuler dans son corsage, pour emporter les lettres.

— Tu penses que Suzanne s'en est aperçue ?

— Ça m'étonnerait, quand elle s'imagine que j'ai barboté même qu'une dragée, elle est capable de me fouiller jusque dans mon intimité. Alors, si elle s'était mis en tête que Jacqueline avait dérobé quelque chose, elle l'aurait harcelée et lui aurait tiré les vers du nez ! Mais je voyais bien qu'elle n'était pas tranquille, elle nous a épiées tout le temps où nous sommes restées à travailler là-bas. Et elle avait qu'une envie : examiner le mannequin, car il ne lui avait pas échappé qu'on avait découvert quelque chose. Elle avait hâte qu'on en finisse avec notre préparation

Thérèse se tut. Elle avait les yeux dans le vide, comme si elle revivait la scène. Elle resta ainsi un long moment, puis leva le regard vers Toussaint :

— Ces lettres, c'est ce que cherchait le recteur Coudurier ? Et c'est pour ça qu'il est mort ?

— C'est fort possible. Mais ça n'explique pas pourquoi tu es venue te terrer ici, dans la cave ? Comment as-tu pu entrer, d'ailleurs ?

— Je sais où la Rissolle, pardon, le recteur Chapuis cache une clé, au cabaret.

— Le *cabaret* est le lieu où nous procédons à la distribution du vin aux différentes communautés, expliqua le recteur.

— Après souper, j'étais dans le dortoir – on n'en sort plus après neuf heures – et par la fenêtre, j'ai aperçu Jacqueline et Suzanne qui traversaient la *cour des femmes*. Sous prétexte d'aller aux lieux communs, je me suis faufilée jusqu'à dehors, sans que la surveillante me voie, et j'ai pu les suivre sans qu'elles s'en aperçoivent. Elles ont pris par la cour commune – faut croire que Suzanne avait pu emprunter un trousseau de clés – et arrivées dans la *cour de la cuisine*, elles sont montées aux greniers à blé. Là, j'ai vu qu'un homme leur ouvrait la porte. J'ai laissé passer quelques minutes, je suis montée à mon tour. J'entendais des bruits étouffés par les fenêtres, alors j'ai doucement poussé la porte. Et je les ai vus.

Il fallut à nouveau lui laisser le temps de trouver les mots pour décrire la scène qu'elle avait observée : une lanterne sourde posée au sol à l'autre bout de la vaste pièce éclairait une scène d'horreur : Jacqueline était au sol, à plat ventre dans les blés, Suzanne, les mains dans les cheveux, lui maintenait la tête dans la céréale pour étouffer ses cris tandis qu'un homme, que Thérèse disait ne pas avoir identifié, lui tenait les bras dans le dos et la violait en haletant. Thérèse avait dévalé les marches et s'était réfugiée à la cave. Elle craignait que le bruit qu'elle avait fait en détalant n'ait attiré l'attention sur elle.

Toussaint ne doutait pas de la véracité des paroles de Thérèse. Il prit le recteur Chapuis à part :

— Thérèse a été témoin du meurtre de Jacqueline, elle représente un danger pour les deux assassins.

— Suzanne, tout de même, qui aurait cru que cette sainte-nitouche…

— Cette sainte-nitouche, comme vous dites, est aux abois, et doit redouter que nous mettions la main sur Thérèse. Et nous ne savons pas qui est cet homme qui sème la mort en ces lieux. Il nous faut mettre Thérèse en sécurité, hors d'ici. Usant de mes pleins pouvoirs, je peux la faire sortir, mais où la cacher ? Il faut l'éloigner de la ville même.

Le recteur Chapuis se frotta le menton en signe de réflexion.

— J'ai une propriété en Beaujolais, à Anse.

— Parfait. Vous pourriez l'y conduire, en toute discrétion, et la présenter comme une nouvelle servante ? Nous devons la préserver, nous aurons certainement besoin d'elle au jour du procès, si procès il y a.

Chapuis approuva de la tête.

— En attendant, ne la quittez pas d'une semelle, gardez-la auprès de vous. Il faut qu'elle témoigne d'abord auprès des notables que je vais réunir, et sitôt après vous partirez avec elle. Mais je m'occupe avant toute chose de faire chercher Suzanne.

Sur le chemin, Toussaint réquisitionna deux suisses, mais ils ne purent trouver Suzanne qui n'était ni à l'apothicairerie, ni à la visite avec le chirurgien major, ni nulle part ailleurs. Il fallut se rendre à l'évidence, elle avait pris la poudre d'escampette. Toussaint en eut la preuve en consultant le registre des sorties : Suzanne avait quitté l'hôpital peu après son interrogatoire en présence du recteur ecclésiastique.

En milieu d'après-midi, une réunion se tint dans le bureau des recteurs, en présence de Toussaint, du recteur ecclésiastique, du chevalier Laurent Basset, lieutenant général de police de la ville de Lyon, du prévôt des marchands Louis Tolozan de Montfort. Toussaint avait demandé que le guet soit présent, le capitaine Foüet de Conflans et le lieutenant Ménard de Changlonne s'étaient donc joints à eux. Toussaint rappela la découverte du corps de Jacqueline dans le grenier à blé au petit matin, il exposa les résultats de l'autopsie, puis fit entrer Thérèse. La jeune fille gardait les yeux baissés, coulant parfois un regard apeuré vers l'un ou l'autre des hommes assis. Au moyen de questions précises, Toussaint l'amena à raconter l'histoire de la découverte de documents, « possiblement des lettres », dans le « placenta » du mannequin conservé dans la resserre de la pharmacie, puis la sortie nocturne de Jacqueline et Suzanne, toutes deux suivies par Thérèse. Enfin, la scène du viol et du meurtre. Toussaint observait à la dérobée les autres personnes présentes : le recteur ecclésiastique avait un visage de cendre, il ne pouvait détacher les yeux de la bouche de la jeune Thérèse, comme si le malheur qui s'abattait sur la Charité depuis plusieurs jours avait sa source dans cette jeune fille. Le prévôt des marchands restait impassible, alors que la stupéfaction se lisait sur le visage du capitaine du guet. Le lieutenant Basset, quant à lui, secouait la tête en signe d'incrédulité.

Thérèse avait achevé son récit en larmes. Toussaint murmura des instructions au suisse qui l'avait amenée, et qui ressortit avec elle. Conformément à ce que Toussaint avait ordonné, le recteur Chapuis attendait dehors pour emmener Thérèse au plus vite loin de la Charité.

— Monsieur Toussaint, attaqua le lieutenant général de police, les propos de cette jeune fille… vous semblent-ils dignes de foi ?

— Sans aucun doute, chevalier.

Le recteur ecclésiastique ne put se contenir davantage. Il se leva brusquement, renversant le lourd fauteuil dans lequel il avait été assis.

— Mais c'est grotesque ! Inouï ! Je connais un peu cette Thérèse, elle est d'ailleurs réputée avoir un caractère revêche, être souvent mal aimable et en colère. Je la soupçonne d'avoir voulu se venger de l'*élève* Suzanne qui, certainement, la rudoie parfois, en lui mettant le chapeau sur la tête, passez-moi l'expression. Il faut un esprit dérangé, habité par le Malin, pour imaginer qu'une *élève* prometteuse, pieuse et méritante, puisse se livrer à ces… monstruosités.

— Messire recteur, connaissez-vous ainsi le caractère de tous les habitants de la Maison ? lui demanda le lieutenant Basset.

Dupac eut un geste d'agacement :

— Sœur Clotilde m'avait rendu compte il y a peu de la façon dont chacune s'acquittait de sa tâche, à l'apothicairerie. Cette Thérèse est une enquiquineuse.

— Non seulement je prête foi aux propos de Thérèse, reprit Toussaint, mais ses dires sont corroborés par la disparition inexpliquée de Suzanne. Le registre des sorties atteste du fait qu'elle a quitté la Charité après notre premier entretien ce matin, sans rejoindre la visite que fait le chirurgien major, et elle n'a pas reparu depuis – j'ai demandé à la sœur portière de me prévenir de son éventuel retour.

— Messire Dupac, demanda Tolozan de Monfort, voyez-vous une explication à la disparition de cette élève ?

— L'*élève* avait certainement à faire à l'extérieur. Je ne doute pas qu'elle réapparaisse d'ici peu.

— Nous verrons bien, intervint le lieutenant

Basset. Si elle revient, nous l'entendrons, mais nous ne pouvons faire fi du témoignage de la jeune aide. Maître Toussaint, cette Thérèse pourrait-elle identifier l'homme qu'elle a vu violer la jeune élève ?

— Non, elle n'a pas pris le temps de regarder ses traits, tant la scène qu'elle découvrait l'a stupéfiée et épouvantée. Elle est restée à distance, et a tourné les talons devant l'horreur de la scène. Elle se souvient confusément que l'homme était de grande taille.

— Il ne manque pas d'hommes de grande taille dans cette maison, remarqua Tolozan de Montfort, que ce soit parmi les élèves, les aides ou les domestiques, tous sont choisis robustes et forts pour les travaux qu'ils ont à accomplir ici. Pensez-vous que ce violeur puisse être également l'assassin des deux recteurs ?

— Nous ne devons pas écarter cette idée, en effet.

— Nous y perdons notre latin, émit le prévôt. Car outre les meurtres ici perpétrés, il y a eu l'assassinat de la veuve Fleury, puis ces agressions sur le commissaire de police Bernardin et sur vous-même, monsieur Toussaint. Et la mise à sac de l'apothicairerie Coudurier. Voyez-vous comment tous ces éléments s'assemblent ?

Toussaint se mit à arpenter le bureau.

— Permettez que je récapitule. Des circonstances dans lesquelles le recteur Lefebvre a trouvé la mort, nous ne savons rien. Par contre, le commissaire Fleury, dont les compétences en matière criminelle étaient avérées, avait constitué un dossier sur ce meurtre, et une bande d'assassins n'a pas hésité à tuer sa veuve pour mettre la main sur le dossier. J'ai appris du notaire Dalier que le recteur Lefebvre avait fait l'acquisition, peu avant sa mort, de cinq bicherées de terres incultes situées dans les broteaux du Rhône, et il avait le projet d'en acheter davantage. Il prétendait vouloir y cultiver des simples. Dans des quantités qui lui auraient permis d'approvisionner la moitié des apothicaireries du royaume, donc cela ne tient pas, à mon avis. Élément troublant : le recteur Coudurier, qui lui a succédé ici, a voulu lui aussi se rendre acquéreur de terrains dans les broteaux, mais il a été assassiné avant d'avoir pu réaliser ces transactions. La jeune Thérèse avait un jour observé le recteur Coudurier, qui se croyait seul dans l'apothicairerie, en train de chercher quelque chose aux pieds de la statue du sauvage qui orne, avec d'autres, le meuble à chevrettes. Je suis enclin à penser qu'il cherchait un objet, ou un document, que le recteur Lefebvre, son prédécesseur, aurait dissimulé là. Il a sans doute été tué parce qu'il refusait de livrer cet objet. Ou parce qu'on ne l'a pas trouvé sur lui, ce qui expliquerait pourquoi son apothicairerie de la rue de l'Aumône a été mise à sac. C'est vraisemblablement ce même objet que Jacqueline a découvert dans le mannequin de la du Coudray, dans le sac figurant le placenta : un ensemble de documents, des lettres peut-être. Nous savons que Jacqueline a subtilisé le sac, à l'insu de sœur Clotilde et de Suzanne. Je suis persuadé que c'est cela qui a causé sa mort, ses assassins lui ont repris l'objet. Ou ont, à tout le moins, tenté de le faire.

— Trois meurtres, et un commissaire de police laissé pour mort sur le pavé, résuma le lieutenant Basset. Nous avons affaire à une bande d'assassins qui ne reculent devant rien, dont nous savons, grâce à vous, qu'elle est manifestement menée par une femme accoutrée en homme – je reconnais que cet élément ne laisse pas de m'étonner. Et vous connaissez un des assassins ?

— Oui, un certain Lubin, un ancien galérien qui s'est rendu coupable de plusieurs meurtres horribles l'année dernière à Orléans. L'enjeu doit être à la hauteur des crimes commis, considérable, donc.

— À quoi pensez-vous ? Quel peut être le motif de cette série de meurtres, de ce déchaînement de violence ? demanda le prévôt des marchands.

Le lieutenant général de police lui répondit :

— Les criminalistes s'accordent à dire qu'il n'y a pas infinité de raisons pour une telle série de meurtres : la cupidité, la vengeance, un esprit dérangé. Dans le cas présent, je parierais pour la cupidité.

Il regarda Toussaint, qui opina du chef et ajouta :

— Les assassins cherchent à obtenir quelque chose qui a, à leurs yeux tout au moins, une valeur considérable. Et l'achat des terrains dans les broteaux est lié à cette histoire, à n'en pas douter.

— Quel plan d'action suggérez-vous, monsieur Toussaint ?

— Nous avons une bande organisée qui sévit en ville, et qui a des complices dans l'hôpital de la Charité – un homme fort, domestique peut-être, et une élève de la pharmacie.

Le prévôt des marchands prit la parole :

— Si ces assassins sont étrangers à la ville – c'est au moins le cas de l'un d'eux, ce galérien dont vous avez parlé –, ils sont possiblement descendus dans une auberge, mais je pencherais plutôt pour un garni, qui garantit plus de discrétion, car il y a moins de passage que dans une auberge. Le guet pourrait s'employer à questionner les propriétaires de ces garnis. Qu'en pensez-vous, Ménard de Changlonne ?

— De très nombreux habitants louent une chambre garnie dans leur logis. Outre les ouvriers, toujours plus nombreux, les marchands qui affluent à chaque foire sont une source de revenus recherchée. Ce qui fait que ces chambres pullulent Grande-Rue Mercière, rue de la Bombarde, place des Terreaux ou place Confort. Mais on en trouve aussi en nombre dans les paroisses Saint-Jean et Saint-Georges.

— En somme, dans toute la ville, ajouta Toussaint.

— En effet, les hommes du guet n'y suffiront pas, mais nous pouvons solliciter les arquebusiers. Nous allons commencer dès ce matin.

Les cinq hommes continuaient de réfléchir dans le silence. Toussaint sentait peser sur lui les regards dubitatifs des notables lyonnais : ils le jaugeaient, et sans doute étaient-ils tentés de reconsidérer leur décision de lui confier les pleins pouvoirs, puisqu'il était impuissant à enrayer ce cycle infernal de meurtres perpétrés au sein de la Maison. Toussaint disposait de deux éléments dont il n'entendait pas partager la connaissance avec eux : le fait que le recteur ecclésiastique avait manifestement cherché à favoriser l'élection de Coudurier, ce même Coudurier, qui, à peine élu, avait voulu lui aussi acheter des terres incultes. Et le lien possible entre ces meurtres commis au sein de l'hôpital et celui du modère Champin : le rameau retrouvé sur le lieu du meurtre portait les mêmes feuilles que celle qui lui avait été envoyée dans la bible. Un arbuste inconnu, des caisses de jardinier dérobées peu avant d'être livrées, des terrains achetés par le recteur Lefebvre, le recteur Coudurier qui avait voulu en faire autant. La figure du recteur ecclésiastique semblait se profiler derrière tout cela, Toussaint ne voyait pas encore quel rôle exact il jouait, mais Dupac tirait certainement certains fils…

Ils se séparèrent sans avoir arrêté de plan d'action. Le lieutenant général de police Basset sortit en même temps que Toussaint alors que le prévôt Tolozan de Montfort restait en compagnie du recteur ecclésiastique. Ils demeurèrent à l'ombre du portique.

— De vous à moi, monsieur Toussaint, votre sentiment ?

— Sur mes chances de réussite ?

Basset avait senti au ton de Toussaint que celui-ci était sur le point de prendre la mouche. Il posa la main sur son bras en signe d'apaisement.

— Non, non, je ne doute pas de votre réussite, j'ai toute confiance en vous. Mais sur l'affaire elle-même, sur les motifs des assassins ? La cupidité ? Mais nous ne voyons pas ce qui, dans la pharmacie, pourrait susciter une telle convoitise ?

— Cela déborde certainement le cadre de la pharmacie. Nous avons maintenant des recteurs qui se sont portés acquéreurs de terrains dans les broteaux du Rhône, et qui sont peut-être morts pour cela.

— Des terrains achetés à l'autre grande maison, l'Hôtel-Dieu… N'est-ce pas étrange, en fin de compte ?

— Que voulez-vous dire ?

— Les apothicaires de la Charité, l'un après l'autre, font affaire avec les recteurs de l'Hôtel-Dieu. Pour acheter des friches. Et les recteurs de l'Hôtel-Dieu y consentent…

— Ils y consentent d'autant plus volontiers, si j'ai bien compris, que cela leur permet d'acheter des terrains mieux situés, aux abords du Pré-Morand.

Basset secoua la tête en signe d'incompréhension, serra le bras de Toussaint pour lui signifier sa confiance et l'engager à ne pas baisser les bras, et s'éloigna.

*
* *

Toussaint se rendit au bureau du prêtre économe, le père Mouillard, premier officier de la Maison, qui avait l'inspection sur tout le personnel. À la fois comptable et argentier, il s'assurait aussi de la conduite pieuse et vertueuse des résidents de la Maison. C'était un homme de petite taille, aux contours rondouillards, portant une perruque à tonsure, éternellement juché sur un tabouret trop haut pour lui, si bien que ses pieds, chaussés de savates informes, ballaient sous la table. Entre deux visites dans les différents lieux où l'appelaient ses fonctions – qu'il s'agisse de contrôler la qualité et les quantités de provisions apportées par les fournisseurs, ou de s'assurer de la présence de tous les résidents à la messe du dimanche –, il trônait devant une vaste table de travail où il alignait d'une fine écriture noms et chiffres sur des états, des listes, des matricules, des registres qui s'amoncelaient tout autour de lui et sur des étagères qui ployaient sous le poids des livres de comptes.

Toussaint lui exposa sa requête : quel résident pouvait sortir de la Maison sans attirer l'attention, sans devoir laisser son nom sur le registre que tenait la sœur portière ?

L'économe agita sa plume d'oie devant Toussaint, tout en répondant d'une voix éraillée que l'irritation rendait plus aiguë encore :

— Nul ne peut sortir sans ma permission, fût-il officier, frère, sœur, domestique ou pauvre, moi seul délivre la marque qui devra être remise au portier, sans laquelle il n'y a pas permission de sortie.

— Et des personnes étrangères à la Maison peuvent-elles venir quotidiennement dans l'enceinte de l'hôpital ? Je songe à des fournisseurs, des revendeurs ?

— Non, les frères et sœurs de la Maison ont pour consigne de ramener aux barrières tout revendeur, marchand, colporteur. Seuls sont admis les fournisseurs auxquels les recteurs ont passé commande de quelques denrées, et c'est moi qui les reçois pour contrôler la quantité et la qualité. En dehors des heures d'ouverture et de fermeture des barrières, aucun étranger n'est admis dans ces lieux.

Toussaint posa sur la table le registre qu'il avait tenu sous le bras.

— J'ai ici…

— Le registre de la sœur portière, oui, je le reconnais.

— J'ai été intrigué par la mention « *Char. distr. pain J+G,* ou *J+G+G* » qui apparaît presque chaque jour…

— Non pas, soyons précis, cinq fois par semaine.

— Oui, c'est cela.

— Il s'agit de la distribution de pain aux pauvres des différents départements.

Toussaint regarda l'économe avec attention, pour l'inciter à poursuivre :

— La ville a été divisée en cinq départements, pour chacun de ces départements les recteurs tiennent à jour la liste des pauvres auxquels l'Administration apporte un secours, sous forme de distribution de pain, de vêtements, ou d'objets de première nécessité. Il s'agit pour la plupart d'ouvriers nécessiteux, chargés de famille. De même, nous distribuons pain et linge dans les prisons, une fois par semaine. La mention « *Char.distr. pain* » signifie bien sûr *charrette de la distribution de pain*, les *J+G+G* sont pour les trois personnes de la Maison qui procèdent à ces distributions, toujours les mêmes, aussi n'y a-t-il pas lieu d'inscrire leur nom en entier, les initiales suffisent.

— Et qui sont ces personnes ?

— Le frère de la boulangerie, muni du registre du district et des prisons du jour, le charretier et son aide. Des hommes de la milice bourgeoise les accompagnent pour assurer leur sécurité, car c'est arrivé, par le passé, que la charrette de pain soit attaquée et dévalisée par des miséreux, de ceux ne figurant pas sur nos registres, évidemment.

— Leurs noms ?

— Le frère de la boulangerie est le frère Janton… Le charretier est un certain Gatien…

L'économe sauta à bas de son tabouret, attrapa un registre sur une étagère, le compulsa rapidement, suivant les listes de nom de son doigt boudiné :

— Et son aide s'appelle Ferrand, oui, Joseph Ferrand. Mais tout le monde l'appelle de son surnom, ici, Gaillard, car c'est une force de la nature, un garçon un peu simple, mais utile pour déplacer une charrette à bras. Donc *J+G+G,* Janton, Gatien et Gaillard. Quand le charretier est occupé autre part, seul Gaillard – entendez, Ferrand – accompagne le frère Janton. Donc J+G…

— Donc ces deux-là sortent quotidiennement…

L'économe rangea le registre du personnel, se jucha sur son tabouret et trempa sa plume dans l'encrier, comme pour signifier à Toussaint que l'entretien était fini et qu'il avait à faire.

— Une chose encore, si vous permettez, mon père. Vous avez l'inspection sur tout le personnel de la Maison ?

L'économe garda sa plume en suspens, regarda Toussaint tout en hochant la tête.

— Est-il pensable que l'un d'eux profite de ces sorties quotidiennes pour s'absenter, pour vaquer à des affaires privées ?

— Non, c'est impensable, ils restent ensemble et reviennent une fois leur service accompli. N'allez pas croire qu'ils prennent du bon temps quand ils sont à l'extérieur. Le frère Janton surveille les deux autres, sur lesquels il a autorité.

Toussaint eut une moue dubitative. Il feuilletait les dernières pages du registre.

— Mon père, la charrette semble être sortie à deux reprises mardi matin. Voyez.

L'économe jeta un regard en coin au registre et marmonna :

— Oui. Distribution du pain, puis réception d'une livraison au port de la Baleine. En vain, d'ailleurs, la marchandise avait disparu.

Toussaint posa la main sur l'avant-bras du père Mouillard et posa sur lui un regard pénétrant. L'économe soupira, se jeta à bas de son tabouret et alla chercher un registre sur les étagères.

— Réception de deux caisses de jardinier… Ah oui… Une histoire confuse… Le marinier avait fait savoir la veille que la marchandise serait à enlever au port de la Baleine en milieu de matinée, le recteur ecclésiastique avait en effet fait exigé qu'on ne laisse à aucun crocheteur le soin de livrer la marchandise, j'ai donc envoyé Gatien et Gaillard. Mais, là-bas, ils se sont heurtés à un particulier qui était venu avec une charrette à bras et prétendait *lui aussi* prendre livraison de la marchandise, il avait soi-disant une lettre l'autorisant à la réceptionner, et finalement, le marinier, tout piteux, vient leur annoncer que les caisses ont disparu ! Elles étaient sur une allège à la remorque du chaland.

Soit l'allège a coulé, soit la marchandise a été volée. C'est ce que m'a rapporté Gatien.

— Et le chaland s'appelait le *Marie-Angèle*…

L'économe jeta un œil sur la page du registre, et opina du chef en jetant un regard étonné à Toussaint.

— Oui… Et je peux vous dire que le recteur ecclésiastique a été plus que peiné de cette histoire… Le foin qu'il a fait…

Toussaint eut le sentiment qu'un coin du voile venait de se déchirer, comme s'il commençait à entrevoir les pans d'une réalité qu'on avait cherché à lui dissimuler : le recteur Dupac de Bellegarde était non seulement au courant, il était aussi l'instigateur de la venue de ces caisses. Toussaint fut tenté de se rendre à son cabinet pour affronter le recteur, mais l'homme était coriace – coriace et vaniteux, il n'hésiterait pas à défier l'autorité qu'incarnait Toussaint. Par ailleurs, ces éléments étaient encore bien minces. Et quelque chose le turlupinait : si le *recteur ecclésiastique* était à l'origine de la venue des caisses renfermant des plançons, pourquoi les *apothicaires* s'étaient-ils portés acquéreurs des terrains ? Toussaint savait qui interroger sur le sujet, mais avant toute chose, il lui fallait mettre la main sur le charretier.

Entre-temps, le recteur Chapuis vint lui parler. Il était sur le point de partir avec sa protégée, mais il tenait à faire savoir à Toussaint que les affaires de Thérèse et de Jacqueline avaient été dérangées : on avait farfouillé dans leur coffre, on avait déplacé leur grabat – on cherchait quelque chose. Les documents trouvés par les deux jeunes femmes dans le placenta du mannequin auraient-ils disparu ? La surveillante avait été interrogée, mais prétendait que personne n'avait pu se rendre dans le dortoir depuis que les résidentes l'avaient quitté à quatre heures pour se rendre à la messe, puis au réfectoire – la salle étant alors fermée.

Toussaint retint l'information, mais il voulait procéder par étapes. Il lui fallait trouver le charretier. On lui indiqua où trouver le dénommé Gatien : dans la remise des voitures, où il s'employait à graisser les essieux d'une charrette. Court sur pattes, il avait un embonpoint de nourrice. Une moustache jaunie lui débordait de la lèvre supérieure, dissimulant les quelques chicots qui lui restaient. Toussaint l'amena à raconter l'épisode survenu au port de la Baleine.

— J'ai d'abord cru que le marinier nous avait chié du poivre, car on attendait depuis une paire d'heures quand le *Marie-Angèle* a enfin pointé le bout de son nez. Mais faut dire qu'avec ces bougres de modères, un voiturier par eau ne sait jamais quand il va remonter la rivière. Le chaland est en vue, et voilà-t'y pas qu'une bèche vient se fracasser contre la proue ! Un gars à la baille, qu'il a bien fallu repêcher. Et quand enfin le patron, tout penaud parce qu'il voit plus les caisses qui étaient soi-disant sur une allège, vient vers nous, un bougre de bourgeois se précipite en brandissant une lettre comme quoi c'est à lui qu'il faut remettre la marchandise, qu'il est mandaté par le recteur Lefebvre ! Et il faisait le jabot !

— Il a bien dit *le recteur Lefebvre* ?

— Sûr ! Je lui ai dit d'ailleurs : vous déparlez, l'homme, il y a belle lurette que le recteur Lefebvre a été envoyé *ad patres* !

— Et que vous a-t-il répondu ?

— Qu'il était bien placé pour le savoir, puisqu'il était son successeur !

— Reboul…

— Oui, c'est peut-être bien le nom qu'il a dit. Mais

vous parlez d'un bougre de mal engueulé ! Heureusement, Gaillard était là qui l'a fait déguerpir !

— Où puis-je trouver ce fameux Gaillard à cette heure ?

— J'en sais trop rien, c'est un peu l'homme à tout faire, ici, vu qu'il est d'une force peu commune, il est demandé de droite et de gauche.

Toussaint ne trouva Gaillard nulle part. Il eut l'idée de questionner la sœur portière, qui confirma que Gaillard était sorti avec le frère Janton.

*

* *

Une heure plus tard, Toussaint sortait de l'étude du notaire Dalier. Il laissait le tabellion effondré dans le réduit vitré qui lui tenait lieu de bureau, au cœur de l'étude qui employait plusieurs clercs. Le notaire avait pâli quand Toussaint était entré d'autorité dans son antre et avait demandé à voir copie des actes d'achat de terrains par le recteur Lefebvre. Dalier s'y était d'abord opposé, entonnant le refrain de la confidentialité des actes passés devant lui. Toussaint était alors ressorti du cabinet, se plantant devant les caissons de bois qui habillaient les murs de l'étude, tirant au hasard sur les liasses de documents qui s'étaient écroulées au sol en soulevant des volutes de poussière. Un clerc qui avait tenté de s'interposer s'était vu repoussé sans ménagement, et une fois passé un moment de stupeur, le notaire s'était précipité auprès de Toussaint qui piétinait allègrement le fatras de paperasses au sol, il l'avait supplié de ne pas mettre l'étude à sac, lui promettant toute l'aide qu'il voudrait. Dalier avait produit les documents demandés, et Toussaint avait découvert la contre-lettre dont un exemplaire était déposé à l'étude : Lefebvre n'était qu'un prête-nom, le véritable acheteur des terrains, et aujourd'hui leur propriétaire, était l'hôpital de la Charité – Lefebvre n'était propriétaire en propre que d'un cinquième des terres. Redoutant qu'il n'ait un autre accès de fureur destructrice, Dalier était allé au-devant de ses désirs et lui avait spontanément montré d'autres documents de la même eau : le projet de contrat de vente des terrains au profit du recteur Coudurier. Là encore, une contre-lettre désignait la Charité comme acheteur réel. Les recteurs n'avaient été que des hommes dc paille, et l'achat des terrains de l'Hôtel-Dieu était l'œuvre du recteur ecclésiastique. Dalier lui avait expliqué que cette manœuvre avait eu pour but de ne pas susciter la méfiance des recteurs de l'Hôtel-Dieu qui n'auraient peut-être pas aussi facilement cédé ces terrains à l'autre maison des quais du Rhône.

— Par contre, vendre des friches à un apothicaire qui disait vouloir y cultiver des simples, cela pouvait passer pour une bonne affaire… Les recteurs de l'Hôtel-Dieu n'y ont vu que du feu.

— Une chose encore, maître Dalier : qui est au courant de l'existence de ces contre-lettres, en dehors de vous et du recteur ecclésiastique ?

Le notaire avait capitulé, laissant tomber le menton sur la poitrine, buvant la coupe jusqu'à la lie : l'abbé du Bois d'Oingt était au courant, c'est lui-même qui avait dicté à Dalier ce qu'il pouvait révéler de l'affaire à Toussaint.

— Intéressant… Et ce dernier acte que vous hésitez à me montrer ?

Dalier tenait en effet en main un document qu'il plaquait contre sa poitrine. Il le regarda brièvement, et le tendit en soupirant à Toussaint.

— De plus en plus intéressant, murmura Toussaint. L'abbé du Bois d'Oingt a lui-même, en son nom propre, acquis plusieurs bicherées de friches… Et là, pas de contre-lettre…

*

* *

En sortant de l'étude du notaire, Toussaint était relativement confiant ; s'il se doutait que le recteur Dupac lui dissimulait certains aspects de l'affaire, il estimait toutefois avoir plusieurs atouts dans son jeu : il devinait pourquoi Dupac avait favorisé l'élection de Coudurier, appelé à être son nouvel homme de paille après la disparition du premier, Lefebvre. Il savait par ailleurs que Dupac attendait la livraison de caisses de végétaux, et il avait dû être plus que contrarié par leur disparition. Il avait également appris que le jeune Reboul avait tenté de mettre la main sur les caisses, en vertu d'un document qui avait appartenu à feu son maître Lefebvre, preuve supplémentaire que les meurtres des recteurs étaient liés à cette histoire de caisses de jardinier. Enfin, et ce n'était pas le moins effarant, l'abbé du Bois d'Oingt lui-même semblait tremper dans cette vilaine affaire. L'abbé en savait en tout cas plus long que lui sur les tenants et aboutissants de l'histoire… Toussaint résolut de se dire confiant, il avait progressé en cet après-midi comme jamais auparavant.

Cette confiance fut réduite à néant lorsqu'il approcha ce soir-là de la place Saint-Michel. L'apercevant, Hortense jaillit du seuil de leur maison. Elle était échevelée, avait les traits ravagés et s'agrippa à lui en haletant. Il ne comprit tout d'abord pas ce qu'elle essayait de lui dire, et il dut la saisir par les bras, la secouer pour la ramener à un peu de raison :

— Marie… a… disparu ! réussit-elle à articuler.

Toussaint ne fut pas long à reconstituer ce qui s'était passé dans la matinée. Marie était sortie pour se rendre chez la voisine, au prétexte de voir les chatons. Une revendeuse de fruits l'avait vue traîner aux abords de la rue Sala, un porteur d'eau, un décrotteur et une bouquetière dirent avoir échangé des propos lestes avec elle – la gamine était connue pour avoir la langue bien pendue, plusieurs commères dirent l'avoir croisée en différents endroits de la place, mais c'est le témoignage d'un cureur de puits qui les plongea dans l'effroi : l'homme était dans le puits de la cour d'une maison située à l'opposé de la leur, affairé à cimenter des pierres descellées quand il avait entendu des cris étouffés au-dessus de lui, des imprécations, des injures proférées par une gamine qu'on avait ensuite réduite au silence en la bâillonnant, il avait entendu un homme jurer sourdement, et dire que « cette foutue gueuse » l'avait mordu jusqu'au sang. Lorsqu'il avait émergé au-dessus de la margelle, il avait vu un fiacre qui avait stationné sous le porche de la maison s'élancer vivement sur la place. Hortense était persuadée que Marie avait été enlevée, et Toussaint s'opposait mollement à cette version – lui-même tenait la chose pour plus que vraisemblable. Les enlèvements d'enfants étaient rarissimes – pourquoi enlever un enfant quand plus d'un millier était abandonné chaque année ? Il y avait bien, dans les ruelles sombres et peu fréquentées, des dépouilleuses d'enfants – au moyen d'une douceur, elles attiraient l'enfant à l'écart, le dépouillaient de ses vêtements de soie, le délestaient de ses bijoux d'or ou d'argent, mais Marie était à la fois trop âgée et bien trop futée pour constituer une proie facile. Toussaint formula tout haut ce que tous deux pensaient :

— En enlevant Marie, ils veulent avoir barre sur moi…

— Vous dissuader de poursuivre l'enquête ? demanda Hortense.

— Possiblement. Ils pensent peut-être que j'ai découvert ce qu'ils recherchent, ou que je suis sur le point de le découvrir.

— Que ferez-vous s'ils exigent que vous le leur donniez ? S'ils menacent de s'en prendre à Marie ?

— …

— Vous ne répondez pas ? Vous doutez donc de la conduite à tenir ? Mais c'est insensé…

Hortense tapait du pied, elle se campa devant son époux, mains sur les hanches, le fusilla du regard en disant d'une voix sourde :

— Que ferez-vous ? Je veux vous l'entendre dire…

Toussaint prit sa femme par les bras, plongea son regard dans ses yeux qui étaient mouillés de larmes :

— Marie compte pour vous autant que l'enfant que vous portez, je me trompe ?

Hortense eut un bref hochement de tête.

— Alors je rendrai mon tablier, abandonnerai cette enquête, quelles qu'en puissent être les conséquences sur ma réputation de fin limier… Après tout, je ne suis que chirurgien, je puis être heureux en étant seulement cela, pour peu que je vous aie, et que nous ayons nos… enfants.

Il promena sa main sur le ventre de sa femme.

— Nous serons bientôt fixés sur votre état… Et je souhaite que Marie nous revienne, je m'aperçois que je suis attaché à elle, son caractère déluré et son bagout me manquent déjà…

Toussaint s'approcha de la fenêtre, ouverte sur l'animation bruyante de la place. Il constata que les volets étaient repoussés devant la fenêtre de la jeune femme qui était leur vis-à-vis.

— J'allais oublier de vous en parler. Peu avant de disparaître, Marie m'a confié une chose étrange concernant l'abbé…

*

* *

Un fiacre avait déposé Giovanna Armanni à l'extrémité sud de la rue de Vaubécourt. Elle avait prié le cocher de passer par la place Saint-Michel, car elle voulait voir la maison où le chirurgien demeurait. Puis elle avait parcouru à pied la zone des travaux d'aménagement de la gare à bateaux, projet abandonné, et avait rejoint la rive de la Saône. Le chaland était amarré là depuis plusieurs jours, sous les saules. Le mât avait été déposé, comme s'il nécessitait réparation – on évitait ainsi les questions des curieux. Un homme était assis sous la voile déployée sur une vergue et formant un abri ombragé. Il se leva quand Giovanna surgit sous les frondaisons, toucha le bord de son chapeau à large bord en guise de salut et aida la visiteuse à trouver son équilibre sur la planche la menant à bord.

— Quelle puanteur, ici ! Vous avez la gosse ? demanda-t-elle.

L'homme murmura ce qui pouvait passer pour un acquiescement. Il ajouta négligemment :

— Il a quand même fallu lui donner une bonne ratisse pour qu'elle arrête de couiner…

La jeune femme lui jeta un regard inquiet, elle savait quelles souffrances le Grand Lubin était capable d'infliger à ses semblables. Il perçut l'inquiétude de la jeune femme, leva la main pour souligner l'exagération de ses propos et ajouta :

— Rien de méchant, juste quelques coups de ceinturon pour qu'elle comprenne à qui elle avait affaire.

Ils descendirent dans la partie de la cale qui avait été aménagée en cambuse. Deux hommes étaient assis sur des tabourets et tapaient le carton. Ils se levèrent respectueusement à l'arrivée de la visiteuse qui ne s'intéressa pas à eux, mais se dirigea directement vers le fond de la cale où un corps était allongé sur un grabat. Giovanna s'en approcha, donna un coup de sa canne à pommeau dans les côtes de la jeune fille qui faisait mine de dormir. Marie sursauta et se retourna. Elle avait les mains liées dans le dos, les pieds entravés, un chiffon au goût écœurant, imbibé de salive, lui avait été fourré dans la bouche et était maintenu par un bâillon. Elle vit un jeune homme bien mis qui lui faisait face en souriant. Il enleva son tricorne et libéra sa coiffure qui lui retomba sur les épaules. C'était une jeune femme, portant des vêtements d'homme. Une jeune femme qu'elle avait déjà aperçue. Chez sa tante.

Giovanna Armanni arrondit les sourcils de surprise : la jeune fille la fixait avec dans les yeux une haine comme jamais une enfant ne lui en avait témoigné, Dieu lui était pourtant témoin qu'elle n'avait jamais été tendre avec ses camarades de jeu quand elle était enfant.

— Tiens-toi tranquille et il ne t'arrivera rien, si le chirurgien me donne ce que je veux, tu repartiras d'ici sur tes deux jambes.

Puis s'adressant aux deux hommes :

— Elle reste ici. À fond de cale. Et pas question de la libérer de ses liens.

— Et si elle veut se soulager ? se risqua à demander un des deux hommes. Ça pisse à tout bout de champ, ces donzelles, parlant par respect.

— Vous n'aurez qu'à mettre un peu de paille sous elle. Vous lui retirerez le bâillon deux fois par jour, pour lui donner de l'eau, et du bouillon gras. Elle est grasse et dodue comme une latte, je ne voudrais pas qu'elle dépérisse davantage.

— Et si elle braille pour tenter d'ameuter le voisinage ?

— Elle ne braillera pas, car sinon, vous lui trancherez une oreille, que nous ferons porter chez ses parents adoptifs, ajouta la jeune femme en adressant un sourire sardonique à Marie qui ne la quittait pas des yeux.

Les deux hommes s'esclaffèrent. Giovanna s'agenouilla auprès de Marie, lui prit le menton dans la main et soutint son regard :

— Si tes yeux étaient des pistolets, c'en serait fait de moi, pas vrai ?

Elle se rembrunit.

— Me connaîtrais-tu ? M'aurais-tu déjà vue ?

Elle se souvint alors du bruit entendu à l'étage, de la sensation d'être observée. Se pouvait-il que la gamine ait été dans la maison de la veuve Fleury sans qu'ils la découvrissent ? Elle en eut la conviction.

— Tu nous as vus, n'est-ce pas. Alors tu sais de quoi nous sommes capables. Donc, tiens-toi à carreau.

Elle repoussa Marie sur son grabat, puis se tourna vers le plus grand des deux hommes qui portait l'habit gris cendré des domestiques de l'hôpital :

— Tu retournes à la Charité. Tu fais en sorte

de croiser l'aide de l'apothicairerie, elle pourrait bien t'avoir reconnu.

Elle ajouta à voix basse, d'un ton sans réplique et en détachant chaque mot :

— Tu te débarrasses d'elle.

— Comment ?

— À toi d'avoir une idée. Tu as bien su comment tourmenter cette Jacqueline… pour ne même pas obtenir ce qu'elle était censée nous livrer !

Giovanna ramassa sa chevelure en un chignon qu'elle contraignit sous son tricorne. Les deux hommes percevaient son exaspération et ne bronchaient pas, ils l'avaient vue cingler le visage d'un homme pour moins que cela. Puis elle sortit de la cambuse. Elle rejoignit le Grand Lubin sur le pont. L'après-midi s'étirait mollement. Des chalands en provenance du sud venaient s'amarrer sur la rive opposée, en aval du pont d'Ainay. Ils devraient attendre le lendemain pour être halés par les modères jusqu'au-delà du pont du Change. Les équipages s'interpellaient, on devisait, on s'échangeait les meilleures adresses de cabarets. Une bèche remontant la rivière passa à proximité du chaland et un compagnon de rivière interpella le Grand Lubin et le godelureau vêtu en bourgeois qui lui tenait compagnie :

— Hé ! Vous autres, vous sauriez me dire où loge la Madelon de Saint-Georges ?

— Oublie la Madelon, répliqua le Grand Lubin, c'est un fameux grenier à chaude-pisse, va plutôt en face, à la Mulatière, tu passeras pas inaperçu aux yeux des raccrocheuses qui guettent les écoliers, mais qui s'accommodent aussi d'un marinier quand il est vigoureux comme toi.

— Ah…

Le compagnon parut déçu, il hocha pourtant la tête en ajoutant :

— Merci du conseil.

Giovanna attendit qu'il se fût éloigné.

— Tu as pratiqué la Madelon ?

— Non, mais elle est connue des compagnons de rivière.

Il se mit à fredonner :

« *Ces deux mollets coussinets*
Ces deux mignons bessonnets
Qui s'esmouvent sur la gorge
De la Madelon d'Saint-Georges »

— Mais depuis le temps que les compagnons poussent la chansonnette, la Madelon doit avoir des gibecières plutôt que des tétins de pucelle.

Il cracha dans la rivière.

— Épargne-moi ces gandoises[1], et puis, tu chantes faux.

— Le chirurgien a compris qu'on le surveillait, il a réussi à sortir sans que je puisse le suivre, ce matin.

— Il t'avait repéré, en fait. Il n'est pas sot, et avait compris. Tu vas rester ici, sur le chaland. La police fouille les garnis, ils finiraient par retrouver ta trace.

— Et vous ?

— Je ne crains rien, mon oncle m'offre une protection sans pareil.

Ils regardaient les chalands qui glissaient paresseusement au fil de l'eau. Les journées étaient longues, aussi les distances couvertes à l'avalaison étaient

1. Plaisanteries, propos un peu lestes (mot lyonnais).

considérables : parti de Mâcon à l'aube, on pouvait espérer faire planche le soir à Vienne.

— Et comment mettre la main sur les lettres, maintenant ? Cette foutue garce les avait trouvées, mais a réussi à les faire disparaître à nouveau. Suzanne était pourtant sûre qu'elle les avait sur elle. Comment a-t-elle pu s'en défaire ?

— Le chirurgien va les trouver pour nous. Et nous avons une monnaie d'échange, donc tu prends soin de la morveuse, pas question de laisser les deux lourdauds se distraire avec elle. Plus tard, quand nous n'aurons plus besoin d'elle, nous la ferons disparaître.

— Et Gaillard ?

— Il peut encore être utile, même s'il est un peu trop fruste à mon goût.

— Il a pourtant découvert la piste de l'apothicaire.

— C'est vrai. Et c'est ce qui lui vaut un sursis. Et l'amie de Gaillard ?

— La Suzanne ? Partie sur le chaland le *Louise*, comme vous l'avez ordonné. D'ici à trois jours, elle sera enfermée dans un bordel pour matelots à Marseille.

Il eut un bref accès de rire. Il regarda la jeune femme à la dérobée. Elle avait ouvert le haut de sa chemise et s'épongeait la nuque avec un mouchoir. Elle était fluette, avait les hanches étroites et était plate comme une galette – pas de quoi vous roidir le membre. Mais elle avait un caractère froid, cruel, elle était d'une détermination absolue et ne redoutait pas même la mort – des traits qu'elle partageait avec lui, ce qui fondait leur respect mutuel. Il n'avait certes pas peur d'elle, mais il savait que le moment venu, il lui faudrait prendre le large, car il était sûr qu'elle avait déjà décidé du sort qui l'attendait : Lubin n'était pas benêt au point de croire à cette histoire de partage de bénéfices colossaux. Il avait pour sa part fait main basse sur quelques objets de valeur quand ils avaient mis à sac l'apothicairerie Coudurier, elle ne s'en était pas offusquée et l'avait laissé faire. Lubin pensait l'avoir percée à jour : elle jouait sa partie, et c'était réellement un jeu. Elle jouait avec le chirurgien, avec son épouse – l'enlèvement de la morveuse n'était pas une nécessité selon lui, et leur faisait courir un risque supplémentaire, mais elle avait eu envie de porter un coup de canif dans la pâte lisse de ce confort domestique.

Elle le tira de ses réflexions en laissant tomber :

— L'apothicaire, le successeur de Lefebvre… on va l'amener ici.

— Comment ça ?

— Il sait des choses, c'est sûr… Je le ferai parler.

Lubin se gratta l'oreille.

— Tu n'approuves pas ?

— C'est que… ça va faire du monde à surveiller.

— Ne me dis pas que tu t'effrayes de devoir surveiller une morveuse et un blanc-bec.

— Quand ?

Giovanna regardait le ciel au-dessus des monts du Lyonnais : de blanc, il virait lentement au gris ardoise. La chaleur était cuisante, et l'orage s'annonçait.

— Ce soir. Le marinier gardera la gosse, tu m'attendras sur les neuf heures devant le Change, à Saint-Jean.

*
* *

Le jeune Reboul était littéralement écrasé par la Catherine qui se lançait d'avant en arrière dans sa quête éperdue de l'orgasme. Il espérait qu'elle arriverait à ses fins avant qu'il ait déchargé, car elle n'aurait de cesse, sinon, qu'elle ne revienne à la charge, qu'elle ne le tripote pour stimuler l'érection de son membre flapi. Dans son champ visuel, traversé par les seins de sa partenaire qui ballaient furieusement au-dessus de son nez, il vit la porte de la chambre s'ouvrir. Il n'eut pas le temps de se redresser sur ses coudes que deux individus se tenaient à côté du lit, ils basculèrent la Catherine sur le côté, et elle tomba en criant dans la ruelle du lit, d'où le plus grand des deux individus la tira en l'attrapant par les cheveux et l'amena au milieu de la pièce. Reboul se redressa sur la couche, terrorisé, il réussit péniblement, d'une voix qui se voulait indignée mais où transparaissait sa couardise, à articuler deux mots :

— Mais qui… ?

Il ne put en dire plus, d'un moulinet terrible, le plus fluet des deux visiteurs, dont le visage restait dans l'ombre d'un tricorne, lui envoya son gourdin en travers du visage, lui fracassant la cloison nasale et lui emportant quelques dents du haut. Un deuxième mouvement du bras, et le gourdin s'abattit sur la nuque du jeune apothicaire, qui retomba inerte sur le lit.

— Bâillonne cette truie, dit-il alors à son comparse, lie-lui les mains et les pieds.

Puis il s'approcha de la fenêtre, écarta d'un doigt le rideau de velours. Un fiacre arrivait de la place du Gouvernement et s'arrêtait devant l'apothicairerie. Il tira le rideau sur le côté, ouvrit la fenêtre en grand. Le vent rabattit un rideau d'eau de pluie dans la chambre, souffla les bougies au chevet du lit.

— Le fiacre est là. Descends, charge ce jean-foutre et attendez-moi.

Lubin chargea le corps de Reboul sur une épaule et s'engagea dans l'escalier en colimaçon.

La jeune femme s'accroupit devant la femme Lefebvre qui gisait, nue, ligotée et bâillonnée, sur les tommettes. Elle lui pinça les joues, fit un « Ah ! » de satisfaction ironique quand elle vit que la veuve n'était pas évanouie, mais seulement pétrifiée de terreur : elle ouvrait des yeux épouvantés et vit, à la lueur sporadique des éclairs, son agresseur sortir une longue tenaille d'un sac.

Vendredi 16 juin 1786

Eugénie avait appris l'enlèvement de Marie et s'était rendue auprès d'Hortense. Cette dernière avait les traits défaits, la migraine lui taraudait les tempes, elle ne pouvait rien avaler si ce n'est un peu d'eau – l'incertitude quant à ce qu'il advenait de Marie la rendait proprement malade. Toussaint était ressorti, il estimait ne pas pouvoir faire avancer l'enquête en restant chez lui. Eugénie ne savait plus que dire, elle voyait qu'Hortense s'était attachée plus que de raison à cette orpheline, dont elle disait que Toussaint et elle voulaient l'adopter. Elle était plantée devant la fenêtre, regardait le porche de la maison à l'opposé de la place où le fiacre des ravisseurs avait stationné – Hortense lui avait conté la scène, des sanglots dans la voix. Un homme apparut sur le seuil à droite du porche, regarda de droite et de gauche, ajusta son chapeau sur ses yeux et s'en fut, rasant les murs jusqu'à disparaître dans la rue Sainte-Hélène. Une minute plus tard, les volets de la pièce à l'étage furent ouverts, dévoilant une jeune femme qui fut interloquée d'apercevoir Eugénie dans la maison d'en face, et qui la dévisageait. La jeune femme recula de quelques pas pour ne pas être vue depuis la place, tout en continuant de regarder fixement Eugénie, puis sembla lui faire un signe.

— Hortense, venez voir !

Hortense se tamponna les yeux de son mouchoir, puis vint se camper à côté de son amie. Elle esquissa un vague salut en direction de sa voisine.

— Elle commerce avec des hommes.

— Une raccrocheuse, en somme ?

— Oui, voilà à quoi la misère peut pousser une jeune femme.

— Hortense, regardez ! Elle nous fait signe, avec insistance.

Du fond de la chambre, la jeune femme agitait la main, comme si elle leur signifiait de la rejoindre, puis elle ajusta une coiffe à l'arrière de la tête et disparut du côté gauche. La porte du rez-de-chaussée s'ouvrit inopinément et elle apparut, un châle négligemment passé sur son casaquin de coton bleu, une ample jupe noire lui battait autour des jambes. Elle ralentit l'allure en passant devant le porche, tourna la tête vers Hortense et Eugénie, et d'un mouvement brusque de la tête, sembla les inviter à la suivre.

— Venez, dit Hortense en saisissant Eugénie par le bras, elle nous fait signe de la rejoindre.

Les deux amies retrouvèrent la jeune femme sur la cale du port des Chaînes. D'un imperceptible signe de tête, elle leur fit signe de la suivre du côté du bateau-lavoir.

— Comment vous appelez-vous ?

— Jeanne. Jeanne Rapin. Je suis de Brignais.

— Vous vouliez me dire quelque chose ? lui demanda

Hortense en la prenant par les mains et la forçant à la regarder.

— Je sais qui a enlevé la petite.

Hortense en resta bouche bée. Eugénie secoua la jeune femme :

— Parlez, dites ce que vous savez !

— Un homme est venu il y a trois jours… Un compagnon de rivière, je pense, en tout cas il portait la veste courte des mariniers. Il a couché avec moi, puis il s'est embusqué derrière les volets repoussés devant la fenêtre. Il m'a demandé de le laisser seul, de revenir seulement, lorsque, de dehors, je verrais les volets ouverts. Il m'a donné de l'argent pour ça. Je sais qu'il observait votre maison, les allées et venues. Et le jour où la petite a été enlevée, il était là, il allait et venait sur la place, regardant toujours du côté de votre porte. Sûr qu'il guettait le moment où Marie sortirait.

— Vous connaissez son nom ?

— Oui, je m'entends bien avec elle, elle est gentille, pas comme les autres mijaurées qui me traitent de débauchée et de catin. Un jour qu'elle avait acheté des fruits auprès d'une revendeuse, je l'ai croisée, et elle m'a offert une poignée de prunes.

— Vous savez où se cache cet homme ?

— Non, mais je sais où vous pouvez le trouver à coup sûr. Ses vêtements, ses cheveux même, puaient la graisse animale, c'en était écœurant. Je m'en suis à moitié amusée, je lui ai dit que j'espérais qu'il avait non seulement l'odeur mais aussi les couilles du bouc et ce qui va avec…

— Et ?

— Il l'a pas mal pris, il était aucunement gêné, m'a dit en riant qu'il avait plutôt un vît d'âne, mais qu'il couchait sous la voile, et que parfois, oui, ça emboconnait sur la rivière.

— Et donc ?

— Eh bien, je pense qu'il est sur un bateau amarré tout près de la suifferie de l'île Mogniat. Quand le vent se met de sud, il rabat les odeurs sur la ville, c'est connu. C'est pourquoi les équipages ne restent jamais longtemps au port Sablet qui est situé juste en face, tellement l'odeur est incommodante, ça vous porte au cœur. Pour moi, il est sur un bateau amarré au plus près de la suifferie, peut-être sur la rive opposée, mais sous le vent en tout cas.

Hortense prit les mains de Jeanne dans les siennes et l'assura de sa reconnaissance. Mais elle devait au plus vite fait part de cette information à Toussaint – et à Ménard de Changlonne, ajouta Eugénie. Tout en retournant à grandes enjambées place Saint-Michel, Hortense se disait que Marie était peut-être tout près, le port Sablet se situait rive droite de la Saône, quelques toises en aval de l'Arsenal qui bordait la place côté rivière.

*

* *

La pièce était nue, hormis deux chaises paillées et un crucifix au mur, mais elle avait l'avantage d'être fraîche. Toussaint avait été admis dans un parloir, où on l'avait prié d'attendre la mère supérieure. Quand Eugénie était arrivée, qu'Hortense avait entrepris de lui conter par le menu ce qui était arrivé à Marie, il avait préféré s'esquiver. Il ne pouvait se résoudre à tourner en rond dans le salon où Hortense pleurait à chaudes larmes. Lui-même était tourmenté et inquiet, il savait à quel point le Grand Lubin était dépravé et il ne faisait aucun doute qu'il était derrière cet enlèvement. Pour s'occuper l'esprit, et pour tirer au clair quel rôle jouait l'abbé du Bois d'Oingt, il avait décidé de faire un saut jusqu'à la *Maison des pénitentes repenties*. Il avait violemment actionné le heurtoir, avait donné des coups de botte dans la porte, avait menacé de faire intervenir le guet. La sœur portière était revêche, et peu d'hommes pouvaient franchir le seuil de cette institution : les administrateurs, peut-être des pères de famille blessés dans leur orgueil, et qui avaient condamné leur fille à une vie de mortification et de prière pour le rachat d'un péché. Et quelques ecclésiastiques. Dont l'abbé du Bois d'Oingt. C'est Marie qui avait surpris le cousin abbé, la veille : elle guettait l'apparition dans la rue Saint-Joseph du galapiat qui avait apporté le pot d'électuaire, puis la bible, et qui s'était échappé en portant un coup décisif aux parties viriles de Louis-Joseph. Ne doutant pas qu'il finirait par sortir, elle allait et venait dans la rue, s'asseyant parfois sur un tabouret auprès de la ravaudeuse qui avait su l'apprivoiser. La dame avait la langue bien pendue, ne demandait qu'à trouver une oreille disposée à recueillir son babillage insipide. Marie opinait du chef, lâchait parfois un « Hm… » de peu de conviction, sans quitter la porte des yeux. Et elle avait vu sortir l'abbé, d'un pas alerte, filant la rue Saint-Joseph en direction de la place Louis-le-Grand. Elle s'était rencognée dans l'angle entre le mur et le baquet, et la ravaudeuse s'était méprise sur son attitude :

— A pas peur, la Marie, ç'ui-là, il est pas du genre à pitrogner les pillottes[1] comme toi, i'préfère les fenottes

1. *Pillot* (féminin *pillotte*) : poulet.

bien dessalées qu'on tient enfermées ici ! Je le vois souvent, cet abbé.

C'est ainsi que Toussaint avait appris que l'abbé avait, selon les dires de la ravaudeuse, « un commerce avec les filles de la maison de la rue Saint-Joseph ».

Toussaint refusait de croire à une coïncidence : le galopin porteur d'énigmatiques messages en venait, la jeune élève de l'apothicairerie avait dit préparer une pâte à base de rue officinale pour des filles de la maison des pénitentes repenties, et voilà qu'on découvrait que l'abbé avait ses entrées dans la maison. Il marinait depuis une demi-heure quand sœur Baux de Francheville arriva, à pas feutrés. Elle daigna s'excuser de l'avoir fait attendre, mais tint à faire part de sa surprise de voir un chirurgien, fût-il chargé par le gouverneur d'une mission de police, forcer ainsi la porte d'une maison où les femmes se vouaient à Dieu, quêtant la rémission d'un péché, ce qui impliquait une vie de silence et de recueillement et ne pouvait souffrir une intrusion aussi bruyante de la part d'un homme…

— Épargnez-moi ces billevesées, ma sœur, vos pensionnaires ne se seront pas émues des coups de heurtoir, elles auront certainement pensé qu'on amenait ici une pauvre femme victime des appétits des hommes. Asseyez-vous et répondez sans détour à mes questions.

La mère supérieure lui expliqua que les deux maisons, celle des pénitentes repenties et celle des recluses, étaient mitoyennes, mais que seule l'église leur était commune. Les pénitentes repenties, dont elle avait la responsabilité, étaient filles de bonne famille, mais avaient eu une conduite déréglée. Elles étaient placées ici par leur famille qui versait une dot, le temps pour elles d'opérer une conversion sincère, avant de devenir religieuses. Les « recluses » étaient filles et femmes prostituées, arrêtées par la police dans les hostelleries, les cabarets et maisons de jeu, les bordels et autres maisons de maquerelles. Les pécheresses y étaient instruites par les religieuses dans les ouvrages de couture, broderie, tapisserie, apprenaient à faire des gants, des bas, à dévider la soie, mais étaient aussi employées aux travaux domestiques. Celles qui faisaient preuve d'une sincère repentance obtenaient leur congé et pouvaient espérer gagner leur vie en tant qu'ouvrières.

— L'abbé du Bois d'Oingt, cousin de mon épouse, est un familier des lieux. Je suppose qu'il accompagne vos pensionnaires dans leur retour à une vie empreinte de piété et de moralité ?

— Pas exactement. L'abbé du Bois d'Oingt est le directeur de conscience d'une de nos pénitentes… Une personne de qualité, qu'il voit plusieurs fois par semaine… et qu'il aide dans sa conversion.

Le débit de la sœur supérieure s'était fait hésitant.

— De qui s'agit-il ? Qui est cette personne ?

La sœur réfléchissait, ses yeux faisaient le tour de la pièce, elle se demandait manifestement si elle pouvait trahir.

— Il s'agit de Louise Bouvat de Champlieu.

— Je souhaite la rencontrer. Pouvez-vous la faire chercher ?

— Je suppose que vos pouvoirs vous y autorisent, mais je devrai assister à l'entretien, les pénitentes ne sont jamais laissées seules en présence…

Toussaint l'interrompit d'un mouvement de la main.

— Vous ne semblez pas mesurer ce qui se passe ici même, ma sœur. Il s'agit d'une affaire de police de la plus haute importance, les règlements de toute institution, qu'il s'agisse de l'hôpital de la Charité ou de la *Maison des pénitentes repenties*, ne sont plus en vigueur quand je suis investi par le gouverneur des pleins pouvoirs. J'entendrai cette demoiselle Bouvat en tête à tête, et si vous refusez d'aller la chercher, c'est le guet qui viendra la sortir de sa cellule.

Sœur Baux de Francheville parut effrayée à l'idée de voir des soudards se répandre dans la maison dont elle avait la charge. Après quelques secondes d'hésitation, elle sortit. Elle revint plusieurs minutes plus tard, accompagnée d'une jeune femme vêtue d'une longue robe noire, aux courts cheveux blonds pris dans une coiffe. La jeune femme avançait les yeux baissés, affectant un air de contrition – elle ne put toutefois réprimer un sursaut de surprise quand elle leva les yeux sur Toussaint qui remercia la sœur supérieure d'un signe de tête. La jeune femme s'assura que la sœur avait refermé la porte du parloir, elle redressa la tête, et son regard brillait désormais d'une lueur joyeuse, la contrition qu'elle affectait précédemment avait cédé le pas à une joie sauvage :

— Vous êtes M. Toussaint ? Quelle joie de vous rencontrer ! C'est à vous que je dois d'avoir pu troquer ma chemise de crin contre cette robe, peu avantageuse, mais plus agréable. Je n'osais pas croire que vous viendriez jusqu'à moi…

— Je ne comprends pas…

— Vous comprenez certainement, sinon, vous ne seriez pas là. Vous avez trouvé les assassins ?

— Comment me connaissez-vous ? comment savez-vous le rôle que je joue ? Par l'abbé du Bois d'Oingt ?

— Assurément. L'abbé est mon directeur de conscience, mais il est bavard comme une pie, si bien qu'il me raconte ses affaires bien davantage que je ne peux lui confier mes tourments et les piètres efforts que je fais pour la rémission de mes péchés.

Toussaint crut déceler une pointe d'ironie dans ses propos. Il imaginait sans peine l'abbé se répandre en paroles sur ses faits et gestes à lui, et cette jeune femme, avide de rester en contact avec le monde du dehors, savait bien sûr l'encourager et le harceler de questions.

— La sœur supérieure m'a dit que vous étiez issue d'une famille de qualité… Qui êtes-vous pour mériter que votre directeur de conscience vienne ici plusieurs fois par semaine ?

— Trois fois par semaine, en effet. Vous ne le savez pas ? Je suis la nièce de messire Dupac de Bellegarde, comte de Lyon, recteur de la Charité… C'est à lui que je dois cet enfermement. Comme si j'étais la dernière des catins, une marie couche-toi là !

Son teint avait viré au rubicond, elle, qui avait semblé jusqu'alors d'une humeur joyeuse et pondérée, s'échauffait, ses gestes devenaient plus saccadés, de réservée elle devenait volubile.

— Je suis amoureuse d'un homme… Il est mon professeur de dessin… Il n'a rien d'un libertin, il est tout le contraire d'un Valmont…

— Qui est ce Valmont ?

— Rien… je veux dire, personne. Passons. Ma mère nous a surpris, alors que ce monsieur se faisait tendre, et je dois dire que j'étais dans le même état d'exaltation que lui… Elle n'a rien trouvé de mieux que d'en parler à son frère, le comte de Lyon. Qui est entré dans une sainte colère, il a tempêté, fulminé, convoqué la Sainte Croix, la Vierge Mère et tout le saint-frusquin… tout ce théâtre dans le seul dessein de me faire enfermer, me faire expier mes supposés péchés, pour que j'entre ensuite dans les ordres. Mon oncle, que je hais, vous l'aurez compris, voulait sa martyre, il veut que je souffre mille morts ici, pour attester de la vérité de la foi, il veut pouvoir témoigner de ma conversion…

— La vie en ces lieux est donc si dure ?

— Vous n'imaginez pas. Une vie de prières, de silence… seulement deux récréations d'une demi-heure par jour où nous pouvons converser entre nous… Et ces examens de conscience collectifs, tous les soirs, au cours desquels il faut donner le change. J'ai cette chance d'avoir un allié en la personne de l'abbé, et j'ai l'espoir qu'il saura faire revenir mon oncle sur sa décision… Je crois que je préférerais mourir plutôt que de devenir religieuse.

Elle eut un sourire amer.

— Imaginez : on nous oblige à changer de place de lit tous les deux jours… Malheur à celles qu'on retrouve couchées dans un même lit, il n'y a pas, ici, de pire péché, et les châtiments corporels sont terribles… comme si cela représentait ce que les sœurs redoutent le plus…

— Ces scènes saphiques sont leurs pires cauchemars… ou leurs rêves les plus voluptueux, comme on voudra.

— Je vois que vous me comprenez. Ces nonnes voudraient nous voir embrasser une vie de sainte faite de jeûnes, d'austérité, de mortifications. Très peu pour moi ! Heureusement, l'abbé est là pour me distraire avec ses histoires, et j'espère qu'il pourra convaincre mon oncle que j'ai réussi ma conversion… au moins en apparence…

— Vous me parlez étonnamment en confiance…

— Parce que l'abbé a une haute opinion de vous… Il ne doute pas que vous réussirez à résoudre l'énigme de l'assassinat des deux recteurs… J'en suis tout autant convaincue !

Toussaint s'adossa à sa chaise, allongea les jambes et croisa les bras sur la poitrine. La jeune femme qui lui faisait face ne manquait pas d'aplomb. Il pressentait quel jeu elle avait joué :

— Le pot d'électuaire ? C'était vous ?

— Oui. Par envie de me distraire… De nos conversations, à l'abbé et moi, il résultait invariablement que les deux affaires étaient liées… j'ai pensé que vous ne deviez perdre aucun temps… que vous deviez absolument vous rendre chez ce Lefebvre, entendre sa veuve et le jeune pharmacien qui a repris à la fois la boutique, avec les meubles, et la bonne femme…

Elle eut un gloussement de rire très bref. Toute la ville savait manifestement que le jeune Reboul était l'amant de la veuve Lefebvre.

— Pourquoi entendre notamment sa veuve ?

Elle marqua une légère hésitation.

— Ça me semble être une évidence… Elle est nécessairement au courant de ce que tramait son époux.

— Et que tramait-il ?

Elle eut une moue d'ignorance

— À vous de le découvrir, c'est pour cela que les pleins pouvoirs vous ont été donnés, non ? Mais il n'a pas été tué pour rien.

— Et le jeune garçon qui a fait la commission ?

— Eugène, le fils de la servante qui travaille ici. En dehors des ecclésiastiques, le seul élément mâle toléré en ces murs, parce que impubère. Il rend de menus services aux filles des deux maisons… Un jour, il ne pourra plus mettre les pieds ici, à moins qu'on ne le châtre…

— Pourtant, une religieuse l'a accompagné jusqu'à mon domicile ?

— Oui, sœur Hélène. Il n'est pas facile de confier

une commission à Eugène sans que ces oiseaux à cornette s'en aperçoivent. Mais sœur Hélène est ma seule amie ici, elle accepte de m'aider en échange de faveurs… Voulez-vous savoir lesquelles ?

Toussaint porta un regard insistant sur la jeune femme qui le soutint avec effronterie.

— Non. Mais la feuille d'arbre dans la bible ? Ce passage d'Ézéchiel rayé dans la marge ?

Elle haussa les épaules avec détachement :

— Pour que vous ne négligiez pas la piste des apothicaires, bien sûr. Nous sommes convaincus, l'abbé et moi, que la clé du mystère se trouve dans l'activité des apothicaires.

— Quelle est l'origine de cette feuille ? Où l'avez-vous trouvée ?

— Je l'ai prise sur un arbuste quelconque, au jardin.

Elle haussa les épaules comme pour signifier que cela n'avait aucune importance. Puis se pencha, regarda Toussaint dans les yeux :

— Mon oncle le recteur Dupac a-t-il devant vous fait allusion à moi ?

Toussaint secoua la tête en signe de dénégation.

— Il a honte de moi. Mais dites-moi votre sentiment. Est-ce un péché que d'aimer son professeur de dessin ? Celui-ci est aimable, attentionné, et je ressens un transport de tout mon être en sa présence, est-ce donc un péché si grand ? Me condamneriez-vous pour cela à une vie de recluse ?

— Non, ce n'est pas un péché, votre oncle appartient à la race des dévots et des hypocrites qui font injure au créateur : « *Étouffer les dons de la nature, c'est être indigne de vivre ; être hypocrite, c'est reprocher au créateur d'avoir fait l'homme pour le plaisir, et tromper l'univers*[1]. » Je doute que le comte de Lyon se range à mes vues, mais vous avez en l'abbé du Bois d'Oingt un allié de poids. Fiez-vous à lui.

La sœur supérieure raccompagna Toussaint jusqu'à la loge. Ils croisèrent une religieuse qui, apercevant le visiteur, baissa les yeux. Il sembla à Toussaint qu'une légère rougeur lui colorait subitement les joues et le front. Celle-ci était assurément jeune et gaillarde.

— Ah, ma sœur, une dernière chose. Pourriez-vous me montrer le jardin ?

— Le jardin ? Nous n'avons pas de jardin. Seulement une courette, avec des bancs et quelques rosiers.

Tout en retrouvant le tumulte de la rue, Toussaint se remémorait les propos de la jeune Louise Bouvat. Il y avait chez elle une exaspération et un désespoir que les visites de l'abbé ne parvenaient pas à adoucir. Mais il savait désormais qui tirait les fils, qui avait disséminé ces indices : la jeune femme cherchait à se désennuyer, mais c'était bien l'abbé, à travers elle, qui manipulait Toussaint. Le cousin d'Hortense en savait manifestement plus que tout autre sur les affaires. C'est lui qui avait apporté la feuille de l'arbuste inconnu, et Toussaint savait qu'à l'instar des apothicaires il avait acheté des terrains. Plus il y songeait, plus il se mettait en rogne. Toussaint sentait monter en lui l'envie d'attraper l'abbé par le rabat de son habit et de l'amener à confesse. Il partit à grandes enjambées.

*

* *

1. Julien Offray de La Mettrie, *La Volupté*.

Hortense ne tenait pas en place depuis qu'elle avait appris, grâce à la jeune femme qui « recevait » chez elle, que l'homme qui avait enlevé Marie venait vraisemblablement des abords de la suifferie. Toussaint ne revenait pas, Ménard de Changlonne était occupé à des exercices de tir avec la compagnie du guet dans les broteaux du Rhône, aussi Hortense et Eugénie décidèrent-elles de se rendre sans plus attendre dans le « marais Perrache », zone insalubre située au confluent du Rhône et de la Saône. Quinze ans auparavant, l'ingénieur Michel Antoine Perrache avait eu le projet fou de reculer d'une demi-lieue la confluence, en reliant l'île Mogniat à la presqu'île. La société d'investissement qu'il avait créée pour le financement des travaux, la « Compagnie des Intéressés aux travaux du midi de Lyon », avait fait banqueroute et provoqué la ruine de nombreux épargnants. Le projet n'avait que très partiellement abouti et les travaux étaient arrêtés depuis la mort de Perrache, survenue sept ans auparavant : le vaste bassin, appelé « gare d'eau », situé entre Rhône et Saône, était envasé et aucun bateau n'y accédait, les moulins qui devaient moudre farine ne tournaient pas, faute d'une pente suffisante. Cette partie au sud d'Ainay, qui devait permettre l'extension de la ville, n'avait été qu'en partie remblayée, la grande île Mogniat n'était reliée à la presqu'île qu'en période de basses eaux. Le marais Perrache avait sinistre réputation : infesté de moustiques, il était aussi un coupe-gorge occupé par des miséreux venus de la campagne qui s'installaient dans des abris précaires d'où ils étaient chassés par les crues hivernales. Le consulat avait pourtant décidé de l'installation de la suifferie sur l'île Mogniat, les habitants ne supportant plus l'odeur doucereuse de la graisse fondue qui flottait en permanence à l'entour de la boucherie des Terreaux et de celle de Saint-Georges. La graisse de bœuf et de mouton était depuis peu acheminée par des bèches sur la Saône.

Les deux jeunes femmes se firent accompagner de Louis-Joseph qui, apprenant qu'on se rendait au marais Perrache, s'était armé d'un bâton noueux qu'il portait en évidence devant lui. Le trio louvoyait entre les trous d'eau, descendait dans les lônes à sec et remontait sur les îlots, évitant de s'approcher des cabanes et masures où un peuple de gueux les observait avec indifférence. Ils croisèrent des femmes en haillons, échevelées, édentées, qui furent tentées de demander l'aumône, mais Louis-Joseph les maintenait à distance en jouant du bâton.

— Faudrait qu'on se rentourne sans tarder, madame...

— À cause ? demanda Eugénie.

— À cause que je suis pas certain de pouvoir vous défendre si, d'aventure, ces gueux décidaient de s'en prendre à vous. On en connaît qui se sont aventurés ici et se sont fait rosser et dépouiller, auxquels on n'a pas même laissé la chemise sur le corps.

— Des putassiers qui pensaient se divertir à bon compte en profitant du malheur de ces femmes. Ils n'ont eu que ce qu'ils méritaient, rétorqua Eugénie. Ne soyez pas si craintif. La suifferie est sur la grande île.

Ils franchirent une dernière lône asséchée et gravirent l'escarpement. Ils aperçurent des hommes au torse luisant de sueur qui s'affairaient autour des chaudières alignées sous un grand hangar, une odeur écœurante emplissait tout l'espace. Ils longèrent la palissade et rejoignirent la rive de la Saône. Ils s'arrêtèrent sous un bosquet d'aulnes, et observèrent le lent ballet des embarcations sur la rivière : chalands avalants, ou halés à la remonte depuis la chaussée de la Mulatière jusqu'aux abords des vieux quartiers où ils étaient pris en charge par les modères.

Hortense ne pouvait détacher les yeux d'un chaland amarré rive gauche, à l'écart, là où aucune autre embarcation n'était susceptible de mouiller. Le mât avait été basculé et reposait sur un chevalet à la proue. Rien ne bougeait à bord, l'embarcation semblait désertée. À un moment donné, un homme couvert d'un large chapeau émergea de l'abri formé par la voile affalée à l'arrière. Il s'appuya des genoux au plat-bord, se débraguetta et pissa dans la rivière. Il rajusta sa culotte et cria quelque chose d'indistinct, un rire y fit écho qui provenait de sous la voile – ils étaient donc plusieurs à bord. Hortense tressaillit, cette silhouette ne lui était pas étrangère, un échalas à la démarche chaloupée. Ce pouvait être le Grand Lubin, qui avait agressé Antoine aux abords du théâtre. Elle montra le bateau à Eugénie :

— Ces mariniers ne semblent pas incommodés par les effluves fétides de la suifferie, ils sont bien les seuls, d'ailleurs, personne d'autre ne vient s'amarrer ici.

Eugénie opina du chef :

— Oui, le visiteur de Jeanne pouvait bien venir d'un chaland comme celui-ci. Il faudrait en avoir le cœur net. Nous pourrions y dépêcher le guet ou la maréchaussée.

— Non… C'est faire courir un risque à Marie si elle est sur ce bateau. Ses ravisseurs voudraient certainement l'utiliser comme otage, et je sais de quoi ce Lubin est capable.

Une heure s'écoula. Hortense et Eugénie étaient assises sous les aulnes, les yeux dardés sur l'embarcation amarrée en aval, alors que la lumière commençait à décliner. Louis-Joseph, adossé à un tronc de peuplier, dévidait sans relâche la même litanie où il n'était question que de gueux détroussant les promeneurs s'égarant par ici.

— Arrêtez de vous tarabater comme ça, mon vieux, le houspilla Eugénie, vous ne craignez rien, nous saurons vous protéger si une…

— Eugénie ! Venez voir !

Hortense s'était dressée d'un bond et tendait le cou pour mieux voir ce qui se tramait à bord.

— Que se passe-t-il ?

Les deux femmes se tenaient l'une contre l'autre, immobiles. À bord du chaland, deux hommes se chamaillaient, se poussaient, se poursuivant l'un l'autre, semblant se disputer un vêtement dont le premier s'était coiffé.

— Ce vêtement, c'est le caraco rouge de Marie…

Hortense était sur le point de défaillir.

— Vous pouvez vous tromper… À cette distance, on…

— Si ! J'en suis sûre ! Marie est à bord du chaland. Venez !

Elle entraîna Eugénie. Toutes deux repartirent, trébuchant sur les racines affleurant le sol, indifférentes aux ronces qui leur griffaient les bras, arrachaient des lambeaux d'organdi à leurs robes. Louis-Joseph courait derrière elles, haletant, jetant des regards incrédules par-dessus son épaule en direction du bateau.

Le trio arriva hors d'haleine place Saint-Michel. Un homme tenant un gros paquet sous le bras cognait à leur porte. Il n'était pas étranger à Hortense, mais elle ne se souvenait pas où elle l'avait déjà vu.

— Monsieur ? lui dit-elle distraitement.

— M. Étevenard, professeur de mathématiques. Et inventeur. De ceci, ajouta-t-il en se rengorgeant.

Il entra sur les pas d'Hortense et d'Eugénie, et tapota contre le paquet qui rendit un bruit métallique.

— M. Toussaint – qui loge bien ici ? – m'a fait l'honneur de s'intéresser à mon invention, l'anneau hydrostatique !

Hortense considérait avec curiosité l'objet circulaire que le professeur avait sorti du papier. Elle se souvenait de la démonstration chez les Tolozan de Montfort, Étevenard avait été la risée des présents.

— Et donc, comme je le lui ai promis, voici un exemplaire de mon invention, que je souhaite offrir à M. Toussaint.

— Voilà qui est intéressant… Un anneau qui permet de marcher sur l'eau, ou presque, n'est-ce pas ? Vous pourriez me montrer à nouveau comment on se sert de cette machine ?

Eugénie roula des yeux effarés, elle venait de comprendre le soudain intérêt d'Hortense pour la machine à flotter sur les eaux. Elle murmura :

— Non… Vous n'allez pas…

*

* *

Le frère Janton sortit une tabatière de la poche de son habit ; il l'ouvrit, non sans difficulté, la tendit à Toussaint qui refusa d'un geste de la main. L'homme tenta de saisir une prise entre l'index et le pouce, mais ses mains tremblaient terriblement, comme si elles avaient été attachées à des ficelles qu'un marionnettiste facétieux s'employait à agiter en tous sens. De la poudre de tabac se répandit sur la table du réfectoire des frères où ils se trouvaient, sur l'habit du vieillard. Il réussit toutefois à amener une prise de tabac à hauteur de sa narine droite, renifla fort dans l'espoir d'en capter la majeure partie. Puis il contraignit ses mains, qui continuaient à voleter de façon indépendante, sur ses cuisses, où elles trouvèrent un repos précaire, comme deux corneilles décharnées prêtes à prendre leur envol au moindre tracas.

— Ces tremblements sont une vraie calamité ! Le médecin me conseille des prises régulières de tabac pour y remédier… à moins qu'il ne sache que le tabac est mon péché mignon… J'en profite !

Il rit silencieusement.

— Frère Janton, c'est vous qui êtes chargé de procéder à la distribution de pain, cinq fois par semaine…

— Oui, depuis plus de cinquante ans. Songez ! Je viens d'avoir soixante-seize ans !

Il eut à nouveau un accès de rire silencieux.

— J'ai appris qu'il vous arrivait de faire le parcours en la seule compagnie du dénommé Gaillard, quand le charretier est pris par d'autres tâches.

Ces mots eurent pour effet de troubler le repos des corneilles qui se mirent à tressauter sur les cuisses de Janton. Puis elles s'élevèrent au niveau du visage du frère, faisant mine de fuir à tire-d'aile, lorsque Toussaint posa la question suivante :

— Est-ce qu'il arrive à Gaillard de vous fausser compagnie ?

Le frère Janton le regarda avec effroi de ses yeux rougis. Il ouvrit la bouche, mais aucun son n'en sortit.

— Je crois que c'est le cas… Pour une raison qui

m'échappe, Gaillard se soustrait à votre surveillance et vaque à ses propres affaires, douteuses, peut-être même criminelles. Et vous le laissez faire, alors que vous avez autorité sur lui. Pourquoi ?

Les yeux du frère Janton étaient embués de larmes. Il réussit à articuler :

— Vous ne connaissez pas le pèlerin… C'est une brute…

Toussaint hocha la tête. Il était clair que le frère était terrorisé par Gaillard.

— Où se rend-il le plus souvent ?

— Je ne sais pas. Quand nous sommes de retour de la distribution de pain, il lui arrive de s'éclipser, pour quelques minutes, parfois pour plus longtemps. Il peut rentrer sans être contrôlé. Si je le dénonçais, il serait capable de…

— De quoi ?

— Vous l'avez vu ? Non ? Vous comprendrez quand vous le verrez : une figure d'ange, un corps de colosse. Mais une intelligence perverse.

Le frère ressortit sa tabatière, elle échappa à ses mains devenues incontrôlables et roula sous le banc. Toussaint la lui tendit et sortit sans un mot.

*

* *

Antoine ne revenait pas, et Ménard de Changlonne était toujours dans les broteaux, où avaient lieu des exercices d'artillerie. Hortense ne pouvait se résoudre à attendre davantage, il ne faisait aucun doute que Marie avait été enlevée par des rustres, des personnes frustes prêtes à tout pour arriver à leurs fins – et elle imaginait quels sévices ils pouvaient lui infliger. Elle ne pouvait rester là à se ronger les sangs à attendre, sans quoi elle deviendrait folle, il lui fallait agir. Elle était sûre de ne pas se tromper, Marie était sur ce chaland : quelles raisons pouvait avoir un marinier de faire planche dans un endroit aussi isolé, à l'écart des autres embarcations, et empuanti par la suifferie ? Et il n'était pas question d'ameuter la foule des voisins, comme l'avait d'abord suggéré Eugénie. Certes, tous auraient été prompts à se rendre au bateau en gueulant au voleur d'enfants, mais cela aurait été mettre Marie en danger. Ce M. Étevenard était arrivé à point nommé, et Hortense avait immédiatement saisi quel usage elle pouvait faire de sa machine. Elle lui demanda quelle tenue était la plus appropriée pour étrenner l'anneau hydrostatique :

— Eh bien, je dirais qu'une tenue très légère est recommandée, pour ne pas être gêné dans ses mouvements. M. Toussaint, quand il utilisera ma machine, devra ne porter qu'une culotte et une chemise, être pieds nus, car cela facilite les mouvements qu'on imprime des jambes à la machine pour l'orienter, et…

— J'ai compris.

Hortense disparut à l'étage, en redescendit peu après, chichement vêtue d'un corset et d'un pantalon court s'arrêtant au-dessus des genoux, emprunté à la garde-robe de Toussaint. Elle plaça les pieds nus au centre de l'anneau et houspilla l'inventeur :

— Eh bien, monsieur, vous n'allez quand même pas vous sentir mal, vous êtes rouge comme une pivoine, montrez-moi plutôt comment fixer cet anneau pour qu'il reste bien sous la poitrine.

Étevenard crut faire une crise d'apoplexie en fixant les tresses sur le corps d'Hortense, les faisant passer par l'entrejambe, remonter sur les épaules. Quand les deux jeunes femmes eurent compris ce que l'inventeur entendait par *centre de gravité*, qui devait rester sous l'anneau, elles le congédièrent avec de brefs remerciements pour son concours. Hortense décida de la répartition des rôles : Eugénie jouerait la putain, en aguichant les deux hommes qu'elles avaient vus à bord du chaland, peut-être même réussirait-elle à attirer l'un d'eux loin du bateau. Cette diversion devait permettre à Hortense de s'approcher du chaland par la rivière, elle comptait se mettre à l'eau une vingtaine de toises en amont et se laisser porter par le courant. À la tombée du jour, il n'y avait plus aucune embarcation sur l'eau, elle pouvait espérer passer inaperçue, d'autant plus facilement que la rive de l'île Mogniat était à cet endroit bordée de vorgines. Elle comptait se laisser glisser jusqu'à la barque qu'elle avait aperçue et, de là, monter à bord. Elle voulait emporter avec elle, serré dans une vessie de porc étanche, un des pistolets que Maynard de Changlonne avait confiés à Toussaint.

*

* *

Toussaint chercha vainement Gaillard du côté des écuries. De là, on l'envoya vers la remise aux échelles, où quelqu'un l'avait vu fourgonner peu de temps auparavant, puis on lui dit qu'il était du côté du garde-meubles. Enfin, un frère lui dit l'avoir aperçu dans la *cour des moulins*. L'hôpital entretenait un atelier de moulinage de la soie, où étaient employées les jeunes filles et jeunes femmes pensionnaires de l'institution. C'était une longue salle voûtée, semi-enterrée, dans laquelle on veillait à garder toute l'année les mêmes conditions de température et d'humidité, nécessaires au travail du fil de soie. Toussaint pénétra dans l'atelier qui bruissait du ronronnement des *roquets*, ces bobines horizontales sur lesquelles on dévidait la soie grège. Des dizaines de jeunes femmes dont il n'apercevait que les coiffes au-dessus des machines étaient employées là. Une surveillante à la mine sévère lui indiqua le frère maître moulinier, un homme ventripotent, court sur pattes, qui dirigeait le travail d'un ouvrier allongé à même le sol, en train de régler le dévidoir d'un moulin. L'homme était sur le dos, bras au-dessus de la tête. Le regard de Toussaint fut attiré par le pont de sa culotte, ce rabat qui part de l'entrejambe et vient se fermer au niveau de la ceinture : l'un des coins rebiquait, par défaut d'un bouton. Toussaint sortit de sa poche le bouton en zinc ramassé dans le grenier lorsqu'il avait fait cribler le blé. Il était semblable aux trois autres. L'homme au sol finit par s'apercevoir de la présence de Toussaint. Il se releva lentement, se déplia – il dominait Toussaint d'une tête. Une figure juvénile encadrée par des cheveux noirs, les yeux étaient rapprochés, la bouche petite et cruelle. Il aperçut le bouton que Toussaint tenait entre les doigts.

Toussaint ne savait si l'homme le toisait avec insolence, ou si son regard était à ce point dépourvu d'intelligence. Il attendait manifestement que Toussaint s'expliquât sur sa présence.

— Gaillard, venez avec moi. J'ai quelques questions à vous poser.

Gaillard le suivit à travers l'atelier jusqu'à la sortie. Toussaint perçut les regards en coin des ouvrières qui n'étaient pas insensibles à la force animale qui émanait du colosse, et les surveillantes produisaient des « tss... tss ! » agacés. Alors qu'il montait les degrés menant à la cour, Toussaint reçut une bourrade dans les reins qui l'envoya dinguer le nez dans la poussière. Il roula sur lui-même pour éviter les coups de pied que la brute cherchait à lui donner et se releva à quelques pas. Des domestiques et des hospitaliers qui traversaient la cour s'arrêtèrent, interdits. Toussaint attrapa un frère par le devant de son habit :

— Vite ! Prévenez le recteur ecclésiastique ! Qu'il alerte le guet. Le dénommé Ferrand, que tous ici appellent Gaillard, est l'assassin de la jeune élève de la pharmacie !

Gaillard marqua une hésitation sur la conduite à tenir. Il se tenait bien campé sur ses deux jambes, bras écartés du corps, la tête rentrée, prêt à en découdre. Ses poings, fermés, étaient semblables à des massues. Il dut estimer que Toussaint n'oserait pas se frotter à lui, car il regarda autour de lui, cherchant une issue. Il était évident que nul, même pas un suisse, ne saurait l'arrêter s'il décidait de fuir, et il serait difficile de le retrouver une fois qu'il serait sorti de l'enceinte de l'hôpital. Aussi Toussaint décida-t-il de l'affronter, avec le fol espoir que le guet arrive avant qu'il ne soit trop tard. Il avisa la porte d'une remise maintenue ouverte par un lourd maillet de bois au long manche, il s'en saisit et fit face à Gaillard qui haussa les sourcils d'étonnement. Toussaint tourna autour de lui pour l'amener face au soleil, tenant le manche à deux mains, il fit tournoyer le maillet au-dessus de sa tête en s'approchant de son adversaire. Gaillard haussa instinctivement les bras pour se protéger la tête quand Toussaint fit mine de lui porter un coup, mais ce dernier infléchit la trajectoire du maillet qui atteignit Gaillard au côté. L'homme poussa un cri, porta la main à ses côtes – Toussaint ne doutait pas lui en avoir fêlé une ou deux. Puis Gaillard chargea, tel un taureau furieux, et Toussaint n'eut pas le temps de lui abattre le maillet sur la tête. L'autre se jeta sur lui, tous deux roulèrent dans la poussière. Toussaint rua des pieds, cherchant à empêcher son adversaire de le saisir au cou, mais en vain, Gaillard l'écrasa de tout son poids, et ses mains, larges comme des battoirs, se refermèrent autour de son cou. Immédiatement, l'air vint à lui manquer. Puis la tête de Gaillard vint heurter la sienne, la pression se relâcha, sa trachée se dilata au maximum pour absorber le plus d'air possible. Quelqu'un fit basculer le corps de Gaillard sur le côté, puis aida Toussaint à se relever. C'était le maître moulinier qui avait asséné un grand coup de maillet sur l'arrière du crâne de Gaillard pour le faire lâcher prise. Gaillard n'était pas pour autant hors d'état de nuire, il se mit à quatre pattes, se releva, jeta un regard noir en direction des deux hommes et s'éloigna en titubant. Constatant que le portail qui se trouvait à l'extrémité de la voie charretière était fermé, il s'engagea dans l'escalier. Toussaint le suivait à distance, armé du maillet. Il l'entendit forcer une porte plus haut, et sut ainsi qu'il n'était pas embusqué à un palier, il gravit alors à son tour les marches, prudemment.

Gaillard avait réussi à pénétrer dans les greniers. Toussaint entendait son pas pesant à quelques toises de là, sous les combles. Il comprit que les greniers communiquaient entre eux, par des portes faites de lattes de bois ajourées qu'il n'était pas difficile de forcer. Il suffisait à Gaillard de se jeter contre et elles cédaient, il était ainsi déjà passé dans le bâtiment voisin et remontait l'aile est des claustraux. Toussaint s'arrêta net quand il constata qu'il n'entendait plus aucun bruit, il se trouvait sans doute dans le bâtiment qui jouxtait les greniers à blé, il n'y avait pas d'issue. Des draps avaient été mis à sécher sur des cordes, des dizaines de draps, ondulant doucement dans le filet d'air qui s'infiltrait par les lucarnes dans la toiture. Toussaint retira ses souliers pour progresser sans bruit, tout en tenant le maillet à deux mains. Des pas précipités se firent entendre dans l'escalier, se rapprochaient, les renforts accouraient. Gaillard, immobile derrière un drap, ne pouvait pas ne pas les entendre, et cherchait sûrement une issue. Toussaint avançait prudemment entre les rangées de draps, une lame de parquet grinça plus loin. Un surcroît de lumière à quelques pas de là, en même temps que le courant d'air se faisait plus vif. Toussaint comprit que Gaillard venait d'ouvrir la porte d'un chien-assis. Il pouvait s'aventurer sur la toiture, voire peut-être jeter une corde et se laisser glisser jusque dans la cour. Toussaint se lança en avant, écartant les draps sans plus de précautions. Il était sur le point d'atteindre la lucarne, quand il vit, à contre-jour derrière un drap, la formidable silhouette de Gaillard, accroupi, immobile. Toussaint devait gagner du temps, il avait besoin de ces précieuses secondes qui permettraient au guet ou à qui que ce fût d'arriver et de lui prêter main-forte.

— Gaillard… La jeune Jacqueline avait trouvé les lettres… Elle ne vous les a pas remises ?

Gaillard ne bronchait pas, Toussaint devinait toujours la masse de son corps derrière le drap. Puis un filet de voix se fit entendre – la voix d'un enfant dans un corps de géant.

— Cette foutue garce les avait, pour sûr… La Suzanne en était certaine, elle l'avait vue prendre le sac. Elle devait les apporter. Elle les avait en venant.

— Pourquoi les aurait-elle apportées au grenier ? Pourquoi vous les aurait-elle remises ?

— Suzanne lui avait proposé un marché : elle pouvait nous regarder prendre du bon temps, je pouvais même la foutre, si elle voulait, mais en échange du sac aux lettres.

— Et ?

— Elle s'est ravisée… Une fois-là, elle a pris peur, elle a dit qu'elle avait pas les lettres… Ça m'a fait monter la moutarde au nez, la bougresse se moquait de nous… Elle avait plus les lettres. La Suzanne a dit qu'il fallait lui donner une bonne leçon, qu'au moins elle serait pas venue pour rien.

— Et les recteurs ? Pourquoi les avoir tués ?

— J'ai pas tué le premier recteur, le père Lefebvre. Mais l'autre, ce fourbe de Coudurier, ah, ça oui, je l'ai percé comme une outre qu'il était.

Toussaint tourna la tête en direction de la porte. Des chuchotements se faisaient entendre, en même temps que des cliquetis d'armes. Puis une voix rauque :

— Monsieur Toussaint ? Le guet est là… Où êtes-vous ?

À la limite de son champ visuel, Toussaint perçut la brusque ondulation du drap. Gaillard se jetait vers lui, s'empêtrait dans le linge. La corde céda, Toussaint fit tournoyer sa masse.

Le coup avait porté : la masse avait atteint Gaillard au front, l'arrêtant net dans son élan. Toussaint le vit reculer en titubant, s'encadrer dans la lucarne ouverte, et basculer sans un cri dans le vide.

Toussaint s'approcha de l'ouverture. Le corps de Gaillard gisait sur le pavement de pierre, immobile. Une flaque de sang s'élargissait à l'arrière de son crâne. Des personnes affluaient qui faisaient cercle autour du corps. Le recteur ecclésiastique arriva, il jeta un œil à Toussaint agenouillé sur le seuil du chien-assis, puis se pencha sur le corps, tenta de prendre le pouls au niveau de la carotide et secoua la tête. Quand Toussaint fut redescendu, il lui dit :

— Ainsi, c'était lui…

— Oui, il a reconnu le meurtre de Coudurier, le viol et l'assassinat de la jeune élève.

— Un homme fruste, pour sûr, mais jamais je n'aurais imaginé qu'il était aussi corrompu et qu'il puisse être à ce point malfaisant. Nous vous devons une fière chandelle, monsieur Toussaint.

— Pour autant, ma mission ne s'arrête pas là.

Dupac le regarda, haussant un sourcil pour l'inciter à poursuivre.

— Il me reste à comprendre le pourquoi de ces meurtres, et à trouver les autres membres de la bande, ce Gaillard n'agissait pas pour son propre compte, il était au service d'un groupe de malfaiteurs. Ah, ajouta-t-il, feignant de s'en souvenir subitement, il faudra que je vous parle de ces terrains que les recteurs ont achetés ou projetaient d'acheter. On dirait que vous avez su rouler vos homologues de l'Hôtel-Dieu dans la farine ?

Il planta là le recteur Dupac et se fit ouvrir le grenier au blé. Il refit le trajet qu'avaient parcouru Suzanne et Jacqueline. Il comprenait que Suzanne et Gaillard se retrouvaient parfois nuitamment dans les greniers à blé – Suzanne, en qualité de première élève, avait évidemment une clé lui permettant de circuler d'une cour à l'autre. Elle avait entraîné Jacqueline, mais arrivée là, Jacqueline avait pris peur, pour une raison ou pour une autre. Et elle n'avait plus les lettres qu'elle avait pourtant apportées. Ce qui avait provoqué la fureur des deux gredins. Toussaint regarda autour de lui. Son regard s'arrêta sur la trémie la plus proche, par là on jetait la céréale un étage plus bas. C'était évident. Il se précipita au rez-de-chaussée, qui servait aussi de lieu de stockage du blé. Dans une zone vide, à peu près à l'aplomb de la porte de l'étage, Toussaint avisa le sac, dans la poussière, il en avait eu l'intuition : Jacqueline s'en était défaite en le jetant dans une trémie, il était tombé à l'étage inférieur. Toussaint le ramassa, c'était un sac aplati en coton teinté rouge, avec, disposés en rayon autour du cordon, des fils rouges et bleus figurant les artères et les veines. Il le palpa – un bruissement de papier se fit entendre.

*

* *

Lubin donna un coup de coude au marinier et lui indiqua d'un mouvement du menton la jeune personne qui approchait. Ils étaient tous deux assis à califourchon sur le plat-bord, côté rive, en train de souper d'un morceau de lard et de pain. Posées entre eux sur le plat-bord, une cruche de vin dont ils buvaient au goulot. Échevelée, l'air mutin, la robe décolletée jusqu'aux aréoles des seins, la jeune femme avançait d'un pas nonchalant, jetant des regards distraits de droite et de gauche. Sa mise était celle d'une ouvrière, mais tout dans son attitude trahissait la raccrocheuse en quête de quelque miché. Elle s'arrêta face aux deux hommes, cambra la taille et les défia du regard, un sourire flottait sur ses lèvres – les deux hommes voulaient y lire monts et merveilles.

— Y a de la marchandise… dit le marinier, mis mal à l'aise par l'air bravache de la coureuse.

— Pour sûr, renchérit Lubin, mademoiselle a une belle livraison de bois devant sa porte !

Comme pour confirmer ces propos, Eugénie se pressa les flancs.

— Et elle s'y entend pour faire saillir la devanture… Elle n'a pas froid aux yeux pour s'aventurer seule ici, à cette heure.

— Elle a même le feu au cul, je dirais !

Les deux hommes s'esclaffèrent. Eugénie fit mine de s'impatienter :

— Dis donc, le grand gognant[1], au lieu de conter des gandoises, si tu m'invitais sous la voile pendant que ton compère irait nous chercher un pot de blanc bien frais ? Et après ce serait son tour…

Elle ajouta plus bas, d'un ton de professionnelle cette fois :

— Mais pas de bêtise sans voir les sous d'abord. Alors, c'est oui ou c'est non ?

Le Grand Lubin enjamba le plat-bord et emporta la cruche :

— C'est non. C'était pas la peine de venir jusqu'ici, on garde le chaland et personne n'est autorisé à monter à bord.

Eugénie s'était approchée de la planche. Le Grand Lubin s'en saisit avant qu'elle ait pu poser le pied dessus et la tira à lui. Eugénie se tourna alors vers l'autre homme. Il était épais, noir de poil, se lustrait la moustache en signe d'indécision. Elle vint se planter sous son nez. Toujours assis sur le plat-bord, il la surplombait d'une toise. Malgré la pénombre qui

1. Garçon niais (mot lyonnais).

les enveloppait peu à peu, il ne pouvait détacher les yeux des globes laiteux de ses seins, il les imaginait palpiter dans ses mains calleuses, il voyait les ondulations de ses hanches et s'imaginait lui pétrir les miches, lui labourer la croupe – il n'y tint plus, s'essuya la moustache du revers de la main, se lança et atterrit dans les herbes hautes, sur la rive. Il la prit sans façon par le bras, disant fort à l'intention de Lubin :

— Je raccompagne mademoiselle. Et je rapporterai un pot.

Puis plus bas à l'oreille d'Eugénie :

— T'as de la chance, j'ai pris un bain il y a trois jours.

— Eh ben, c'est pas de gloire ! Mais je vais te montrer comment on accommode la pine à la figue, ici. T'as des sous, au moins ?

Lubin secoua la tête en signe de désapprobation, alluma une lanterne, puis descendit par l'échelle dans la cambuse aménagée sous le pont où Marie était recroquevillée dans l'obscurité. Elle ne daigna pas tourner la tête vers lui quand il se mit à croupetons auprès d'elle.

— T'as été futée de ne pas chercher à attirer l'attention, la merdeuse, sinon j'aurais été obligé de lui faire son affaire à cette fenotte. Avec ça, dit-il en exhibant un tranchet de savetier dont il éprouva le fil sur la pulpe du pouce. Et après, je t'aurais coupé une oreille, que j'aurai mise dans le sel, et envoyée au chirurgien.

Il éclata d'un rire mauvais. Il aurait volontiers tourmenté la gamine, car il sentait bien qu'elle le méprisait, et qu'elle n'avait pas peur de lui. Mais les ordres étaient formels, on ne s'amusait pas avec elle. Il soupira à regret et jeta un œil dans l'angle opposé où gisait l'apothicaire, nu, entravé et bâillonné. Il cracha dans sa direction. Pas un homme, un couard, qui avait pris le parti de tout dire, rien qu'à la vue de l'instrument. Dommage, il aurait volontiers observé la bougresse travailler un homme avec sa fichue tenette, il imagina ce qu'elle aurait pu enserrer dans ses ciseaux et sourit. Puis il se figea. Un bruit sourd venait de retentir, qui s'était répercuté dans la membrure du chaland. Il ne savait dire d'où cela provenait. Une branche ou un tronc d'arbre portés par le courant et heurtant le flanc du bateau ? Il attendit, et il lui sembla entendre des frottements sur la coque. Puis une planche au-dessus de lui craqua. Il avait pourtant retiré la planche, personne ne pouvait monter à bord, et le marinier n'avait sûrement pas fait son affaire. Puis il pensa à la bèche amarrée au flanc du chaland, côté rivière, par la coupée pratiquée dans le bordé, on pouvait aisément monter à bord – encore fallait-il parvenir sur la bèche. Il s'apprêtait à remonter l'échelle, puis se ravisa, considéra la jeune fille sur son lit de paille, et prit une décision : elle monterait avec lui, au cas où. Il vérifia le bâillon, les liens qui lui enserraient les poignets et les chevilles, et la chargea sur son épaule comme si elle n'avait été qu'une balle de linge.

— Dieu que tu pues la pisse… maugréa-t-il.

S'aidant d'une main, il remonta sur le pont arrière, posa la lanterne sur les planches et s'immobilisa. Il voyait deux pieds nus au milieu d'une flaque d'eau. Des pieds menus, des chevilles fines, des mollets ronds – il leva lentement le regard. Une jeune femme en pantalon et corset, les vêtements collés à la peau et épousant ses formes rondes, ruisselante d'eau, le fixait. Il aurait pu croire à l'apparition d'une ondine, certains compagnons de rivière juraient leurs grands dieux en avoir déjà aperçu, mais c'étaient toujours lors des soirs de ribote, et cette apparition-là tenait des deux mains, braqué sur sa tête, un pistolet. De surcroît, il la reconnaissait.

*
* *

Lettre du 13 mars 1673
du Révérend Père Jacques Marquette
à Jean-Baptiste de La Quintinie,
directeur des jardins fruitiers et potagers
de toutes les maisons royales.

Cher ami,

Voilà le deuxième hivernement que je passe à la mission de Saint-Ignace, en terre huronne. Je vous contais dans ma dernière lettre comment nous avions choisi d'établir une mission ici à Michillikaminac, entre le lac des Hurons et celui des Illinois. Les eaux sont ici très poissonneuses, aussi le site est-il fréquenté par plusieurs nations de Sauvages qui en oublient leurs guerres fratricides, tant la nature est généreuse. Depuis l'érection de notre petite chapelle en bois, dédiée à saint Ignace, j'ai pu convertir des centaines de Sauvages – les femmes, les squaws, sont les plus faciles à convertir et sont la semence de nouvelles conversions et de baptêmes en nombre. Il arrive encore qu'une brute ivrogne faisant fonction de sorcier invoque le Manitou – le diable – et me menace de son casse-tête, mais je suis aujourd'hui à ce point accepté par les différentes nations, tant huronnes qu'algonquines, qu'il se trouve toujours plusieurs hommes, chrétiens ou non d'ailleurs, pour s'interposer et me protéger.

Depuis plusieurs mois – il est arrivé le 9 décembre

de l'année écoulée – un créole séjourne ici. Vous savez qu'on désigne ainsi les Français nés en Nouvelle France. Il s'appelle Louis Jolliet, a parcouru plus de trois cent cinquante lieues en canot pour rejoindre Michillikaminac. Il est âgé de seulement 27 ans, mais est chargé par le gouverneur M. le comte de Frontenac d'une mission d'importance : découvrir la mer du Midi, et vérifier les dires de voyageurs sur les fabuleux royaumes de Théguaio et de Quivira qui s'étendent à l'ouest du Mississippi et qui abonderaient en mines d'or. Il est vrai qu'il connaît fort bien ces contrées et les nations sauvages, dont il parle plusieurs langues. Vous vous en souvenez, j'ai moi-même à plusieurs reprises formé le projet de descendre le fleuve Mississippi – et voilà que l'occasion m'en est donnée : le père Dablon, mon supérieur, m'enjoint de me joindre à l'expédition que commandera Louis Jolliet et me charge d'étendre le royaume de Jésus-Christ en allant évangéliser ces nations de Sauvages qui n'en ont pas encore entendu le nom.

Nous nous employons depuis plusieurs semaines à collecter des renseignements sur les régions que nous devrons traverser, et qui nous sont inconnues au-delà de la baie des Puants. Nous interrogeons les Sauvages, dressons une carte avec les noms des rivières, des nations – autant de peuples que je devrai éclairer des lumières du Saint Évangile.

Nous pensons partir au mois de mai.

Je vous écrirai la veille de notre départ, après, il est moins certain que je puisse vous faire parvenir la moindre lettre.

Ce 13 mars 1673

R.P. Marquette

*
* *

Lubin secoua la tête, comme s'il ne pouvait se faire à cette apparition. Il posa sa lanterne aux pieds d'Hortense et lui dit d'un ton rugueux :

— Poussez-vous, j'ai la merdeuse sur mon épaule.

À ces mots, Hortense recula instinctivement, tout en tenant fermement l'arme dirigée vers la tête de Lubin. Elle était émue aux larmes en voyant le paquet qui gigotait sur l'épaule du marlou, Marie geignait et s'agitait, Lubin, dont seul le buste émergeait, bascula l'épaule pour déposer Marie sur le pont. Un cri de douleur retentit alors à quelques toises d'eux qui leur fit se hérisser les poils des bras, Hortense releva le nez, cherchant à déterminer d'où cela venait. Ce fut une erreur, Lubin en profita pour lui faucher les jambes d'un moulinet du bras. Hortense glissa sur les planches mouillées, bascula à la renverse en criant, lâchant son arme. Lubin, toujours sur l'échelle, attrapa Hortense par un pied, la tira à lui, et comme elle tentait de se redresser et de lui échapper, il lui asséna un formidable coup de poing au menton. Il gravit lestement les derniers barreaux de l'échelle, s'accroupit auprès d'elle et la considéra. C'était la deuxième fois qu'il assommait cette femme. Un an auparavant déjà, elle s'était dressée sur son chemin – c'était dans la salle des chaudières de la raffinerie Marotte à Orléans, et il n'avait pas eu d'autre issue que de lui porter un coup de poing à la tempe. Et voilà que cette diablesse surgissait sur le chaland dont il avait la garde, à moitié nue, ruisselante d'eau et armée d'un pistolet.

— Nom d'un foutre ! marmonna-t-il.

Il prit alors conscience de Marie qui se tortillait

et gémissait, il lui donna un coup de pied dans les côtes pour la faire taire. Hortense était, quant à elle, sonnée. Lubin tentait de réfléchir, mais ne parvenait pas à comprendre comment elle avait pu découvrir leur cachette, ni pourquoi elle était survenue seule. Mais si elle avait pu le surprendre ainsi, son chirurgien de mari était bien foutu de surgir à son tour. Sans parler du guet. Il convenait de prendre le large, mais sans doute devait-il emmener la gosse, qui était leur monnaie d'échange. C'était en ces termes que Giovanna en parlait, et elle n'accepterait pas qu'il se défît ainsi de l'otage. Quant à la femme du chirurgien, il n'était pas question de lui régler son compte, en lui tranchant la gorge, par exemple, car alors l'otage perdrait toute valeur. Mais l'apothicaire, lui, n'avait plus aucune valeur. Il en arrivait à la conclusion qu'il pouvait expédier Reboul *ad patres*, mais qu'il devait décaniller au plus vite en emportant la gosse – il en était là de ses réflexions laborieuses quand il entendit Louis le marinier :

— Ho ! Lubin ! J'arrive ! Envoie la planche !

— Te voilà, toi ! T'as tiré ton coup ? Faut déguerpir, y s'en est passé de belles pendant que tu prenais du bon temps.

Il ne voyait pas le marinier qui restait inexplicablement sous le couvert des arbres. Lubin fit glisser la planche par-dessus bord et entreprit de rassembler son barda. Il entendit alors un autre cri, inarticulé, tout proche. Il s'approcha du plat-bord et vit la raccrocheuse qui s'avançait vers lui, mettait le pied sur la planche. Elle tenait à bout de bras un pistolet qu'elle pointait vers lui. Il jugea que la trajectoire était la bonne, aussi ne tenta-t-il pas de faire tomber la planche. Il voyait Louis qui gisait sur le ventre quelques pas plus haut sur la rive, il tentait de relever la tête, mais sans y parvenir. Lentement, il entreprit de reculer. Il voyait que la raccrocheuse hésitait à monter sur la planche qui était étroite et souple, elle pressentait qu'une fois dessus, elle aurait du mal à ajuster son tir.

— Reste où tu es, grand gognant !

Elle avait la voix claire et déterminée

— Foutue bougresse ! Ton pistolet n'est peut-être même pas chargé ! Où aurais-tu appris à charger une arme ?

— Tu veux parier que je fais mouche ? Sur une grande carcasse comme la tienne, difficile de rater son coup ! Où est Hortense ?

Sa voix trahissait son inquiétude.

— La gueuse croyait pouvoir me…

Le coup partit inopinément. Sous le choc, Lubin bascula en arrière, il comprit qu'il avait été touché. Il entendit les pas saccadés mal assurés de la jeune femme sur la planche, puis elle poussa un cri auquel succéda le « plouf ! » d'une chute dans l'eau.

*

* *

Lettre du 12 mai 1673
du R.P. Jacques Marquette à Jean-Baptiste de La Quintinie, directeur des jardins fruitiers et potagers de toutes les maisons royales.

Cher ami,

Vous vous en souvenez, j'évoquais dans ma dernière lettre les préparatifs de l'expédition que mènera Louis Jolliet, et à laquelle je vais prendre part, conformément au souhait du père Dablon.

Nos paquetages sont désormais sanglés, le peu de provisions que nous emportons (du blé d'Inde et de la viande boucanée) est déjà dans les canots – nous partons en effet demain matin pour découvrir le passage vers la mer du Sud.

Cinq autres Français nous accompagnent dans cette aventure, dans deux canots. Ces embarcations, construites par les Algonquins, sont très légères : faites de plaques d'écorce de bouleau, cousues avec des lianes enduites de gomme, elles font approximativement vingt pieds de long, deux de large, quatre hommes peuvent y prendre place avec leur bagage, mais elles sont si légères qu'un seul homme peut porter un tel canot au-dessus de la tête, ce qui se révèle bien utile quand il faut franchir des rapides.

Je doute que mes compagnons puissent fermer l'œil, nous étions ce soir dans un état d'exaltation qui nous tient certainement tous éveillés : nous avons pour dessein de découvrir de nouvelles terres, et d'éclairer des lumières de notre sainte religion ces nations sauvages qui n'ont jamais vu d'étrangers.

Suivant la rive nord du lac, nous entrerons tout d'abord sur le territoire du peuple de la Folle Avoine, une nation que j'ai déjà visitée, et qui compte nombre de convertis. Nous suivrons la rive occidentale de la baie des Puants, jusqu'à la mission Saint-François-Xavier, puis remonterons la rivière qui se déverse dans la baie pour gagner la bourgade la plus reculée où des Français sont passés, et où vivent rassemblés Maskoutens, Miamis et Kikabeux. Au-delà, il s'agit de terres étrangères et inconnues de nous, nous savons seulement, par nos renseignements collectés, que nous trouverons une rivière qui vient grossir les eaux du Mississippi, et nous ferons alors route vers le sud.

Je ne sais quand j'aurai à nouveau l'occasion de vous écrire, je doute que nous croisions un coureur des bois, mais si c'était le cas, nous lui confierions quelques missives, en priant Dieu qu'elles parviennent à leurs destinataires.

J'ai beaucoup pensé à vous tous lors de la fête pascale, que j'ai célébrée ici à Saint-Ignace en trois langues, la française, la huronne et l'algonquine. Mes ouailles ont communié avec une telle ferveur que je sais que le Tout-Puissant veut désormais que nous fassions retentir le nom de Son fils Jésus-Christ dans ces forêts. Ce projet voulu par le gouverneur est inspiré par la volonté divine et j'ai foi en notre réussite, malgré les mises en garde de nos amis hurons qui nous décrivent les autres nations que nous serons amenés à rencontrer sous les traits les plus hostiles.

Il me faut essayer de trouver le sommeil maintenant.

Ce 12 mai 1273.

R.P. Jacques Marquette

*

* *

Louis le marinier avait réussi à se relever. Il peinait à marcher, car la garce lui avait planté un stylet dans la fesse alors qu'il s'agenouillait pour la foutre, mais sa rage était telle que, malgré la douleur, malgré la tête qui lui tournait – il avait reçu un coup de crosse à l'arrière du crâne –, il avait pu se traîner jusqu'à la planche, et réussi à se jeter dans ses jambes pour la faire basculer. Empêtrée dans sa robe à falbalas, elle glissait dans la vase, et réussit toutefois à se mettre à quatre pattes. Il se vautra sur la planche, se laissa basculer de l'autre côté et tomba de tout son long sur la jeune femme, l'écrasant sous son poids. Il la saisit par les cheveux et lui plongea la tête sous l'eau. Elle agitait vainement les bras, ne rencontrant que les herbes qu'elle arrachait rageusement à pleines mains, elle avait le visage écrasé contre le fond vaseux et l'eau se fraya un chemin dans sa bouche, ses narines, emplissant sa trachée-artère. Elle comprit qu'elle allait mourir dans un pied et demi d'eau limoneuse. Elle abandonna le combat.

Puis la pression que l'homme exerçait sur sa tête céda, dans un ultime sursaut, elle réussit à relever le torse, et aspira une goulée d'air en même temps qu'elle cherchait à cracher l'eau qui lui emplissait les voies respiratoires. Elle toussait, crachait, elle vomit un jet d'eau trouble, et réussit à se laisser tomber sur la berge. Elle entendit quelqu'un courir sur la planche.

Hortense se pencha sur elle, vit qu'elle respirait. Elle se tourna vers le corps qui flottait entre le chaland et la rive. Louis flottait sur le ventre, les bras en croix, une gaffe fichée à l'oblique dans le haut du dos, le croc logé entre les épaules. Hortense attrapa la gaffe et le poussa dans le courant, et remonta précipitamment sur le bateau pour libérer Marie de ses liens.

Alors qu'elle soutenait Marie et l'aidait à faire quelques pas hésitants sur le pont, Hortense sursauta en entendant des geignements dans la cale. Puis il lui sembla que quelqu'un ruait des pieds contre les membrures du chaland.

— Il y a quelqu'un en bas… murmura-t-elle pour elle-même.

Ce fut Marie qui lui répondit :

— C'est l'apothicaire…

— L'apothicaire ?

— Oui, c'est comme ça qu'ils l'appellent, ils se moquent toujours de lui : « ce bougre d'apothicaire », qu'ils l'appellent. Ils l'ont amené hier soir et il leur a raconté tout ce qu'il savait sur les plantes.

— Sur les plantes ? Tu veux dire qu'ils ont enlevé un apothicaire parce qu'ils ont besoin de remèdes ?

— Non, la jeune femme lui a fait peur et il a tout dit… On se rentourne ? Je veux pas rester ici.

— Oui, oui…

Hortense se risqua toutefois jusque dans la cale et découvrit un homme nu sur un grabat de paille, lui aussi entravé et bâillonné. À la lumière de la lanterne, elle reconnut l'apothicaire Reboul qui éclata en sanglots quand il la vit.

La patrouille du guet qui descendait nonchalamment la rue de la Charité aperçut au loin, vers le chantier abandonné de la gare d'eau, une troupe en marche : une dizaine de torches éclairaient des silhouettes floues, ce qui inquiéta les soldats de prime abord ; les sergents crurent à une émeute et envisagèrent un instant la fuite, sous prétexte d'aller chercher des renforts, mais très vite des enfants se portèrent au-devant d'eux, ils parlaient de « pauvres femmes » qui avaient été brutalisées par des scélérats. Les gens du guet furent médusés de découvrir au cœur du groupe de guenilleux, qui les escortaient en fait, une femme à moitié nue qui se disait l'épouse de M. Toussaint, une autre, échevelée, à la robe trempée qui se prétendait l'amie du lieutenant

Ménard de Changlonne, et un homme hébété, vêtu seulement d'une culotte trop grande pour lui qu'il tenait des deux mains, et lui se disait apothicaire. La situation était des plus confuses, aussi le sergent qui commandait la patrouille résolut-il d'envoyer un homme à l'hôtel de ville quand il se fut convaincu du fait que ces gueux n'étaient pas des émeutiers, mais que l'homme, les deux femmes et l'enfant qui les accompagnait avaient bel et bien été victimes d'une bande de malfrats.

*
* *

Lettre du 8 juin 1673
du R.P. Jacques Marquette à Jean-Baptiste de La Quintinie, directeur des jardins fruitiers et potagers de toutes les maisons royales.

Cher ami,

Nous sommes arrivés hier à Maskoutens, cette bourgade où vivent les représentants des trois nations que j'évoquais déjà dans ma lettre précédente.

Ces peuples qui ont été évangélisés par le père Allouez nous ont fort bien reçus, et ils se sont sincèrement réjouis de voir une « robe noire » – c'est ainsi qu'ils désignent le prêtre dans leur langue.

Quelle n'a pas été ma joie de trouver une croix dressée au milieu du bourg, ornée de peaux, d'arcs et de carquois, en offrandes au Grand Manitou – le nom que les Sauvages donnent à Dieu. J'ai pu les faire chanter dévotement pour leur inspirer le plus profond respect pour notre religion. Nous ne resterons pas plus de trois jours ici, les Anciens ont accepté de mettre deux guides Miamis à notre disposition pour la suite de notre périple – ces deux Miamis vont nous guider jusqu'à la rivière Meskousing qui se jette à plusieurs lieues d'ici dans le Mississippi. Ils nous quitteront ensuite.

Je garde cette lettre par-devers moi, n'ayant pas la possibilité de vous la faire parvenir prochainement, et l'enrichirai de la relation de notre voyage.

R.P. Jacques Marquette

*

* *

Huit heures sonnèrent au clocher de la chapelle du Bon-Trépas. Toussaint venait de lire la troisième lettre de Marquette. Il rangea les documents dans le sac qui figurait le placenta du mannequin et décida de faire le crochet par la rue Terraille où était la demeure de l'abbé. Hortense devait se morfondre, attendant des nouvelles des ravisseurs, mais il doutait qu'il y en eût : Marie était une monnaie d'échange, et il n'avait pour l'heure rien à échanger, hormis ces lettres que tous avaient cherchées, mais il ne comprenait pas pourquoi : en quoi les tribulations d'un jésuite au Québec au siècle passé pouvaient-elles susciter de tels agissements criminels ?

L'abbé n'était pas chez lui, mais son valet estima qu'il ne devrait pas tarder. Toussaint attaqua la lecture de la lettre suivante.

*

* *

Lettre du 23 juin 1673
du R.P. Jacques Marquette à Jean-Baptiste de La Quintinie, directeur des jardins fruitiers et potagers de toutes les maisons royales.

Cher ami,

Je vous écris depuis le campement que nous avons établi sur une île du Mississippi. Il y a cinq jours de cela, en effet, nous avons débouché dans cette rivière, si étroite là où se décharge la Meskousing, mais qui à d'autres endroits s'élargit jusqu'à mesurer trois quarts de lieue. Les îles, qui y sont nombreuses, sont verdoyantes et donnent refuge à des outardes et à des cygnes, sur les rives nous apercevons des chevreuils et des vaches. M. Jolliet et ses compagnons ont jeté leurs filets à l'eau et ont ramené des esturgeons et bien d'autres poissons étranges dont j'ai fait quelques croquis.

Nous poursuivons toujours plus au sud, sans rencontrer âme qui vive. La nuit, nous restons dans nos canots, ancrés à quelques brasses du rivage, et nous laissons toujours quelqu'un en sentinelle. Je vous enverrai un dessin que j'ai réalisé des bœufs sauvages, qui sont bien plus corpulents que nos bœufs domestiques : ils ont une bosse sur le dos, un crin épais leur couvre la tête et le garrot. Les Sauvages les chassent et se nourrissent de leur viande.

27 juin

Nous avons rencontré la nation des Illinois. M. Jolliet et moi-même nous sommes portés à la rencontre de ces Sauvages qui nous ont reçus civilement, en nous présentant le calumet de la paix, cette pipe qui leur sert à fumer le tabac. Ils nous ont menés jusqu'au grand capitaine de leur nation, qui a fait donner un festin en notre honneur. Leur capitaine nous a offert de passer la nuit dans sa cabane, et lui-même et tout son peuple nous ont raccompagnés à nos canots. Je me suis promis de revenir les instruire dans un an.

Les Illinois nous ont montré des arcs que leurs voisins les Osages leur ont troqués. Les Osages sont de farouches guerriers, maîtres en l'art de tirer à l'arc, et ils n'ont pas leurs pareils pour chasser le bœuf sauvage, décochant leurs flèches au plein galop. Pour la chasse à pied ou la guerre, ils utilisent des arcs de la taille d'un homme fait dans un bois dur dont M. Jolliet me dit qu'il s'agit de « bois d'arc », un arbre que nous ne connaissons pas en Europe, mais que j'ai déjà observé, son écorce est grise, avec des épines, cet arbre a pour sève ce que vous, botanistes, appelez latex, un suc laiteux, visqueux, et j'ai vu des chenilles se nourrir de ses feuilles. J'en ai dessiné un rameau.

M. Sicard, l'un des Français qui nous accompagnent depuis le début dans cette expédition, est, comme vous le savez, botaniste. Il s'est employé à collecter nombre de simples et d'arbustes qu'il entend bien faire apporter jusqu'en France pour enrichir les collections des jardins du Roi. M. Sicard a mis dans des poteries des plants de différents arbres, dont le « bois d'arc », ce qui irrite le chef de notre expédition M. Jolliet, mais M. Sicard n'en démord pas et veut rapporter ces plants, cette nouvelle vous réjouit, j'imagine. Cela est un éternel sujet de discorde entre eux, mais plutôt sur un mode amical.

Enfin, nouvelle d'importance : nous nous apprêtons à ne pas descendre plus au sud, car nous ne voulons pas tomber entre les mains des Espagnols, ce qui nous ferait perdre tous les fruits de ce voyage. Nous estimons n'être plus qu'à trois journées de navigation du golfe du Mexique et nous avons acquis la conviction que la rivière Mississippi se décharge dans le golfe et non pas dans la mer du côté de la Virginie.

D'ici à quelques jours je pourrai donc poster ces lettres qui mettront plusieurs semaines à vous parvenir.

Ce 27 juin 1673

R.P. Jacques Marquette

*
* *

C'était la dernière lettre de Jacques Marquette. Toussaint s'était installé près de la fenêtre pour profiter des dernières lueurs du jour. Il regardait distraitement dehors, méditant sur ce qu'il venait de lire. Il pensait comprendre les allusions du recteur Lefebvre qui aurait évoqué un sauvage en armes – il faisait sans doute allusion au fameux « bois d'arc », d'où la confusion avec l'arc de l'homme du Nouveau Monde représenté dans l'apothicairerie. Toussaint sursauta. Il venait de reconnaître la silhouette de l'abbé qui remontait prestement la rue, sans doute de retour de chez un particulier pour lequel il s'était occupé d'affaires matrimoniales.

Il se cala dans le fauteuil, bien décidé à lui tirer les vers du nez. Mais il perçut des chuchotements sur le palier, puis des pas rapides dans l'escalier, la porte sur la rue claqua – et il vit derechef la silhouette de l'abbé s'éloignant à toutes jambes. Son valet l'avait prévenu de la présence de l'importun.

— Vous ne perdez rien pour attendre, cousin, marmonna Toussaint.

Il alluma les bougies du candélabre, il ne résistait pas à la tentation de connaître le fin mot de l'histoire et compulsa les autres documents. Il trouva un bref *Mémoire sur la nourriture des vers qui font la soie,* manuscrit de quelques feuillets, écrit par M. de La Quintinie. Toussaint le feuilleta rapidement, s'arrêta sur un passage qui avait été signalé d'un trait de plume dans la marge : « *De tout temps, on a cherché des espèces succédanées pour le nourrissage des vers à soie. C'est ainsi qu'on a cru pouvoir leur proposer des feuilles d'épine-vinette, de ronce, d'ortie, d'orme, de pariétaire ou même de laitue, mais il a fallu toujours se rendre à l'évidence : ces espèces peuvent temporairement pallier l'insuffisance de feuilles de mûrier blanc, mais ne permettent pas au bombyx de se développer jusqu'au stade ultime qui est celui de la chrysalide. Toutefois, à la suite de l'observation pertinente faite par le R.P. Marquette en Nouvelle France, où il a vu des chenilles se nourrir du feuillage du "bois d'arc", j'ai fait tester au Jardin des Plantes de Montpellier, où l'on peut aisément se fournir en vers à soie, le nourrissage avec le feuillage de cet arbre. L'expérience est, selon les dires de l'intendant, très concluante.* »

Le document suivant était un feuillet daté du 13 mai 1785, émanant de l'Académie des sciences de Paris :

Monsieur le Secrétaire, cher ami,

Vous avez lu ces lettres de Jacques Marquette à Jean-Baptiste de La Quintinie. Laissez-moi vous conter la suite de l'histoire.

Les plantes collectées par le botaniste M. Sicard ne nous sont jamais parvenues, les canots de l'expédition que commandait M. Jolliet ayant chaviré lors du voyage retour. Mais d'autres expéditions ont eu lieu peu après, et le « bois d'arc » a fini par être rapporté au jardin du Roi. M. de La Quintinie, en tant que directeur des jardins fruitiers et potagers de toutes les maisons royales, a ordonné que les plants soient multipliés et envoyés dans différents jardins des plantes.

M. de La Quintinie a compris que le « bois d'arc » pouvait être utilisé avec profit par les éleveurs de vers à soie, mais, accaparé par d'autres recherches, il n'a pu donner à cette découverte l'importance qu'elle méritait.

Vous savez que j'ai étendu le travail de classification de M. Linné, et j'en suis arrivé à la conclusion que le « bois d'arc », dont le fruit ressemble à une orange, loin d'être un oranger, est en fait apparenté au mûrier. Découvrant dans le même temps à Versailles, dans les archives du cabinet du jardinier du Roi, le mémoire de M. de La Quintinie, auquel étaient jointes les lettres du R.P. Marquette, j'ai demandé que soit reprise son expérimentation, dans le plus grand secret. Il est aujourd'hui avéré que les vers à soie se développent harmonieusement s'ils sont nourris exclusivement avec les feuilles du mûrier de Louisiane.

Je pense que vous mesurez la portée de cette découverte : voilà une variété de mûrier qui pousse sous des latitudes septentrionales où le mûrier blanc ne résiste pas au gel. Il me semblait important de vous informer de l'existence de ces arbres qui ne sont plus à ce jour cultivés qu'au Jardin des Plantes de Montpellier. Je gage que l'intendant de ce jardin se fera un plaisir de vous fournir des plançons, je vous laisse le soin de juger de l'opportunité de le mettre dans la confidence de vos projets si vous décidiez de tester cette espèce dans la région lyonnaise.

La lettre était signée d'un certain Thin de Richaumont, secrétaire de l'Académie des sciences. Toussaint se souvenait que l'abbé lui avait dit que Dupac de Bellegarde était secrétaire de l'Académie des sciences de Lyon, il avait donc été, fort logiquement, le destinataire de la lettre. Il devinait que Dupac, bénéficiant de la primeur de la nouvelle, avait voulu en faire profiter d'abord l'hôpital de la Charité : il avait, avec la complicité du recteur Lefebvre qui avait servi de prête-nom, fait acheter pour le compte de la Charité des terrains en friche. Pour y cultiver ce mûrier de Louisiane, le « bois d'arc ». La Charité pourrait ainsi s'assurer le quasi-monopole de la production des feuilles indispensables pour nourrir les chenilles des vers à soie. Les cocons étaient jusqu'alors fournis par les magnaneries des Cévennes et du Piémont. Avec des bicherées de mûriers de Louisiane, la Charité serait non seulement indépendante pour fournir ses propres ateliers en matière première, mais elle pourrait également fournir en soie brute les ateliers de la Grande Fabrique.

Le dernier feuillet était une correspondance entre un certain Malaval, intendant suppléant du Jardin des Plantes de Montpellier et le recteur Dupac de Bellegarde. Malaval prenait acte de l'intérêt de l'hôpital de la Charité pour le mûrier de Louisiane, tout en s'en étonnant – Dupac n'avait rien révélé de ses projets – mais acceptait d'envoyer dans un délai raisonnable deux caisses de jardinier contenant chacune huit plançons pour une mise en culture. Mais manifestement, Dupac n'était pas le seul dans la confidence, la bande de la garce au coquemar entendait bien s'approprier les caisses.

*

* *

En franchissant la porte de la maison place Saint-Michel, il s'attendait à un silence de mauvais aloi, troublé seulement par les pleurs d'Hortense, et il se rendit compte qu'il avait été soulagé de ne pas devoir passer la journée en ses murs. Il fut surpris d'entendre à l'étage des éclats de rire, des battements de mains, puis retentit cette phrase à laquelle il s'était si bien habitué et qu'il redoutait ne plus entendre :

— Voilà Antoine !

La Bestiole débaroula l'escalier et se jeta dans les bras d'un Toussaint médusé. Il fit tournoyer la gamine et la reposa, quand il vit Ménard de Changlonne apparaître à son tour :

— Où diable étiez-vous passé ? Nous ne vous avons pas attendu pour fêter la libération des otages !

Ne faites pas cette tête ! Mais sachez qu'Hortense et Eugénie ont non seulement découvert la cache où Marie était retenue, mais qu'elles ont en plus réussi à les libérer, elle et l'apothicaire véreux, en mettant hors d'état de nuire l'un des bandits…

— Celui qui s'appelait Louis, commenta Marie, en voilà un qui ne pétera plus !

— L'autre a disparu…

— Mais Eugénie est certaine de l'avoir touché d'une balle ! Tu sais, Antoine, M. de Changlonne a promis de m'apprendre à tirer avec un pistolet.

Puis la voix d'Eugénie retentit en haut des marches :

— Antoine, venez, Hortense vous attend ! Et Louis-Joseph, apportez une autre bouteille de ce vin du Jura !

Toute l'histoire fut à nouveau racontée : les confidences de la jeune femme qui raccrochait en face de chez eux qui avaient permis de repérer le bateau où Marie était retenue, la mise en scène d'Eugénie se faisant passer pour une fille de joie et réussissant à attirer l'un des hommes dans les fourrés, l'utilisation de l'anneau hydrostatique de M. Étevenard pour gagner la bèche amarrée au bateau et se hisser à bord, l'algarade finale qui avait permis d'éliminer Louis le marinier, mais le Grand Lubin avait disparu – peut-être son corps serait-il retrouvé en aval de la ville si la rivière le rejetait sur la rive.

— Des hommes du guet sont embusqués depuis ce soir à proximité du bateau, au cas où la « garce au coquemar » ferait son apparition. Marie a confirmé que la jeune femme qu'elle avait aperçue chez sa tante est cette même femme qui commandait aux ruffians présents sur le chaland.

— Vous en restez comme deux ronds de flan, cher ami ! émit Eugénie.

Toussaint ne contesta pas être médusé :

— Je ne vous blâmerai pas d'avoir pris des risques insensés, puisque votre entreprise a été victorieuse, et le Grand Lubin a appris à ses dépens qu'il faut se garder d'une femme qui cherche à protéger son enfant. Mesdames, je vous dis toute mon admiration.

Le lieutenant Ménard de Changlonne annonça que deux hommes de la compagnie du guet seraient en permanence, de jour comme de nuit, affectés à la surveillance du logis des Toussaint :

— Il n'est pas question que nous prenions le risque d'un nouveau coup de force tenté par la « garce au coquemar ». Hortense et Eugénie lui ont infligé une sacrée déculottée, elles ont mis hors d'état de nuire deux de ses comparses, mais elle n'en restera pas là, soyez-en certain.

La conversation se poursuivit, accompagnée de généreuses libations, et Louis-Joseph dut apporter d'autres bouteilles. Ménard de Changlonne et Eugénie se retirèrent sur les coups de minuit.

Samedi 17 juin 1786

Sitôt réveillé, Toussaint voulut relire les lettres de Marquette. Il n'eut toutefois pas le loisir d'en commencer la lecture. Une tasse de café crème à la main, il était campé devant la fenêtre et cherchait à apercevoir la Jeanne Rapin qui logeait en face. Elle avait, grâce à ses confidences, permis la libération de Marie. Il se disait par ailleurs qu'il lui fallait voir aujourd'hui Reboul, et l'abbé du Bois d'Oingt pour tirer au clair le rôle de chacun dans cette histoire confuse. Et c'est là qu'il repéra le galopin. Celui-ci traversait la place en courant, la main serrée autour de ce qui pouvait bien être un billet. Toussaint descendit précipitamment, ouvrit la porte à la volée et, pressentant que le gamin détalerait sans demander son reste sitôt sa mission accomplie, il le saisit au col plutôt que de prendre le billet que l'autre lui tendait. Le polisson s'effraya, tenta de s'arracher à la poigne de Toussaint, mais celui-ci le plaqua contre le mur.

— Dis-moi qui t'envoie, sinon je te fais fouetter à t'en décoller la peau des fesses ! Louis-Joseph, apportez le martinet ! cria-t-il.

Le gamin ne se méprit pas sur sa détermination à le faire rosser et la réponse fusa :

— C'est l'abbé… l'abbé du Bois d'Oingt ! C'est lui qui m'envoie. Je le jure !

Toussaint lui prit le billet des mains. Il le décacheta tout en tenant fermement le morveux d'une main. L'abbé le priait de le retrouver dès que possible au Café Neptune, près du pont du Change.

— Tu es le fils de la concierge de la prison des recluses ? Réponds, tu viens de la rue Sala ?

Louis-Joseph apparaissait sur le seuil, apportant une badine tout en s'excusant de ne pas avoir de martinet. Toussaint l'interrogea du regard, mais Louis-Joseph secoua la tête en signe de dénégation : ce n'était pas le porteur d'électuaire et de bible ! Comme Toussaint se saisissait de la badine, le polisson dit précipitamment :

— Non, j'habite rue de la Peyrollerie.

— De l'autre côté du pont du Change, commenta Louis-Joseph, dans le quartier des voyageurs.

— Comment est-il, cet abbé ? Décris-le !

— Jeune. Et pas habillé comme un abbé. Il avait pas de soutane. Il était plutôt comme un bourgeois, parfumé, à faire le coquet devant ses amis.

Toussaint le lâcha. Le gamin détala par la rue de l'Arsenal. À cinquante pas, il se retourna, s'assura qu'il n'était pas suivi, fit alors face aux deux hommes auxquels il adressa plusieurs gestes obscènes et cria des insultes bien senties qui firent rirent les deux soldats du guet en faction devant la porte :

— Foutu gueux ! Cul crotté ! Raclure de latrines !

Louis-Joseph fit mine de le courser en brandissant sa canne, et le gamin disparut dans la foule.

Le Café Neptune se trouvait à l'aval du pont du Change, au rez-de-chaussée d'une maison construite un siècle plus tôt : une pièce faisait saillie sur la rivière et offrait une vue unique sur les bèches qui manœuvraient aux abords de la Mort-qui-Trompe.

Toussaint gagna la partie en encorbellement sur la Saône. Cette salle pouvait être isolée du reste du café par des portes vitrées qui étaient fermées. Des vélums tendus à l'extérieur tamisaient la vive lumière qui se reflétait sur l'eau, par les fenêtres ouvertes s'insinuait un filet d'air qui brassait la lourde fumée des pipes que plusieurs clients avaient allumées. Du regard, Toussaint balaya les tables, il ne vit pas l'abbé – le contraire l'eût surpris. C'est alors qu'il sentit qu'on le poussait doucement dans le dos. Il se retourna, prêt à tancer le rustaud qui agissait d'une façon si grossière, mais l'homme lui indiqua en souriant l'angle opposé de la salle, près du pont. Un jeune homme y était assis et semblait perdu dans la contemplation des bateaux avalants. L'homme insistait, poussait doucement Toussaint vers la fenêtre. Celui-ci prit alors conscience du fait que les trois autres clients présents dans la salle avaient le regard braqué sur lui. Plus que de marchands, ils avaient tous l'air de soudards déguisés en bourgeois et dissimulaient tant bien que mal des épées à leurs côtés. Un guet-apens, aurait dit Ménard de Changlonne. Toussaint alla prendre place auprès du jeune homme. Celui-ci sourit en guise de salut, puis retira son tricorne. Une abondante chevelure blonde lui tomba sur les épaules, son profil d'adolescent boudeur se mua en celui d'une souriante jeune femme.

— Monsieur Toussaint, bien le bonjour…

— À qui ai-je l'honneur ?

— Appelez-moi simplement Giovanna.

Le sourire de la jeune femme s'accentua. Elle reporta son regard vers le pont. Par les fenêtres ouvertes leur parvenaient les cris des bateliers, des laveuses, des marchands ambulants et des passants sur le pont.

— Vous savez que les Lyonnais appellent cette arche l'*arche merveilleuse* ?

Elle indiquait d'un geste du menton la première arche du pont du côté de Saint-Nizier, sur laquelle étaient construites de hautes maisons.

— Lors de la *fête des merveilles*, la procession des bateaux passait sous cette arche pour se rendre à Ainay. Le côté populaire de la fête est amusant : dans le parapet du pont est pratiquée une trappe, par laquelle on précipitait des taureaux dans la rivière. Des bateliers devaient ensuite les attraper et les ramener sur la rive où ils étaient mis à mort et dépecés pour la réjouissance populaire. C'est le sort qui vous attend…

Elle se tourna vers lui. Un sourire cruel donnait à son visage une beauté froide, inquiétante. Elle ajouta, sans sourire cette fois :

— Je suis prête à vous écorcher vif pour récupérer les lettres et les caisses, et je ne vous parle pas des souffrances que Lubin rêve d'infliger à votre charmante épouse… qui n'a pas froid aux yeux, je vous l'accorde, elle nous a débarrassés de ce bête de marinier d'une façon élégante et définitive… Vous avez gagné cette manche, mais la partie n'est pas finie. Et vous ne sortirez pas d'ici sans m'avoir dit où sont les caisses, car je pressens que vous le savez.

Toussaint s'avisa que les hommes s'étaient répartis dans la pièce de façon à lui couper toute retraite. La partie s'annonçait serrée.

— Vous vous trompez, je n'en ai aucune idée.

Mais une chose me turlupine. Comment avez-vous trouvé Lubin ?

— Lubin ? Je sais que vous êtes lié à lui par une histoire commune… Il n'a pas été difficile de recruter des hommes de main dans cette ville. Apparemment, Lubin avait décidé de changer d'air, de se terrer ici, après le fiasco survenu à Orléans. Mais le goût de l'aventure a été le plus fort…

— Le goût de l'aventure, et la connivence avec un être aussi dépravé, corrompu et dépourvu de tous scrupules que vous… Quelle est votre motivation dans cette affaire ?

— Ne soyez pas naïf. Les enjeux financiers sont colossaux, monsieur Toussaint, si seulement vous saviez ce que représentent ces plançons. L'avez-vous découvert ? La richesse d'un État en dépend, au regard de quoi les quelques morts survenues comptent peu… Un apothicaire véreux, un compagnon de rivière cupide, une élève un peu trop curieuse, ce ne sont pas gens que nous regretterons.

— Et la veuve du commissaire Fleury ? Pourquoi l'avoir violée et égorgée ?

— C'est l'évidence même : il me fallait savoir ce que ce commissaire avait découvert après l'assassinat du premier recteur. Mes commanditaires avaient été alarmés, ils voulaient apprendre qui pouvait être déjà sur l'affaire et nous avons dû intervenir avant que vous-même n'ayez l'idée de vous procurer le rapport. Il est regrettable que la veuve ait eu à subir ces violences, mais les gens que j'emploie se paient sur la bête, quand ils peuvent, quand ils veulent, c'est dans le contrat tacite passé avec eux.

— Qui sont vos commanditaires ?

Elle eut un bref accès de rage et tapa du plat de la main sur la table.

— Vous n'êtes pas en position de force, monsieur Toussaint, vous n'êtes pas ici pour poser des questions, mais pour m'apporter des réponses. Vous avez donné tête baissée dans le piège, pour sortir d'ici vous allez devoir me donner ce que vous avez.

Toussaint se renversa sur sa chaise et la regarda avec un air qu'il voulait détaché :

— Vous vous surestimez. Le coup du billet de l'abbé était bien vu, le gosse avait appris la leçon, mais l'abbé recourt généralement aux services du fils de la concierge de la *Maison des recluses*, et votre messager m'a décrit un abbé jeune et propret, faisant le mignon devant ses hommes de main. J'ai donc pris mes précautions, et fait prévenir le guet avant de venir à ce rendez-vous.

La jeune femme sourit, comme si Toussaint venait d'abattre une carte relançant l'intérêt de la partie. Elle se tourna vers un des soudards qui prêtait l'oreille à leur conversation, et lui dit d'une voix sourde :

— *Hai capito ? Vai a vedere se sta dicendo la verità ! Muoviti*[1] !

L'homme revint quelques minutes plus tard et lui dit à voix basse :

— *Non ha mentito, ce sono parecchi soldati della guardia cittadina per la strada... Ho l'impressione che stanno preparando un colpo basso*[2].

Elle hocha la tête et reprit :

— Bravo, monsieur Toussaint. J'ai peut-être été

1. « Tu as compris ? Va voir s'il dit vrai. Dépêche-toi ! »

2. « Il n'a pas menti. Il y a plusieurs hommes du guet dans la rue... J'ai l'impression qu'ils préparent un mauvais coup. »

trop légère sur ce coup-là. Il est vrai que vous êtes le premier policier de cette ville… À vous de voir si le jeu en vaut la chandelle : si le guet intervient, vous sortirez d'ici les deux pieds devants.

Elle se tourna vers l'homme qui écoutait toujours. Pour montrer qu'il avait compris, celui eut un rire sardonique et se passa le doigt sous la gorge, comme pour signifier qu'il était prêt à égorger Toussaint.

— *Armate le pistole*[1] *!* dit-elle aux hommes de son escorte qui obtempérèrent en grognant de contentement.

Puis elle ajouta :

— Il y aura peut-être du grabuge, mais ces hommes sont rompus à toutes les échauffourées, des mercenaires qu'on m'a envoyés, et qui ne seront pas de trop depuis que votre épouse a harponné Louis le marinier, que son amie a blessé Lubin à l'épaule et que vous-même avez précipité ce lourdaud de Gaillard du haut des greniers. Leur élimination était de toute façon à l'ordre du jour, je ne peux vous en vouloir. Vous allez vous rendre jusque sur le seuil du café et dire à l'officier que tout va bien, que vous n'avez pas besoin de leurs services. Si vous tentez la moindre entourloupe, Luigi vous brûle la cervelle.

Puis au soudard :

— *Se tenta di scappare o di dare l'allarme, uccidilo*[2] *!*

Toussaint avait enregistré le fait que Lubin n'était que blessé à l'épaule. Il n'intéressait sans doute plus la jeune femme, mais il était désormais d'autant plus dangereux qu'il était livré à lui-même. Il se félicita que Ménard de Changlonne ait posté deux hommes

1. « Armez vos pistolets ! »
2. « S'il tente de fuir ou de donner l'alarme, tue-le ! »

devant chez lui. Le soudard sur ses talons, il se rendit jusque sur le seuil du cabaret. Il fit signe au sergent du guet nonchalamment appuyé au mur de la maison d'approcher et, de façon à être entendu par l'Italien, dit d'une voix forte :

— Sergent, tout va bien, fausse alerte, vous pouvez disposer.

— Jouons cartes sur table, reprit Giovanna. Que savez-vous que je ne sais ? Qui a les caisses ?

— Je n'en ai pas la moindre idée. Il faut croire que le modère les a confiées à un comparse.

Elle plongea son regard dans le sien, Toussaint ne cilla pas – elle testait la véracité de ses propos. Puis elle allongea démonstrativement les jambes, attendant les explications de Toussaint qui reprit :

— Je pensais que vous les aviez, vous vous êtes donné beaucoup de mal pour mettre la main dessus : vous avez soudoyé un modère, qui, si j'ai bien compris, a tenté de vous rouler… et Lubin a eu la main trop leste.

— En effet, cet idiot a cru bon de se débarrasser du voleur sans s'être assuré que les caisses étaient là… Ce Champin les a dissimulées quelque part… ou quelqu'un les a récupérées. Vous ne les avez pas ? Avez-vous les lettres ? Non plus ? Je dois dire que vous me décevez, monsieur Toussaint, vous ne seriez pas un adversaire à la hauteur ? Allons, je vous laisse encore deux jours. Trouvez les caisses, remettez-les-moi et vous serez surpris par les largesses de mes commanditaires. Si, par contre, vous faites chou blanc, mettez-vous et votre famille à l'abri, car je serai inflexible. Deux de mes hommes vont vous raccompagner une partie du chemin pour que vous ne soyez pas tenté de revenir avec le guet. Ah, dernière chose, vous vous doutez que vous avez à vous méfier de Lubin, je ne le contrôle plus, il m'a d'ailleurs faussé compagnie. Blessé, vexé, il est imprévisible. C'est un tueur, nous savons l'un et l'autre de quoi il est capable.

Si Toussaint n'avait jusqu'alors pas éprouvé de véritable crainte lors de cette conversation, il fut effrayé par le rictus hideux qui, un bref instant, déforma le visage de la jeune femme et révéla sa vraie nature : celle d'un être dépravé, cruel, qui n'était motivé qu'en apparence par l'appât de l'argent, mais qui jouait avec ses semblables, les humiliant, les asservissant à ses pulsions les plus viles, les assassinant. Elle partageait ce trait de caractère avec le fameux Lubin. Il se demandait quel ressort dans l'âme de ces personnes pouvait ainsi être détraqué.

*

* *

— Si je résume vos propos, monsieur Toussaint : nous avons affaire à une jeune femme issue d'un milieu aisé, peut-être aristocratique, qui maîtrise parfaitement l'italien. Elle est sans doute lyonnaise, sans quoi elle ne vous aurait pas conté l'anecdote du bœuf précipité dans la Saône lors de la *fête des merveilles*, qui n'a plus cours depuis plusieurs siècles, mais elle peut être liée à une famille italienne – cela n'aurait rien d'étonnant, de nombreuses familles italiennes de commerçants et de banquiers se sont fixées à Lyon, tels les Guadagni et les Capponi.

Toussaint opinait du chef et invitait le jeune Michelet à poursuivre ses déductions.

— Mais, en même temps, elle me fait tout l'effet d'une aventurière qui se serait mise au service d'une puissance étrangère, un quelconque État italien – ses hommes de main viennent d'Italie, selon vous. Grâce à elle, nous avons appris plusieurs choses. Primo : elle ne serait pour rien dans l'assassinat du premier recteur, ce qui ne laisse pas de m'étonner – et complique encore les choses… Secundo : elle n'a pas mis la main sur les caisses, objet de son entreprise criminelle.

— En effet. Nous réfléchirons plus tard à l'assassinat du premier recteur, le plus important est de trouver ces fichues caisses. Champin les a effectivement volées, le rameau dans la poche de son gilet le prouve, mais il ne les a pas dissimulées parmi les groseilliers derrière la maison de la montée du Gourguillon comme il en avait peut-être eu l'intention, ou tout au moins avait-il donné cet endroit comme lieu de remise des caisses.

— Champin a pu estimer que la cachette n'était pas la meilleure qui soit…

— C'est vraisemblable. Il était sans doute sous surveillance, depuis l'incident de la bèche qui a heurté le chaland, et s'en est aperçu. Soit il a craint d'être roulé, soit il a voulu faire monter les enchères.

Michelet s'animait :

— Exactement, il avait alors un complice, c'est lui qui aura déplacé les caisses…

— Un complice ? Il semble avoir agi seul pour égarer l'allège du chaland.

— Il n'a pas de fils ?

Toussaint le regarda fixement et abattit le poing sur la table :

— Bien sûr que Champin a un fils, le patron des modères m'a dit qu'il le prendrait comme surnuméraire pour aider sa veuve…

— C'est sûr ! Le fils, qui lui a donné un coup de main pour planquer les caisses ! Allons-y !

— Pouvons-nous sortir d'ici sans repasser par la boutique ? Il y a fort à parier qu'un Italien est embusqué à quelques pas d'ici et qu'il va nous filer le train.

L'herboriste acquiesça. Ils gagnèrent l'arrière-cour, où ils empilèrent des caisses et des ballots contre le mur qu'ils escaladèrent, de là ils passèrent dans une autre arrière-cour, et ressortirent sur le port Saint-Antoine.

— Évitons également le pont du Change. Il est trop fréquenté, un Italien pourrait bien y être à l'affût.

Ils gagnèrent Saint-Jean en traversant la Saône sur le pont Volant dont le tablier était supporté par une douzaine de barges amarrées à des pieux fichés dans le lit de la rivière. Ils contournèrent le cloître Saint-Jean et furent rapidement au pied de la montée du Gourguillon.

Toussaint tapa du plat de la main contre la porte, disant qui il était, et qu'il devait absolument parler au fils. Entendant le bruit de plusieurs chaises qu'on repoussait précipitamment, devinant des chuchotements, il comprit que le fils Champin était vraisemblablement là. Il ajouta qu'un homme était posté dans la rue, qu'il ne fallait pas imaginer s'esbigner par là. La porte finit par s'ouvrir. La femme Champin avait le visage encore plus ravagé que deux jours auparavant, le fils affichait un air buté, regardant le visiteur en coin, aussi Toussaint prit-il le parti de l'emmener au-dehors, sur la pente derrière la maison. Toussaint le prit par les épaules et le mena devant la palissade du poulailler tandis que Michelet les rejoignait. Toussaint désigna du doigt les coulures brunes sur les planches qui rappelaient le drame qui s'était déroulé là.

— C'est là qu'on a retrouvé le corps de ton père, comme tu le sais… Et je suis chargé de trouver ses assassins. Ils l'ont tué pour se débarrasser de lui : il avait passé un marché avec eux, il devait, contre argent, faire disparaître deux caisses de jardinier qui se trouvaient sur le *Marie-Angèle*, un chaland à la remonte. Mais j'ai l'impression que ton père a voulu faire monter les prix, ou il a craint être roulé. Quoi qu'il en soit, il est tombé sur plus roué que lui. Sur des canailles qui ne reculent pas devant le meurtre.

Le garçon ne répondait pas, il gardait les yeux baissés, ne sachant où les poser.

— Ton père leur avait peut-être donné rendez-vous ici, pour leur remettre les caisses, mais les caisses n'étaient pas là. Elles sont ailleurs, et je gagerais ma tête à couper que tu sais où elles sont.

Cette fois, le jeune Champin jetait des regards désemparés de droite et de gauche.

— C'est cela, n'est-ce pas ? Ton père les a déchargées au bas de la rue Mouton, là où la bèche avait accosté. Mais il ne les a pas apportées ici. Et tu l'as peut-être même aidé à les cacher, non ?

Un haussement d'épaules. Et toujours ce regard qui chassait dans les coins. Toussaint lui prit durement le menton pour l'obliger à lever les yeux.

— J'ai besoin de le savoir, pour retrouver les assassins de ton père. Les modères n'en sauront rien. Alors ?

Le garçon se dégagea d'un mouvement de la tête, se détourna et commença à descendre vers le passage menant à la rue. Il se retourna brièvement, invitant de la tête Toussaint à le suivre.

— Où sont-elles ?

Le gamin haussa les épaules :
— Ben, toujours rue Mouton !

Ils cheminèrent en silence jusqu'à la rue Mouton, Toussaint crut que le fils Champin le menait au bord de la rivière, mais celui-ci obliqua subitement vers la maison de la société des modères. Il trouva la clé entre deux pierres disjointes, ouvrit et poussa sur le lourd portail de bois. Dans la courette, il se faufila derrière les barques des jouteurs et fit signe à Toussaint et à Michelet de le suivre. Les caisses étaient là. Invisibles depuis la cour, sous le hangar. Les châssis vitrés avaient été relevés, ils étaient maintenus ouverts par des bouts de bois, afin de donner de l'air aux plants. Toussaint s'agenouilla. Il dénombra dans chaque caisse huit plants dans des pots, calés par des lattes de bois. Il s'agissait bien des mêmes feuilles que celle qui lui avait été adressée dans la bible, elles se terminaient en pointe et étaient d'un vert luisant, les rameaux, de couleur grise, portaient des épines. Il cassa l'extrémité d'un rameau et vit sourdre une goutte de latex. Il palpa la terre au pied des arbustes, elle était encore humide. Il se releva, posa la main sur l'épaule du fils Champin.
— Tu les arroseras régulièrement, tous les deux jours. Fais en sorte que personne ne te voie, ne viens ici que lorsque tu es sûr de n'y croiser aucun modère. N'en parle à personne. Les caisses vont rester là, c'est encore la meilleure cachette qu'on puisse imaginer. Les truands dont je t'ai parlé sont prêts à tout pour mettre la main dessus, ton père l'a payé de sa vie, mais nous saurons lui rendre justice.

*
* *

Toussaint poussa jusqu'à la rue Saint-Jean. Il voulait entendre Reboul, et avait par ailleurs appris que la veuve Lefebvre avait été violentée. La boutique était fermée, il trouva l'arrière-cour, et tapa du plat de la main contre la porte du laboratoire. Il lui fallut crier, dire son nom, pour qu'un Reboul apeuré consente à ouvrir. Il était blanc comme un linge, des cernes gris de cendre lui ourlaient les yeux qu'il avait rouges, injectés de sang, sa lèvre inférieure était agitée d'un tremblement incontrôlé.

— Monsieur Reboul, vous avez une mine de déterré.

— C'est tout comme si je revenais d'entre les morts, balbutia-t-il, et je vous prie de croire que le diable existe, je l'ai vu !

— En la personne d'une charmante jeune femme blonde ?

Le jeune apothicaire hocha la tête, un rictus d'épouvante lui déforma la bouche, il lui fallut quelques secondes pour chasser le souvenir de la scène d'horreur qu'il avait vécue dans la cale du chaland.

— Cette folle a voulu m'émasculer !

— Mais elle vous a finalement laissé votre virilité ? En échange de vos confidences ? Vous allez tout me raconter, car j'ai le sentiment que vous ne m'avez pas tout dit, entravant en cela mon enquête. Je pourrais vous en tenir rigueur, n'est-ce pas ? Allons, je vous écoute.

Reboul ne se fit pas autrement prier. Il confessa avoir gardé pour lui la découverte de la lettre de l'intendant du Jardin des Plantes de Montpellier, avec lequel Lefebvre s'était mis en rapport pour obtenir une énigmatique « marchandise », mais Reboul avait compris qu'il s'agissait de plantes – Lefebvre n'aurait sinon pas acheté autant de bicherées de terre. Il avait guetté l'arrivée du chaland le *Marie-Angèle*, ce qui n'était pas compliqué, les modères tenant registre des bateaux à la remonte. Il avait tenté de récupérer la marchandise, s'était ensuivie l'altercation avec Gatien et Gaillard, envoyés par l'économe de la Charité, mais les caisses avaient disparu. Reboul avait renoncé à mettre la main sur la source de richesse promise par feu Lefebvre. Gaillard, par contre, avait compris qu'il était au courant de la livraison, d'où son enlèvement. Il avait été détenu dans ce bateau puant, la jeune femme qui l'avait enlevé à son domicile lui avait extorqué ces mêmes aveux, aisément, puisqu'elle avait menacé de le châtrer avec sa grande tenaille. Reboul ressentait encore une intense douleur au bas-ventre quand il se remémorait la scène, la jeune femme souriante, accroupie entre ses jambes, tandis que les soudards, rigolards, le tenaient fermement écartelé, et elle qui ouvrait les ciseaux de sa tenaille pour lui saisir la verge, et lentement serrer. Reboul était convaincu qu'elle ne l'avait épargné que parce que la gamine située à l'autre extrémité de la cale s'était mise à ruer avec les pieds de grands coups contre les parois de bois, détournant l'attention de sa tourmenteuse qui s'était levée pour aller gifler la gosse.

La veuve Lefebvre gardait la chambre, mais elle lui conta à son tour l'agression dont elle avait été victime. Toussaint considérait les plaies circulaires qu'elle avait à la racine des seins, Reboul et elle parlaient d'une tenaille, d'une grande pince, et il comprenait que ces blessures avaient été infligées au moyen d'une *tenette helvétienne*, une sorte de long ciseau aux pinces circulaires dont on se servait pour l'ablation d'une tumeur dans les cas de cancer du sein. Pour infliger de telles blessures, elle avait dû affûter le bord des pinces qui n'avaient sinon qu'un rôle de préhension, l'ablation de la tumeur se faisant au moyen d'un scalpel.

— C'est une folle ! Vous ne me direz pas qu'elle est pas toute détrancanée pour tourmenter ses semblables avec un instrument pareil !

Toussaint se dit que la jeune femme y avait gagné un nouveau sobriquet. Après le *freluquet au tricorne*, la *garce au coquemar*, la *folle à la tenette*…

— Il peut résulter de ces blessures une vive inflammation, la gangrène peut-être. Quel emplâtre avez-vous utilisé ? demanda Toussaint à Reboul.

— Un emplâtre contentif, fait de six onces d'emplâtre commun et de quatre onces de poix de Bourgogne.

Toussaint opina du chef, le jeune apothicaire était à même de soigner sa maîtresse et employeuse. Il sortit.

*

* *

Toussaint, le lieutenant de police Basset et le prévôt des marchands Tolozan de Montfort se réunirent à l'hôtel de ville. Basset se faisait fort de découvrir le repère des mercenaires italiens grâce aux mouches de la police : il était selon lui plus que vraisemblable que les hommes de la prénommée Giovanna passeraient les trois jours à venir dans un cabaret, à gobeloter et à jouer aux dés. Toussaint l'écoutait d'un air dubitatif. Il ne doutait pas que les espions au service de la lieutenance de police fussent nombreux, mais, encore étudiant, il avait appris à repérer ces hommes seuls, assis devant une chopine, faisant mine d'oublier les vicissitudes de la vie dans le vin, mais dont le regard trahissait la lucidité et l'affût. Il lui était même arrivé de rosser un mouchard qui, persuadé de glaner des propos séditieux, glissait par à-coups sur le banc pour se rapprocher du groupe d'étudiants plongés dans une conversation philosophique.

— Où sont déployées les mouches de la police ?

— Nos hommes sont présents dans les cabarets et cafés fréquentés par la population ouvrière, car le consulat redoute une émeute de la populace depuis que les ouvriers en soie se sont mis en tête d'obtenir une augmentation de l'aune de tissu.

Tolozan de Montfort opinait du chef et ajouta :

— La colère gronde et la populace se montre indocile, les marchands redoutent que la situation ne s'envenime, nous devons au plus vite identifier les meneurs qui jettent de l'huile sur le feu.

— Ces mercenaires italiens étaient vêtus comme des marchands lombards, je doute qu'ils se mêlent aux ouvriers en soie, surtout si vous redoutez une insurrection de la population ouvrière. Par ailleurs, je serais surpris que nos soudards passent leur temps dans une salle d'auberge où ils seraient faciles à repérer. Par contre, vous savez comme moi comment des spadassins cherchent à se désennuyer quand ils sont las de jouer aux dés…

— Vous songez aux filles publiques ? demanda Basset.

— Oui. Il serait étonnant qu'ils n'aient pas recours aux services de quelque mère maquerelle.

Le prévôt des marchands intervint :

— Le consulat a instauré il y a quelques années un bureau chargé de la surveillance de la prostitution, à l'instar de ce qui existe à Paris depuis plusieurs décennies déjà. C'est le commissaire Dupin qui le dirige, il connaît le milieu des filles de joie et a son propre réseau d'espions.

Toussaint opina.

— Faites venir le commissaire Dupin. Je souhaiterais que des mouchards soient envoyés dans le quartier des hôtelleries. Le garnement qui m'a apporté le message de la garce m'a dit habiter rue de la Peyrollerie. Donc non loin du quartier où descendent les voyageurs, notamment ceux de l'étranger : des Italiens passeraient facilement inaperçus là-bas.

Toussaint avait consulté le plan de Lyon. Cette rue, située dans la paroisse Saint-Paul, prenait à main droite au débouché du pont Saint-Vincent et se prolongeait par la rue du Puits-du-Sel qui filait vers l'ouest en direction de la porte de Vaise. Il n'était pas incohérent d'imaginer que la garce et ses soudards aient trouvé à se loger dans ce secteur de la ville : si de nombreux chaudronniers, ou *peyrolliers*, avaient leurs ateliers dans cette rue, le quartier était aussi celui des voyageurs : dans la rue des Hébergeries une hôtellerie chassait l'autre, les marchands qui venaient à Lyon à l'occasion des quatre grandes foires annuelles avaient leurs habitudes à *Saint-Éloy*, au *Chapeau rouge*, à la *Tête noire,* à l'*Aigle d'Argent* ou aux *Trois Rois*. Tolozan de Montfort réfléchit brièvement, le lieutenant Basset quêtait son approbation.

— C'est entendu, les mouchards du bureau Dupin se rendront dès demain dans les auberges de la rue des Hébergeries et de la rue de la Saônerie. Mais il est nécessaire de maintenir une présence de vos informateurs dans les cabarets fréquentés par les ouvriers. Je vais faire chercher Dupin.

— Nous avons deux jours pour trouver la cache des

Italiens, émit Ménard de Changlonne, c'est le délai que la garce vous a octroyé…

— Oui, au-delà de ce délai, nous pouvons nous attendre à toutes les vilenies possibles de la part de cette folle. C'est peu de dire que le temps presse.

*
* *

Le commissaire Dupin était un petit homme dont la silhouette évoquait la forme d'une poire : une petite tête surmontait un ventre rebondi porté par de courtes jambes. Il avait toutefois un visage ouvert, encadré de favoris fournis. En réponse aux questions de Toussaint, il expliqua qu'on ne pouvait à proprement parler de foyers de prostitution dans la ville. Il lui incombait d'arrêter les raccrocheuses qui, toujours plus nombreuses, se risquaient sur la place Louis-le-Grand, sur la place des Terreaux ou aux abords du Change, mais le « raccrochage à la fenêtre » était, ici comme ailleurs, une pratique répandue : partout dans la ville, des filles partiellement dénudées s'exhibaient à leurs fenêtres et sifflaient ou apostrophaient les hommes.

— Il s'agit souvent de veuves réduites par nécessité à ce commerce, ou bien de jeunes femmes qui n'ont pas appris de métier – ou qui trouvent des avantages à cette activité, plus qu'à la profession de dévideuses ou fileuses de la Grande Fabrique.

— Mais il y a aussi des maisons, tenues par…

— Par des « femmes du monde » ? Bien sûr. Là, les filles sont généralement très jeunes, de seize à vingt, vingt-cinq ans, elles sont pensionnaires et sortent peu, en tout cas pas pour raccrocher les passants.

— Vous tenez le registre de ces maisons de débauche ?

— Oui, il y a un registre, pas complet, mais j'ai réussi à localiser nombre de ces maisons tenues par les mères maquerelles.

— Je souhaite que vous les visitiez, toutes, tâchez de savoir si des filles ont été envoyées dans une hôtellerie, ou chez un particulier, là où elles auraient eu commerce avec des Italiens un peu trop rustiques pour n'être que des marchands.

Dimanche 18 juin 1786

Lubin avait trouvé refuge dans une cahute adossée à la muraille qui montait à l'assaut de la colline depuis la porte de Saint-Georges. La cabane se trouvait quelques toises sous la porte de Saint-Just, dans une vigne à l'abandon. Une vieille avait accepté en maugréant de lui poser un cataplasme émollient à base de pain rassis et de lait, parce que Lubin avait toujours entendu dire que c'était le cataplasme le plus indiqué en cas de blessure par arme à feu. Il savait que la balle tirée par la foutue raccrocheuse était entrée au niveau de l'épaule, et ressortie, mais des fibres de vêtements avaient pu être introduites dans les chairs par le projectile et il savait que la plaie risquait de suppurer. Il avait l'épaule endolorie et buvait des tasses d'une décoction d'écorce de saule pour atténuer la douleur. Il craignait que la gangrène ne s'en mêle, il redoutait les fièvres, mais il craignait encore plus la vieille qu'il croyait capable de le trahir dès qu'il serait la proie des fièvres. Il avait troqué sa veste courte de marinier contre un sarrau, se couvrait d'un large chapeau de cultivateur, et errait en cette fin de matinée à l'entour du marché au bétail qui se tenait place des Minimes. Il se risquait parfois dans le haut de la montée du Gourguillon où il s'accotait dans un coin d'ombre. Et il finit par le repérer ; ce garçon déjà vigoureux qui, comme la veille, rentrait dîner chez feu Champin. C'était le fils. Il résolut d'attendre. Bien lui en prit : sitôt après dîner, le garçon réapparut, il balançait un broc vide à bout de bras et entama la descente vers Saint-Georges. Lubin le suivit à bonne distance. Le garçon avait pris la ruelle menant à la Saône. Lubin risqua un œil depuis l'angle de la rue, le gars revenait de la rive avec son broc dégoulinant d'eau. Il entra dans la cour d'une maison. Lubin ne put déchiffrer l'inscription qui surmontait le porche, car il ne savait pas lire, mais il comprit qu'une quelconque société de mariniers avait ici son siège quand il vit les barques empilées qu'on utilisait pour les joutes.

*

* *

C'est un mouchard du bureau de Dupin qui les mit sur la piste des mercenaires italiens. L'homme, attablé depuis plusieurs heures à l'auberge de *Saint-Christophe*, feignait de cuver son vin, mais gardait un œil ouvert sur ce qui se tramait dans la salle où une compagnie de voyageurs arrivés d'Allemagne était en ribote. Il fut intrigué par le manège d'une chambrière qui se précipitait au-devant d'une jeune fille, en qui il reconnut une fille de joie, pour l'entraîner au-dehors avec force messes basses. La chambrière revint peu après, seule. Intrigué, l'homme de la police s'embusqua alors dans la rue. Une heure plus tard, la jeune femme réapparaissait dans la ruelle qui longeait l'auberge de *Saint-Christophe* et menait à la rivière. Alors qu'elle posait le pied sur le pavé, un homme apparut à une fenêtre du deuxième étage et lui cria d'une voix avinée :

— *Ciao, putana ! Hai proprio un bel culo ! A domani*[1] *!*

La mouche de police suivit la putain jusqu'à la rue de la Fronde, une ruelle qui reliait la rue Saint-Jean à la rue du Bœuf où elle entra dans une maison construite dans le style italien – l'homme savait qu'il s'y trouvait une maison tenue par une « femme du monde ». Il rebroussa chemin et fila jusqu'à l'hôtel de ville pour en aviser le commissaire Dupin. Celui-ci fit immédiatement prévenir Toussaint.

*
* *

Le fils Champin s'accroupit et entreprit de mouiller la terre des plants dont on lui avait confié l'entretien. Il savait que son père avait tenté le diable en acceptant de faire disparaître les caisses du chaland, puis en essayant de rouler ses commanditaires. Fallait-il que la somme promise ait été rondelette – il avait surpris des bribes de conversation entre le père et la mère, le père fanfaronnait, se vantait d'être sur un coup qui rapporterait gros, mais il y avait belle lurette que la mère ne croyait plus en ses fariboles, au mieux, il faisait disparaître un poinçon d'eau-de-vie d'un chaland. Il mouilla aussi le fond des caisses, pour maintenir le milieu humide. Il sursauta. Une ombre avait traversé la courette, avait brièvement dansé sur le sol de la

1. « Salut, la putain ! Tu as vraiment un beau cul ! À demain ! »

remise. Il se retourna, scruta la cour entre les barques empilées.

— Qui va là ?

Il attendit. Aucune réponse ne lui parvint. Il risqua un œil au-dessus de la barque. Rien, ni personne. Se collant au sol, il réussit à voir par-dessous la première barque qui reposait sur des madriers. Il y avait bel et bien quelqu'un, dont il apercevait les pieds. L'homme se tenait immobile, à croupetons de l'autre côté de la barque. Il ne l'avait pas entendu entrer. Mais il est vrai qu'il n'avait pas enclenché la porte, car il savait que l'opération ne lui prendrait que quelques minutes. Un modère ne jouerait pas à cache-cache avec lui. Ou bien si ? Toujours par en dessous, il vit l'homme se redresser légèrement, et avancer de façon à contourner la barque. Le chirurgien, ce Toussaint, lui avait dit à quel point les assassins de son père étaient prêts à tout pour mettre la main sur ces foutues caisses. Puis l'homme se redressa, Marceau vit qu'il tenait un tranchet dans la main droite.

— Fiche le camp avant que je te coupe les oreilles ! Et les burnes avec !

Lubin éclata d'un rire mauvais et avança vers les caisses. Marceau leva la lance. Lubin ralentit le pas, haussa les sourcils, et repartit de son rire sardonique.

— Tu fais le fier-à-bras ? Tout ton père, hein ?

— Je me fous de toi !

— Tu as tort, ton père, il a voulu faire le malin, il a cru nous enfumer, mal lui en a pris ! Regarde, c'est avec ça que je lui ai réglé son compte !

Il agitait le tranchet dont la lame captait des éclats de lumière. Marceau tenait la lance de la main droite par le « bourron », son extrémité arrondie, il la tenait plaquée contre sa cuisse, de la gauche il l'éleva et se jeta soudain en avant. Lubin tenta de l'éviter, mais Marceau avait prévu le coup, il était jouteur depuis deux ans déjà et savait, d'un léger mouvement du poignet, orienter la lourde lance de quinze pieds de long. Il attrapa Lubin au niveau de la poitrine. La lance était munie d'un crampon, une sorte de bouterolle métallique dentelée qui était censée venir se ficher dans le plastron de bois de l'adversaire pour mieux le jeter à l'eau. Le choc projeta Lubin en arrière, il chancela, porta la main à sa poitrine. Très vite, il vit sourdre le sang entre ses doigts.

— Salopiot ! Tu perds rien pour attendre !

Le fils Champin déplaça sa main gauche pour trouver le meilleur point d'équilibre, puis fonça à nouveau. Lubin recula précipitamment, se saisit de la lance qui le rattrapa au niveau de l'abdomen, qu'elle perfora sans résistance. Lubin fut plaqué contre le mur de planches. Marceau accentua la pression, jusqu'à sentir la résistance du bois. Puis il lâcha la lance. Lentement, Lubin s'affaissa et glissa au sol, une traînée de sang vermillon luisait sur les planches.

*

* *

Toussaint et le commissaire se retrouvèrent place de Roanne, devant la prison. De là, ils gagnèrent la rue Saint-Jean, puis la rue de la Fronde. Le commissaire Dupin faisait part à Toussaint de ce qu'il savait :

— La maison est tenue par une dénommée Noizat, une « femme du monde » originaire du bourg de la Guillotière, sans doute pour le compte d'un marchand de la ville qui a placé son argent dans un bordel, il faut savoir que c'est d'un bon rapport. La fille que mon agent a repérée est jeune, elle est sans doute pensionnaire chez la Noizat.

Toussaint pénétra à la suite de Dupin dans la maison à l'enseigne de l'Oie, le commissaire le guida dans l'arrière-cour, puis ils gravirent un escalier à vis qui desservait une galerie ouverte. Dupin lui indiqua, tout au bout de la galerie, une porte cloutée, percée d'un judas. Puis il actionna le heurtoir, et s'effaça sur le côté. Au bout d'un temps qui parut long à Toussaint, le judas s'ouvrit, Toussaint peina à distinguer les traits de son vis-à-vis, une femme d'âge mûr apparemment, qui le détaillait et sembla satisfaite, car elle esquissa un semblant de sourire. La porte s'entrouvrit pour lui laisser le passage. Dupin s'engouffra à sa suite.

Le sourire de la mère Noizat se dissipa dès qu'elle aperçut la silhouette si particulière, piriforme, de Dupin. Elle s'efforça toutefois d'adopter un ton enjoué :

— Monsieur le commissaire, m'amèneriez-vous un ami à vous désireux de se désennuyer avec mes pensionnaires ? Il est assurément homme de goût, et j'ai quelques jeunes personnes comme qui dirait faites au tour qui sauront satisfaire vos désirs, même les plus dépravés…

Toussaint apercevait deux jeunes filles en déshabillé qui s'étaient levées des bergères où elles étaient vautrées et regardaient Toussaint et Dupin en pouffant.

— Madame Noizat, épargnez-nous vos boniments, nous devons en urgence voir une de vos protégées, celle qui s'est rendue il y a une heure de cela à l'auberge de *Saint-Christophe*.

La maquerelle eut un sursaut et se drapa dans une feinte dignité :

— Que me chantez-vous là, commissaire ?

Toussaint la saisit sans ménagement par le bras et parla bas :

— Je n'irai pas par quatre chemins. Nous avons un besoin urgent de parler à cette jeune fille, alors vous allez nous apporter votre concours. Rien ne filtrera de notre venue.

La mère maquerelle jetait des coups d'œil furtifs vers l'angle opposé de la pièce, une porte perçait l'épais mur de pierres. Toussaint et Dupin se concertèrent brièvement du regard, puis, bousculant la mère Noizat, marchèrent d'un pas assuré vers la porte.

— Messieurs, je vous en prie, attendez que...

Dupin avait déjà actionné la clenche et poussait le lourd battant.

De l'homme agenouillé sur le lit, ils ne virent d'abord que le postérieur, énorme et flasque. Les fesses et les bourses tremblaient à chaque coup de boutoir qu'il portait à sa partenaire. Celle-ci disparaissait pratiquement sous la masse de chair qui l'enveloppait et haletait au-dessus d'elle. L'homme finit toutefois par s'apercevoir d'une présence dans la pièce, il se retourna, regarda les deux intrus avec effarement, puis se désengagea de sa partenaire. Un homme dans la force de l'âge, à la bedaine tombante. À l'effarement succéda la panique quand il reconnut le commissaire Dupin, son membre roide s'avachit en un instant. Il attira à lui ses vêtements posés en tas sur un fauteuil, puis s'avisa que ses hardes le dénonçaient : une croix brodée bien visible ornait son habit noir. Il se leva du lit tout en bredouillant des propos peu distincts d'où il ressortait que la jeune femme l'aurait raccroché rue Saint-Jean, lui demandant de se porter auprès d'un parent mourant. Toussaint le poussa sans ménagement hors de la pièce, lui lança ses habits aux pieds tout en disant :

— Désolé pour le *coïtus interruptus*, mon père, vous reviendrez porter le saint chrême une autre fois.

Lyon n'avait pas connu de chasse aux prêtres comme Paris quelques décennies plus tôt, mais les ecclésiastiques demeuraient des proies recherchées des services de police, surtout dans ce quartier où la proximité du cloître Saint-Jean favorisait l'éclosion de bordels. La frousse du prêtre était donc compréhensible, si son nom apparaissait dans un rapport de police dénonçant son commerce charnel avec une fille publique, son supérieur en prendrait prétexte pour suspendre le versement de sa prébende.

La jeune fille s'était réfugiée à l'extrémité du lit, elle faisait mine de cacher sa nudité derrière un gros coussin qu'elle pressait contre elle, mais sa maladresse était très étudiée. Elle n'avait rien d'une débutante, malgré son jeune âge.

— Voici le commissaire Dupin, que tu connais peut-être. Je suis Antoine Léonard Toussaint, chargé d'une enquête criminelle. Nous avons très peu de temps, tu vas donc nous dire ce que tu sais, au sujet des Italiens que tu as visités il y a quelques heures. Si tu te montres coopérative, nous partirons, et nous t'oublierons. Par contre, si tu refuses de nous aider, je serai obligé de prêter foi aux propos du prêtre, qui dit que tu l'as aguiché et attiré en ce lieu sous un prétexte fallacieux, et tu coucheras ce soir, et pour longtemps, à la *Maison des recluses*. Tu m'as compris ?

Elle opina de la tête.

— Alors, commence par t'habiller.

Sans aucune gêne, elle se leva, enfila un déshabillé en mousseline transparente et s'assit sur la bergère en croisant les jambes, attendant les questions de Toussaint.

— Ton nom ?

— Zéphyr.

— Admettons... Ton âge ?

— Dix-sept ans.

— Admettons toujours...

Les deux hommes apprirent que la dénommée Zéphyr avait été envoyée par la mère maquerelle à l'auberge de *Saint-Christophe*, pour la deuxième fois – manifestement, les trois hommes avec qui elle avait eu commerce avaient apprécié sa compagnie et la réclamaient à nouveau. Oui, ils étaient Italiens, mais avares de paroles, même ils n'avaient eu de cesse qu'ils ne l'appellent la « *putana* ». Ils logeaient au deuxième et dernier étage de l'auberge, ils semblaient ne pas quitter leur repaire, se faisant monter leurs repas, le tenancier avait même dû leur apporter un tonnelet de vin alors qu'ils étaient en pleine débauche avec elle. Oui, ils avaient des armes, des rapières, des pistolets d'arçon posés sur la table. Elle avait même vu une échelle de corde sous le fenestron de la tourelle qui faisait saillie au-dessus de la rivière. Oui, ils l'avaient foutue à tour de rôle, puis ensemble. Non, elle n'avait pas vu de jeune homme ou de jeune femme en ces lieux. Oui, elle devait y retourner demain, « pensez, c'est pas des cogne-mou, mais ils paient bien, et c'est pas tous les jours qu'on a des clients aussi fins... ».

Toussaint remercia d'un hochement de tête et sortit. La mère Noizat se tenait sur le seuil, elle avait tout entendu du récit de la jeune fille, elle s'écarta précipitamment pour lui laisser le passage. Le chirurgien revint sur ses pas.

— Qui vous a demandé d'envoyer une de vos pensionnaires à l'auberge de *Saint-Christophe* ?

Toussaint la vrillait de ses yeux dans lesquels elle pouvait lire une froide détermination. On savait que le gouverneur lui avait octroyé les pleins pouvoirs, il se racontait qu'il avait poussé dans le vide le violeur de l'élève de la pharmacie, qu'il était incorruptible, qu'il n'était intéressé ni par les filles ni par l'argent – alors elle eut peur de lui, et elle opta pour la vérité plutôt que pour un mensonge de mauvais aloi.

— Le chevalier Arman…

— Qui est-ce ?

Elle se tourna vers le commissaire Dupin qui la regardait avec dureté et mépris, ce foutu gueux n'avait plus ce regard de chien battu qu'il adoptait quand, ivre, il venait quémander les faveurs d'une fille. Alors elle comprit que la roue de la Fortune était en train de tourner, aussi prit-elle le parti de l'autorité et de la loi et répondit dans un soupir :

— Le propriétaire de cette maison.

En route vers la Saône, Dupin expliqua que ce chevalier Arman était issu d'une ancienne famille lombarde installée à Lyon depuis plus de cent cinquante ans, les Armanni.

— Une famille de notables, banquiers et marchands, qui possède un bel hôtel à la mode italienne rue des Trois-Maries, à deux pas du Change.

Toussaint hochait la tête. Une famille italienne, cela faisait sens.

*

* *

Alors qu'il regagnait la place Saint-Michel, Toussaint vit un garçon se précipiter vers lui. Il crut d'abord à un messager de la garce au coquemar, mais il reconnut sous son chapeau de paille le fils Champin. Celui-ci était décomposé, et c'est en bégayant qu'il conta au chirurgien ce qui s'était produit dans la cour du local de la société des modères. Toussaint le fit entrer dans le vestibule de la maison, puis asseoir dans un fauteuil.

— Ton père serait fier de toi, et avec raison. Je connaissais ce Lubin, un assassin de la pire espèce. Tu as été plus habile que lui, et crois-moi, s'il l'avait pu, il ne t'aurait pas épargné, il ne plaisantait pas et t'aurait découpé comme un goret. Tu as sauvé ta vie, et tu as débarrassé la société d'une vilaine engeance.

Ménard de Changlonne arriva sur ces entrefaites et Toussaint lui expliqua quel avait été l'acte de bravoure du fils Champin.

— Mon garçon, si les modères n'ont pas d'ouvrage pour toi, la compagnie du guet sera fière de t'accueillir dans ses rangs. Tu es solide et déterminé, tu seras utile au service de la communauté. Je vais envoyer une escouade récupérer le corps de ce bandit… et les caisses par la même occasion.

Il se tourna vers Toussaint :

— Où dois-je les faire porter ?

— À l'hôpital de la Charité, bien sûr. Le recteur Dupac va se frotter les mains de contentement. Garçon, rentre chez toi, le lieutenant et moi avons encore du pain sur la planche, mais le dénouement est proche.

Toussaint et Ménard se concertèrent sur le moyen de mener l'attaque. Ils supposaient que les trois Italiens qui avaient passé l'après-midi à forniquer et à gobeloter ne devaient pas être sur leurs gardes, ils les imaginaient ivres et ronflant sur les paillasses de l'auberge. Ménard avait compris le choix de l'auberge de *Saint-Christophe* : l'arrière de l'établissement donnait sur la rivière qui venait en lécher les fondations, un bateau-lavoir et des bèches étaient amarrés à l'aplomb de la tourelle en surplomb sur la Saône, offrant une possibilité de fuite discrète en cas de danger.

— Nous avons un avantage : ils ignorent que nous les avons repérés. Nous devons opérer par surprise, mais si une compagnie du guet envahit l'auberge, l'alerte sera donnée, sans doute au moyen d'une corde faisant tinter une sonnette au deuxième étage. Quant à la porte qui mène aux étages et donne sur la ruelle, elle est solide, fermée de l'intérieur. Inutile de penser investir les lieux discrètement en passant par là.

Le lieutenant du guet souriait d'un air entendu, ses yeux pétillaient de malice.

— J'ai l'impression que vous finassez, lieutenant. Que ne me dites-vous pas ?

— Eh bien, je crois venu le moment de tester une idée que j'ai et qui pourrait aider la police à venir à bout de séditieux quand ceux-ci se retranchent dans une habitation. J'ai besoin pour cela du concours de votre apothicaire – vous m'avez dit qu'il était aussi versé dans la science de la chimie ?

— Absolument. C'est même à croire que le jeune Michelet a appris à lire dans le *Cours de chimie* de Rouelle.

Ménard s'empressa de filer Grande-Rue Mercière où était l'herboristerie Michelet.

Lundi 19 juin 1786

L'ultimatum fixé par la garce au coquemar expirait ce soir. Toussaint s'était assuré que la jeune Zéphir se rendait en début d'après-midi à l'auberge de *Saint-Christophe*, il l'avait interceptée à son retour rue de la Fronde – elle l'avait renseigné sur la présence des Italiens :

— Cette fois, ils étaient quatre, avec celui qui semble être leur chef. Mais il n'a pas voulu me foutre après les autres, il m'a juste demandé de le manualiser, il avait sans doute peur d'attraper la vérole. Ça m'est bien égal, j'ai eu assez des trois autres…

— Ils ont bu ?

— Pour ça, oui, ils sont soûls comme des cochons.

— Alors, tout va bien. Tu peux aller.

Giovanna devait bouillir d'impatience, et Toussaint l'imaginait ourdissant sa vengeance. Mais elle devrait attendre que ses bretteurs aient cuvé leur vin. Il fallait frapper ce soir. Toussaint se dirigea vers le port Saint-Paul sur lequel donnait la rue de la Saônerie.

Ménard de Changlonne avait embarqué en milieu d'après-midi avec une compagnie du guet dans un chaland entièrement bâché. Pour plus de discrétion, ils étaient partis du quai Sainte-Marie-des-Chaînes, au niveau du magasin à poudre, comme s'il se fût agi d'un convoi de munitions. Le chaland avait glissé au fil de l'eau, passé sous le pont Saint-Vincent et tiré rive droite vers le port Saint-Paul où il s'était amarré. De la proue, on avait vue sur l'arrière de l'auberge de *Saint-Christophe*, et notamment sur la tourelle qui surplombait la rivière. Les hommes du guet suaient en silence sous la toile et restaient cois. Dix-sept heures sonnèrent. Ménard de Changlonne aperçut Toussaint sur les escaliers du port, le chirurgien lui signifia discrètement, de loin, que tout se déroulait comme prévu. La toile se souleva brièvement, Ménard, en pantalon et chemise, sauta sur la cale du port et rejoignit l'ombre des ruelles à grandes enjambées. Puis le chaland s'écarta de la rive, se laissa lentement dériver jusqu'à se mettre à flanc du bateau-lavoir situé à l'aplomb de la tourelle.

D'une fenêtre à tabatière pratiquée dans la toiture de la maison voisine, deux silhouettes émergèrent. Michelet et Ménard de Changlonne gagnèrent le faîte du toit, le longèrent et se hissèrent sur le toit de l'auberge de *Saint-Christophe*, situé légèrement plus haut. Ils avaient repéré le conduit qui correspondait à la cheminée de la salle du deuxième étage, Zéphir avait confirmé qu'une large cheminée s'ouvrait dans le mur nord de la salle. Michelet posa le sac qu'il portait en bandoulière, il en sortit précautionneusement deux flacons qui étaient enveloppés dans des chiffons. Le premier flacon contenait de la *liqueur fumante de Boyle*, que le jeune pharmacien avait obtenue à partir de sel d'ammoniac, de chaux vive et de fleur de soufre.

L'autre fiole renfermait de l'huile de vitriol[1]. Il attacha les deux bouteilles ensemble. Pendant ce temps, Ménard de Changlonne faisait tomber des débris de tuile par le conduit, il imaginait que ces tessons tombant dans l'âtre intrigueraient suffisamment les Italiens au point de les attirer auprès de la cheminée. Après une ultime demi-tuile lâchée dans le conduit et qu'ils entendirent éclater quelques pieds plus bas sur les dalles, Ménard de Changlonne fit signe à Michelet : celui-ci laissa tomber les deux flacons liés ensemble et les deux hommes s'écartèrent précipitamment.

Il n'y eut d'abord qu'un long sifflement, puis l'explosion ébranla toute la maison, à tel point que Toussaint redouta un instant que Ménard de Changlonne n'ait surestimé la dose nécessaire. Le grondement se prolongea dans le conduit qui se fissura, une partie des tuiles tout autour furent soufflées et certaines retombèrent dans la rue, les fenêtres de la salle du deuxième étage furent plaquées contre les murs, les vitres volèrent en éclats. Si les mercenaires italiens n'étaient pas blessés, ils devaient à tout le moins être sourds, et hébétés, et ne pas comprendre ce qui leur arrivait. Dans la ruelle, des hommes du guet firent sauter le verrou de la porte au moyen d'un bélier.

Côté rivière, le fenestron de la tourelle avait été soufflé. Peu après, l'échelle de corde fut jetée dans le vide. Un premier homme apparut, il manqua basculer et un de ses camarades dut l'aider, l'agrippant par ses habits jusqu'à ce qu'il trouvât son équilibre sur l'échelle qui se balançait au-dessus du bateau-lavoir. Il descendit tant bien que mal, en grognant des impré-

1. Acide sulfurique.

cations contre ces porcs de Français. Alors qu'il prenait pied sur le toit du bateau, les soldats embusqués dessous se précipitèrent et se saisirent de lui, le maîtrisant rapidement en quelques coups de gourdin. Son comparse, déjà engagé sur l'échelle, tenta de remonter par la fenêtre, il avait déjà le haut du corps engagé à l'intérieur quand un sergent du guet fit mouche de son fusil : touché à la fesse, l'homme lâcha prise et tomba du haut de l'échelle, il se rompit le cou sur le lavoir.

Un homme du guet apparut à la fenêtre, criant que les deux autres étaient hors d'état de nuire. Toussaint et Ménard de Changlonne firent irruption dans la salle du deuxième étage de l'auberge, une odeur fétide stagnait qui obligeait les soldats présents à se tenir près des fenêtres. Châlits, chaises et tables avaient été renversés, jetés à l'opposé de la cheminée. Deux mercenaires italiens étaient allongés près du mur côté rivière, ils avaient le visage brûlé, du sang sourdait à leurs oreilles.

— Celui-là a eu la jambe brisée par le linteau de la cheminée qui lui est tombé dessus. L'autre était sonné et hagard, il titubait à travers la pièce quand nous sommes entrés. Il a suffi d'un coup de crosse pour le calmer.

— Les deux autres ? demanda le lieutenant du guet.

— Celui qui a réussi à poser le pied sur le bateau-lavoir a été maîtrisé, l'autre s'est rompu le cou en tombant après s'être fait lester le cul de plomb !

Les soldats s'esclaffèrent, manifestement soulagés que l'assaut ait connu une issue aussi heureuse. Ménard de Changlonne jubilait, il envisageait déjà de faire réaliser des projectiles en verre à deux compartiments, l'un avec quelques onces de *liqueur fumante*, l'autre avec quelques gouttes d'huile de vitriol. Délicats à manipuler, mais efficaces pour débusquer des rebelles, il en avait apporté la preuve.

— Bien, dit-il en se frottant les mains, emmenez ces lascars à la prison.

Il ajouta en se tournant vers Toussaint :

— À vous de jouer la dernière partie ? Je serai rapidement sur place de toute façon, la rue des Trois-Maries débouche, su sud, place de Roanne, là même où se dresse la prison.

Toussaint acquiesça. D'ici peu, le lieutenant Basset allait arriver, aussi reprit-il la direction du quartier Saint-Jean.

Il toqua à la porte de la maison à l'enseigne du pélican noir. L'oiseau sculpté dans le linteau de la porte cloutée avait dû être blanc au moment de la construction de l'élégante demeure à la mode italienne et se voulait une évocation du sacrifice du Christ. L'incendie d'une maison voisine l'avait couvert de suie gluante, et Toussaint fut tenté d'y voir un oiseau de mauvais augure. Un valet à la mine impassible vint lui ouvrir, et, sans même s'enquérir de son identité ou des raisons de sa venue, lui demanda de le suivre. Ils traversèrent une petite cour où était le puits, surmonté d'un dais en forme de coquille. Toussaint leva machinalement les yeux vers la galerie à main droite qui desservait le premier étage, une silhouette était dans l'ombre qui s'approcha en pleine lumière. Giovanna, *la garce au coquemar* comme l'avait si bien surnommée Ménard de Changlonne. Ses mains se crispaient sur la balustrade de bois, elle fixait Toussaint d'un regard noir, le fin sourire qui ourlait ses lèvres ne contribuait qu'à accentuer le masque de cruauté qu'était son visage. Si elle avait entendu l'explosion, elle ne savait sans doute pas pour autant que ses sbires avaient été mis hors d'état de nuire, mais la présence de Toussaint ici suffisait à lui faire comprendre qu'elle était démasquée. Elle s'écarta soudain et disparut dans la maison. Toussaint avait vu juste en supposant qu'elle se cachait ici. Et il avait été inspiré de demander au guet d'encercler l'hôtel des Arman.

Toussaint attendait depuis quelques minutes seulement quand Laurent Basset, le lieutenant général de police, fut introduit à son tour. Toussaint lui avait fait parvenir un billet, le priant de le retrouver à l'hôtel particulier des Arman, à dix-huit heures. Basset regarda autour de lui, semblant s'étonner qu'ils ne fussent que tous les deux.

— Vous avez vu Ménard de Changlonne ? lui demanda Toussaint.

— Oui, oui… Il m'a conté l'assaut. Le guet s'est manifestement montré à la hauteur de la mission, belle réussite : les quatre Italiens ont été maîtrisés sans coup férir, et notre lieutenant a expérimenté là, avec cet explosif, une technique à développer.

Basset semblait gêné, il jetait des coups d'œil vers la porte par laquelle ils étaient entrés, et Toussaint se méprit sur cette impatience :

— Oui, le maître des lieux se fait attendre… mais il ne saurait tarder. J'ai aperçu en arrivant la jeune femme dont nous devons nous saisir, elle est bel et bien ici et…

Il se tut. Des voix se faisaient entendre de l'autre côté de la porte, des pas se rapprochaient. Toussaint croyait reconnaître ces accents autoritaires qui disaient l'importance du personnage. Que faisait le prévôt des marchands ici ?

Tolozan de Montfort salua distraitement Toussaint et Basset, sans cesser de converser avec Dominique Arman, un homme dans la force de l'âge, un visage au teint mat, aux yeux vifs au creux d'orbites surmontés de sourcils broussailleux, au menton carré qui disait sa détermination. Ses cheveux gris étaient rejetés en arrière, et il faisait face à l'imposant Tolozan en bombant le torse. Toussaint prit le lieutenant Basset par le bras et l'amena à l'écart du groupe :

— Chevalier, murmura Toussaint à l'adresse de Basset, vous ne semblez pas autrement surpris. Seriez-vous de mèche avec le prévôt ? L'auriez-vous prévenu de notre action ?

La porte s'ouvrit à nouveau, le valet s'effaça et laissa entrer le recteur ecclésiastique. Dupac de Bellegarde n'eut pas un regard pour Toussaint, tout juste un signe de tête distrait à l'intention de Basset, arbora un large sourire contrefait et feignit de se mêler à la conversation de Tolozan et d'Arman.

D'un geste, Dominique Arman, en homme du monde, invita les personnes présentes à prendre place dans les fauteuils disposés au centre de la pièce. Toussaint se dit que les dés étaient pipés. Il avait convié Basset à procéder avec lui à l'arrestation de la *garce au coquemar*, le guet n'attendait qu'un signe de lui pour faire irruption et se saisir de la jeune femme. Il n'était pas dans ses plans d'avoir le prévôt des marchands et le recteur ecclésiastique dans les pattes.

C'est Tolozan de Montfort qui prit la direction des opérations.

— Maître Toussaint, ne soyez pas surpris par notre présence au comte de Lyon et moi-même, le chevalier Basset m'a informé de votre intention de venir ici, chez le chevalier Arman. Je sais que vous pensez avoir établi un lien entre la présence de soudards italiens ici, à Lyon, et cette vénérable famille des Arman, d'origine lombarde, certes, mais tellement lyonnaise aujourd'hui. Vous avez résolu l'affaire de l'assassinat des recteurs, vous avez mis un terme aux agissements de ce Ferrand que tous appelaient Gaillard dans la Maison, si j'ai bien compris…

Le prévôt se tourna vers le recteur ecclésiastique qui enchaîna, donnant à Toussaint le sentiment que la pièce était écrite d'avance :

— Le ver était dans le fruit, dit Dupac avec un air de fausse contrition. Ce Ferrand a mordu la main qui le nourrissait et le chérissait, mais, grâce à Dieu, maître Toussaint, vous avez démasqué le coupable. Gageons que la Maison retrouvera au plus vite la sérénité dont ses pensionnaires ont besoin.

Toussaint leva les mains pour refréner l'ardeur de ses interlocuteurs à vouloir apporter une conclusion hâtive et erronée aux deux affaires de meurtre :

— Messires, un instant, Ferrand a certes reconnu le meurtre du deuxième recteur, le sieur Coudurier, mais pas celui du recteur Lefebvre !

— Allons, maître Toussaint, vous n'allez pas prêter foi aux propos de cet assassin !

— S'il reconnaissait le meurtre de Coudurier, pourquoi contester être l'auteur de celui de Lefebvre ?

— Un esprit fruste en proie au mal…

— Non, messires…

Toussaint avait élevé la voix. Tolozan et Dupac échangèrent un bref coup d'œil, le prévôt eut une moue pour dire qu'il fallait sans doute endurer la diatribe du chirurgien.

— Ce Ferrand était, au sein de l'hôpital, l'homme de main d'une jeune femme, celle-là même qui commandait à ce groupe de mercenaires italiens que nous avons mis hors d'état de nuire. Cette jeune femme est responsable du meurtre de la veuve Fleury, elle voulait mettre la main sur le dossier constitué par l'époux de celle-ci. Elle a commandité le meurtre du modère Champin qui rechignait à céder les caisses de jardinier qu'il avait dérobées, caisses destinées à l'hôpital de la Charité. C'est elle, toujours, qui a enlevé la fille Fleury que nous avions recueillie, et l'apothicaire Reboul, successeur de Lefebvre. Ses commanditaires lui ont envoyé cette troupe de mercenaires italiens pour lui prêter main-forte, elle m'a menacé, me fixant un ultimatum : lui livrer les caisses avec les plançons, faute de quoi elle s'en prendrait à ma femme. Ferrand était son homme de main dans la Charité, mais elle commandait à l'extérieur à d'autres malfrats. Je suis porté à croire que cette jeune femme est liée à la famille Arman. Chevalier, vous avez fait envoyer la jeune Zéphyr, une prostituée qui officie dans un bordel vous appartenant, auprès des mercenaires italiens… et j'ai aperçu cette jeune femme en arrivant ici tout à l'heure. Cette meurtrière se cache ici, et vous aurez à répondre de complicité dans toutes ces affaires de meurtre, chevalier !

Toussaint se leva. Il fulminait, mais ne s'expliquait pas le calme des autres. Dupac de Bellegarde arborait un fin sourire méprisant et regardait Toussaint par en dessous, Tolozan semblait gêné, il faisait force moues avec ses lèvres, en signe d'indécision, puis il reprit la parole :

— Maître Toussaint, vous avez retrouvé les caisses que ce modère avait dérobées, son fils a su les préserver et les défendre contre cette bande de pilleurs de bateaux qui avaient subodoré une affaire juteuse, il est venu à bout de ce gibier de potence avec qui vous avez déjà eu maille à partir, le dénommé…

— Lubin.

— Lubin, oui. Je gage que le recteur comte de Lyon fermera les yeux sur cette affaire et n'intentera pas d'action contre la société des modères, le fils a racheté les agissements du père, et les caisses ont été récupérées, sans dommage, grâce à votre sagacité.

Le prévôt se tourna vers le recteur ecclésiastique qui eut un sourire de commisération et hocha la tête, approuvant les propos du prévôt qui reprit :

— Qu'une bande extérieure ait tenté de mettre la main sur les plants, c'est très vraisemblable, vous avez mis un terme à leurs agissements, et leur chef, ce jeune homme ou cette jeune femme, a, à l'heure qu'il est, certainement pris le large sans demander son reste. Mais je le répète, vous avez débusqué l'assassin des *deux* recteurs et nous vous en savons infiniment gré, et donc, cette affaire se conclut ici.

Tolozan regardait Toussaint avec insistance comme pour le convaincre de cette version des faits. Toussaint comprenait, lui, que les personnages présents étaient de connivence, seul le lieutenant Basset était mal à l'aise et regardait obstinément ses souliers. Tous sursautèrent lorsque la porte donnant sur la galerie par laquelle ils étaient arrivés fut claquée, quelqu'un venait de la tirer et la clenche retomba sèchement.

Toussaint se leva et pointa le doigt vers Dominique Arman :

— Chevalier, vous devrez souffrir que les hommes du guet, en faction dans les rues, investissent votre demeure et se saisissent de…

Tolozan l'interrompit :

— Messire Arman ne souffrira rien du tout, les hommes du guet ont été renvoyés dans leurs quartiers, le lieutenant Basset y a pourvu.

— Dois-je vous rappeler que je tiens mes pouvoirs du gouverneur et que le guet…

— Non, maître Toussaint, vous ne détenez plus rien. Chevalier Basset…

Avec répugnance, comme s'il lui en coûtait, Basset tira un pli de son habit et le tendit à Toussaint. Ce dernier l'ouvrit, vit en bas du document le sceau du gouverneur, le duc de Villeroy. De manière laconique, il lui était signifié qu'il était mis fin à sa mission : l'affaire étant résolue, les pleins pouvoirs, dont il avait joui jusqu'alors, lui étaient retirés.

— Votre rôle s'arrête là, maître Toussaint, et nous vous sommes infiniment reconnaissants de votre action et des résultats obtenus, sachez-le.

Dupac de Bellegarde affichait un sourire en coin qui eut le don d'exaspérer Toussaint. Ce dernier se leva, blême, regarda les quatre personnages qui faisaient cercle, il eut le sentiment que tous attendaient qu'il sorte pour parvenir entre eux à un accord. Dominique Arman jouerait à n'en pas douter un rôle dans un arrangement où tous trouveraient leur compte.

Toussaint quitta la pièce dans le plus grand silence. Il savait que Ménard de Changlonne et le guet ne seraient pas là, alors qu'il leur avait ordonné d'encercler la maison afin d'empêcher la fuite de la *garce au coquemar*, Giovanna Armanni, parente de Dominique Arman, lequel l'avait hébergée et lui avait apporté sans doute son aide dans son entreprise criminelle. Il parcourut la galerie qui surplombait la cour, le valet qui lui avait ouvert semblait l'attendre, impassible. Toussaint traversa la cour, s'apprêtait à franchir le seuil de la maison lorsque le valet lui tendit un maroquin en disant :

— Monsieur, pour vous.

— Qu'est-ce ?

— Je ne sais, monsieur, on m'a demandé de vous remettre ceci.

— Qui ?

Le valet haussa les épaules, comme si la question était incongrue. Il attendait patiemment que Toussaint se saisisse des documents. Toussaint comprit. Il prit le maroquin et franchit la porte. Il lui suffit de feuilleter la liasse de documents pour vérifier qu'il s'agissait bien du dossier que le commissaire Fleury avait constitué sur l'assassinat du recteur Lefebvre, dossier volé à son domicile par Giovanna Armanni et ses sbires.

Le soir tombait. Toussaint descendit sans hâte la rue des Trois-Maries, il entendait les passants commenter l'échauffourée survenue à l'auberge de *Saint-Christophe*. Il prit par le pont Volant pour traverser la Saône, rejoignit la Grande-Rue Mercière. Le commissaire Bernardin était installé dans l'arrière-cour de sa boutique, dans un fauteuil que son épouse avait traîné jusque-là. Il montra au chirurgien sa pipe en terre : il en avait fait limer l'extrémité du tuyau jusqu'à pouvoir l'introduire entre ses dents. Toussaint lui refit le bandage de l'épaule, puis celui de la mâchoire. Bernardin avait repris du poil de la bête, et il interrogeait Toussaint du regard.

— Vous avez eu vent de l'attaque menée par le guet ? Tous les hommes de main de la garce ont été tués ou arrêtés. Quant à celui qui vous a ajusté comme il faut, le Grand Lubin, il a fini l'estomac perforé par une lance de jouteur. Seule la femme a réussi à s'échapper. Mais nous vous devons une fière chandelle, commissaire. Et Michelet, que vous m'avez conseillé, n'a pas démérité, que voilà un bel apothicaire !

Toussaint promit de repasser d'ici à deux jours et regagna la place Saint-Michel.

Le guet n'était plus en faction devant la maison. Tout semblait concourir à l'idée que l'affaire était résolue. Poussant la porte, il reconnut immédiatement la voix faussement enjouée de l'abbé à l'étage. Il gravit lentement les marches menant au salon. L'abbé avait une mine de papier mâché, il arborait toutefois un sourire contraint. Voilà un homme qui n'a pas la conscience tranquille, se dit Toussaint. Avant même qu'il puisse dire un mot, l'abbé dit avec empressement, dissimulant mal sa gêne à se trouver face à Toussaint :

— Bonsoir, mon cousin. Je vois votre regard courroucé, et je comprendrais que vous me chantiez la gamme. Laissez-moi vous expliquer la situation…

Toussaint se laissa tomber dans une bergère et dit froidement :

— Monsieur l'abbé, le gouverneur m'a retiré les pouvoirs extraordinaires qu'il m'avait confiés, le consulat veut croire que l'affaire est entièrement résolue. Pourtant, vous m'allez expliquer quel rôle vous avez joué, et faites-en sorte que votre version concorde en tout point avec les faits que j'ai découverts, car j'ai encore le pouvoir de vous botter le train. Je vous écoute.

Hortense et Marie sortirent précipitamment de la chambre.

— Pendant que vous discutez, Marie et moi allons rendre visite à Jeanne, notre voisine, grâce à qui nous avons découvert la cachette des ravisseurs. Nous avons prévu de lui faire un petit présent.

L'abbé se passa les mains sur le visage, comme pour en chasser toute irrésolution, puis il regarda Toussaint et commença :

— Vous me voyez dans un beau gâchis, mais je vous dois la vérité, en effet. Raison de ma venue ce soir. C'est moi qui ai suggéré au recteur Dupac de faire appel à vous pour résoudre ces affaires de meurtres survenus dans l'hôpital. Il était évident que le commissaire Fleury n'était parvenu à aucune conclusion satisfaisante, et vous êtes arrivé à point nommé. Les recteurs et le lieutenant Basset ont sauté sur l'occasion, et ma proposition de vous faire doter des pleins pouvoirs a été accueillie avec enthousiasme : en cas d'échec de votre part, ni le consulat, ni la lieutenance de police, ni le bureau d'administration de la Charité ne pouvaient être blâmés – si le plus éminent policier du royaume échouait, qui pouvait réussir ? Et je pense sincèrement que tous avaient foi en vous. Avouez que je ne me suis pas trompé ?

Toussaint le foudroya du regard. L'abbé reprit après un léger haussement d'épaules.

— Vous avez découvert que je suis le directeur de conscience et le confesseur de Louise Bouvat de Champlieu, qui se trouve être la nièce de Dupac. Cette jeune femme se morfond à la *Maison des pénitentes repenties*, d'où elle sortira d'ici à quelques semaines, Dupac y consent. Il est vrai que je lui en ai dit plus que je n'aurais dû, mais il me fallait aussi la divertir de cet enfermement. Quel meilleur moyen que de la faire participer indirectement à votre enquête ? Bref, nous avons imaginé vous mettre sur la piste du premier recteur, en vous faisant parvenir le pot d'électuaire, puis elle a exigé que je lui apporte une feuille de « bois d'arc », qu'elle a glissée dans une bible, elle a imaginé ce stratagème pour vous mettre plus rapidement sur la piste des caisses de jardinier.

— Comment pouviez-vous disposer d'une feuille de la plante en question ?

L'abbé marqua une pause, soupira, indiquant par là qu'il acceptait de boire la coupe jusqu'à la lie.

— J'étais dans la confidence de Dupac. Je savais qu'il avait le projet, dans l'intérêt de l'hôpital, de faire venir ces arbustes dans le plus grand secret. D'autres caisses de jardinier doivent être livrées, les plants seront multipliés, à terme ils couvriront plusieurs bicherées dans les broteaux du Rhône. Quelques feuilles séchées étaient jointes au courrier du secrétaire de l'Académie des sciences de Paris, j'en avais gardé une…

— Et vous-même aviez le projet de faire planter ces arbres pour votre propre compte ? Je sais que vous avez acheté des terrains dans ces mêmes broteaux.

— Oui… J'ai misé beaucoup d'argent sur le projet de Jouffroy d'Abbans, je lui ai prêté trente mille livres, mais il a de nombreux adversaires à la Cour, et je ne suis pas certain qu'il puisse faire construire un second Pyroscaphe. Il faut que je me refasse une santé financière… Dupac n'y est pas opposé.

— La tante de Marie, la veuve du commissaire Fleury, a été violée et égorgée à cause de votre cupidité à tous… En êtes-vous conscient ?

L'abbé baissa la tête tout en joignant les mains sous son menton.

— Oui, cette pensée me taraude depuis la découverte du meurtre de Mme Fleury. C'est là que j'ai compris que l'affaire prenait un tour inattendu, et que nous avions affaire, non pas à un individu isolé agissant dans l'hôpital, mais à une bande organisée, mais il était trop tard…

— Mais pourquoi diable ne pas m'avoir mis dans la confidence ? Nous aurions évité l'agression sur Bernardin, le viol et le meurtre de Jacqueline, le meurtre du modère Champin…

— Oui, mais Dupac pensait que les caisses seraient livrées sans encombre, comme convenu. Si l'affaire s'ébruite, si tout un chacun apprend qu'on peut cultiver ici, sous nos latitudes, un mûrier du Nouveau Monde à même de nourrir les chenilles, qu'on peut produire des cocons et donc de la soie grège à Lyon même, alors on va assister à une spéculation foncière féroce, à des vols de plants… L'ambition de Dupac est de faire réaliser ces plantations dans le plus grand secret… Mais soyez assuré que ces meurtres me glacent d'effroi, je me repens d'avoir donné dans cette gabegie. J'ai beaucoup de peine pour Marie et…

— Je sais comment vous pourriez soulager votre conscience, cousin, vous ne pouvez certes pas ressusciter la femme Fleury, mais vous pouvez vous racheter auprès de sa nièce…

L'abbé eut un regard en coin. Il avait l'œil soudain sec, supputant quel coup fourré Toussaint préparait.

— Vous pourriez lui léguer les terrains que vous avez achetés… et que vous ferez, selon toute vraisemblance, planter de « bois d'arc ». Si la chose est d'un bon rapport, vous contribuerez à lui constituer une jolie dot.

Pour la première fois, Toussaint sourit. Ouvertement. Ce n'était rien de moins que rouler l'abbé dans la farine, tous deux le savaient, mais si l'abbé déclinait la proposition, il perdait tout crédit et tout prestige auprès de Toussaint et d'Hortense. Il ne barguigna pas :

— Tope là. Vous avez raison, c'est le moins que je puisse faire. Je ferai venir le notaire Dalier dès lundi, Hortense et vous serez témoins du legs, si, si, j'y insiste.

Par la fenêtre entrouverte, ils entendirent Hortense et Marie revenir de chez Jeanne – ils entendirent surtout le caquet étourdissant de Marie :

— … et la marchande de légumes a dit : « La Jeanne

est une franche gouine », mais je lui ai dit, c'est toi qui es un cul pourri ! Jeanne, elle est notre amie. Sans elle, je serais peut-être encore sur ce bateau avec l'apothicaire qui avait la trouille parce que la garce avait menacé de lui arracher les roustons avec sa grande pince s'il ne crachait pas le morceau…

— Antoine a retrouvé les caisses, il les aurait échangées contre toi si Eugénie et moi ne t'avions pas libérée.

Avant qu'Hortense et Marie ne soient parvenues à l'étage, l'abbé demanda à Toussaint :

— Vous avez toujours l'intention d'adopter *la Bestiole* ?

Toussaint hocha la tête.

— Alors, elle et moi serons parents. Raison de plus pour que je lui lègue ce terrain qui sera une mine d'or.

Une fois l'abbé parti, Toussaint s'avisa qu'il n'avait pas ouvert le maroquin que le valet du chevalier Arman lui avait remis. Il devinait que Giovanna Armanni avait souhaité le lui faire parvenir. Il compulsa les divers papiers qui composaient le dossier constitué par Fleury, trouva rapidement la déclaration de sœur Séverine qui s'était trouvée la première sur le lieu du crime. Il lut :

19 janvier 1786. À la réquisition du recteur ecclésiastique messire Dupac de Bellegarde, je me suis transporté ce matin à l'hôpital de la Charité, me rendant jusque dans l'apothicairerie dudit hôpital, où gisait le corps sans vie du recteur apothicaire Gaspard Lefebvre. J'ai entendu la sœur de la pharmacie, sœur Séverine, 47 ans, native de Givors, qui a découvert hier 18 janvier le corps du recteur, elle avait auparavant recueilli les dernières paroles de la victime. Il ne fait pas de doute que le recteur Lefebvre a été assassiné au moyen d'un lourd mortier en granit qui l'a atteint à l'arrière du crâne. Selon sœur Séverine, il n'a pas désigné son agresseur, mais il a prononcé des propos incohérents, ne cessant de murmurer : « Le bois d'arc… le bois d'arc… la fève est dans le gâteau », jusqu'à expirer son dernier souffle.

Toussaint trouva des notes éparses, non classées, qu'il survola, puis un feuillet retint son attention – il ne sut tout d'abord pas pourquoi il s'arrêtait sur ce document, puis il comprit : il n'était pas de la main du commissaire Fleury, l'écriture était différente. C'était une liste, une énumération de préparations sans doute présentes dans un coin du laboratoire ou réalisées à la date indiquée :

12 janvier sC :
Emplâtre stiptique de Crolius
Conserve de pavots rouges
Diascordium
Emplâtre de mélilot
Eau impériale
Poudre d'Algaroth
Électuaire catholicum
Conserve de tussilage
Emplâtre pour la matrice
Pâte de rue

Il supposa que ce document était de la main du recteur Lefebvre. Le dernier élément était souligné, d'un trait rageur. Lefebvre avait donc découvert dans la pharmacie une préparation à base de rue. Il trouva les procès-verbaux des interrogatoires de sœur Clotilde, Fleury l'avait entendue à deux reprises, la première fois le jour de la découverte du meurtre, et dix jours plus tard :

20 janvier 1786. Interrogatoire de sœur Clotilde. Lui ai demandé si elle pouvait expliquer la signification de la liste établie par le recteur Lefebvre le 12 janvier, que j'ai trouvée dans ses papiers personnels à son domicile. A répondu qu'il s'agissait manifestement de préparations réalisées dans sa propre apothicairerie de la rue Saint-Jean. Lui ai objecté que la mention sC en haut de la liste pouvait renvoyer à son nom à elle. A contesté qu'il pût s'agir de préparations réalisées par elle à la date du 12 janvier dans le laboratoire de l'hôpital. A formellement contesté avoir jamais préparé de la pâte de rue.

Toussaint eut alors la prescience de ce qui était arrivé à Lefebvre, c'était de l'ordre de l'intuition, mais il n'en doutait pas – et il supposait que Fleury l'avait deviné, lui aussi. Lefebvre avait découvert que sœur Clotilde et ses élèves se livraient à une production illicite de pâte de rue, destinée aux femmes souhaitant faire passer un enfant. Fleury n'avait pas pu prouver la chose, mais Toussaint savait, grâce à Michelet, que c'était toujours le cas. Toussaint était convaincu que Lefebvre avait découvert les agissements coupables de sœur Clotilde, qu'il lui avait demandé des comptes, et vraisemblablement lui avait-il signifié son renvoi, comme il en avait le pouvoir. Sœur Clotilde, qui avait voué sa vie à l'hôpital, s'était saisie du mortier en granit sur la table et avait frappé le recteur au bas du crâne.

Il n'était plus habilité à poursuivre l'enquête, il décida toutefois de rédiger une note d'information à l'intention du lieutenant Basset.

Deux jours plus tard – 20 juin 1786

Toussaint et ses élèves étaient occupés ce matin-là par l'affaire d'un ouvrier en soie, âgé de dix-neuf ans, frappé à mort par son patron, le père d'une enfant de onze ans, qui l'accusait d'avoir abusé de sa fille à plusieurs reprises et de l'avoir infectée. L'examen du corps du jeune homme n'avait révélé, au niveau des parties génitales, aucune trace de maladie vénérienne.

— Ces taches d'un jaune verdâtre sur la chemise de la victime ne doivent pas vous abuser : elles ne sont pas à interpréter comme le signe indubitable d'une blennorragie. Vous voyez que l'urètre est tapissé d'une muqueuse qui sécrète naturellement un mucus pouvant produire de telles taches, et ici l'urètre n'est pas infecté. Pour autant, la gamine, que nous avons vue tantôt, a bel et bien été abusée, déflorée et infectée. Mais concernant ce dernier aspect, nous pouvons affirmer que ce ne fut pas par cet homme. Je pense que le commissaire devra nous amener le père pour que nous le soumettions à un examen des parties génitales.

C'est à ce moment-là que Basset fit son apparition dans la salle d'autopsie du collège de chirurgie. L'apercevant, Toussaint le rejoignit.

— Bonjour, maître Toussaint. J'ai là un document qui va vous intéresser. Il a été rédigé par le commissaire Dupin, qui, comme vous le savez, dirige le bureau de surveillance de la prostitution.

Toussaint se saisit du document que lui tendait le lieutenant. Il lut.

> *19 juin 1786. Vers les 7 heures du soir, une mouche est venue m'informer que le tenancier d'un billard de la rue Écorchebœuf louait depuis peu à l'arrière de la salle des loges où des particuliers se livraient à la débauche et possiblement à la prostitution. Accompagné d'une escouade du guet, je me suis rendu sur place et ai trouvé dans une des loges en question deux femmes se livrant au lesbianisme. Elles étaient nues, et l'une d'elles harnachée d'un pénis artificiel. Celle-ci a déclaré être Jeanne Arman, âgée de 28 ans, nièce d'un éminent notable de la ville. Eu égard à sa qualité, je l'ai laissée partir. L'autre femme, Thérèse Bobillard, âgée de 24 ans et mariée, a été ramenée chez son mari, ébéniste établi rue de la Grenette.*

— Jeanne Arman, Giovanna Armanni…

— Exactement. Le tribadisme n'est pas répréhensible, Dupin ne pouvait rien faire, mais il ne s'est pas arrêté en si bon chemin, puisque, dans une autre loge, il a arrêté des pédérastes. Mais en fouillant les affaires de la dame Arman, avant que ne soit établie son identité, il a mis la main sur une lettre qui était cachée dans la doublure du jupon, et dont il a d'emblée saisi la valeur. Il a réussi à la lui subtiliser. Tenez.

Basset lui tendit un autre document.

Chère amie,

J'ai recueilli auprès de T. quelques indiscrétions susceptibles de vous intéresser, si vous êtes toujours en quête d'une source d'enrichissement rapide, comme je le suppose, car je vous connais bien. T. a découvert un mémoire rédigé par un de ses prédécesseurs à partir des découvertes d'un aventurier jésuite en Nouvelle France au siècle passé. Il en a informé son correspondant à Lyon, un ecclésiastique qui semble occuper une place éminente au sein de l'hôpital des pauvres. Selon lui, cette découverte laisse augurer d'un enrichissement sans pareil pour qui aura la bonne fortune de mettre la main sur, tenez-vous bien, des arbustes ! Selon les propres mots de T., leur culture pourrait bouleverser l'économie de bien des régions. T. n'a pas voulu m'en dire plus, il dit devoir garder le secret, eu égard à l'importance de la découverte. Et il faut dire que notre relation a connu quelques vicissitudes, à tel point que je songe à changer d'amant très prochainement.

Songez à moi si vous réussissez dans cette entreprise, surtout si elle se révélait profitable. Je ne crains pas d'annoncer que je réclamerai ma part !

Et pourquoi devrais-je le taire : je me languis de vous, le souvenir de vos caresses perverses me plonge dans une exquise volupté. Vous me manquez.

C.

— « T. » est Hippolyte Thin de Richaumont, secrétaire de l'Académie des sciences de Paris, la dame qui signe « C. » est son amante, et elle a probablement été l'amante de Jeanne Arman avant de partir pour Paris où elle a été présentée à la Cour.

— Attendez… J'en déduis que Jeanne Arman n'avait pas connaissance de ce qu'étaient ces arbustes ?

— En effet. Elle ignorait à quoi on pouvait les utiliser, sans doute imaginait-elle qu'on pourrait avec ces plantes produire une drogue particulièrement recherchée. De là son obstination à mettre la main sur le dossier constitué par Thin de Richaumont, fait des lettres de Marquette et du traité de culture rédigé jadis par La Quintinie. Ayant des liens familiaux avec les Armanni de Lombardie, elle s'est mise au service d'un riche seigneur italien qui a financé son entreprise criminelle. Son oncle Dominique Arman était sans doute dans la confidence, pour ne pas dire qu'il était complice, mais il a joué la carte de la prudence, se contentant manifestement d'offrir l'hospitalité à sa nièce…

— Que comptez-vous faire de ce document ?

— Je l'ai transmis au prévôt des marchands, qui en a fait porter copie à Dominique Arman. Lequel a en retour fait savoir qu'il soutiendrait financièrement toute entreprise de la ville ou de l'hôpital de la Charité pour développer la culture du « bois d'arc ». Arman a par ailleurs pris le soin de faire savoir que sa nièce était partie pour l'Italie. Définitivement. Pour nous, l'affaire est close.

— Et quant à l'assassinat du recteur Lefebvre ?

— Sœur Clotilde s'est murée dans le silence depuis que le recteur Dupac a tenté de l'amener à confesser son crime… Sitôt que son élève aura été élevée au rang de sœur hospitalière et qu'elle pourra prendre en charge la gestion de la pharmacie, sœur Clotilde se retirera dans une communauté de femmes dans le Forez.

*
* *

— À quoi songez-vous, Antoine ? demanda Eugénie.

— À quel point j'ai été le jouet des intérêts de ces personnages cupides, qu'il s'agisse de l'abbé ou du recteur Dupac – même si Dupac est persuadé d'œuvrer pour le bien des pauvres.

— Vous en concevez beaucoup d'aigreur ?

— Oui.

— Vous ne devriez pas, même s'ils ont causé la mort de plusieurs personnes… Regardez comme Marie est heureuse. Elle a trouvé, en Hortense et vous, une nouvelle famille. De surcroît, grâce à vous, le jeune Michelet a obtenu l'autorisation d'ouvrir une apothicairerie, la jeune femme Louise Bouvat est sortie de la *Maison des pénitentes repenties*… Nous sommes débarrassés de Lubin et de son acolyte…

— Mais la *garce au coquemar*, Jeanne Arman, a fui.

— En revanche, le consulat tient l'oncle, Dominique Arman, par la bourse, se mêla Ménard de Changlonne. Il va cracher au bassinet pendant un moment… et financer la plantation de centaines de bicherées de « bois d'arc ». Dont Marie profitera un jour, puisque l'abbé a fait d'elle sa légataire…

Eugénie et son ami Ménard, Hortense, Toussaint et Marie se trouvaient place Saint-Jean où se pressait une foule considérable qui faisait cercle autour du bûcher : un mât d'une soixantaine de pieds de haut avait été dressé au milieu de la place. Des madriers étaient placés transversalement, soutenant un amas de paille, de bourrées de genêt sec et de cotrets de petit bois. L'ensemble était décoré de bouquets et de guirlandes de fleurs.

Comme tous les gamins qui avaient réussi à se faufiler au premier rang, Marie piaffait d'impatience et attendait que les chanoines allument le bûcher. Tous savaient que des fusées, des pétards et autres pièces d'artifice avaient été dissimulés dans l'amoncellement des combustibles, le premier pétard provoquerait les cris d'effroi des badauds massés aux premiers rangs qui feindraient de fuir, provoquant un bref mouvement de panique qui amuserait la foule. On était la veille de la Saint-Jean-Baptiste, les Lyonnais étaient venus en masse assister au feu de joie devant la cathédrale, qui serait suivi du « feu de la ville » allumé sur la Saône.

Toussaint acheta des massepains à une marchande ambulante. Il joua des coudes pour en porter à Marie, fut bloqué à quelques pas du premier rang, la foule était si compacte, refluant à cause de la chaleur du brasier, qu'il ne pouvait plus progresser. Il regarda autour de lui si un passage se dessinait, et sursauta. Ce visage entraperçu, éclairé de côté par les flammes, ce tricorne noir ourlé de blanc dissimulant une chevelure abondante et blonde, il n'y avait pas à s'y méprendre. Il bouscula quelques personnes qui l'injurièrent copieusement, réussit à rejoindre le jeune homme et, le saisissant à l'épaule, il l'obligea à lui faire face. Passé un bref instant de surprise, le jeune homme au visage couvert d'acné fut tenté d'agonir Toussaint, mais il dut lire dans ses yeux une telle détermination, peut-être même ce qui pouvait passer pour une envie de meurtre, qu'il jugea préférable de ne pas provoquer l'importun, il sourit niaisement en hochant la tête, et se dégagea prudemment. Toussaint avait cru voir le *freluquet au tricorne*, la *garce au coquemar*, Giovanna Armanni. Il se passa la main devant les yeux pour chasser cette vision dont il pressentait qu'elle le hanterait longtemps encore.

Après le feu de joie de la place Saint-Jean, Toussaint et les jeunes femmes se rendirent sur le pont Volant pour assister au « feu de la ville » offert par le consulat et qui serait tiré depuis le pont du Change. Le pont était fermé à la circulation, les artificiers s'affairaient au niveau de la *machine pyrique* située en son milieu. C'était une carcasse de perches de bois portant les différentes pièces d'artifice. Ménard de Changlonne avait dû rejoindre la compagnie du guet qui avait pris position à l'entrée est du pont, formant une haie d'honneur aux échevins qui arrivaient de l'hôtel de ville. Toussaint hissa Marie sur le parapet pour qu'elle puisse mieux voir et commentait la scène qui se déroulait sur le pont du Change.

— Voilà le cortège des échevins, avec à leur tête le prévôt des marchands et le gouverneur, le duc de Villeroy… On remet aux édiles des flambeaux avec lesquels ils vont allumer les mèches.

— Ils vont devoir se reculer vite s'ils ne veulent pas que leurs perruques prennent feu !

— La longueur des mèches est calculée pour leur permettre de rejoindre la loge d'où ils assisteront au feu d'artifice… Voilà qui est fait, ils ont allumé les mèches et rejoignent l'estrade qui a été montée à leur intention à l'autre extrémité du pont.

Les échevins, suivis de la compagnie des arquebusiers, avaient adopté un pas pressé, ils tenaient à ne pas manquer le début du spectacle. À peine avaient-ils rejoint leurs places que les *lances de feu* s’allumèrent aux extrémités du pont, suivis des *courantins* qui couraient le long de cordes tendues sur le parapet du pont. S’élevèrent dans le même temps les *tourbillons* semblables à des soleils tournoyants et les *girandoles* qui montaient en tournant dans un plan horizontal, puis les *saucissons volants* qui pirouettaient dans les airs, les *flamboyantes* et les *foudroyantes*, les *aigrettes*, les *balons*, les *marquises*, les *comètes*... Une *gloire* d’au moins soixante pieds de diamètre qui s’éleva haut au-dessus du tablier du pont vint conclure le feu d’artifice, les vivats et les cris de contentement retentirent parmi les spectateurs massés sur les ports et les ponts de la rivière, sur les placettes offrant un point de vue sur la Saône et jusqu’aux fortifications.

Toussaint souriait de voir le ravissement peint sur le visage de Marie. Il se réjouissait de voir Hortense et Eugénie, détendues, heureuses. Il prit Hortense par la taille.

— Goûtez-vous cet instant, mon cher ami ? lui demanda-t-elle. Ou souffrez-vous toujours de n’avoir point attrapé cette garce dépravée, au point de ne pas savourer cet instant ?

Il pressa Hortense contre lui.

— Vous avez raison, et vous raisonnez d’ailleurs comme un philosophe de mes amis : « La douleur est un siècle, et le plaisir un moment ; ménageons-nous pour en jouir… »

FIN

NOTES

Les lettres de Jacques Marquette à Jean-Baptiste de La Quintinie sont fictives et inspirées de la lecture du journal de Marquette, que l'on trouve notamment dans le « Récit des voyages et des découvertes du R. P. Jacques Marquette de la Compagnie de Jésus, en l'année 1673 et aux suivantes », publication de 1855 (disponible en ligne). Si Marquette n'a pas visité la nation des Osages, il a toutefois entendu parler d'eux par les Illinois qui lui ont dépeint la bravoure de ces guerriers aux armes remarquables, des arcs faits d'un bois dur, d'une espèce (appelée depuis *bodark* en anglo-américain, bois d'arc) inconnue en Europe dont Marquette aurait fait des croquis dans ses carnets. En raison de ses fruits ressemblant à des oranges, l'arbre est aujourd'hui connu chez nous sous l'appellation d'oranger des Osages, mais il est un parent du mûrier (famille des moraceae). Son nom savant est le *maclura auriantaca*.

C'est un peu plus tard, dans les années 1830, que des plants de *maclura auriantaca* ont été introduits en Europe, et qu'on a tenté de le substituer au mûrier blanc cultivé dans le sud de la France pour nourrir les chenilles de vers à soie. On pourra lire à ce sujet l'intéressant article de Jean-Claude Drouilhet à l'adresse suivante :

http://oklahoccitania.canalblog.com/
archives/2007/02/04/4612103.html

L'expérience ne semble pas avoir été concluante, et les soyeux lyonnais sont restés tributaires des magnaneries du sud de la France et d'Italie du Nord pour l'approvisionnement en cocons.

Le personnage de l'abbé Faivre du Bois d'Oingt est fictif, mais il est inspiré par la figure historique de l'abbé Duret. Quant à M. Étevenard, professeur de mathématiques, il est bel et bien l'inventeur de l'anneau hydrostatique qu'il a expérimenté sur la Saône en 1786.

*
* *

L'écriture de cette histoire a nécessité que je puise dans les matériaux mis à la disposition du public par de nombreux historiens, pharmaciens, médecins. Je ne puis les citer tous, mais je tiens à exprimer ma gratitude aux personnes suivantes, car j'ai utilisé les fruits de leurs travaux de recherche pour pouvoir « donner du corps » aux personnages et à l'histoire :

Agnès BAJARD, *Les jeux à Lyon au XVIIIe siècle : pratiques, métiers, discours*, diplôme national de master.

Florence BODEAU et Laure COLLIGNON, *Le monde du livre à Lyon au XVIIIe siècle à travers les chroniques de l'abbé Duret (1760-1794)*, travail de recherche mené en vue de l'obtention du diplôme de conservateur de bibliothèque.

Arlette FARGE, *Vivre dans la rue à Paris au XVIIIe siècle*, Gallimard, « Folio-histoire », 1979.

Maurice GARDEN, *Lyon et les Lyonnais au XVIIIe siècle*, Belles-Lettres, 1970.

Christian MERMET, *Une boutique d'apothicaire à Moûtiers au XVIIIe siècle : l'inventaire Quinson-Merme de 1735*, thèse de pharmacie.

Anne MONDELAIN, « Hospice de la Charité, hôpital de la Charité », dossier IA69007053, Région Rhône-Alpes, Inventaire général du patrimoine culturel.

Cécile RUCH-JANIN, *Histoire de l'hôpital de la Charité de Lyon et de son apothicairerie*, thèse de pharmacie.

Par ailleurs, le « *Projet de règlement pour l'hôpital général de la Charité, Aumône générale et enfants trouvés de Lyon* » (1786, disponible en ligne) est une source d'informations sans pareil sur le fonctionnement de la Charité. Je n'oublie pas non plus le *Tableau de Paris* de Louis Sébastien Mercier pour tout ce qui touche aux mœurs du XVIIIe siècle ni *Le Lyon de nos pères* d'Emmanuel Vingtrinier, formidable « promenade dans Lyon en l'année 1643 ».

10
18

Qu'avez-vous pensé de ce livre ?

Partagez votre avis sur vos réseaux sociaux
avec les # suivants :

#passionlecture
#1andelecture1018
#éditions1018

et tentez de remporter **1 an de lecture***.

Retrouvez-nous sur les réseaux sociaux
et découvrez tous nos conseils de lecture :

editions1018 Editions 10-18 Editions 10/18

***voir modalités sur la page https://un-an-de-lecture-10-18.lisez.com/**

Pour plus d'information :

#lisez! engagé

www.lisez.com

Imprimé sur du papier issu de forêts gérées durablement.

10/18 – 92 avenue de France, 75013 PARIS

Imprimé en France par
CPI Brodard & Taupin

N° d'impression : 3054267
X08293/01